XINGJINZHIYUE

行进之约

◎梁健君 著

西北大学出版社
·西安·

图书在版编目(CIP)数据

行进之约/梁健君著.—西安:西北大学出版社,2019.12

ISNB 978-7-5604-4485-7

Ⅰ.①文… Ⅱ.①梁… Ⅲ.①游记—作品集—中国—当代 Ⅳ.①Ⅰ267.4

中国版本图书馆CIP数据核字(2019)第301000号

行进之约

作　　者	梁健君
出版发行	西北大学出版社
地　　址	西安市太白北路229号
电　　话	029-88302067
经　　销	全国新华书店
印　　刷	陕西日报社
开　　本	787mm×1092mm　1/16
印　　张	25.75
字　　数	338千字
版　　次	2019年12月第1版　2019年12月第1次印刷
书　　号	ISNB 978-7-5604-4485-7
定　　价	42.00元

如有印装质量问题,请与本社联系调换,电话:029-88302966

自序

再造魂魄

2010年6月7日,央视科教频道播出9集大型电视纪录片《徐霞客》。应该说,这是中国一代"游圣"只身跋涉、壮游半个中国,历时30多年,用生命铺就的求知路线图。

我看《徐霞客》,我读《徐霞客游记》。他"以躯命游,以性灵游",坚持真理并为真理上下求索,写成"一个人的国家地理",被誉为"古今纪游第一"大书,以游历为脉络,集史实性、科学性和趣味性为一体,实乃科学之书,文学之书、生命之书和心灵之书。

山水之美,古来共谈。中国游记散文"肇始于魏晋,成熟于大唐,大盛于明清"(上海古籍出版社《古代游记选注·前言》)。其中,先秦汉朝先锋,魏晋时期淡定,南北朝纯度,唐朝潇洒,宋朝游乐,元朝重异乡,明朝重山水,清朝重远行,近代重旅行。20世纪初叶,五四运动点燃中国新文学的烈火,旅游文学革新求进。中华人民共和国成立,直至中国改革开放,旅游文学呈现新风貌、新愿景。

写真景抒真情表真意。古之文人,随兴而至,兴尽而返。清人吴淇《六朝选诗定论》卷一中说:"诗有内有外。显于外者曰文曰辞,蕴于内者曰志曰意。"旅游散文与诗一样具备显于外者的"文辞","归纳、拓展、融通"是精神主体追求,游踪、风貌、观感、载体是基本构成要素或文体特征的四个维度。同时,重在体现深度追求,表达对社会人生与宇宙万物的深度关怀和深切体验,表露饱含个性的人格风范。

景真、情真、趣真。人生就是旅行,风物哲思两生辉。我从祖国每一个角落、每一处岸边、每一朵浪花、每一块礁石旁发现文化遗迹,也从名楼、名校、名城、名山、名水中,领略文与景、与物、与人的珠联璧合,体验"有字书"与"无字书"的交相辉映,历史文化,心魂合一,绝妙至极。魅力山东,"慨当以慷,忧思难忘";西安永远是中国文化魂魄所在地;广东既包容又坚守,既务实又创新的文化精髓,与珠江的复合水系形态大有干系;成吉思汗陵——大元王朝的精神和魂魄;中原文化是中华文明的"文化基因"。

认识今日中国、今日中国人,更应懂得中国文化魂魄。"随神往来谓之魂","魂"是神变的;"并精而出入者谓之魄","魄"是生理上精气所变。文化之旅,撩人魂魄。汉字是传承中华民族的文化基因,传统文化是民族文化魂魄之所在。旅游文化魂魄,小处说是乡愁,大处说是家国情怀。至于传统和现代之间的这条道路乃是我们的文化地表,而所有深切的情思掠影和情感意绪都是"我之心"——家国情怀,其根在祖国,以空间为轴横向扩展心怀天下的坦荡胸襟;其源在文化传统,以时间为轴纵向延伸珍重历史的深远目光。当下,中国传统文化"失魂落魄",许多人容易陷落自我,并以为自我即世界。殊不知,"人是世界的尺度",但人却不是世界。中国魂魄是修己慎独,心怀天下,实干兴邦,一诺千金。中国文化心魂就是《论语》。

行进之约,为梦远征。人类历史,在某种意义上说是旅游的历史,人类文化,也可以说是游记的文化。中国传统文化让我们站在巨人肩膀上凝视世界文明与人类文明,兼收并蓄。大国之大,不仅在于经济发达、体量庞大,更在于文化繁荣、垂范万邦。当今,我们去除百年文化悲情,重塑文化自信,就是为了重新找回中国文化魂魄。所以,我始终铭记鲁迅先生主张的"留心世事","用自己的眼睛去读世间这部活书"。

寻梦旅途,率性而行。梦在云端,活在人间;身心兼修,魂魄并铸。道尽大爱,终成绝响。21世纪,文学精细化的时代来临。古之文人,往往聊借山水,寄托情怀,缓解入世之心。也就是,随兴而至,兴尽而返。而我惯于存养"文情贵独""随物赋形"和"精微朗畅"的游记章法。并以"移步换形"的描写力求赢得"千呼万唤始出来"的情景交融,寻找精神家园的栖息,表达精神栖息处的独语。

我在路上,游是始发,记是重心。古今之旅,至情至性。时间推移,空间变换。既丈量脚的天尺,也记录心的历程,所遇的,所见的;经意的,不经意的;萍水相逢的,同路而行的皆可珍藏。更不用说,还常拷问人生几何?

我在路上,大道至简,悟在天成。百态人间,人间至味。笔下新美如画,心头烟火人间。文学就是人学。人有魂魄,便有性灵。文学有魂,这个魂就是人。苏东坡说:"人生如逆旅,我亦是行人。"人间滋味,澄其心而神自清;人间杂记,有味皆清欢。

我在路上,山水之旅,行实出真知。美国作家梭罗说,旅行的真谛,不是运动,而是带动你的灵魂,去寻找生命的春光。现代为魂魄,传统乃血脉。景随人而动,人随景入梦,魂兮归来!行进之约,阅历更美,感触更深,路就更长。行有迹,意无涯,此为序。

目 录

自序 ··· (1)

卷一

雾中登泰山 ··· (3)

趵突泉边 ·· (6)

大明湖畔 ·· (8)

秋柳 ·· (10)

孔庙·孔府及其他 ··· (12)

乌镇,邂逅还是欲渡 ·· (15)

善感的明珠 ··· (18)

为爱伫立 ·· (20)

紫金山的石阶 ·· (24)

在船上 ·· (26)

再会,西湖 ·· (28)

卷二

乡音如歌 …………………………………………………………（33）

寻脉 ………………………………………………………………（35）

乡愁 ………………………………………………………………（37）

翠鸟声声 …………………………………………………………（39）

心香 ………………………………………………………………（41）

亲情树 ……………………………………………………………（43）

我的麦田 …………………………………………………………（46）

最初的眷恋 ………………………………………………………（49）

被悬置的爱情田野 ………………………………………………（51）

绝唱 ………………………………………………………………（54）

觅与渡 ……………………………………………………………（56）

最恋是橘园 ………………………………………………………（59）

峡谷道情 …………………………………………………………（62）

门槛 ………………………………………………………………（64）

梨树·香囊及其他 ………………………………………………（66）

冷傲何处 …………………………………………………………（68）

那是永远 …………………………………………………………（71）

根的宣言 …………………………………………………………（76）

回荡 ………………………………………………………………（79）

定军山下 …………………………………………………………（83）

爱行深竹里 ………………………………………………………（86）

华清池，女儿之媚 ………………………………………………（88）

回响 ………………………………………………………………（90）

拜将坛	(92)
夜走终南山	(94)
风语颂	(97)
药王山,一张透亮的红处方	(100)
最该记起的	(102)
华山,永不落幕	(104)
了悟少华山	(106)
那是谁的忧伤	(108)
闯王行宫旁	(110)
行游关中书院	(113)
太白山,森林里延伸的童话	(116)
白云山,自然的恩典	(118)
天壶	(120)
黄河第一湾	(125)
遗响	(127)
北国落红	(131)
一念之外	(133)
山河的遗书	(135)
心灵居所	(137)
秦岭:永恒之脉	(139)
回味西安	(144)
雨中的大明宫	(147)
顿悟江河	(150)
问道太极	(153)
红山素描	(156)

天池归来 …………………………………………………（158）

夜宿博乐 …………………………………………………（161）

灵动的光焰 ………………………………………………（164）

回到吐鲁番 ………………………………………………（166）

喀纳斯的妙恋 ……………………………………………（168）

赛里木湖,大地的眼睛 ……………………………………（171）

怀念伊犁河 ………………………………………………（173）

胡杨 ………………………………………………………（176）

鹰 …………………………………………………………（179）

我的遥远的红房子 ………………………………………（182）

日月山,一滴孤独的泪 ……………………………………（185）

忍不住的对视 ……………………………………………（188）

塔尔寺的低语 ……………………………………………（191）

来了 ………………………………………………………（193）

六盘山,苍健的身躯 ………………………………………（196）

歌吟·布施·开启 …………………………………………（199）

麦积山的骄阳 ……………………………………………（202）

情溢关塞 …………………………………………………（204）

熨烫灵魂 …………………………………………………（206）

另一种炫目 ………………………………………………（208）

稀世的羞涩 ………………………………………………（210）

柳湖 ………………………………………………………（212）

梦回东西 …………………………………………………（214）

横渠书院,遗风浩荡 ………………………………………（217）

卷三

珠海的冬天 …………………………………………………（223）

巴马密语 ……………………………………………………（225）

象鼻山 ………………………………………………………（227）

深圳，我多想抓住你 ………………………………………（229）

体验不凡 ……………………………………………………（232）

至尚维多利亚湖 ……………………………………………（235）

太平山 ………………………………………………………（237）

东山岭上 ……………………………………………………（239）

大足：那山，那石，那人 …………………………………（241）

写食火锅 ……………………………………………………（243）

浮动 …………………………………………………………（245）

踏浪 …………………………………………………………（247）

蔓延 …………………………………………………………（249）

灵隐寺 ………………………………………………………（251）

游春 …………………………………………………………（253）

草堂的文化力 ………………………………………………（255）

乐山的微笑 …………………………………………………（257）

峨眉不了情 …………………………………………………（259）

青城山 ………………………………………………………（261）

遵义行 ………………………………………………………（263）

赤水河 ………………………………………………………（265）

乌江 …………………………………………………………（267）

卷四

漠河	（271）
相约白桦林	（273）
龙江吟	（276）
北极村的奏鸣	（279）
绿颂	（281）
太阳岛上	（284）
走在鸭绿江畔	（286）
红叶谷	（288）
伪满皇宫前	（290）
来了去了,拿什么沉凝脚步	（292）
长白山,放牧哀愁与忧伤	（295）
大连:多重的恋曲	（299）
圆明园:遗念与凝神之间	（301）
沙坡头	（305）
镇北堡	（307）
生命的追寻	（309）
不一样的承诺	（313）
沙湖	（315）
陶然亭的拥有	（318）
香山	（321）
久违了,津门	（323）
晋祠的天空	（325）
平遥,那个村落	（327）

印象龙门 ……………………………………………………（329）

那扇窗户 ……………………………………………………（331）

在蒙山 ………………………………………………………（334）

绵山行 ………………………………………………………（336）

七月的五台山 ………………………………………………（338）

心之仰望 ……………………………………………………（341）

卷五

那束灯光 ……………………………………………………（347）

那屋,那洞 …………………………………………………（349）

不仅仅是书香 ………………………………………………（351）

爱晚亭的尽头 ………………………………………………（353）

凤凰古城 ……………………………………………………（355）

张家界 ………………………………………………………（359）

婺源深处 ……………………………………………………（361）

竹子有节 ……………………………………………………（365）

红与绿的遐想 ………………………………………………（367）

别样的登临 …………………………………………………（369）

鬼城的呼渡 …………………………………………………（372）

别了,赤壁 …………………………………………………（374）

不老的神女 …………………………………………………（376）

周游还是独步? ……………………………………………（378）

三峡:回眸、重生和告别 …………………………………（380）

东湖的叠影 …………………………………………………（383）

心灵的地标 …………………………………………………（385）

天河 …………………………………………………………（388）

最美的成长 ……………………………………………………（390）

甘做时间的旅人 ………………………………………………（393）

后记 ……………………………………………………………（395）

卷 一

雾中登泰山

十月,我前往山东。泰山是一座神山,五六万年前,即被视作"天"之象征。自古以来,先后有12位皇帝在此封禅,先秦时代就有72位国君来此祭告,表达对天神佑护的谢意。泰山是一座圣山,不仅"气通帝座",而且雄踞祖国之东,迎朝阳、看巨变、护神州、不怒而威,处变不惊、"泰然自若"。

名山就是名山,名山就是大师。孔子曰:"登东山而小鲁,登泰山而小天下。"泰山是"五岳之首",古称"岱宗"。它以日出名义,光照世界,真乃天碑。有"通天拔地之势",也有"擎天捧日之威"。俗话说,登临华山自古一条路,而泰山却有三条,可从洪门攀登,可乘车至中天门,可乘缆车抵达山顶。那一天,由于时间关系,我们只能乘车。

登临泰山。不用说,泰山有花草,藏千洞,石敢当,松为最,书称绝,飞瀑布,落天梯,托日出。泰山也有三美,即白菜、豆腐和水。也不用说,我们从中天门乘缆车至南天门,在南天门上看泰山,真是以雄劲筋骨示人。甚至快到南天门时,我就急着惊呼:泰山,我来了!泰山震撼我的不是怡人景色,不是人文典故,而是行进中的生命前瞻。更不用说,登上南天门,我更能体会"磴道盘空,朝天有路矣"。俯首下望,清风中我想到:"夫欲成大器者,情为何物?待明朝霸业成就,君临天下。纵红颜消殒,又何足惜!"莫非这就是泰山之魂的真谛:王者的孤独,绝顶的清冷。

事实上,历史上泰山曾经三次沉降,三次遭遇"灭顶之灾",三次被否定,但最终昂首挺胸。无论史前、史后,今日、未来,总是仰天长啸,与长空共日月。因此，我不敢骄矜，直面汉柏，何等浩然！我不敢估量，仰望银杏，何等风月！常言说，山因水而美，水因山而灵。可能，这正是泰山上的一花一草，一树一石，一虫一水，一碑一字，一石阶一担夫，一佛音一香火，使我难以忘怀的起因。自汉魏时起，泰山佛学和道教就已鼎盛与辉煌。这就是泰山之所以如此中国，中国之所以这般泰山的缘由所在。

如此想来，蓦然间，我眼前辉映出天梯高悬、乱云飞渡的"十八盘"。典故上说，秦时，秦始皇带领一帮人马，来泰山上封禅。刚开始，他们骑马上山，因为山路虽然陡峭，但好马还可爬行。可到了后来，马望山兴叹，无能为力，但秦始皇还是要上，非登顶不可。便只好改为坐轿，轿夫抬他艰难前行，因山路太陡，特别吃力。只能走一段，歇一阵，再往前走，总共抬着秦始皇在此歇了18次，于是始皇把这段路叫作"十八盘"，素有"天门云梯"之称。其实，南天门就是十八盘的尽头，李白曾经在此咏叹"天门一长啸，万里清风来"。

南天门北上向东便是天街。天街游人稀少，商贩不多，不见导游讲解，也不见"碧霞祠"的钟声。我漫步天街，步换景移，山风浮动，衣袂飘飞。烟波云雾，宛如仙境。走到街口，我竟想起韩愈《早春》中的诗句："天街小雨润如酥，草色遥看近却无。最是一年春好处，绝胜烟柳满皇都。"此时此刻，我雾中独立，举目四望，似乎真正抓住泰山之魂。等闭上眼睛，像有琴声传来，深远而低沉。但浓雾仍未褪去，厚重的云层铺天盖地，就像上苍晾晒棉花。顷刻之间，浓浓的雾又把整个泰山笼罩成为雾海。我行至碧霞祠，顿感山之魅力，山之毓秀，山之精深。导游说，等过了斗母宫，可去万仙楼，那里有块"虫二"的石刻，我问"虫二"何意？她告诉我说，"风月"二字去掉外边就是"虫二"，即风月无边。

走出碧霞祠，雾又升起。凝视云海，我只觉得人间梦境与现实，仅仅只隔一层气流。泰山之巅，我多想舞动心灵，可一层层白雾还是隔断行路，唯有从岱宗坊蜿蜒而至的一级级石阶明明灭灭。惊觉中,我发现身旁菊花一路攀升,神傲无比。于是,我微笑着走过一棵棵秦松汉柏,跨过一级级石阶,越过一座座峰峦,穿过一处处庙宇,终于懂得泰山简约而平淡的秋装下蕴含的是东方思想。即使下山时,缆车一会儿把十八盘抛之身后,一会儿又把游客抛在身外,更把苍松和峰峦搁于眼前,把瘦石风骨藏在心底,我都逃不出对石头、古松、幽谷和山岭的依恋。可能,这就是世上因果真抵不过一字佛语:缘。

我在泰山最迷恋的还是奇石、古松和女儿茶。山上秋寒,奇石墨香犹在,或美妙,或遒劲,或飘逸,或潇洒,或冷峻,或磅礴,或娟秀,集真草隶篆、圣人名家之饕餮。尤其,当我赏析李斯小篆时仿佛历史就在眼前。山上1400多处石刻中,"泰山石敢当"更是匡扶正义、驱魔降妖的象征。而古松向世人诠释坚韧,"女儿茶"敞亮生命的梦想。

泰山是国山,也是灵山。它以儒家为主导,融道、佛思想为一体,让人回归自然。值得嗟叹的是,又有谁不晓得自己在此寻找的既是身之回归,也是心之所在?但我更清楚,登临泰山,自己想看日出的心愿虽搁置,但也藏起。

登临泰山,心如止水。山,没了水,如同人没了眼睛,少了灵性。田,没了风,如同人没了血肉,缺了丰腴。登临泰山,我抱拥一种体味和超越,懂得行进中的思辨;登临泰山,我不想言说生之超然,只想铭记寻之祈求。但我始终忘不了,清代散文家姚鼐冒着风雪登山的况味,既有"苍山负雪"之叹,也有千古名作《登泰山记》的佐证。

龙年秋月。齐鲁情未了,泰山揽我心。

趵突泉边

秋光深处,我走近清爽、新鲜、明静、沉稳的趵突泉。刹那间,一种顿悟油然而生:大美无言。

身临趵突泉。趵突泉镇园之宝——两只相对而立的龟石即刻映入眼帘。趵突,即跳跃奔突,三窟迸发,喷涌不息。我信路而行,柳丝轻垂,拱桥婉转。流水潺潺,激石泠泠。闻声而至,一股股泉水从高处流到低处,冲刷着巨石,发出清脆、清冽、凉凉、滑滑的声响。再往前走,过庭院,转穹门,穿走廊,池水深了,泉水清了。

穿过小径。园内泉群汇集,除了趵突泉,还有漱玉泉、金线泉、马跑泉、柳絮泉、珍珠泉、黑虎泉等,都无声无息地流进"海右此亭古,济南名士多"的大明湖。趵突泉,原名"槛泉",又名"瀑流",为古泺水之源头。北宋诗人曾巩曾任职齐州知州,在此建有"泺源堂",赋此泉名"趵突泉"。

踏进观澜亭。亭子四角飞檐,黄瓦红柱。亭内有碑,碑上刻有康熙手书的"激湍"。碑后小字为乾隆所书,一碑二帝手书,即"双御碑",这二字更让我想起王羲之《兰亭集序》中的"又有清流激湍,映带左右"。亭子左边水面浮有一碑,碑上刻"趵突泉",乃明代胡缵宗所书。亭西墙壁嵌刻两块石碑,一块"观澜",取自《孟子·尽心》的"观水有术,必观其澜",为明代书法家张钦墨迹;一块"第一泉"石刻是清朝同治年间王钟霖手笔。泉边有石凳,以泉为背景,以柳丝为衬托,真不枉作泉边看客或画中游人。

伫立桥头。凝望泉水,一泉三眼,位居济南"72名泉"之首,被誉为"天下第一泉"。水碧泉深,绿藻摇曳,锦鳞畅游。四季恒温18℃左右。泉池四周砌石,可凭栏俯视。池北建有泺源堂,堂后有娥英祠。寻声来到堂前,一泓方池中,三股泉水一字摆开,浪涛翻腾,喷珠溅玉。

驻足泉畔。叠浪涛声,盈耳透心。浅水处,我捧起泉水,细细品尝,甘甜清凉。三股泉水,从绿潭里钻出;三个泉眼,南北排列;多姿的水花,分三堆翻涌。我陡然顿悟,这泉就是最好的诗、最好的词、最好的赋。难怪,康熙三临,书有"激湍""润物"和"源清流洁";乾隆两次南巡,御笔册封而驰名。更不用说,公园南门有乾隆题写的"趵突泉",东门还有郭沫若题写的"趵突泉"。

秋雨落着。我徜徉石径,漫步松林,停留竹林,拜祭五卅纪念馆;我凝望泉水,一边追问自己,一边行吟"赏泉不知醉,翠竹到泉边"的高洁。虽说想起《老残游记》中所说:"到了济南府,进得城来,家家泉水,户户垂杨,比那江南风景,觉得更为有趣。"但最吸引我的还是李清照纪念馆。

趵突泉有诗根。李清照纪念馆是一座小祠,乃趵突泉泉群中水位最高的一个。"漱玉泉",相传她在此常梳洗打扮。"漱玉"来自"漱石枕流"的典故。她的《漱玉集》因而得名。其祠前,有郭沫若题写的"一代词人"和"传诵千秋"的匾额矗立。少时,我好吟诵《如梦令》,但其巅峰之作《声声慢》更让她因愁而瘦,因瘦更愁。如今,易安笔触,虽已遗落历史,但聆听泉水,萧萧风笛,仍会流入心间。

趵突泉有灵性。常言说:"不饮趵突水,空负济南游。"我无论倚栏聆听还是轻抚栏杆,秋雨、秋风、秋色和秋味都会扑面而来。这里的秋色,不仅比春色更雄奇更壮美更有分量,而且更能绽放庄子的"正得秋而万宝成"。这里的泉水太好了,它在赵孟頫的心里已折射成水墨丹青,亦被乾隆升华为"鹊华秋色"。

那一池浩然,清澈见底。那泉水,赏不尽,品不完;那泉脉、人脉、文脉都是相通的。谁是泉之知音,谁为水之佳人?山水无恙,我已归来。

大明湖畔

从趵突泉边走进大明湖。我已被大明湖"四面荷花三面柳,一城山色半城湖"的静谧所陶醉,也被大明湖的清亮所攫住。

秋的大明湖,空阔明朗。湖畔有柳,湖中有艇,一幅秋图。湖边,幽幽绿意把一湖莹绿,分成两半。遥望对岸,一丛丛秋色,一团团绿意,让人感念万物萌动。雨中,秋柳绰约,那枝条探于水上,轻点水面,随风扭摆,顾盼生美。辽阔荷丛,叶子阔大。远望,浩瀚烟水,绿树蔽空。片片荷叶,散乱地覆盖湖面。荷莲中央,枝枝莲蓬,躬身弯腰,依荷而居,伴荷而眠,撷荷入魂。

踏行湖畔。秋雨蒙蒙,堤柳夹岸,亭榭点缀,千佛山倒映湖中。湖边,假山上建有浩然亭。湖南,为清朝宣统年间建造的遐园,被称为"济南第一庭园"。湖北,高台之上建有元代北极阁。湖中,碧波泛荡,小舟争渡。秋风款款,游人或赏荷,或拂柳,或小憩。倒是那湖水一股股、一道道、一波波地奔腾而起,把秋的湖水濯洗得清澈如歌,把飞翔而过的鸟儿凝为音符。

沿堤步行。友人要邀请导游。我笑了笑:"有了雨,就不用了。"他又拿来一把雨伞,我劝说:"打了伞,心绪何以集结。"于是,我们在"超然楼"前合影留念,那一场秋雨确是我们心中的"及时雨"。烟雨笼罩中,我们竟忘了疲劳,摆渡秋游。

大明湖有诗境。诗的境界不仅有山有水,而且山水之间使人念想萌动、翔舞和轮转。因为人的生命源头皆为文化之源。济南,最早繁荣见于现藏台北故宫博物院的济南风俗画《鹊华秋色图》,系元代画家赵孟頫绘制,有隐逸之气和泉城烟水。事实上,大舜择地依山而耕,依水而居,就是神话传说中最早的济南人。先秦时,孔子创立的儒家与齐国成立的稷下学宫即为中华文化的两大代表。宋时,苏辙由京师到济南出任齐州掌书记,以后苏轼等相继到来,皆把诗文写进泉池,辞章与泉水平行,与永恒押韵。1890年,刘鹗更把这里的景色写进《老残游记》中。近代,美国哲学家杜威在胡适陪同下曾三次抵达济南,印度诗人泰戈尔在徐志摩和林徽因陪伴下游览济南,并留下诗作:"我怀念满城的泉池,它们在光芒下大声地说着光芒。"1930年,作家老舍就职于齐鲁大学,还出版《大明湖》等三部长篇小说。

秋的湖,水光潋滟。大明湖百泉汇聚,素有"恒雨不涨,久旱不涸"的奇观和"蛇不见,蛙不鸣"的生态之谜。且与趵突泉、千佛山并称济南"三大名胜"。济南人说,湖底直通龙宫,水被龙王爷控制着。

大明湖畔,深切体味,何等意韵!

秋柳

大明湖畔，我看秋柳。秋雨中，天色清幽，小山无语。我漫不经心地行走，秋风吹来，波光含蓄，尚有柳叶落入水面，鱼儿散开。闭目凝神间，顿然衍生舍我其谁、思接千载的况味。

秋柳飘逸。我从风中能嗅出清醇、飘香和歌声，她分明早已乘着一叶小舟，穿过湖水，独立湖畔。而我只想完成一次精准的蝉蜕，并从湖中打捞一串串清丽、妩媚和忧伤。尽管茫茫天宇，白云轻移莲步，银燕翩跹起舞，群虾欢快嬉戏，蜗牛默写幸福，但我更想用心声表达倾诉。

秋柳风韵。雨中，虽说湖上的树木干巴巴、黑乎乎、光秃秃，但她惊喜地给自己披上一袭生命的蓑衣，让我不得不把情怀放逐于周作人"遇雨可增游中佳趣"的话里。由此，我不得不叹服苏东坡把西湖比作西子，又不得不玩味李渔论及美女，真美者不在容貌，在于风情或媚态。容貌只悦人目，风情和媚态却荡人心神，勾人魂魄。不懂风情没有媚态的美女，是木美人，懂风情且有媚态者，七分貌便有十二分美。

凝望秋柳，浮想联翩。古人爱柳入怀，而我惜柳入心。古人赠柳，寓意有二：柳树易生速长，送友意味漂泊何处皆枝繁叶茂；柳与"留"谐音，"折柳相赠"真是"挽留"。柳树，作为阳性树种，民间多避邪及招风水；柳树，作为报春使者，国人善插柳、射柳、赏柳、喻柳、咏柳和爱柳。大明湖的"五柳岛"就以"五棵柳树"而闻名；大明湖的"秋柳含烟"说是新景点，其实是为了纪念清代诗人王士禛，因为他在"历下亭"下写成"秋柳四章"，并成立"秋柳诗社"。

柳是绝唱。她是画,柳醉春烟;她是诗,浸透诗意;她是曲子,一声长笛,几树苍烟;她是歌,春到柳先翠。大明湖畔,我学做古人,折柳一截,身倚栏杆,轻声吟诵:"昔我往矣,杨柳依依。今我来思,雨雪霏霏。"

柳是夙愿。她最早争春,最晚别秋。春天,催化江河;夏季,遮挡烈日;秋季,不畏寒冷。田间,抵御风沙;公园,增添妩媚;宅旁,遮挡骄阳;都市,绿化环境。

柳是船渡。她总是与人神通。陶渊明自称"五柳先生",柳宗元被称"柳痴",蒲松龄被称"柳泉居士",左宗棠被称"左公柳",丰子恺雅号"丰柳燕";杜甫以"侵陵雪色还萱草,漏泄春光有柳条"倾诉柔情,苏东坡种柳西湖,欧阳修的"月上柳梢头,人约黄昏后"写尽人间幽会,毛泽东以"春风杨柳万千条,六亿神州尽舜尧"把杨柳与舜尧并列。

秋深了。大明湖畔的秋柳,更让我觉得自己活在热烈的夏日。

孔庙·孔府及其他

孔庙气象大哉。它在一条南北中轴线，对称分布，结构严谨，配以高墙，绿树参天。与北京故宫、承德避暑山庄并称中国古代三大建筑群体。一进门，即见"先师手植桧"。一条石路皇帝步行，左边文官，右边武官。"大中门"门上匾额是清乾隆手书。十三座碑亭为保护皇帝御制石碑而建，由此进入主要祭祀区。每年9月28日，祭祀孔子的地方是大成殿。殿前杏坛亭，碑上题有乾隆《杏坛赞》。殿正面向南而坐孔子塑像，两侧东面的两位是"复圣"颜回和"述圣"孔伋，西面的两位是"宗圣"曾参和"亚圣"孟轲。四配后是"十二哲"。殿东西两排长廊，供奉先贤156位。"金声玉振坊"是庙里第一道门坊，坊后是泮水桥，而桥东石幢上写有：官员人等至此下马。

孔子地位。从皇帝专用建筑规格"九进九重"上的礼遇中得以充分反映，九重庙堂，九进庭院，九开间殿，九脊重檐。史载，从汉高祖刘邦至清高宗弘历先后有11位皇帝18次祭祀，仅乾隆就有8次。唐玄宗李隆基以帝王之笔为孔子身世鸣不平，诗曰："夫子何为者，栖栖一代中。"如今，世界上孔姓有400万人，我国国内300万人，韩国、日本等也有孔姓出现，多归入曲阜孔氏家谱。2004年11月21日，全球第一所"孔子学院"在韩国首都首尔挂牌。

孔子思想。皆在一座座门坊招牌上得以显露：棂星门，指孔子是天上文曲星下凡。圣时门，指孔子是最顺应时代的圣人。弘道门，指孔子弘扬尧舜禹汤文武之道。大成门，指孔子是集大成思想巨擘。"太和元气坊"赞美孔子思想滋润万物。"快睹门"取"先睹为快"之意。"仰高门"取"仰之弥高"之意。

"同文门",取《中庸》书同文,形同伦之语意。"大中门"里的"大中"二字赞扬孔子"中庸之道"。

孔庙最深处是杏坛。砖瓦无言,松柏无言,岁月斑驳。孔子在此给72贤、3000弟子传授"六艺"。他虽说是一名布衣,可其思想却统治了中国2000年,至唐已被称为"大成至圣文宣王"。其子孙在汉朝已被封为"褒成侯",后代又升一级做"衍圣公"。他是万世师表,教育先祖,中国民间办学第一人。其对高尚生活的追求基于世俗动机而不源于超自然,接近苏格拉底而非耶稣。

秋风拂面。奎文阁安静,大成殿默然,13碑亭凝固。我听见杏坛前的诵读,接受先生的教诲;我看见智者席地而坐,学者鱼贯而入,可谓"千年礼乐归东鲁,万古衣冠拜素王"。霎时,孔庙的每一扇门,每一堵墙,每一棵树,既昭示久远文明,又诉说远去历史。穿过崇圣祠,我细数先贤先儒圣迹,有宋明理学家,也有清代大儒。每个牌位皆为一道道文化墙壁,一座座思想丰碑。尤其,孔庙神道被看作天堂之路,唯孔家"衍圣公"有幸经过。

孔庙,浩大而庄严。我伫立时,先生仍在思考。他捻髯微笑,像是对孟荀诸子的传承表达欣慰,像是对秦始皇焚书坑儒抒发叹息,像是对董仲舒独尊儒术流露颔首,像是对程朱理学的发展产生思虑。这个世界选择孔子是慎重的。即使强权再嚣张、再霸道,人们谈及孔子只会谦卑。就像眼前的庙宇,不仅对国人是一种特殊的亲切,而且对世界也是一种特别的呼唤。甚至当我移动目光,猛然回望汉柏时,更懂得为何古人形容人之品格是汉魏风骨。不是吗?院北还有一副楹联:惟以一人治天下,岂为天下奉一人。怪不得西方人说,孔子是人类历史上没留下亲笔作品,但对人类文明产生重大影响的三个伟人之一。

孔府与孔庙相邻。它是孔子世代嫡裔长子长孙住处,也称衍圣公府,号称"天下第一家",也是中国仅次于明清皇帝宫室的最大府第。门前,一对石狮。门上,悬挂"圣府"匾额,系明朝奸臣严嵩书。门旁,清代文学才子纪晓岚书有一副对联："与国咸休,安富尊荣公府第;同天并老,文章道德圣人家。"其中,"富"字少一点,代表"富贵无顶";"章"字一竖通到上面立字,意味"文章通天"。

孔府,"庭院深深深几许"。匾额对联,石碑铭文,文化厚重。大小房间,曲径通幽,高低错落。遵循礼教与宗法,有主次、有次序。九进院落,亭、堂、楼、房463间,分东中西三路布局,彰显和谐均衡的"中庸"。"重光门""戒贪图""一贯堂""忠恕堂""安怀堂"等,赞扬中庸、忠恕的道德思想,也显示嫡孙勤勉敬事、廉政为官、报效祖国,感恩圣哲的决心。

孔林很远。也叫宣圣林、至圣林,是孔子及家族专用墓地,享有天下第一林之称。目前是世界规模最大、延续时间最久、保存最完整的家族墓地,延续使用近2500年,有孔氏子孙墓十余万座。由此,我想起书法家米芾的《孔子赞》:"孔子孔子,大哉孔子!孔子以前,既无孔子。孔子之后,更无孔子。孔子孔子,大哉孔子!"

曲阜"三孔",这是世人纪念孔子,推崇儒学的表征。我站在孔庙树下想起梁思成《曲阜孔庙》中的话:也许在人类历史中,从来没有一个知识分子像中国的孔丘那样长期受到一个朝代接一个朝代的封建统治阶级推崇。正如司马迁所言:"《春秋》之义行,则天下乱臣贼子惧焉。"足见,"夫子之道"是维护封建制度最有用的思想武器,皇朝建国,隆重祭孔,大修庙堂,以阐"文治";朝代衰末,重修孔庙,宣扬"圣教",扶危救亡。如果说紫禁城是明清两个朝代皇帝的家,那么,孔府就是孔子后代的家,木府就是纳西族首领木老爷的家。这三个家,相同的是私有住宅,同一建筑风格和布局;不同的是明清两个朝代皇城规模最大,孔府旁有陵园,号称"孔庙",木府居高临下,俯瞰流水、小桥和街道。幸运的是,这三个住宅在中国大地上都完整保存。子贡说,人的文化好比宫墙,老师学问有数仞之高,只有走进去才知道博大精深。据说,孔庙古柏乌鸦不栖,孔林草深林密从不见蛇。

乌镇,邂逅还是欲渡

乌镇,多响亮的名字。我早就想知道它的模样。

水是乌镇的灵魂。"十"字形水系把乌镇分为东栅、西栅、南栅、北栅四个民居区块。车溪河绵绵数十里,一头挑东吴,一头牵越国,河道蜿蜒,清波流动,赋予水乡不朽的暗香,让人的身体和灵魂在向往中悠然放逐。

乌镇与水分不开。乌镇的水与镇相融,人与街相通。尽管古朴的门洞,质朴的板门,精美的窗棂,古老的作坊,长满青苔的石板,都折射出乌镇的悠闲、舒适、从容和惬意,但乌镇最具风情的还是小河。50米开外的市河像玉带环绕全镇,构成街边是河、河边是家的东方威尼斯。街是清一色的二层走马楼。两侧是民房,木制门窗特别清雅,房屋为一二层的砖木结构。屋顶样式不一,砖砌墙壁纯白色。街巷宛如棋盘,人易走失。不过,只要找到小河,搭上乌篷船,便可顺流而下。

乌镇人推窗见水。河岸边,水中支起水泥石柱,石柱上就是水里矗立的民居。沿河而建,从岸边建到河面,伸手可触河水,台阶伸向水中。河上人家用木桩或石柱打入河床,上面架起横梁,放上木板,形成水阁,每晚枕河入眠。乌镇水阁,一头枕水,一头搁岸。人在屋中居,屋在水中游。置身水阁,临窗而观,微风轻抚,吹面不寒。

乌镇桥美。桥因水而得影,水因桥而通衢,桥水相映,互为风情。多桥的乌镇,木桥难觅,石桥遍布,以河为街,依河筑屋。桥头连着家,敞开的窗,装饰人的眼。出门上桥,这是乌镇人生活的组成。

乌镇，最别致的桥是逢源双桥。因顶上有廊篷，乌镇人称之为廊桥。搁置流水之上，等待有缘归来。走上石桥，清爽自在。顺水看，碧波缓缓，条条水巷。拱桥连着岸，连着青砖黛瓦。每钻一个桥洞都柳暗花明。牵谁手？谁沉吟？停留一瞬，回首一生。

乌镇船美。水道通到房前屋后。黑瓦白墙的民居，一半住岸上，一半跳水里。船只来往水巷，样式不一的屋檐、门、窗映在水面，美得毫不张扬。河面，船上船夫，站船尾，望前方，双手握桨，悠悠摇着。水波漫漫，涟漪圈圈。流连其中，徘徊巷陌，绝世而从容。

乌镇走进我心里。门窗、黑瓦白墙流淌出的是简约。出小巷，过石桥，入木廊。坐廊椅，看绿水，看楼影，看倩影，看点影，看虹影，看人影。听到桨声，抬头一看，石桥下驶来小船，船夫划着桨。碧水一探处，划出水绺，恰似李清照的"只恐双溪舴艋舟"。

我在乌镇追寻。豁口是码头，也是歇脚处。从河对面看，像云南的吊脚楼。临街有房，房后有院，格局不大，寓丰富于简单，寓万象于黑白。最朴拙的黑白着色，那是乌镇的魂。

乌镇美在神韵。墙壁是老茧，荒草是胡须，青苔是磨难，只有街巷是根。不管站着、坐着，还是蹲着，始终老成而沉稳。

乌镇是国画，写在宣纸上。这里的民居，或深宅大院，或简易木屋，高低错落，参差不齐，几乎把中国画的远、中、近景表现得恰到好处，宛如戴望舒笔下的雨巷和丁香。

乌镇是镜子，从中可以找寻到自己。走进这里，我不想拣拾春秋烽烟，倾听铁马金戈，最想触摸文化。除了茅盾，这里还出过64个进士，161个举人，这是艺术的催化与滋养浸润给生命的本真。

乌镇是学堂，用呐喊唤起沉睡。河东侧的观前街17号是茅盾故居。厅堂，他握笔沉思，吐纳河山。老屋临街，乃是他读书的私塾学堂。伫立窗棂下,我潮湿的眼帘忽然闪现《春蚕》中老通宝的笑容和《林家铺子》林老板的忧伤,以及《故乡》中的童趣。

其实,静是乌镇的气质,神是乌镇的魂魄。这里,根植的是情结,培育的是基因。春秋时,它是吴越边界,也是吴国屯兵的地方。唐朝咸通十三年建镇,并纳入建制。南宋嘉定年间,以车溪为界将其分为两镇。中华人民共和国成立后,两镇合并,统称乌镇。

走进乌镇,我剥掉虚伪,抛弃世俗;走出乌镇,我宠辱皆忘,恣意澎湃,"晴耕雨读"的文化内核无与伦比。我可以告别草鞋、绣花;告别杭白菊、姑嫂饼、乌镇羊肉、三白酒和湖羊笔,还有翻丝棉棉袄、手工做的纸伞,但无法告别蓝底白花的手工布,那色彩,那气息,蓝得自然,蓝得清纯。

乌镇,骨子里透露出淡定。离开乌镇,不忍回首。我作别都市的机械化和程序化,乌镇给予激动、承诺和期许。西安沧桑,北京文明,而乌镇从容。面对自然,面对自己,面对生命,让虔诚和自由做主,我想起歌德在威尼斯的日记,他在西西里岛上说:"这里才是打开一切的钥匙。"让我惊叹的是,这句话同样适合这里。

乌镇,我还会再来。风清流稳,石桥横斜,静谧安闲,悠远古朴,临水沏茗,小巷寻道,何等曼妙!

善感的明珠

上海被称为申城。

为何不以静安寺而悠久？不以鲁迅和巴金而知名？不以中共一大会址而闻名？自1843年开埠,150年中西方文化、本土文化和地域文化相互冲撞、并存和融合,只有东方明珠标志着上海——中国的经济和金融中心。

东方明珠电视塔高468米,亚洲第一,世界第三,仅次于加拿大多伦多和苏联莫斯科电视塔,并与左右两侧的南浦大桥、杨浦大桥,形成双龙戏珠。远看,不很特别;近看,脚踩大地,头顶蓝天,高入云端。塔重十二万五千吨,比巴黎埃菲尔铁塔重五万五千吨;塔下人山人海;塔身坐落黄浦江畔浦东陆家嘴嘴尖上,且与外滩"万国建筑博览群"隔江相望。

走近东方明珠,我不禁惊叹不已。设计者把十一个大小不一、高低错落的球体从蔚蓝色的空中串联到绿色草地,两个巨大球体宛如两颗红宝石,与塔下一流的上海国际会议中心的两个地球球体,构成"大珠小珠落玉盘"的诗情画意。东方明珠由三根直径9米的擎天立柱、太空舱、上球体、下球体、五个小球、塔座和广场组成,设置了可以载50人的双层电梯与每秒7米的高速电梯。立体照明绚丽多彩,乃是鸟瞰上海的最佳场所。

我端详东方明珠。开始坐上每秒7米的观光电梯,来到263米高的上球体观光层,大上海的景色尽收眼底。接着,到达电视塔267米的亚洲最高球体旋转餐厅,1500平方米的面积,可容纳350位来宾。沿楼梯下到259米观光廊,俯瞰上海,相当于站在88层楼顶向下观望。这里有吉尼斯颁发证书的最高的邮电所——东方明珠邮电所。后来,换乘另一电梯到90米观光层,看到的是外滩、黄浦江、陆家嘴、隆瑞大厦、海关大厦、香格里拉大酒店、上海国际金融中心等。

我环顾东方明珠,在世界目光与城市心曲里找寻足迹。最显而易见的是百年建筑,新古典主义,哥特、文艺复兴式、折中主义、现代主义、装饰艺术派等处处都在诠释"上海滩"的昨天。导游说:"了解1000年历史到西安,了解500年历史到北京,了解100年历史到上海"。"申"字形的上海立交桥独具匠心,"申"字的十字交界处还有一根特别的九龙柱,灿烂的海派文化,使我放慢脚步。准确地说,东方明珠是综合性塔,可进行7个电视频道与10个调频(FM)频率发射,覆盖全市区。除此,还可以进行数据传输和无线电通信等,旅游收入排名世界前列。

我默读东方明珠,感受力量。上海科学技术的精确,上海经营管理的精明,上海日常生活上的精细,让我以一种苛求的心态,凝望绰约和迷人。百年前的上海很特别,沦陷是事实,西化是必然。但上海人以特有的姿态存养自己,文化、人文、风俗、趣味等与外来一切融合与发展,催生出独一无二的绝俗,鳞次栉比的水泥森林,耸立云霄的高楼大厦,还有狭窄的小街,不太干净的路巷。

我凝视东方明珠,追念弥新。妩媚的夜上海,因东方明珠而顾盼生辉。余秋雨说:"即使是上海人中的佼佼者,最合适的岗位仍是某家跨国大企业的高级职员,而很难成为气吞山河的第一总裁。上海人的眼界远远超过闯劲,适应力远远超过开创力。有大家风度,却没有大将风范。有鸟瞰世界的视野,却没有纵横世界的气概。"可能,这就是孔子"登泰山而小天下",上海人"登明珠而小中国"的缘由。

善感的东方明珠,彻悟力量。黄浦江畔,文化是一道流动的景,每一个角落都有遗痕,每条大街小巷都流露出风采。骄傲的是接纳行者,不朽的是辉映人文。

为爱伫立

1

凭吊秦淮河,我缘于杜牧的《泊秦淮》,印象中的秦淮河与风月、商女、人家、诗人紧紧裹在一起。后来,我读完朱自清与俞平伯同游秦淮河时各自所作的《桨声灯影里的秦淮河》,又滋生些许神秘。若干年后,当我冬日里走到这里,忽然间,竟被"颇朦胧"和"怪羞涩"的滋味缠绕起来。

喜悦的心情,不是大师指引,纯属性之所使。我走进秦淮河熙熙攘攘的人流,优美协调。秦淮河没有风韵,却有风采。我的追怀犹如一种不可言传的缅怀。

飘落的雨滴,未曾湿透衣衫。我情不自禁地融入这片时空,与风雨融为一体。屏住气停歇下来,逆流而上。秦淮河,本名龙藏浦,汉称淮水,是长江支流。由东水关入城,经利涉桥、白鹭桥、夫子庙、文德桥、武定桥、镇淮桥、新桥、上浮桥、下浮桥至西水关出城,这就是"十里秦淮"。据说,也曾称为"小江",与长江相对而言。

踏行河畔,温暖相拥。河的夜色在我眼前徐徐抖落。河两岸景色并不单调,碧水穿过桥洞,柔波衬着两园倩影。河里的船,不笨,也不简陋,有大有小。小船,就是所谓的"七板子"。大船里陈设字画和红木家具,桌上嵌着大理石面。最出色的是在舱前。上面有弧形的顶,两边用栏杆支着。其中放两张躺椅,躺下了,顾盼两岸。

伫立岸边,心潮澎湃。河水在脚下淌,风雨在脸上吹拂。停泊埠头的画舫激烈晃荡,翠苑的廊道是渡船的最佳去处。总是记得,朱自清重游,晃荡那桨,抒发不堪消受;俞平伯以灵魂透视客观,阐发"主心主物的哲思";而我前来踏行,思绪与船舶仿佛合上了拍,最感念的当是生命的激流和理智。因为年少时探询老庄,很想超脱,上下求索,最终凭依的仅是超越。出乎意料的是,雨中坐船,旅游团队络绎不绝,我买下船票,还得等待。起初,我以喜悦浸染夜色。一会儿,船又多了,且是大船,但清晰可见的还是失望。于是,我便凝视船泊走后柔美的涟漪。岸上闪烁的霓虹,分明一再告诉我好个秦淮之夜。但忘我与茫然的希望中,我又伸手触摸河水,一丝凉意涌上心头。掬水相视,我深切领受与秦淮的肌肤相亲。

那一夜,我在幽暗中迈开脚步,阅读这片天宇。我心湖中赶不走的是古老而神秘的波影。

2

秦淮河,河面很宽,泛着绿意。现代科技,不会让游人再去坐乌篷船。

河边,明城墙映在河面。夜雨侵袭,路是湿的。绕过走廊,踏过木板,我坐上游船,体验游渡。竟不由得喟叹,昔日朱自清与好友俞平伯同游秦淮时运气多好。现在,灯影有了,霓虹有了,可桨声远去,马达声下的画舫,让我削弱登临的祈愿。

河畔,生命的荣枯,历史的兴衰,空自流去,如弃草芥。秦淮河,也许属于秦淮人家,属于六朝金粉,属于才子佳人;也许属于"云雨花柳地,温柔富贵乡",属于"六朝烟月之区,金粉荟萃之所",但她最幽美的还是人对理想和现实的直面、眺望和沉思。

秦淮河,波澜不惊。公元前472年,越王勾践灭吴,在南京中华门西南侧建城,开创南京城垣史。魏晋前,江南蛮荒。西晋末年,司马睿带大批贵族渡过长江,建立东晋。南朝开始,商船往来,歌女寄身,文人才子流连,风月金粉的序幕拉开。宋、齐、梁、陈多是篡权,风月风情一直延续。后来,陈后主歌声沉寂,风月顿失。唐朝定都长安,秦淮衰落。明末清初,秦淮河浸透脂粉和烟花,且成为反抗异族的阵地。真不知河中胭脂与泪水哪个多?也不知秦淮人家是酒家、船家,还是商家、女人家?更不知是诗人引发河之风流,还是河之风流迷醉诗人,甚至诗人赋予河之风流?

秦淮河,风花雪月。学生时代,朱自清和俞平伯给我种植下河的生命胎记,纯真与香艳无法抵挡。历史上,秦淮风月始于南朝。朱元璋建都金陵,河畔设置妓院,相传还曾亲自题写对联:佳水佳山佳风佳目千秋佳地;痴声痴色痴梦痴情风辈痴人。可以说,简单的秦淮风月,孕育了不简单的朱明王朝,"秦淮八艳"是明朝文化标号的体现,承载风月与历史、耻辱与正气、妓女与文人,更暧昧一个民族夫权社会的岁月情愫。

河房有故事。陈后主沉湎酒色,荒疏朝政,每日与贵妃张丽华寻欢作乐。百官启奏,他非但不听,竟让贵妃坐于膝上,决策国事。最终,隋军攻破建康,不得不拉着美人跳进胭脂井里。亡国之恨,就成为秦淮河畔的一曲葬礼。

乌衣巷有斜阳。刘禹锡的"朱雀桥边野草花,乌衣巷口夕阳斜,旧时王谢堂前燕,飞入寻常百姓家",让后人耳熟能详。我未曾想到,这个驻扎过孙吴禁卫军,坐落于东晋王导、谢安宰相豪宅上的"乌衣巷"也被安插在秦淮河畔。

长干桥有舞台。李白崔颢的足迹,王献之的喊声,孔尚任的《桃花扇》,朱自清与俞平伯的桨声,不都在画舫、白局、十里灯影中载满艳声、香闺和残梦?

桥南街口有故居。那就是《桃花扇》里李香君的"媚香楼"。河上矗立,河堤还有小门。传说,诸多王公贵族到此,不走前门,便开后门。如今,已变成茶楼,封满苔藓。

秦淮河,深沉而敏感。庙前广场水泄不通。我四下张望,霓虹灯把楼房打扮成天外仙宫,河中船灯把河水映照成琼浆玉液。从文德桥上看,河水猩红点点。我从桥上走过,来到大石坝街口,灯光和音响刺激我的视听,凝结的空气中挟裹着花香和风雨。

夫子庙,即孔庙,与学宫、贡院都是秦淮精华。史书说,夫子庙建于南宋,与贡院同时建成,是读书人常去之处。宋代,理学盛行,娼妓业也被认可。待明朝迁都北京,贡院作为南选考场,形成最著名的风月场所。庙内供奉儒家宗师孔子,庙前游人如织。

秦淮河,朦胧而沉吟。我扶在桥边石栏上凝望水面。岸边,垂到水面的柳枝,阻隔着岸上的喧闹,水与岸,俗与禅,两种世界。我的浮躁在于不爱河的多情,河的腻味,河的绵软,河的脆弱。我的沉静缘于河水吞噬过江山,河的子孙成长为才子佳人。

夫子庙是河的心脏。文德桥上,水阁河房鳞次栉比。远望,黛瓦粉墙,十里秦淮穿行而过。近处,河对岸矗立"秦淮人家"四个大字。河的另一岸,码头、石栏前游船停泊。

秦淮河,意味深长。以紫金山为伴,以玄武湖为友,错综密布的支流,这是南京时刻跳动的血脉。远在石器时代,河畔就有人类。六朝时成为名门望族聚居之地。东晋时,毁坏河船万余艘。隋唐以后,渐趋衰落。宋代,复苏为江南文教中心。明清是"十里秦淮"鼎盛时期。近现代,因为战乱成为"祸水之地"。1985年修复后,秦淮河风光带,以夫子庙为中心,秦淮河为纽带,包括瞻园、夫子庙、白鹭洲、中华门城堡以及从桃叶渡至镇淮桥的水上游船和沿河景观。静看河水,日夜流淌,瞬间,顿觉河水由少变多,由多变少,从浑浊变为清冽。河的魅力,仿佛永远属于夜色。

那一夜,我枕着河水入梦,秦淮河,见证日月,见证气度。花开花谢,潮起潮落,不简单的世界,更替的历史,秦淮河的罗盘在轮回中无声亮剑:给我真理。

紫金山的石阶

秋末,绵绵细雨中我拜谒中山陵。

雨中游陵,意兴盎然。中山陵位于南京市紫金山南麓,坐北朝南。湿翠沁人的黄昏,偌大景区,游人甚少。中山陵设计庄重,中轴对称,呈钟形,寓意"警钟"。陵园前临平川,后拥青嶂,左有灵谷寺,右有明孝陵。主要建筑有博爱坊、墓道、陵门、碑亭、祭堂和墓室等。

步入中山陵。我穿过松柏林,走过"博爱坊",读过"天下为公",看见没有碑文的碑亭,碑上镌刻"中国国民党葬总理孙先生于此",落款是"中华民国十八年六月一日"。过了碑亭,坡度加大,紫金山392级石阶代表当时中国的39200万同胞;8个平台,象征着三民主义五权宪法。台阶用苏州花岗石砌成。

走过石阶,有雨趣而无淋漓。我伫立于梧桐树、雪松、香樟树和榕树前,仿佛看见先生沉静而坚定的笑容中深藏一种力量;仿佛听见外国友人称先生"孙逸仙博士";仿佛望见先生站在二层小楼,推开朝西的门窗,凝望"虎门硝烟"和圆明园。但低头注目处,陵园长廊两侧,悬铃木的枝丫,像是擎起摇曳的叶片,在讲述先生的铁血斗争。

雨,绵绵而下。丘陵和山峦,层层叠叠;石阶延伸,越走越峭。中山陵依山而建,祭堂和墓室把身后山峰全部遮掩,石阶孤独而崇高。漫步神道,碧浪翻滚;驻足神道,祭堂在前。进入祭堂,门额上书"民族、民生、民权",门楣上刻有"天地正气"。大厅有雕刻家保罗·阿林斯基所塑坐像,东西两壁刻有遗著《建国大纲》。正中是先生长袍马褂雕像,像下有6幅浮雕。过祭堂,来到墓室。一道门门楣刻有"浩气长存";二道门刻有张静江的"孙中山先生之墓";最后一道是墓室,安葬先生遗体。

秋风拂过,雨珠急促。我登上大顶,倍感神圣是需要灵魂和姿态的。我雨中拜谒,独自拓展情怀,多想真切地找寻一种灵魂的庇护。紫金山上,冷静的石阶给予我难以忘却的分享。

秋雨中,我放慢脚步,级级登临,级级抬高,级级问天。沿台阶而上,从牌坊到墓室;沿中轴而下,我走出陵门。石阶,终于让我读懂古老的睿智。当我站在底部向上回望时,只看见石阶而看不见平台;而站在顶部向下看,只看见平台而看不见石阶。

我的祭奠结束了,我的沉浸湿透了。黄昏中的思索,烛光下的感悟。何谓无愧历史?何谓伟人风范?何谓巍巍朗然?中山陵告诉了我一切。

我的回望隐没了,我的梦想超越了。背倚"天地正气",心灵随风而舞。392级台阶俨然就是通往自由、民主、平等、博爱的福祉。

在船上

多年了，我航海不多。不过，那次远游比起畅游长江三峡相当深刻。从大连到天津的航行，足以唤起我许多强烈，几多丰沛，诸多朗然。至于那些寂静，那些喧闹，那些对话，也都演义成为感动秋夜的温馨。夜里航行，大海在航船的趾高气扬中显得些许寂寥。可能，这些都是因为夜幕的存在。夜里，坐船旅行的人看上去很清新很本真，仿佛都丢掉了白天阳光下的婆娑荫影。可对我而言，夜里在航船上逗留莫过于放牧心灵。

那天，天气清朗，秋韵徐徐。大连黄昏中，我凝视西天的云霞，发现深蓝色的大海分明早已在等待与我们一起消夜。呆望中，我终于隔着玻璃窗告别喧腾的街道和五颜六色的人流，走进船舱。现在想来，那次航行，仍因向往而恍如其中。

夜里，我打理完行李，走出船舱，踏上舰板。大海宽广，海水平静，不见风涛，我独自凭吊的只有远方和苍茫。船在行进中，天空留下黑色的烟尘，海里翻飞的仅仅是白色浪花。这时，我回望船后，越来越远、越来越广的是被大海慢慢隔离的陆地，似乎黑夜已经为它们涂上同一种色调。船，不管停靠哪里，还是航行何处，唯有码头是高尚与完美的界标。当我驰目远望一汪汪清澈晶莹的水域和无比浪漫的堤岸时，顿觉海天一线处，眼中每件可爱的东西都融入大美的想象中。而纵情幻想、逗留愉快时光中，一切又让我的沉思与幽静变得亲切自然。可叹的是，夜里航行，我只想带着新感觉收获新体验，却始终未能看到一个又一个海浪的奔突，至于弥留海滩的足迹只能封存于梦里。我想,那不会是黑夜自私地吞噬海浪的余味和记忆。我又想,总有一天能够看到海浪,那种使人折服的激越一旦从海的心灵里奔腾而出,真要回归人类灵魂的大深奥、大努力和大苦痛。

那是怎样的境界?当大海展开一幅清新的华丽图景时,我无须瞻前顾后,只需聆听大海,这正是我在横渡渤海的航船上,靠着或站着,更多的是坐着时存养的心境。其实,这种拥有并非每个人,也不是任何情况下都会感受。简单地说,这是心与景的相互依托。复杂地想,看海与消夜就是给抽象而单调的旅行平添可爱的生命律动。要不,船上处处都有乐者、喝者、唤者、聊者、看者、走者、酷者、秀者、痞者,而又有多少人能直面放逐的生命在回忆、遐想和省察?直至上岸,我内心的壮丽才渐行渐远。

航船上的夜,没有峡江的甘美,却有北方的醇美;没有三峡的叩问,却有北国的天启,以至于那次旅行不仅让我以辩证的力量和炽热的激情品味远行,而且更让我嗟叹,黑夜永远属于船,唯有欢乐浸染人。

九月,最美的海真为我展现了又一个秋韵。

再会，西湖

秋风拂水，枫叶正红，凉风劲吹。来到西子湖畔，我有一种心绪情不自禁地浮化于西湖的微澜中，不肯沉入，倒让六朝繁华、唐宋风流将自己浸透得遍体鳞伤。

西湖是人工湖。亭、台、楼、榭，临湖而建。碑、寺、塔、墓，依山而立。走进西湖，碧波荡漾。移步西湖，心驰神往。伫立湖畔，心潮起伏。穿过小径，我想起季羡林的《幽径悲剧》，也念起诗人李清照的"雪里已知春信至"。桥上遥望，不由得吟诵徐志摩的《再别康桥》。

西湖，一幅天然的画卷。水，柔得如婴儿的脸蛋；柳，柔得如少女纤腰；雾，柔得如女子的面纱；风，如烟如梦；情，凝结哀怨成故事和传说。不过，生于北方的我，多年来之所以牵念，是因为我最早从《白娘子传奇》中知道雷峰塔，又在语文课本里了解西湖。倘若作为一种生命情怀的蓬勃孕育，那就要追溯于家族兴衰的乔迁了。

秋的西湖，一派成熟。最美的还是北山路。桂花飘香，荷叶低头。梧桐叶红了，湖面别有韵味。天鹅悠荡，绝美的还是自然。市声和高楼的倒影，内透了现代文明的喧嚣。

西湖的浪漫是婉约。说不尽往昔，诉不尽今世，写不完情怀，道不完前尘。西湖的浪漫不是本身，而是浪漫中蕴含着文化素养，以及湖中沉淀的离人泪和诗人笔。但我酷爱西湖堤柳，绝色超尘。微风轻拂，那低头的温柔，会醉了行人。那转身的回眸，更会痴了才子。这就是生命年轮中浸润的文化印记。

西湖的灵气是文化的人格集合。文化的西湖,是一幅秋色赋,也是一首秋歌。可叹的是,西湖,仅仅给予我久远的疏离,游历可以,贴近有点吃力。但让我骄傲的是,西湖的风骨淡泊宁静,且刚柔相济,文才武略。"西湖十景"形成于南宋,"新西湖十景"是1985年经杭州市民及各地群众参与评选,并由专家评选委员会反复斟酌确定。2011年6月24日,"杭州西湖文化景观"在法国巴黎举行的联合国教科文组织第35届世界遗产委员会会议上顺利通过审议,正式列入《世界遗产名录》。据说,西湖申遗是以"文化景观"申报,而不是风景西湖。

西湖,最使我深情不已的还是白堤和苏堤。两条长长的生命堤坝,也是西湖最为自然的景物。桃柳夹岸,水波潋滟,山色空蒙,小山含翠。不管谁伫立堤上,都会被秋色惊叹得沉默。因为苏东坡和白居易都是有比较完整的天下意识、宇宙感悟,也有比较硬朗的主体精神、理性思考的诗人,实乃中国文化良心造化社会实绩的极致。

游历西湖,心神浩荡。桃红柳绿是湖的底色,人文历史是湖的格调。西湖,衍生钱塘江大潮,朗然于自然与人工的融汇,曼妙在山水与人文的贯通。如同岳飞墓和武松墓,一忠一义,相得益彰。

追梦西湖,摆渡心灵。我访山、问水、观景、品茶,意犹未尽。远了"总相宜",白娘子与许仙,梁山伯与祝英台环绕身边;近了"晴方好",1924年春,林徽因女士是陪同64岁的印度诗人泰戈尔访华的唯一中国女性,诗人徐志摩当时为翻译。她与泰戈尔挟臂而行,加上长袍白面、玉树临风的徐志摩,酷如苍松竹梅一幅三友图。怪不得,余秋雨说:"西湖即使是初游,也是旧梦重温的味道,这简直成了中国文化的一个常用意象,摩挲中国文化一久,心头都会有这个湖。"

览读西湖。虽然有许多美景来不及欣赏,些许心境来不及释放,但秋之礼赞是我最爱。西湖的秋是一幅人生宏图,让我领受,让我感悟。难怪,鲁迅先生曾劝过郁达夫不要选择杭州作为定居的地点,他是这样说的:西湖风景虽然宜人,有吃的地方,也有玩的地方,如果流连忘返,湖光山色,也会消磨人的意志的。

秋游西湖,眉宇璀璨,脚下生风,行进有约,何止情愫!畅意抒怀,情深几许,当有缘分,自有欣慰。

卷　二

乡音如歌

春天,我怀揣着疏离,走进故乡新地标——宝鸡青铜器博物院。

我惯于劝导。听说,作为中华石鼓园两大主体建筑之一的博物馆,建造于石鼓山上的二层台地。我从石鼓园北门沿路而上,最先看到的是百米长的文化墙——《周人之迹》。馆外,"平台五鼎",造型独特,气势雄伟,乃宝鸡"青铜器之乡"的永久标志。门口,有被称为"晚清四宝"的宝鸡毛公鼎等国宝。序厅,墙面饰有凤鸟纹浮雕,天花板上是象征西周井田制的"井"字造型。馆内,四个展厅主题分别为"青铜器之乡"、"周礼之邦"、"帝国之路"、"智慧之光"。

我细心找寻。中国历史上,西伯图强、文王访贤、武王伐纣、周公制礼,都在此集结。这里,既是大秦帝国的温床,也留下诸多秦人足迹。西周是人类青铜文化鼎盛时期,被誉为"晚清四大国宝"的毛公鼎、大盂鼎、虢季子白盘、散氏盘,都出于此。其实,人类文明大致经历旧石器时代、新石器时代、铜器时代、铁器时代、蒸汽时代等,但铜器时代的确是华夏民族迈入人类文明的重要时期。公元前21世纪,源于黄河流域的中国青铜文化就已产生,与中国奴隶制国家产生、发展及衰亡相始终。而青铜礼器则是中国古代青铜文化区别于其他国家的显著特点之一,也是中国青铜文化之本质。至于礼器发达皆基于中国奴隶社会"宗法血缘"关系。

我静静赏析。鼎,不仅象征团结、统一和权威,而且代表和平、发展和昌盛。博物馆平台高5米,取材于青铜器中的"铜禁"。据说,周朝时,天子享用九鼎,诸侯七鼎、士大夫五鼎。这恰恰与宝鸡市地市级建制相呼应,历史与现实的完美结合,更蕴含着平稳、安定、和谐。更不用说,当我从"镇馆之宝"——"何尊"上看到"中国"二字时,甚是自豪。2010年9月28日,宝鸡青铜器博物馆在与石鼓阁顾盼相依中隆重开馆,且是旧馆的3.5倍,以高台门阙、青铜原土的建筑符号寓意青铜器破土而出,气势恢宏。同时,主楼设计,以石鼓为基座,以铜镜为顶面,饰以西周凤鸟纹,突显周秦之风、金石之韵。

我时时行吟:生不可不惜,亦不可苟惜。3000多年前,故乡创造青铜文化。自汉以来,出土数量之巨、精品之多、铭文之重要,居全国首位。且不用说,台湾故宫博物院的镇馆之宝"散氏盘",也出自这里。应该说,故乡的土地,寄予我们最早的文化基因和发展基石。西周帝国过早地揭开华夏民族文明史册的序幕。不管西周建国初期礼乐制度,如何被后世再造为法律的雏形,也不管作为礼乐重器的青铜器,如何逐渐摆脱单一、装饰、生活的作用,最终成为一种彰显帝国形象、威严、等级的鲜亮载体,华夏文明由此内化得有章可循。

我深深期盼。忽然想起,世界著名建筑师沙里宁的话:"城市是一本打开的书,从中可以读出它的抱负。"如此看来,青铜器是器皿,也是文明,更是礼仪。它标志人类第一次智慧地改变金属属性,创造出崭新世界、崭新时代。从此,这个世界才拥有文明诞生、国家兴起及自然探索。

山巅远眺,叙乡情,听乡音。生命值得感念,世界可以触摸。

寻脉

走进天台山，我的身心顿然安静。如果把天台山比作一方值得珍爱的文化田园，那么常羊山就是一块久违的翡翠。因为炎帝陵墓就在山顶。炎帝，亦称赤帝，姜姓首领。传说，他的母亲妙游华山，见神龙而孕，他生于蒙峪，长于姜水，有圣德，以火德王，故号炎帝，世号神农。他尝百草，种五谷，制农具，结束了游牧生活；他"日中为市，致天下之民，聚天下之货，交易而退，各得其所"，开辟市场贸易；他织麻为布，让人类穿上衣裳；他削桐为琴，结丝为弦，月光下，篝火旁，弹起了五弦琴。后来，他因为上山误食断肠草而逝，黄帝拜祭。从此，炎帝也被尊奉为农业之神、医药之神、太阳之神，并与黄帝伏羲氏并称为中华民族人文始祖。

登临拜谒。天台山上，至今尚有不少保存完好的古迹。那些楼台亭阁、行宫旁长满青苔，若不小心人会被滑倒。我移步换景，发现这里的阳光尽显风情。山下，石门上横书"神农门"三字。道上凝望，大山被笼罩于苍松翠柏中。半山腰广场为己丑年全球华人祭祀修建；广场前中央有炎帝手捧五谷坐像，左书"炎帝故里"，右书"华人老家"。向北是仿古建筑，石柱支撑门楣，前匾是赵朴初题写的"华夏始祖"，后匾为楚图南题写的"西秦揽胜"。向南是洁白而陡直的石阶，两侧矗立自尧舜禹启再到大汉的20多个帝王。过山门，入大殿。大殿，坐南朝北。据说，前身为唐代神农庙，1992年修建。其内设置炎帝铜像，四壁是炎帝出生、成长和为民造福以及与黄帝结盟的绘画。大殿往南，即到常羊山顶峰。

浮生若梦。来到常羊山，我能彻悟炎帝陵旁的人文气息。陵园是球形，陵前碑上启功手书"炎帝陵"。陵上，青草离离。陵前，两尊石像是尧帝与舜帝。陵园，飞檐斗拱，钟亭、鼓亭相对而立，石桥、回廊比邻而居。记忆中，炎帝虽然停留最原始最朴素的层面，但他传承的坚守、执着、拼搏和创新精神，像一根引线点燃炎黄子孙心灵的火花。

难怪，诗人行吟："在历史沉默的地方，坟墓是会说话的。"寻脉之恋，我难以割舍！人生，固然可以没有浮华，但绝不能缺失文化之脉。回眸往昔，公元前424年，秦灵公祭祀；唐代，已建有炎帝祠、神农庙等。俯视今日，1993年，宝鸡县神龙乡常羊山公园新修炎帝陵，并举行盛大移灵仪式。足见，炎黄文化以"和"为精魂，把最浩荡的久远文明、深厚内涵和宏大智慧始终培植于生生不息的华夏民族灵魂深处，沐浴温暖、光明、希望和柔情。

其实，从远古起，黄帝致力人与社会的共处，炎帝实现人与自然的发展，他们从不同角度，以不同方式在精彩地演绎人间大"和"。千百年来，炎黄子孙以"和"为美，崇尚"天人合一"。新时代，人类交往已经告别了面对面和手拉手，走进了电波和网络。人类生命世界的温情缺失，正如关掉电话，关掉电脑，孤独处处难以设防。如今，这个世界都在找寻真实、认同、归属。祭祖，寻脉之恋，不仅是根之慰藉，而且是魂之救赎。

乡愁

人在世上,谁的头顶都有一轮明月,谁的脚下也都有一缕乡愁。

乡愁,葬尽流年。儿时,故乡的风情、庭院、琐事、亲友、年节和小吃,都是家的记忆。但年知乡愁。春节,就像一根时间的指针,时常以故乡为原点,会把思念拉长。那春联就像一束束红飘带,把日子从冬月里喊醒;那大红灯笼恰似一双明眸,在时空中守望游子,清点泪水。年关将近,月亮则瘦成一片片速效药片,急需治愈人们的精神醉意。我与乡愁就这样一起长大。童年,追逐嬉戏,不太懂乡愁。初中,出外求学,想家的滋味有点害羞。高中,住宿在学校,回家虽然少了,可笔下有家。大学,每个学期回一次家,确实不多。不过,那时,故乡不仅是一个地理上的标点,而且拥有文化情愫,超越时空间隔,漫溢心灵。

乡愁的味道是歌谣。哲学家说,家乡永远是人们思想的起点和终点。不管纤纤女儿,还是铮铮男儿,乡愁之纠缠,无可逃避。乡愁托在梦中,和着苦甜;乡愁夹在信中,呢喃于唇齿间;乡愁写在书中,踩着故乡田埂。

乡愁的记忆是流转。古人说:"未老莫还乡,还乡须断肠。"如果说江南是我前世的乡愁,那么北国就是我今世的乡愁。江南是词,在我心底吟唱千年。淡雨浓烟,青砖绿瓦,倩影如画,都涂满我生命之树的每个枝丫。北国是诗,在我心灵里引吭高歌。听故事,挖药材,采菊花,守炊烟。吃乡味,听乡音,忆乡景。

现在,我的乡愁惯于在秋夜蔓延。看枫叶飘红,秋霜凝露,杜鹃啼叫,像在把心灯点亮。因此,我善于把乡愁拴在心灵的天窗,乐数流年发烫的时光,再把苦难留给深夜,好用青春书写梦想。可当歌曲《橄榄树》首次灌入我的心田,乡愁便疯长心中,不离不弃。

寻觅乡愁,为了有乡可寻。我们从故乡走进都市,不都为了寻觅高山,寻找大海,而不是想把乡愁挂起吹干。新的城市,本该承应天人合一、融合古今,居者依山傍水,行者乡愁可寄。可如今,人们的步履行走在玻璃墙间机械而痴呆,目光干涩而贫乏,心灵茫然而焦渴,乡愁更应值得护佑。

品味乡愁。乡愁来自心灵之初,成长了心灵之田,绵延于岁月深处,升华于每一寸更迭时空。正如我生命的南北西东,行进的来来往往,乡愁对我来说,莫过于自己绑架自己,左冲右突,找寻灵魂的归宿。

牵念乡愁。中国人重亲情,尚人伦,亲情意识是中华民族特有的情感特征。乡愁主题是故乡、怀乡和寻找家园。不仅是自我向外的凝视,而且是理性的自我审视。长期以来,国人延续落叶归根思想——"月是故乡明",道家"天地精神"是乡愁的流行基调,也是远离故乡的思想皈依。现代以来,文化乡愁更表现为特有的"家国一体",而且是中国文学一大母题,也是民族情感的一部分。

记住乡愁,得以解忧。五岳为魂,江河为魄,李杜苏韩为精,我以我笔写我心。前不久,我阅读香港作家张诗剑的诗歌《乡愁》,诗中写道:乡愁的小溪/流过脚旁/洗也不净/擦也不干……乡愁的月光/笼罩心头/喊也无声/哭也无调……乡愁这支歌/震荡耳旁/吟也有味/嚼也生香……瞬间里,我便和诗人一样"坐成一块岩""站成一棵树"。

翠鸟声声

春来了,我的耳畔又回响起诗人孟浩然的诗句:春眠不觉晓,处处闻啼鸟。可叹的是,多年游历,却未曾亲眼看见过你的风姿——朱鹮。

三月,我走近你的故乡——陕西省汉中市洋县。临行前,我告诫自己不可拐角也不可转弯。洋县,不仅有你,而且有你的洋县更有风景。在我心中,你是善于飞翔的翠鸟。汉中,距离你的故乡不是很远,车行的道路也不够宽畅。但我知道,你的名字最早见于《史记》,那时你被称为"翾目"。后来,才被称为"朱鹭",民间也叫"红鹤"。直到中国鸟类学家1981年5月在此发现你。

伫立你的屋檐下,我深切凝视。你最早生活在中国、朝鲜、日本和苏联远东地区,直至20世纪70年代野外几乎没有踪影。洋县是你的净土,也是你的天堂。你中型的体态,秀美典雅,端庄大方;你温顺的性格,被民间称之为"吉祥之鸟";你打开翅膀时,白亮亮一闪一闪,飞进我的视野。你不像麻雀成群结队,要么独行,要么结对。顿然间,我觉得你因诗而存在,而我却因存在而存在。

置身你的田野,我透心朗读。你以小鱼、泥鳅、蛙、蟹、虾、昆虫、甲壳类及小型脊椎动物为食;你的目光从不斜视,活动在水田、沼泽及山区溪流旁;在浅水或泥地觅食时,你常常将长而弯曲的嘴不断插入泥土和水中搜索。你休息时,又把长嘴插入背上羽毛里,任凭羽冠风中飘动。你行走时,飞羽下闪现片片红色,像是云霞,步履轻盈、迟缓,娴雅而矜持。唯其如此,我只能在通达灵魂的充溢中,一边崇尚你用姿态、目光、步履和呼唤衍生我的浪漫,一边玩味你生命履历上记写的光阴和追寻。

朱鹮,你不是大地的鸟儿,你的脚印印在蓝天。此刻,我们无须对话,只需把生命的深度朗然交互,再刷新彼此灵魂的海拔,因为爱是人类心灵的催化剂。人类活着为了什么?生之本能是什么?飞翔的标尺又该搁在何处?每当我仰头喝下甜美的纯净水,似乎总能捕捉到自己生命的脉络:大道至简。难怪,台湾佛教星云大师说,人可以不信佛教,但不可以不信因果;因果不是知识,是人生的道理,是行事的准则。

春天里,我终于放慢脚步,亲近你生命的河床,而你飞进我灵魂的驿站。我凝望你的飞翔,扣动相机快门,终于把你的神韵存贮起来,这不正是一张我们赶赴人生盛宴的请柬。

心香

　　翠华山,我再熟悉不过了。一想起来,我会闭上眼睛,山的天池作证:我是这样的人。

　　那个四月的周末,我与同学外出踏青。当一切猝不及防地发生时,我生发力量,也敢于担当。天气晴朗,我们沿路来到登山岔路口,一边放下心来,一边坐下小憩,盯看来来往往的脚步,凝望顺势蜿蜒的山路,随之攀谈如何攀岩。远看,那里的山不同坝上,层林尽染,酷似国画。奇美的柿树,山上山下,剔透发亮。近瞧,山上有庙,为了纪念翠花姑娘的爱情至贞。我们跌跌撞撞,沿石阶而上,登上汉武帝拜见太乙神的圣台。这时,林中山腰之间刮起了风,山野的气息很是奔突,让人在攀扶中不能自主。突然,我抬头只见半山腰许多人不停挥手叫喊"石头——石——头——",声音尖锐而急切。那一阵惊恐浪一般地袭来,我迅速摇动警帽招呼游人,并背靠在一棵柿树上示意、导引和护持。当这一切在晃荡中发生以后,我再次回望,惊慌的心情才得以安抚。游人静了,动了,醒了,簇拥中又缓缓而行。而我紧靠柿树,等低下头来,才突然发现脚下草丛中藏伏一位姑娘,抓着我裤脚。我窘得木讷,她急忙站起来,朝我打手势。我才松了一口气,盯着看她,有两滴泪珠从她白皙的脸庞上滑落下来。我问道:"你好!"几乎同时,她拉紧我的手,激动地说:"谢谢你,大哥!"我着急地寻找得体的话语回应她。她又开口:"刚才怕死了!吓呆人。你也是来旅游?""是啊!"我说:"天池去了吗?""还没有,刚来,同学们都走散了。"说话时,她总在微笑。那皓齿,那酒窝,清纯得稀罕。

"你是哪个学校的?"我追问她。"师大艺术系。"她腼腆极了,我有些忐忑。不一会儿,山上突然传来一串串银铃般的声音"紫云——紫——云——"。她才急忙说:"对不起!我要走了。同学们找我。我很感谢你!记住,我是青岛人。这个给你。"说话时,我不知她何时摘下旁边崖畔上的一片五角枫叶,搁在我掌心,合起手,握握手,微笑着爬向山梁。我攥着枫叶,愣愣地望着她远去。不一会儿,她又回眸招手:"记住!",那声音很亮很甜,像是抖去了风尘,真切的顾望,自然、舒展和绵延。

那天,我就这样被联想牵引着走进天池。无论在玉案峰、终南山和接圣台,都有说不出的欢悦在闪现。在天池,我坐了滑索、摩托艇和快艇,但未曾撑一叶小舟,打一把红伞,看野鸭游水和仙鹤飞翔。至于上岸,体验冰风,感受冰洞,平添好奇,也只能随遇而安。绝美的是,有一年,我赏游"天下第一福地——楼观台"时,又想起了紫云。原来楼观台又称"紫云楼",人世尘缘精巧完美。从此,我倍感四月至纯,一瓣心香。

亲情树

在葡萄牙流行这样的说法:一个完人一生要做三件事,即生一个孩子、写一本书、种一棵树。在中国也有人撰文提出"人生四棵树"的美丽象征:出生时,父母为他种的赋予人生权的一棵树;结婚时,与伴侣携手种的承担生活的一棵树;孩子出生时,与妻子一起种的体验生命延续的一棵树;去世时,孩子为你种的骨灰化为绿叶的一棵树。多年以后,我回到故乡,很想采撷多年不见的信物,不是桃花柳叶,不是荷花雏菊,而是一棵亲情树,始终永续着我不灭的精神卓绝。

故乡县城,有一条坡度和缓的深谷小路。坡下是冒着工业浓烟的城区,坡上是一望无际的麦田。沿着小路行走,一侧是整齐的厂房和居民住房,一侧是紧闭门户的农庄,城市和乡村的穿透与相融,让我在蛙叫、虫鸣、犬吠、风声中常常把一种亘古的田园牧歌与钢筋水泥的城市行吟精心玩味。虽说那不是审美的沉浸或勉强的移情,但却是我求学中凭依的动力源。那时,尽管故乡风物质朴地存养我不倦登攀,但追寻梦想还是鼓荡着我生命的泅渡。唯其如此,晨色微露,我便跑步上学,凝望工厂的上班人流,思想波动,目光牵引,值得慰藉的是,有一种清醒扛在肩上:冲破命运桎梏,成就生存的胆识和情怀。夜幕低垂,伴随徐风,我放学回归,低语着,寻觅着,有一种追寻总在路上。那些日子,我一直把无数寻找作为前行的拐杖,也把诸多采集当作梦想的标本,许多幸运叠起的都是绿的藤蔓和红的歌谣。清晨,我在故乡大地上时常遭遇薄雾,近看,雾在染白树木、草垛和屋檐;远瞧,雾又在浸湿故乡的墙和人。雾中,我懂得雾能使枯草披上霜花,雾也能使人变得玲珑剔透。可以说,正是在这种用乡愁丈量岁月的忧伤中,我学会思考与顿悟,在劝学中不断鼓荡自己跋涉。等若干年以后,告别故乡,我的那棵亲情树仍然在我出逃中不老地灿烂。忘不了,我接到高考录取通知书时,沉浸在极度迷失中。那一夜,我在读着报纸打发时间时,一幅漫画最终吸引住我。它画的是一个跋涉于群山之间的旅人,正在倾倒鞋中的沙粒,旁白是:使你疲倦的往往并不是远方的高山,而是鞋子里的一粒沙石。我就是带着如此高远的逻辑定位,选择上路出发。但挥手之间,我对自己的故乡,以及少年时成长的这片土地还是充满惆怅。正如诗人所说:我渴望一次战栗,如同渴望你的哭泣。我渴望一次摇晃,如同渴望抓住你的手臂。我渴望一次隐藏,如同你无微不至的话语。我渴望一次堕落,如同听说北方下了雪。

  如今看来。我圆了所谓的高考梦,别离故乡,唯一未曾因雷同而显得苍白的惊觉,就是我用年少的热情为自己装点的、早已成为记忆深处的那棵亲情树。因为她投掷于我求学稿纸上的是豪情,悬挂于我笔尖上的是告白,回荡于我故道上的是关注,所以我乐于在命运旅途上跋涉,亲手播种希望,亲自收割收获,这是科学自救,也是激情挥洒,更是浩然再造。多少年了,我把那棵亲情树珍藏于心,始终构想回到故乡如何看她。只可惜,数字化年代,我的豪情透过青春的吉他已经难以吟唱年少的浪漫与激情。可能有人说,不就是一棵树吗?不错,在故乡平原上栽种一棵树简单极了,可在人生旅途培植一棵亲情树谈何容易!如果说曾经的亲情树繁茂过我的求学岁月,那么如今的她鼓荡的正是我的心灵之舟;如果说曾经的亲情树赐予我采摘知识的营养系数,那么如今的她已经罗曼蒂克成我思想的骏马。

  诚然,人生最有趣的事情莫过于继往开来,因为人类的最高欲求是创造新生活。可我在新生活中仍珍藏着那棵亲情树,不仅是挣扎和牵挂,不仅是唤起和平顺。怀旧时,我用席慕蓉的诗句安慰自己;凄美时,我靠普希金的诗淘洗自己。只有回到故乡,我才愿把最贴近的信条精心投掷。可能,家是存在的语言,树是蓬勃的姿态,唯有生命长在忧愁的河上,才能把太长又太短的一辈子虚拟为一种别致空间,既残酷自己,也悲壮别人。

我的亲情树,不仅是乡愁,而且是怀旧,也是练达;我的亲情树更是生命原野上的一束红腰带。多年过去,她从故乡垄上飘舞进都市,以执着的姿态举腿、挥臂、晃脑,总是把旋律播在心中、把豪情扛在肩上,使我谨记德国作家黑塞的慧心良言:"每一棵树都是神圣之物,谁能和它们谈心,谁能倾听它们的心曲,谁就能返璞归真。它们不是向你喋喋不休地唠叨什么训诫和丹方,它们敞开个别现象,向你谆谆教诲生命的原始真谛。"

我的麦田

1

我的麦田青涩过年少,唯有回望才是生命的沉淀。

麦子,秋下种,冬成长,春长叶,夏结实,被称为"五谷之贵"。对于麦田,我唯一记起的莫过于穿越:迈开双脚,穿越田地,凝望麦浪,遥望远方。秋天,下种麦粒,活泛记忆。播种了,地有希望,人有梦想。我每天从麦田走过,麦田很深,地也很宽。麦苗出来,绿绿的,葱葱的。晨曦中,我背着书包行走,单薄的还是年少。

初春,麦田微风吹来,泛起细浪。我沿着麦田看完社戏,无数清晨和傍晚,都在麦田里追赶日头。那思想的石头,虽说被我从书屋里挖出来一一曝晒,但装满头脑的还是父亲的教化;四月的麦田是缘愁。日子继续,麦田青了又黄。那柔弱的麦子有了质地,便随风飘摆。顷刻间,散发淡淡纯香。微风吹过,秆子伸直,能听到叹息;五月的麦田是乳池。我虽然执信人类的生命从麦田开始,但琢磨不透,翻滚的麦浪为何吹不走梵高的愁云?饱含乳汁的麦味,又为何浸不透诗人海子的心灵?六月的麦田是染坊。麦穗黄了,麦田就是大地的调色板。即将收割的天宇下,大地喘息,麦子应和,镰刀咏叹,机械轰响。麦色流淌,我仅仅在梵高的作品中见过,很广阔,很抽象;七月的麦田流金,没有诗歌,只有日头和汗水。干热的风,送来一个又一个热浪。机器开过,麦子倒下。那被收割后的麦田,就像刚刚分娩过的母亲,碎发零乱,满身疲惫,紧闭双眼,躺倒在旷野上睡去。

麦田,深埋我的记忆。尽管曾经没有点燃,但那时的我学会了在凝望中前行。麦田的风就是诗的锋芒。可叹的是,也未曾来得及迎接寒风,麦秸已经燃尽。从此,我惯于凭依着孤独,静卧在麦秸上望天,聆听风声,与麦田相互静默。尽管风有,雨有,鸟儿也有;尽管有时阴霾,有时阳光,偶尔还有人,但我学会挥洒,学会布阵。诧异的是,我最后一次走过麦田时,终于听到枪响,那一颗子弹射进了梵高的胸膛。金黄的麦田上,《麦田上空的乌鸦》飞过。我终于懂了,他自杀前燃烧的目光无法确定,如同我对故乡的依恋仅能存念为张爱玲笔下一个寂寞苍凉的手势。

2

18岁,我告别我的麦田,奔向远方。

我怀念麦田。麦苗闪现,麦穗香味,麦浪起伏。即使当我再次走回,麦香也提醒,麦穗也叮咛。小路还在,只是荒草多了,人少了。我的麦田让我明白现实与梦想的逻辑。人生之旅,犹如穿越麦田,拣拾最好的麦穗需要勇气。爱如蚯蚓,爬行大地。我们所做的,事先无法预知,事后难以反悔。生理的成熟容易,生命的成熟难得。

作为行者,我深感时间永远是最后的赢家。国人重实际黜玄想,注意领会思维定式和处事方法,被西方人称为"善于处理实际事务的民族"。实际上,这就是中国麦田中的农耕文化包含的中庸之道、循环论、集权政治与民本思想等。

穿越麦田,我想起霍尔顿对其妹妹菲比所说:"不管怎样,我老是在想象,有那么一群小孩子在一大块麦田里做游戏。几千几万个小孩。附近没有一个人——没有一个大人,我是说——除了我。我呢,就站在混账的悬崖边。我的职务是在那儿守望,要是有哪个孩子往悬崖边奔来,我就把他捉住——我是说孩子们都在狂奔,也不知道自己是在往哪儿跑。我得从什么地方出来,把他们捉住。我整天就干这样的事。我只想当个麦田里的守望者。"

回望麦田,我也想起《读者》上一段话:"每个人都是自然之子,各有各的天赋。我们带着神秘的使命来到人间,但我们自己都不知道。你要想成功,必须找到属于自己的那片天地。所以,项羽习兵,齐白石拿起了画笔,比尔·盖茨选择了电脑软件。你听到了吗?属于你的那一个声音。"

这个世界,最热闹的是战争和股票,但我清楚滋养人类的麦田收容过世界级的艺术大师,我的麦田里不可能容纳生命的乌托邦?《有乌鸦的麦田》是梵高最后的杰作,画的是他的内心。他渴望被认同,又不愿被世俗化,他的精神世界无法天马行空。

麦田,最充实、最宽容、最温和。我的麦田,是守望和穿越,也是岁月的稔熟。

最初的眷恋

青龙寺,又名石佛寺。建于隋,而盛于唐,它是中国佛教密宗寺院,也是唐代最负盛名的古刹之一,时称灵感寺。唐高宗时,易名为观音寺。唐睿宗时,又改称青龙寺。唐代密宗大师惠果长期驻锡地。日本著名留学僧空海法师事惠果大师于此,后来成为创立日本真言宗之初祖。

寺庙不大。立于乐游原上,紧靠兴庆宫。寺内,有假山,山下有池,池中有水,水中有鱼。寺外,有前来看花的,也有赶路的。寺中,建有空海和惠果纪念堂,空海纪念塔,惠果和空海石刻像。此外,就是回廊诗句及大殿陈列的瓦当和云峰阁。"溟蒙冬雪"是寺里四景之一,"樱花烂漫"为四景之冠。

寺庙樱花不小。来自东瀛,也被誉为"寺花"。花开时,最璀璨最耀眼最脆弱,树树花冠像浪涛、像暴雨、像白雪。犹如垂柳,微风拂处,好解罗衣,善舞长袖,有葱绿、墨绿、深绿、翠绿和浅绿。霞光中,蜂蝶追逐;微风中,浓香扑鼻。倘徉其中,红尘烦恼,化于心田,静谧平和。

信步妙行。我不愿追问樱花能否抬爱人之洒脱,爱之灿烂,情之热烈?因为这恰是我生命中沉潜而行的两种生命音符,即现实中的健行和文字中的跋涉。我惯于一边默念中国晚唐文坛双璧"小李杜"(李商隐的《乐游原》和杜牧《将赴吴兴登乐游原》)的诗句,一边轻吟晏殊"满目山河空念远,落花风雨更伤春。不如怜取眼前人"的词句,更想回味一种文明的残褪,更想叹惋一种历史的叮嘱。但走进青龙寺,我好独坐石头,沐浴春风;立于诗廊,默读诗文。甚至亲临香堂,赏花思佛。至于伫立云峰阁上,凭栏俯瞰,时时挥洒不去的仅是一种视野：南边砖墙把寺院分成两半，北院为庭院，南院为佛事所在，"惠果空海纪念堂"居中央，南侧《中日友好和平之钟钟楼记》与云峰阁遥遥相望。

乐游原，青龙寺，樱花树，一幅别样的天幕。西安，似乎因此越来越被透亮为一地月光，而我则越来越被淘洗为一名灵魂的逆旅者。久居于此，古人诗篇不都亦成为我梦中的"蓝月亮"。人之生存，本无开始，也本没结束。我深信，红尘万物皆以时间为存在。只有人之心灵是与生活或时间无关的。樱花树下，收藏了我的狂狷，善于神游，而悲摧不已。

被悬置的爱情田野

走出西安市区。绕行大唐芙蓉园,曲江池东隅有一小园子。右边是湖,湖边有树,路旁有藤,这就是西安寒窑遗址公园。洞沿题"古寒窑"三字,窑前有祠庙,庙内供奉王宝钏与薛平贵塑像,柱上有"十八年古井无波,为从来烈妇贞媛,别开生面;千余岁寒窑向日,看此处曲江流水,想见冰心"的对联。还有"思夫亭""贞烈殿""别窑"和"探窑""成仙洞"等。现在,虽然没有曾经的萧瑟与落寞,但默然朗读,亦让人生发生命的回响。

踏进寒窑。冷清、幽怨之情,无法形容。荒沟里,草木茂盛。沟里有寺庙,有红鬃烈马洞、寒窑,还有汲水的井等。园中,长满荆棘和青藤。门口,有题写诗句。听奶奶说,因王宝钏行三命苦,关中农村管三姑娘就叫四姑娘,讳言"三"字。还说寒窑附近麦田中,春天的荠菜都绝迹了,也都被王宝钏挑挖尽了。

步入寒窑。我凝望中,一边回味王宝钏的相思诗"打起黄莺儿,莫教枝上啼;啼时惊妾梦,不得到辽西",一边思量青苔似的她虽受权贵,却被现实压抑成笼中莺雀。我少时看秦腔剧本《别窑》《彩楼配》《龙凤金钗传》《五典坡》都悲悲戚戚。据说,她是唐朝宰相王允的三女儿,长女宝金,许配兵部侍郎苏龙为妻;次女宝银,嫁给九门提督魏虎;唯三女宝钏最出众,父母想觅得乘龙快婿。但她不慕权贵,不贪虚名,只想嫁才华横溢的郎君。谁料得,出门带丫鬟踏青,却被一伙公子纠缠,幸被书生薛平贵解围。她顿生爱慕,可父母不愿,便断然提出抛打绣球选婿。薛平贵真被砸中,父亲嫌其贫贱,一怒之下断绝父女关系。新婚不久,她住进寒窑。后来,边疆告急,薛平贵因降服"红鬃烈马",远赴西凉。至此,王宝钏望夫18年,可叹的是团圆18天,竟凄惨病逝。

漫步寒窑。中国古代的宫廷后花园,自由而开阔。王宝钏在此碰见薛平贵,悲剧由此拉开序幕。她抛打绣球选婿,在封建社会甚是浪漫。可她这一抛,太草率;她这一嫁,误终身。甚至未曾回头,住寒窑;即使薛平贵走了,也独自担当。哪料得,几年以后,他娶下代战公主,六月飞雪,这究竟需要何等坚强!她竟用一生构筑中国式的爱情牌坊。

立身于此。我终于看清中国式的爱情田野。昔日的皇家林苑,现在,不知轮回的是寂寞还是青春?流转的是忍耐还是背叛?古代中国,财富有限,女人不多,不平等的年代,爱情仅仅存养于王宫贵族,多数百姓都寂寞地活着。梁启超和鲁迅先生曾说,《二十四史》和"正史"不过帝王将相的家谱。因此,中国式的爱情田野多不纯洁,多不浪漫。相反,倒是功利,真应验了"五四"新诗先驱,著名诗人、作家、学者汪静之在《诗经女子选择情人的基本条件》里所言:"从《诗经》里可以看出古代女子选择情人或者丈夫的基本条件,和今日女子选择情人或丈夫的基本条件同样是经济。"并明确指出,"女子的最爱是贵族君子","武士是女子的恋爱目标","才子、军阀、博士、买办都是女子的理想人物",这是中国社会的普遍现象。

寒窑是大唐的后花园。跨出去,走进来,存养复杂和美丽。如今,西安曲江建造中国第一座爱情主题公园"曲江寒窑",红尘中还有何种纪念比这种标注更能让中国妇女来警醒?寒窑,埋藏着王宝钏的爱情密码,诠释和收藏了她的心灵。这里,不像乾陵,一半属于女人,一半属于男人;不像马嵬坡属于女人,却不是女人的出生地,而是女人的生命坟茔。若是剥去了阴谋,还有何直面阳光?更何况乾陵本就没有爱情,珠联璧合不是爱情,而仅仅是利用。爱情远去,历史仅仅留下护佑的场所。

寒窑被悬置了。解读寒窑,谁心里都有一口寒窑,也都有一个薛平贵,可结婚时,仍然不选择寒窑做洞房,不选择薛平贵做伴侣,这是中国式爱情田野的暗香。迷恋寒窑,我想点燃篝火;追问寒窑,我想复活文化。或许,爱在这里已被岁月淹没、风干和消散;被阳光、土地所汲取;被生活、琐事所纠缠;被贫穷、疾病、灾难所折磨;被儿女、家畜、家禽所磨损。但这种搁置确实凄美、缠绵、寒碜而悲壮。

回望寒窑。我找到了窑之密语:女贵有精神,男贫软骨头。这个世界,本来就含羞而讥讽,又有节制地持续平衡。这让我追思黎巴嫩诗人纪伯伦的散文《启示》,父母干预王宝钏的婚姻,我想起"没有爱情的生命像是没有花或果的树,而没有美的爱情就像是没有芳香的花,没有种子的果。生命、爱情、美,三者统一于一个自我,自由自在,无穷无限,既不知变化,又不会分离"。王宝钏与父亲断绝关系,我想到"没有反抗的生命像是没有春天的季节,而没有正义的反抗就像是春天埋没在干旱荒芜的沙漠。生命、反抗、正义,三者统一于一个自我,其中既无变化,又无分离"。王宝钏18年守候,18天团圆而死,我想说"没有自由的生命像是没有心灵的肉体,而没有思想的自由就像是个混淆是非黑白的心灵。生命、自由、思想,三者统一于一个永恒的自我,既不消失,又不化为乌有"。可见,自我是生命、爱情和美的统一,自我也是生命、反抗和正义的统一,而永恒的自我,则是生命、自由和思想的集结。

绝唱

地上有坟,才悼古评今。亲临坟茔,如同穿越时间的隧道,我常能获得灵魂的震颤,灵魂也会劝导我游走人类精神的风暴,以找寻心智的自由和清醒。

我第一次游览司马祠,行在晚秋。午后,过了桥、穿牌坊、跨祠门、踏古道,在仰望中我们来到司马迁墓旁。墓是圆的,前有乾隆年间的墓碑,上有五棵古柏,蟠若蛟龙,人称"五子登科",华盖擎天。司马祠,东临黄河,西依梁山,砖石砌成的99级台阶是山脊。祠庙正殿有司马迁坐像,方脸、长须、两眉入鬓,身穿长袍,足登木屐,头挽发髻,气宇轩昂。这不仅让我追念"究天人之际,通古今之变,成一家之言"那句话,而且让我遥想"文不拘于史法,不囿于字句,发于情,肆于心,而为文",实乃光照后世。于是,我读墓冢、读祠院、读牌坊和山门,也读石坡与小桥,终于在读中契合了《诗经》中的高山仰止,也拥有了久仰风景后的一言难尽。

我第二次游历司马祠,适逢隆冬。凝望司马迁沉睡的悬崖,联想当年人类科学的迷茫和命运的忐忑,浮想联翩。那条悬崖上的要道是春秋时期,韩、赵、魏三家分晋以后所凿。楚汉相争中,韩信从这里运过兵;汉武帝祭祀后土,从这里往返行宫;隋朝末年,李世民从这里攻入长安;明末李自成经这儿渡龙门,直捣燕京。可见,这条古道是一部写在石头上的史记,有形无形,缘于不朽。

我第三次朝拜司马祠,走在早春。天似穹庐,前尘如烟,后世如幻,命运的稀世之鸟在此折戟沉沙,我生命的遭遇穷达浮沉。至今,我仍在顿悟中找寻自己心灵的救赎之路。理性地说，人都一样，一样的生命岁月又常常衍生许多的辩证荒谬。所以，我时常苦难地布景，以便在生与死、存在与毁灭、悲壮与神圣的轮回中持续打结，这个结就是活着的姿态。

  此时此刻，我不由得想起，1928年奥地利作家茨威格前去拜谒托尔斯泰墓。那墓也是土堆，上面开着鲜花，却没有十字架，没有墓碑，没有墓志铭，甚至连托尔斯泰的名字也没有，但无比的敬意却吸引着成千上万的人们。我终于顿悟，这个喧闹不息的世界，再也没有什么比美的坟墓更能打动人的魂灵。因为坟看上去孤零零地躺着，远离尘嚣，其实，阳光时时俯视，瑞雪处处融化。坟是传说的大美，也是不朽的大悟。

  绝唱的坟是人类历史屋檐下的一盏烟斗，唯有轮回的日头是点燃记忆的火种。

觅与渡

1

很久以来,我总想重走这条道。多年前,汉中是我记忆中特别深刻的地方。那时年少,索性放达。时常行走于夹在两山之间,由北向南而流的褒河边,倾听褒河风声,寻找古道的天工之美,体验传说与历史的大美。

褒河是汉江上游一条支流。时光洗刷,沟壑、山峦和击水,款款入眼,柔弱的木桥常在脚下发抖。河的雄奇,缘于山川呼应,山与山叠了又叠;河的绮丽,缘于山水默契。远的,如一帘工笔画,高悬空中;近的,似微缩世界,在旅人目光里切割着峡谷。

行走褒河,我牵念山水。仔细看来,许多山峰若隐若现,峭壁直插江底;远眺,行一步,走一段,还未对焦,栈道、异树、奇根、古藤、水线、岩画、白鹭、山羊、小屋,已防不胜防。即使山岩极险处,发现一条羊肠小道,转了弯,也无法续接。两岸石壁,抢眼的水痕线依稀可见。绿的水,纯化人的魂灵,且从峡谷深处摇头而歌。难怪,古人曰:谷必有水,水必有源,源必相通。

行进古道,我默然探寻。不到褒河,不知水之性;不看褒河,不懂水之情。古人寻道,盛唐时陈仓道、褒斜道、子午道并通,而纵贯秦岭的褒斜道最为著名,北流入渭者曰斜,南流入汉者曰褒。南口名"褒谷",北口名"斜谷",长约250公里。北结关中,南通巴蜀。西周末年,即可通行。后来,秦国建成褒斜栈道,也称连云栈道。

史载,中国人自古"凿井而饮,耕田而食"。秦汉以后,栈道畅通,贸易繁盛。事实上,当初先民为了生存,边采集,边狩猎,辗转迁徙,会选河谷为道。从周朝开始,这里通信已见诸史书,秦汉邮传初具规模,唐代兴旺发达。可见,长期以来,祖先们就是在与自然搏斗中写就历史,成就自己。这对于来者而言,所有的新鲜、神奇、隐秘和稀奇,都是在凝视与停顿中踩踏历史的神经;所有的遭遇也都是在流放和排遣中拓展纵观历史阡陌的视野。

2

如今,我走进褒斜古道。山脉由峰峦、坡岭、悬崖、幽谷、莽林、流水组构;古道也被残留的栈孔、石柱、蹬道、摩崖石刻、驿站旧址、古镇废墟所浸染。尽管山岩、流水、溶洞组成的原始景观群落,很是绝美,但河的褶皱使我深感坚硬的岩石在生命激流中还是脆弱不已。因此,我不再用脚步丈量,而是以灵魂游历。

登上大坝。湖面,青幽碧绿,绵延十几里,宛如一卷轻纱,罩在山川,微风吹过,青山相对。栈道,由木板组接,悬浮于水草间,向绿丛中延伸。步入绿丛,向前探寻。长长短短,高高低低,宽宽窄窄,仿佛永远都不会尘封。据说,褒斜古道为蜀道之始,发现最早,使用最久,影响和规模最大。韩信"明修栈道,暗度陈仓",萧何月下急追韩信,诸葛亮六出祁山。

矗立水库。我放眼望去,栈道,时而上升,时而下降,紧贴山脚。走完库区,我发现大部分河床裸露,只有河心一溪清流,昭示河水的奔腾。其实,褒河口是石门景区,由褒斜栈道、古石门、褒河大坝等构成,而褒斜道上自古以来让人咏叹不已的就是"古道、石门、石刻"。

石门,北端为"大石门",南端是"小石门"。现在的石门是指小石门,也是世界上第一条人工开凿的可以通车马的隧道,斜道两端有"石门对石虎,金银万万五;谁能解得开,买下汉中府"的对子。而石刻仅镂刻石门内外及附近山崖的有100余块,被誉为国宝的是"汉魏十三品"。《辞海》封面书名即取自《石门颂》,与《石门颂》齐名的还有《郙阁颂》和《西狭颂》,已被专家称为

"汉三颂"。

秋月里,寻古道,进石门,看碑刻。褒河逶迤,褒河潺潺,绿波荡漾。夏秋季节,浊浪滔天。我直面古道,放飞梦想,自然、豪情和伟岸都是道的铺展;我回眸古道,摆渡穿越,渡梦不仅是为了濡染,而且是为了采掘。

褒斜古道,天意之道。

最恋是橘园

1

"四月橘花开,十月橘满园"。

深秋,汉中市区的橘园,幽香静谧。路窄人多,我们的车子盘旋而上,直抵橘园斜坡的北山腰。下了车,极目南望:云彩,时卷时舒;民居,白墙红瓦;公路,忽隐忽现;果农采摘,游人欣赏。野草,编着网;野花,绣着画。我放缓脚步,猛吸橘香。远看,橘园的绿,点点透红;近看,棵棵橘树,挂起红灯。"M"形的观光区,还设有观光台和停车场,可以"吃农家饭,干农家活,摘农家果"。

2

置身橘园,金橘飘香,绿浪层叠。橘园镇,北靠秦岭,东依渭水河,西望老庄镇,南向汉中市城固县。进入橘园有小路,漫步而行,尽览秋韵;有大路,机车往来,游览车到达山顶,观览万亩橘园。

沿着小路,进入橘林。移步向前,我们从果枝中选中果实,伸手捧起,托在掌心,细心端详。秋风携裹,触摸指尖,滑过指缝,时而注目,时而端详。收获季节,看见橘子,想拍照,也想抚摸,竟不知是先尝橘子,还是先饕餮美色。那痴念的橙色,或傲立,或拥抱,或成群,或屹立,或藏匿,似美女,似情人,似老者,甜蜜、喜悦、平静和温馨尽在洋溢。我驻足长廊,朝北,仰望升仙台;朝南,俯视橘园、河流和村庄,景区全是花农田地。沿山势,从平地延伸至半山腰;沿石梯,拾级而上,满目赤橙黄绿,一排排,一棵棵橘树上镶嵌起诸多诱人宝石。

伫立观景。农家庭院,不亚于城市花园。南望县城,汉江如带。东望湑水,轻柔曼妙。西看群岭,龙一样俯首秦岭。我知道,湑水河沿秦岭向东,灌区从城固直至洋县。两岸橘子最甜最香,且注册为"升仙蜜橘"。霜降来临,贡橘、冰糖橘乃是古代送往皇家的贡品。

秋阳如虎,汗出如浆。橘园登山,山路陡峭。我们信步而上,金黄相伴,风光无限:半山有无底洞,深不见底;巨石凭空伸出,似坠非坠。山峦连绵,碧水环绕,斗山、伏牛山、庆山、大山、骆驼山呈五行格局,湑水河萦绕其中。上山了,秋风抚过,秋之缤纷莫过于酝酿。我打开记忆,回想平凡而渺小的橘子,曾在屈原《橘颂》中生发旧爱。而此刻,我更醉念苏东坡的"一年好景君须记,最是橙黄橘绿时"。独立山上,举目眺望,橙色天宇下,钻进橘林,捧起橘子,热凑而上,亲吻有余。

3

黄昏到来,我们折叠思绪。驻足倾听,不敢猜想。每一颗橘子仿佛都很清醒,不因黑夜来临而不拥抱黎明。她们与风交谈,与水呼应,与石辉映,毫无睡意,唯有对视。

我在想,如果把橘园比作一座书屋,那么,就会让我心碎。因为橘子沉默,而我多情。如果橘子红了,我执意走近,那么红澄澄的霞光肯定穿透自己的青涩。还不如现在,橘园催梦,埋下真心。

湑水清,橘园靓。夕阳西坠,倦鸟归巢。

4

风起了。秋的山峰被落日映红。升天台前,我们拍照留影,这难道不是上帝建造的一个"后花园"?山挺拔,水柔情,花芬芳,谁也都无所适存。但我清楚,自己把最坦然的脚步留在了树下,也把橘园埋进心中。

匆匆而来,匆匆而去。人世间,生命的歌吟是否大都如此?橘园相遇,果真别样。顿然间,我心中的橘园,如同瓣瓣心香。尽管这里早已被誉为"生物资源宝库"和"天然物种基因库",但她美得出彩。既有北方的粗犷和南疆的灵气,也有江南的迷人和北国的澎湃。穿越于此,我真的找到文化页码,也觅到刀光剑影。尤其,凝视这"疏通血脉"的历史典范,我顿觉过去与现在的集结又把自己从历史轨道上拉了回来。我不想遮掩,也不愿掩饰。

峡谷道情

四月,我奔赴金丝大峡谷,心生美意。峡谷,朝霞炫目,露珠剔透,细流涓涓。沿途而上,林深幽远。桥上行走,如步仙境。敲石鼓,数石阶。窄一回,奇一回。我们一边欣赏"日出江花红胜火,春来江水绿如蓝",一边感悟"风乍起,吹皱一池春水",心恋神绕。

那山门,由七根错落有致的方柱组成三个相互叠加的"山"字,意为道教之三、六、九,乃天长地久。那栈道,时而穿越,时而路转,时而踩踏,时而迂回。行之其上,水流脚下,可谓脚踏绿水。

逶迤而曲美的峡谷。山高、谷深、潭秀、泉幽、瀑奇、洞险,集"窄、长、奇、秀、险"与"峰、石、瀑、洞、林、溪、鸟兽"为一体,山连山,峡连峡,大潭套小潭,大洞套小洞,山奇、峰奇、峡奇、谷奇。山谷,岩险、洞险、寨险、路险;山谷,水秀、石秀、木秀、藤秀;山谷,群洞美、水潭美、瀑布美、红叶美。

释然如怀的峡谷。山,或青,或秀,或奇;岩,或低首,或凝望,或喧闹,或静观。但还是奇石最美、最酷。马刨泉水喷涌如注,石生树坚忍不拔,千年古藤勃勃生机,双溪瀑布响水如雷,还有大果青秆、红豆杉、锦鸡和游鱼。不用说,树梢嫩黄,唤醒知了;桃花锦簇,杜鹃生紫,梨花纯白,刺玫热闹;更不用说,白龙峡显神,黑龙峡惊艳,月牙峡稀奇。

诗意甚浓的峡谷。春深似海,投身自然,享受自然,乃诗之意境,文之底蕴,画之情愫。那99道弯,99个潭,9洞18瀑,有重峦,有叠嶂,有牛角、响鼓;那兰草、丁香、枫树;那石板路、生态步道、圆木栈道;那蘑菇石、文化石、河卵石。那水,染天、染地、染情、染爱,也验证了"水是眼波横,山是眉峰聚",山水皆为亘古恋人!

原来,峡谷的面纱揭开了。梦,不是传说,不是故事,而是脚步。景区的一心、一廊、四区、五园布局,文化源远流长。我们时而穿行,时而移步,时而踩踏,时而穿越。春雾里,尽把烦恼放逐。最难忘的是山风中我凝望"商山四皓",尚谦让,行中庸,薄名利,鄙财富,能屈能伸、能官能民,退不言功、功不受赏的超然,像在耳畔回响。九龙潭旁,我也遥想老子的函谷关,牵念张骞的茶马古道,回味诸葛亮的岐山,咏叹李白的蜀道,回想韩愈的蓝田关。王朝作别,历史远去,可青山不老。难怪,苏轼驾舟赤壁,美妙至极!诸葛亮与鲁肃对饮,淡定非凡!张若虚漫溯春江,哀伤无限!

我的峡谷,心之皎皎,情之悠悠。人生宛如爬山,爬一峰,过一坡,行一步,容颜各异。我的峡谷,叙情怀,留守望,欢乐几何!固然人皆有心灵之皈依,或留恋权柄,或心仪街头,或驻足乡野,而我独爱放纵山水,遥追鱼翔浅底,雁落平沙,云霄缥缈,想故人,思先贤,念情缘,穿越氤氲,以水为镜,爱在匍匐,情不言说,追梦山魂。

门槛

古汉台是刘邦驻军汉中时的宫廷遗址。台高7米,面积约8000平方米,坐北朝南,由三级台地构成。门口,两头石狮静卧两旁。门上,横匾中写有"古汉台"。

走近古汉台。我踏进中华的门槛。古树繁茂,修竹参差,亭榭相映,碧池如镜。春阳下轻风送来,树影晃动,鸟语传来,幽雅绝妙。

登上古汉台。抬头已见望江楼,高台依托,绰约高耸,时称"天汉楼"。楼顶为绿色玻璃瓦,红色柱子上绘有彩画,中间是绿色栏杆。楼前有石刻,上刻刘邦的《大风歌》。楼正南是桂荫堂,堂前植古汉桂数株。再往南是明代镜吾池、洗心亭。据说,东侧石马为三国蜀将魏延之物;东南角亭子有璞石,曰"月台苍玉";东北角亭子的铜钟为明王朱常浩府中之物。

伫立楼上。眺望汉江,四面环山,高楼林立,让人追念汉之"三杰"——(张良、萧何与韩信)。他们辅佐刘邦,功莫大焉!而刘邦把自己与他们相比,得出的却是:"运筹帷幄之中,决胜千里之外,吾不如子房;填国家,抚百姓,给饷馈,不绝粮道,吾不如萧何;连百万之众,战必胜,攻必取,吾不如韩信。"并接着说:"三人皆人杰,吾能用之,此吾所以取天下者也。""吾能用之"是雄才之关键。所以,历史启示我们,人之命运,张良"智避",韩信"硬碰",萧何"隐忍"。

古汉台幽静。历史的钟声敲响了,我仿佛被汉台气息所淹没。刘邦以汉台为宫殿,以汉中为根基,秣马厉兵,广纳贤才,何等叱咤!尤其,按秦代宫廷模式建造汉台。既彰显了行韬光养晦之策，发励精图治之志的雄心，也勾起诸多缘愁。

古汉台绸缪。人类历史的手笔虽说总是这样默然勾勒，但祖先容颜始终气宇轩昂。他们不仅把生命如此演绎，而且把信念这样坚守。

走出古汉台，历史与现实交融中我欣喜至极。古汉台以外，我们的城市已不断地走向现代化，但建筑也不过是实物载体，唯有文化能涵养城市的灵魂，练达新时代的现代音符。

梨树·香囊及其他

十八岁时,我路过马嵬坡畔杨贵妃墓,恍然中诞生思索:安史之乱中,龙武大将军陈玄礼发动兵谏,杀死杨国忠,并强求唐玄宗将杨贵妃处死。玄宗不得已,与贵妃诀别,贵妃自缢路旁祠堂下的一棵梨树下。那时,我胸怀不大,说起来有些烦恼,谈起来倍感愤青。这就有了我读《长恨歌》中"君王掩面救不得,回看血泪相和流"的大悲;也有了林则徐《路经太真墓诗》里"六军何事驻征骖,妾为君王死亦甘"的恻隐。

三十岁以后,我偕同友人凭吊贵妃孤冢时生发叩问:贵妃死后,陈玄礼将军为何要亲自验视?唐玄宗赶回长安,不仅做了祭祀,还诏人重葬。可惜的是墓中尸骨不见,只有一只旧香囊。听说,那还是唐玄宗南巡后,一老妪在祠堂梨树下捡得的贵妃一只锦鞋,玄宗花重金购回,才葬入墓中。当时,我觉得"能歌舞,通音律,智算过人"的杨贵妃"姿质丰艳"。这就有了我读杜甫《丽人行》中"炙手可热势绝伦,慎莫近前丞相嗔"的煊赫。

现在的马嵬坡。那个把一个女人悬置的梨树没了,老妪们用来招徕过客的香囊也找不着了,浸渗美色的黄土也被青石砌了,唯有杨贵妃用性爱、母爱、自爱打造的风流艳情以及唐玄宗以纵情放荡于江山固守中终结意志的天作之合。其实,想想杨贵妃与唐玄宗,再想想高力士,可以说马嵬坡是哑然的,浮华的人们又有谁为历史如此辩证地沉思?我常常独自一人遥想虚拟安史之乱的风尘,纵声大笑,因为我搞不清流光的爱何以错误地对接不等的名分,让道德源远流长得如此尴尬;我仅仅记得,光滑的凝脂、满盈的香怀和越轨的骨肉竟可以让皇帝乐不思蜀。多年了,我一直思索他们究竟是谁爱上了谁?这个世界里每天都有那么多的人自杀,又有谁会把杨贵妃看作她们其中一员?直至后来,我把唐玄宗的男人本能结点于生命欲望,而把杨贵妃女人的生命本质格调于生命狂妄时,才顿悟出依恋与逗哄的无奈。

从此,我又把白居易的《长恨歌》和杜甫的《丽人行》再读,可当我从书架上取下时,竟发现自己昔日曾在书的扉页上记写的一段慧语:这个世界,什么都古老,只有爱情却永远年轻;这个世界,充满了诡谲,只有爱情却永远天真。

冷傲何处

一个四层高的砖建古台，坐落在蓝天白云之下，无论怎么看，皆孤单而冷傲，这就是镇北台。

听说，中国长城有两关一台之说，西面嘉峪关，东边山海关，中间就是镇北台。可见，作为明代长城遗址中最宏大、气势最磅礴的建筑物之一，素有中国长城"三大奇观之一"和"万里长城第一台"之称的镇北台，名不虚传。它位于陕西榆林城北三公里处，建于明万历三十五年（1607），属大明长城防御体系的观察所，也是西北地区长城的要塞。呈正方形，分四层，由青砖包砌叠起，高30多米。空旷的长城上，它下基山峁和沙丘，上顶蓝天与白云。台上有砌砖垛口，高2米，还有瞭望口。台座的东南角，立有明万历三十六年榆林巡抚题写的《镇北台记》石碑。二层台南有一开洞门，由内甬道通至三层。洞门"向明"二字为建台时涂宗浚所书。拾级而上，到四层台顶，原建有一座方形望哨棚，清末时坍塌。台边，砖砌的垛口，高2米，并配有瞭望口。台东侧有"款贡城"，为蒙汉官方敬献贡物、洽谈贸易的地方。台西南有明代易马城遗迹，是蒙汉间自由贸易的见证。台顶上俯视，景物尽收眼底。东面，渠道纵横；南面，是隐没在林带之中的榆林城；西面，有弯曲南流的榆溪河；西北方，是绿水荡漾的红石峡水库；北面，是明长城的残垣断壁。

上了镇北台，我被这浩瀚的工程折服了。当年，为了抵御匈奴，秦蒙恬大将带领30万大军和几十万劳工，披星戴月，修筑长城。但我清楚秦的长城已经不在了，自己脚下的长城是明代重修的。600多年风雨中，除了镇北台百米附近修复还保持原貌外,长城剩下的只有残垣土堆。那些静静的土丘匍匐在荒山野岭,默默地见证汉民族与外族的一部抗争史。

登上古塞台,那飘扬的旌旗和大漠上的残垣,仿佛更凭吊起人内心深处的孤城、羌笛、风沙、寒云和飞雁。这时,抚栏遐思。我低头看,瞭望口上不知多少人抚摸过、刻画过,苔痕斑驳。我抬头望,映入眼帘的是苍凉,也是凄美。其实,这种雄壮展现的正是长城的悲剧。因为,长城的话题太重了,蕴含一个民族的血和泪、悲和愤、分与合。当年,少数民族跨越长城进入中原,不仅为了掠夺,也渴求用先进的农耕方式带领发展。中华民族本来就是一个整体,违背了共同发展的准则,民族和阶级的矛盾必然上升。历史无数次告诉我们:在发展中找寻平衡,共同谋划,才能达到制"衡",这是一个民族历史推进的内在规律。

九月的塞上寒意渐浓。我凝视广袤荒漠,古长城遗迹延伸至镇北台,需要穿越战国、秦朝、汉代再到明朝。而镇北台耸立红山顶上,这是长城上一个最大的烽火台。有人说,长城是骄傲的。多年过去,我抚摸过秦砖汉瓦,也登临过山海关、八达岭、嘉峪关,走的很多,拣拾的却很碎。每当悲愤与苍凉从胸中穿过时,我常会想起鲁迅先生的话:它是"伟大而可诅咒"的。尽管秦修长城,阻止侵扰,对付残余和反抗;汉修河西长城、玉门至罗布泊的烽燧亭障,为了延伸,为了丝路畅通;但以后的年代,特别是延续276年的明代,竟修了270年的长城,徐达修山海关,戚继光修八达岭,修来修去,长城坚固了,地盘却缩小了,最终清兵还是打了进来。

长城,实质上是中国封建统治者圈地称王的象征,也是中国封建社会井田制的延续。井田制把农奴束缚在地中,农奴意志为奴隶主所左右。长城把人束缚在墙内,为君主的意志所把持。试想,没有修筑长城前的中国,诸子百家,众说纷纭。可秦修长城,焚书坑儒,法家至上;汉修长城,罢黜百家,独尊儒术;明修长城,阉党奸臣,迫害忠良。长城的大墙内,人的思想被禁锢了,人的文化被驯化了;长城围困下的民族,其进取心必然会受到钳制。可以说,长城简直就是一个圈。长城与关卡,就是中国封建统治者的驾驭之道,也是政绩的象征,更是政治基因的奔流。这里,令人沉思的是,为何盛唐没有修筑长城,却以积极的开边取代消极防御,建立起当时世界上最强盛最富裕最开明最豪迈的大唐帝国?

如此想来。风光无限的塞外,云山浩渺的天宇。四百年的飘摇,镇北台冷峻地耸立,默然注视,这难道不是历史的垂爱?正如我静静地凝望远处那修复不久的烽火台,慢慢俯瞰这个未曾修复的残垣土堆,触目惊心难以阻挡。

那是永远

1

法门寺是我成长的故园。

法门寺,佛国世界的一个小寺,却烙着史书典籍的一枚文化图腾。1981年8月24日下午,风雨交加中,一声炸雷,法门寺佛塔东北一边几乎完全坍塌,剩下的西南一边,恍如一节残指。地宫洞开后,沉寂了1300多年的佛指真身舍利重现人间。从此,追溯佛祖释迦牟尼的生平,佛教创立及东传的故事绵延不断。如今,回到故乡。我心中的法门寺,不再以浅表的自然形态,为我提供流年的对话;现在的法门寺已成为占地九平方公里的文化景区,分佛文化和综合服务两个展区。佛区分为山门、山门广场、佛光大道和核心建筑合十舍利塔及万人广场。其中合十舍利塔最为显著,双手合十状,相当于50层楼高,塔内自上而下供奉法、报、化三身佛像,地宫安奉释迦牟尼真身指骨舍利。

沉浸中,我很清楚。遥想当年,佛塔先是直上直下地倒去一半,剩下的一半站立在蓝天荒郊。寺内荒凉不堪,砖石胡乱堆积,且周围还用绳子隔着,挂有醒目的牌子:危险禁行。寺两边的路崎岖不平,人迹罕至。没有人朝拜,孩子也不来玩耍。那时,我两手垂立,目视塔顶,浮想联翩。法门晓钟,古往今来,文人骚客赞誉有加。

虔诚中,我又控住不住。走进佛门,未曾远游者,难以体会;未曾放达者,难以丈量;未曾朗然者,难以沉淀。瞧,和尚在桌旁执灯焚香,敲击木鱼；看，游人在桌前作揖下跪。众人都站立人群后，先是拱立。再走到旁边，掏钱买香。然后双手持香，执于胸前。等在油灯上点燃，香火弥漫时，插入香炉，并合掌举于鼻尖下，作揖长跪，默然无语。等站起时，方才真正拥有"拜了"。

现在，佛的世界，是用现代灯光和模型映衬着。我心中如见到佛的真容，达观天下；犹如沐浴佛光，洞察万物生灭。这一片天空，刹那间充满诗意和哲学，村落成为奇思妙想，蓝天、白云、露珠、细雨和乡愁也都披上了灵光。但我小时候由神话到道德，到文学，到艺术，再到社会，记忆的底片上激发的都是觉悟、思索和努力。

法门寺，我生命的铭记。多少年了，如一盏不灭的智慧之灯，以其静观人生的精深，以见性成佛的大悟，引领着我卓然前行。成长中，好多模糊不清的细节，无数支离破碎的印象，不都是自我养成的训诫。记得，鲁迅先生在其散文中曾用高僧坐化的典故说："我不是高僧，没有涅槃的自由，却还有生的留恋，我于是逃走。"先生为何逃？后来他谈道："由于历来的经验，我知道青年们，尤其是文学青年们，十之八九感觉很敏感，自尊心很旺盛，一不小心，极容易得到误解，所以倒是故意回避的多。"是啊！先生说透了我青春期的矛盾心底，我总算按先生说的做了。

2

20世纪80年代，我作别故园。从此，便把生命给养为一条河流，让憧憬、希冀、成熟、美好和快乐自然奔流。但每当我读起辛弃疾《菩萨蛮》中的诗句"西北望长安，可怜无数山"时，倍感宋金之后，汉唐故地皆被"青山"所遮，不复当年气概。

法门寺里最吸引人、最凝聚虔诚、最见证祈愿的是地宫里供奉的释迦牟尼真身指骨舍利。1987年，考古人员清理法门塔地基时，发现一块白玉石板，打开一个神秘洞口：佛祖的真身舍利重返人间，世界为之震惊。地宫内的珍藏,是唐代最后一位迎佛拜骨的唐懿宗封藏的。地宫位于塔基正中,模拟帝王陵寝,属器顶窖洞式石制建筑。内地宫是唐代地宫的原型,外地宫是1987年重修宝塔时所建。地宫内壁刻有佛本生故事和八大处圣迹。顶部为镀金的曼荼罗铜板佛、菩萨造像。内设4道石门,由踏步、平台、隧道、前室、中室、后室、秘龛7部分组成,总长度21.4米,面积31.48平方米,甲字形。前室、中室、后室、秘龛各供佛指舍利一枚。一枚是真身指骨舍利,称灵骨,另3枚是唐代所做复制品,称影骨。第一枚舍利是影骨,为玉质,安置在地宫北壁正中。第二枚与第一枚基本相似,供养在宝函内。第三枚为骨质管状物,外壁为不规则的六面体,上有自然裂纹,呈灰白色。内壁有六道沟槽,呈暗黄色,高3.7厘米,比常人大拇指还粗大,灯光下,微微泛黄,有玉石的质感。这就是佛祖释迦牟尼的真身指骨舍利。第四枚为骨质的管状物,原供奉在地宫前室的三重宝函内。地宫,幽暗的通道,宛若时空的隧道。透过防护罩望去,四重石门,斑斑驳驳。凝视四枚佛指舍利,人们仿佛能看见佛祖布道、传法、普度众生的身影那么慈祥、安逸、温和。

地宫,是游人和香客朝拜的主要场所。我躬身细看,那道,那碑石,那图案,让我想起奶奶所讲的一切:1953年,一位叫良卿的和尚,来到法门寺,扫院掸尘。"文化大革命"时,为了保全,为了成全,为了履行,71岁的他穿上袈裟,全身浇上油,在"真身宝塔"将被挖开的一瞬间,点燃自己,念着佛经,走向塔座,以死唤醒了失去理性的人们。地宫志文碑上,交代了法门寺和法门塔的来龙去脉,追溯了舍利的来历,以及唐朝八位皇帝与舍利结下的不解之缘。

走出地宫,清风徐来。霎时间,我顿感自己从历史中走回现世。如果说地宫以佛教密宗礼佛之形态,昭示了千年前的大唐神韵,那么博物馆则把唐皇室的金银茶具、金银器皿、帝后御衣、琉璃器具等一一展现。

3

法门寺文化景区是依托寺院和佛家思想建成的。安奉大典是盛唐以来,中国历史上级别最高、规模最大的舍利安奉入塔盛事。可以说,佛陀从出生到悟道,再到传扬佛法直至佛指舍利进入中国,最后被安奉入合十舍利塔的故事都被庄严地朗读。

塔是佛教规律性建筑,又称浮屠或佛图,为供奉佛骨或葬贮僧尼死骨之用,也作为收存佛经或置佛像之处。这座明代万历年间重修的佛塔可以说是惊世的,而因塔所建的法门寺,则见证了人世间无数虔诚的祈愿。

踏进寺院,天王殿飘来股股香火,传出声声佛音。殿中,供奉五方五佛。五佛两侧,为24诸天。穿过殿后门,一座雄浑高大的13级砖塔扑入眼帘。塔身屹立在院中央,塔顶直指蓝天,塔身上刻着"真身宝塔"四个大字,塔周围有回廊,廊内有云龙图案,中有金粉彩画。这就是法门寺中心建筑物。

真身宝塔在如洗碧空下兀然耸立。唐代寺院占地百亩。始建于1884年的为三开间大殿。十步之外,有两座谯楼,西边是钟楼,东边是鼓楼。夹在两楼间的是"大雄宝殿"。宝殿为七开间,为僧侣举行法事的主要场所。佛龛正中供奉的是释迦牟尼金身塑像,两边并排列坐东西南北四方佛。卧佛殿位于寺院东院,供奉的卧佛长2米,重5吨,用缅甸大型汉白玉雕刻而成,是释迦牟尼留给人间最后一个形象。铜佛殿,位于寺院山门后,现在保存的是清光绪年间重修建筑,殿内供奉主尊为释迦牟尼。

灵塔前,我真正领略诚的内涵。难怪,人们怀着心诚则灵的心情朝拜真身舍利,也难怪我瞻仰舍利时产生莫名朗然。更不用说,许多往事潮水一样从脑海慢慢涌出。在僧侣心中,法门寺是用生命守护和崇拜的灵迹。佛家崇尚"诚",要求弟子为人至诚。但站在宝塔前,我觉得真诚才是至诚的前提。佛是智慧的人、觉悟的人。觉悟的人就有解人难、成人美的慈悲,有肯帮人、肯服务人、肯给人带来欢乐的胸怀。所以,人人都可成佛。试想想,当年佛祖在菩提树下悟道,菩提树下,也就是佛徒心中圣地。如今,中国菩提树,或许就在法门寺。因为这里是供奉舍利子的圣地,也是良卿大师舍身护佛护法的地方，更是他首善之地的佛国。

　　散步在法门寺，我想起作家史铁生的《我与地坛》，那种把生的召唤与死的静默蛰伏在文字中的灵性，无不显示着作家悲悯、惶恐、绝望、忏悔、道德、宗教的生命大情怀。地坛，常常召唤他笑着活下去，我又怎能不珍惜故乡这一片光明天空，这一方寂静大地，这一种庄严声音。细心想来，佛教与中国本土文化的冲突和融合，贯穿佛教发展的整个历程。应该说，佛教与儒道经历了由最初的依附，到后来的冲突和争论，最终走向融合。到了大唐，儒、释、道从三教融合走向三教和合，这是中国文化最成功最成熟的孕育。对唐人来说，他们精神世界，更加丰富和多元；对唐王朝而言，实现把儒家作为治国基础，将佛和道作为安邦的手段。不过，法门寺最终牵引我的还是那一堵堵红墙。我知道，每年四月的佛祖诞生日、八月的涅槃日，都是法门寺香火最盛的时候。回望处，我深感人类赡养至诚的步履如此漫长。许多时候，甚至都没有做到坦诚和磊落，伦理淡了，道德远了，理想没了，目的唯一，人类生命的箩筐抖擞的全是些五颜六色的虚幻和利益。

　　细雨霏霏，柳树拂动，柳絮飘洒。法门寺是实至名归的华夏文明顶峰。大唐，一个开放、宽容和充满自信的王朝，虽说儒术仍是治理国家的思想，但也重视文治，使儒释道和睦相处，相互激励，相互补充。法门寺的格局与气质具备唐文化的雍容大度、昂扬开放。法门寺，不仅是一座寺院，更是人间生命的看点，也是人类对真、善、美的无限眷念。我的故乡，我的中国，文化的古迹原本就是一本本未曾打开的书卷。我即使穷其一生，也难以研究分明和透彻。难怪，罗曼·罗兰说，世界上只有一种英雄主义，那就是认清生活真相之后还依然热爱生活。

　　佛陀说，与人共事，捧诚心一颗。我深感，与天共渺，方能和行天下。

卷二

根的宣言

我早已记不清自己拜谒黄帝陵的次数了。但必须承认,每一次与每一次的心情都不一样。我很清楚,每一回比上一回心情更复杂。如果说先前是除了自豪还是自豪,那么,现在却是感恩以后更懂得传承。这就是黄帝陵的祖脉造化给我们的文化之魂。

黄帝陵由黄帝陵和轩辕庙组成。去黄帝陵,先要拜谒轩辕庙。轩辕庙,1997年重新整修。站在陵区入口北望,轩辕桥、龙尾道、庙前广场尽收眼底。广场以5000块巨石铺就,象征中华文明5000年之基。踏上轩辕桥,两边是人工湖。拾级而上,即达轩辕庙广场。过桥上石台的龙尾道至庙院。庙院沿途以石阙、石牌坊、石华表、石灯等构成陵庙入口。庙门正上方赫然写着"轩辕庙"三个巨字。入庙门,最先映入眼帘的是左前方一株巨柏,即"黄帝手植柏",号称"世界柏树之父""群柏之冠""华夏第一柏"。院中,过殿前右方,有一株奇特柏树,被当地人称为"挂甲柏"。每年清明前,挂甲处,柏液四溢,树皮脱落,凝珠泛光;清明以后,又神奇复原。据悉,汉武帝北征朔方,归来以后祭祀黄帝,把身穿的铠甲挂在树上,"烙印所致"。

黄帝陵是轩辕黄帝陵寝。葬于桥山之巅,山下边有沮水环绕,南与印台山相望,81600多株古柏把桥山装扮得苍翠肃穆。瞻仰桥陵,从下临轩辕庙功德坛入陵道。沿石阶而上,经石阙、牌坊、陵表,直至陵园大门。神道入口,植有2000年农历二月初二黄帝诞辰日的一棵翠柏——"中华世纪柏"。旁边,矗立一块重达15吨的泰山五彩石刻成的石碑,镌刻法兰西艺术院院士、国际著名华人艺术家陈瑞献撰文书写的《庚辰黄帝圣诞志》。

黄帝不是皇帝。古籍载,黄帝为少典氏之子,姓公孙,名轩辕。他是英武与智慧的化身,圣贤与神的同一,曾率先民建房子、养蚕丝、制衣冠、造舟车、创文字、用货币、建医学、定音律、演算数、造历法,发明釜甑、婚丧礼仪和典章制度,平定战乱,统一华夏,奠定中华民族的最初文明。1912年孙中山自撰并书写祭陵词,委派15人代表团祭陵;1937年,国共两党共祭黄帝陵;1949年以后,中央多次派员在黄帝陵祭祖;改革开放,海外华人寻根祭祖;1992年8月,黄帝陵整修工程破土动工。时间可以作证,中华儿女告别蛮荒走向文明的步履,要比地中海的阳光坚实得多,比赤道的阳光透亮得多。难怪,现代作家丰子恺风趣地把这种踏青称作"借墓游春"。并在散文《清明》中这样回忆小时随家人清明踏青的心情:"我们终年住在那市井尘嚣的低小狭窄的百年老屋里,一朝来到乡村田野,感觉异常新鲜,心情特别快适,好似遨游五湖四海。因此我们把清明扫墓当作无上的乐事。"

如今,每年清明节,祭祀大典一般都按照庙祭、谒祭、扫墓程序进行。实际上,公祭始于春秋,秦时恢复祠庙,隆重公祭。汉明帝永平二年,各地兴建黄帝陵遥祭。唐朝时,将祭陵列为国家祭典,历经五代十国,宋、元、明、清、民国和中华人民共和国,世代相传。2004年4月4日,清明公祭黄帝陵,首次遵循古代以青铜器皿作祭器,用天子礼制公祭民族始祖。当我们从桥山上眺望陵园在翠柏中越来越肃穆时,有形的山势与建筑透亮的无形文化,更让人长久地凝望沉思。

清明!我们来了,缅怀什么?缅怀就是追思和怀念,就是追本溯源,这是人的本性、情结和真情。除去已故的亲情,还有先祖的恩泽。倘若先祖未曾开道,我们的文化就缺乏创新,因循守旧,失去活力。中国首次把清明节列入法定假日,等于给中华文明树立一块历史的文明标记。中国人有中国人的姿态,为了进步,为了启蒙,怎能轻率地否定和颠覆传统文化?尽管商业主义和物质主义时刻在摧残我们的精神原则,但清明节更要把中国人精气神汇聚起来。

清明!我们来了,寻觅什么?水有源,树有根,血缘和宗族观念都需要传承。现代社会,价值观日益缺失,无疑给享乐主义和虚无主义打开大门。唯有清明昭示我们,人类需要宗教,需要信仰。一个缺乏价值体系或生活哲学的精神家园,只能说是荒诞的反传统和崇洋媚外的现代庸俗。我们更应摒弃思想上的奴隶意识,摒弃社会责任上的混世哲学,找回本真,寻找本色。

清明!我们走了,如何在传统节日与现代生活中持续找寻传统认同?寻根问祖,给一个民族沉淀历史的力量,让孝悌美德擦亮一个国家的名片。置身现代生活,不敬畏天地,就缺乏甚至根本缺失宗教的热情,何以辉映信仰的天空?我们必须认识传统、读懂传统,提醒自己,热爱自然、热爱生命。

清明,我们走了,如何涵养与人类和谐相依的文化生态?寻根问祖,也是寻梦之旅。不仅是寻找族谱,寻找族群,寻找先祖,寻找亲人,也是寻找家族之梦、民族之梦。自20世纪80年代以来,我们的文化有过"新潮""超前"和"现代",但这不都是踩在传统身躯上蹦跳的现代舞,精神滑坡和文化荒芜才是社会造就的悲哀。清明,让我们找到了一把钥匙:给先祖烧纸,问一问,问问天,问问地,问问亡灵,问问人类;给先祖扫墓,想一想,想想过去,想想未来,想想生命,想想地球;给黄帝鞠躬,既要朗读,也要宣言——"慎终追远,民德归厚矣"。

回荡

初春，我走进子午岭，踏进中国两千多年前的"高速公路"——"秦直道"。尽管昔日辉煌已绝尘而去，但它仍是湮没于黄土高原和鄂尔多斯高原之间的美丽神话。

"秦直道"是春秋战国时期，秦始皇命大将蒙恬修筑的一条北起九原（今包头市九原区麻池镇）南至咸阳的军事通道，也是中国"古代高速公路"，距今2200余年。花费两年半建成，其施工速度之快，工程量之大，堪称世界筑路史上的奇迹。她的建成时间，远早于"条条道路通罗马"。今天的欧洲人，虽说罗马大道让他们自豪了一千多年，但罗马帝国兴盛前的200年，秦人已经建成一条"高速公路"，其平、直、宽度，符合现代高速公路特征。

如今，"秦直道"静卧于崇山峻岭之间，任凭风雨侵蚀。它像一道密布于古中国大地上的历史经络，鲜活地把我们一步步引领。在那纵横交错、凹凸隐现中还能听到一种呼救。当年，为了抵御外敌入侵而修的军事之道，而后却更大地促进秦代经济和文化发展。自秦以后，人们还是千方百计地保护、修复、利用她。

沿着山路，我们从马栏山区调令关东侧穿过树木杂草的支道行走，来到山顶一方平台——"四十亩台"，秦代屯兵之地。当地政府在此立碑："秦一号兵站遗址。"台上，可见残存的秦砖汉瓦。远望，群山起伏，层峦叠嶂。秦始皇统一中国后的第二年，巡游天下，就沿着秦直道直达北地郡。始皇三十七年，最后一次巡行天下，到达平原津时生病，七月驾崩于河北沙丘，遗体是从九原郡一路南行,由"秦直道"运回咸阳。秦以后,秦直道主要为商旅所用。据说,"丝绸之路"在河西走廊受阻时,往返西域和长安的中西节度使、商贾和游客也经常由此绕行。

惊叹的是,我们苦苦寻觅的"秦直道"在史书中却难以找到。但2200多年来的生态和地貌变迁,仍然无法隐没它的形状,一些路段已被今人利用。专家认可,陕西省交通史志的考察结论:"秦直道"经子午岭的兴隆关进入陕西省黄陵县西境,沿子午岭东侧的富县、甘泉、志丹、安塞而上。当初,蒙恬率数十万军工和民工用两年半时间就完成如此奇伟的工程。然而,"秦直道"筑成不久,秦始皇就驾崩了。更不用说,秦的灭亡与秦的繁盛昙花一现。现在,神秘的"秦直道",即将被一一揭开,它所构建的辉煌永远招引人类思想文化的高峰。在暗合与启示中,"秦直道"裹挟远古雄风,轰鸣如雷,这是有力见证。西汉200余年,汉文帝刘恒是最早驱车走过秦直道的汉代皇帝。汉武帝刘彻多次亲率大军,沿"秦直道"北巡。隋唐之际,隋炀帝两次从长安出发,途经陕北,北巡出塞,走的都是"秦直道"。唐武德四年(621),还是太子身份的李世民北征也历经此道。宋与夏的交战中,"秦直道"部分段落还被双方所利用。1935年,红军到达陕北,运送物资的车辆和投身解放区的有志青年,也都从这里奔赴延安。

走在"秦直道"。古代驰名的"圣人条""皇上路""云中直道",不能不让人生发敬畏。《汉书》载:"道广五十丈,三丈而树,厚筑其外,隐以金椎,树以青松。""秦直道"主干道路面最宽处约60米,可以作为现代中型飞机的起降跑道,可以并排同时行驶12辆大卡车,比当今世界上最先进的美国高速公路还要宽。一般路面亦有20余米,相当于国家二级公路。从陕西省淳化县北,穿越陕、甘两省交界的子午岭,由内蒙古鄂尔多斯草原北上直抵包头市。而今,道路两侧五里一墩、十里一台的陈迹,依稀可辨。

回望"秦直道",千山万壑中的蜿蜒起伏充溢我的脑海。那远远不止一条道路,透过沧桑和博大,犹如一部未曾翻完的史册,需要拜读。"秦王扫六合,虎视何雄哉!"秦始皇命大将蒙恬率师督军,一面镇守边关,一面修筑军事要道。蒙恬从咸阳(今陕西省淳化县梁五帝村)开始,沿海拔1600米的子午岭东侧,由南向北,途经旬阳、黄陵、富县、甘泉、安塞、志丹、子长、定边、横山等14个县,纵穿黄土高原和鄂尔多斯高原,横跨黄河,直至九原郡(今内蒙古包头市西南孟家湾村)。从此,秦帝国的万千铁甲凭借这一通衢大道,三天之内即可直抵阴山脚下,匈奴剽悍骑兵只能远遁大漠戈壁。

  萋萋荒草处,凝思路基。我走上宽阔平坦的遗迹,从未有过的渺小和孤独徐徐扩散。古道历经两千多年风雨蹂躏,疲惫不堪。有些坍塌处,还可以看到清晰的夯土层与跨河引桥的桥墩,那残缺的美都在昭示岁月与历史的悲情。我拨开路边荆棘冗草,分辨地形,不禁顿生疑问,秦始皇巡游天下,大秦帝国难道只有一条"秦直道"?据说,秦始皇迷信方士,得一份预言:"亡秦者胡也。"筑长城、修直道,以抵胡人,这恰是"秦直道"的真正要义。

  丛丛沙蒿旁,我对视交流。旷野深处,寻寻觅觅,除了沙化的草地和沙柳,剩下的唯有窘态的苍凉。倘若仔细辨认,那忽隐忽现,迤逦跳跃的,真让我不敢相信自己眼睛:消亡了的历史,风云过后的大地,给我目光里盛满了烽火突起,在耳畔鼙鼓动天。我似乎看见碾过历史的一队队战车,旗幌上高挑硕大的大篆"秦"字,势如破竹。那一年,39岁的秦始皇登基即位,成为中国"千古一帝"。

  中华地理是一部好书。年少时,我研读梁启超的《少年中国说》,心胸激荡于"美哉我少年中国,与天不老!壮哉我中国少年,与国无疆!"的辽阔中。走进"秦直道",如同打开地图册,我一边回味、默想在伤痕累累且活力不减的土地上,一边神游于历史虚弱和无奈中。如果说作为流放精神的牧师,我总想情不自禁地凝望、阅读和漫步。即使没有笔记本,还有心灵的感光片,更有时间和文化的显影液。如果说"秦直道"是大秦帝国的一幅画像,那么在我眼中,它就是一道纯朴而深刻的褶皱凄美在中国西部山峦的腰际。不是吗?唐诗不都活着,"秦直道"怎么能老去?

遥想多了。我便追问:修路的人们都到哪儿去了?翻遍史书,都找不见他们的名字。历史是他们创造的,可历史还是留不住创造历史的人们。直面"秦直道",我为先祖的苦难而揪心,也深感民族遗传血脉中沉重的铁镐常常深挖我们的心灵。"秦直道"默然,这是中国大地上无字的文化,无本的教育,无声的歌哭。

追问多了。我就朗读:天行健,万物皆在追求自由和发展。秦之灭亡宛如秦的繁盛昙花一现,历史的意义莫过于时代的车轮轰然碾过。鸟儿渴望飞翔,鱼儿希望浮游,自然界的奥秘全都写在生命中。人,就像长在大地上的麦子,始终轮回在生活的磨盘上,漫不经心地下种、发芽、扬花、抽穗、研磨、收获,麦子的命运就是人的命运。

法国启蒙思想家狄德罗说,人类生活越是精致文明就越缺少诗意。但我的远行,踩透一条古道,拨一丛荒草,捧一掬山泉,叙一回历史,读懂了大地,怎能没有回荡?

定军山下

定军山很历史。因为《三国演义》，因为诸葛亮的八阵图，还有八年伐魏的大本营。但最难忘的莫过于这里是诸葛亮生命的归宿。

定军山下，有诸葛亮墓地。墓不大，呈圆形，四周汉白玉环护。墓前照壁十分壮观。墓旁也有石碑。入了山门，大殿前还有几棵油柏树。相传，专家测定树龄在1700年以上，墓地共种植54棵，象征诸葛亮活了54岁。进了大殿，羽扇纶巾的诸葛亮端坐正中，面前的关兴、张苞与其父关羽、张飞一样，黑红分明地站立两旁。墓前亭子，立着两块由明万历年间陕西按察使赵健立和清朝雍正年间果亲王所题的"汉丞相诸葛忠武侯之墓"的石碑。墓后，有两棵"护坟双桂"，暗喻关、张。当地人说，每逢清明节，妇女们扫完墓，纷纷爬上墓冢，寻觅桂子，吞食而下，意想来年定生"贵子"。

诸葛亮称号很多，比如卧龙、先生、军师、丞相、武侯以及孔明等。他虽生于1800多年前，却被如此刻在碑上，记载在书卷中，传颂于乡野之间。其中，让我沉凝的是，他抱膝吟唱《梁甫吟》，自比管乐，隆中耕田的情怀；让我沉思的是，他羽扇纶巾，进退如风，扼腕艰险的姿态。他一生戎马倥偬，26岁辅佐刘备，等46岁写就《出师表》时刘备已死，留给他的仅是一个残局和刘备儿子的无能。尽管刘备遗嘱中说，若儿子不行，诸葛亮可以"自取"最高权位，但他没有这么去做。

如此看来，还是鲁迅先生讲得非常正确，诸葛亮是中国造神运动的结果，也是封建士大夫追求的最高境界。多年来，我见过皇天后土里皇帝坟茔旁的荒草摇曳无奈;我拣过历史深处人类无法解析的思想种粒。但始终不明白,究竟是罗贯中对这方天地的偏爱,还是对诸葛亮的丝缕残念,甚至对那个时代的过多纠缠?《三国演义》神化了诸葛亮,正如《三国演义》文化解读中说:诸葛亮有儒家仁民爱物的情怀,兵家决胜千里的谋略,法家依法治国的法术,道家羽扇纶巾的风采,墨家工艺精湛的巧慧,纵横家舌战群儒的雄辩,阴阳家精于奇门八卦的术数,农家陇上的躬耕,文学家下笔成章的才华。他的学术杂而能精,他的才能博而能工,先秦诸子九流十家,无所不包。但《三国志》作者陈寿说,诸葛亮以治戎为长,奇谋为短,理民之才,优于将略,应变将略,非其所长,忠义得使人辛酸。毛泽东则说:孔明还是不够聪明。并评价他的失败:"其始误于隆中对,千里之遥而二分兵力。其终则关羽、刘备、诸葛亮三分兵力,安得不败。"我觉得,诸葛亮之所以处变局而泰然,立逆境而镇定,性格的力量是他真正穿越历史时空的资本。"静以修身"是他的宁静;"俭以养德"是他的节俭;"非淡泊无以明志"是他的计划;"独观其大略"是他的学习;"非学无以广志"是他的意志;"淫慢则不能励精,险躁则不能冶性"是他的速度;"悲守穷庐"是他的想象;"意与日去"是他的时间;思想清晰是他的精练。更不用说,他身上有多少个我们难以企及的事实:一是生前得到两代君主的信任;二是死后获得所有统治者的推崇;三是政治理想基本得以实现;四是恪守一个士人操守——鞠躬尽瘁,至死不渝。实际上,他就是中国古代真正的"士"阶层的真实代表。他读书著述,创造思想、教化世人,把自己生命能力发挥到最好、最高、最美的境界:他有知识,身边的朋友"谈笑有鸿儒";有理想,笑傲纵行如晏婴;有行动力,"北拒曹操,东连孙吴";有忠心,"处臣位而行君事";视名誉甚于生命,坚守封建知识分子谦卑、虚心、进取、恪尽职守的道德修养。

不过,站在定军山下,我不得不彻悟三国文化的烽烟。清代学者赵翼在《二十史札记》中说,三国对垒,曹操张罗的是一种权术组合,刘备张罗的是一种性情组合,孙权张罗的是一种意气组合。但诸葛亮的两篇军事文件——《隆中对》和《出师表》,却彻底改变了这种局面。前者是大乱中梳理大清晰衍生大逻辑,后者是出征之前的政治嘱托。若从文学的角度看,诸葛亮显达君臣之情,而曹操挥洒激情,高扬生命。

离开定军山。我听说民族英雄岳飞夜宿武侯墓时,细心阅读完前后出师表,泪流满面。而我默咏杜甫"出师未捷身先死,长使英雄泪满襟"的诗句时,也倍感更有一种力量徐徐衍生。

爱行深竹里

楼观台是老子说经之地。一想起来,我就心动。听说,周康王时,天文星象学家尹喜为函谷关关令,在终南山结草为楼,观星望气。一日,忽见紫气东来,吉星西行,预感有圣人经过,便守候关中。不久,一位老者身披五彩云衣,骑青牛而至,原来是老子入秦。从此,楼南的高冈上老子为尹喜讲授《道德经》,"紫气东来"由此而来。

那个秋月,我与师友踏青而去。楼观台就是一座仰视能见的高地,一本厚重而有分量的书。那稀疏的村落、矩形的农田、蜿蜒的河流,宛若一幅清新的水墨画。老子祠前,重峦叠嶂,苍松翠竹,云飘雾绕。祠里,现存有明清建筑、道教碑碣,郑板桥《四季竹》,也有南宋吴琚《天下第一福地》等。传说,老子在此炼丹得道。炼丹峰海拔888米,炼丹炉特别好看,生锈的炉身,不坏的炉胆。炉旁,老子石像庄严静穆,俨然赋予道之真气。登上"说经台","说经台"三个烫金大字是长安画派主要创始人石鲁手书。门内,有一面墙壁用瓷片砌成,内容是孔子问礼于老子,这是两种文化的对话。门内东西两侧立有《道德经》碑石。前院,两个对峙的小亭,八卦悬顶,竖立石碑,碑上刻有元代大书法家赵孟頫书"上善池"三个大字。

我们顺山而行,清爽舒畅。伫立《道德经》前,全神诵读,顿感"修心、修性、修行,在内而不在外,求己而不求神"言之有理。人世间:不学道,不足以处世。不识道,不足以经商。不得道,不足以为官。道是一种自然法则,既饱含精神的宇宙本体,也饱含客观规律性。英国科学家李约瑟说:"中国人的特性中有很多吸引人的地方,都来自道家的传统。中国如果没有道家,就像一棵大树没有根一样。"鲁迅先生也说:"前曾言中国根柢全在道教,此说近颇广行。以此读史,有许多问题可以迎刃而解。"足见,老子道法自然、无为而治、天地人合的恢宏法则,是中华文化广度、深度和韧性的源泉。

漫步楼观台是幸福的,而百竹园更让我灵魂为之震撼。那里,竹影婆娑,灵气浮动。园内有金竹、毛竹、五月季竹、罗汉竹等;闻仙沟中18瀑21碧潭最为诱人;风声、涛声、鸟声、竹叶声,声声入耳;墨绿、葱绿、黄绿的海洋色,清新朗然;竹叶秀美,竹枝洒脱,竹竿笔直,群生群长,高可摩天,低可触岩,永不孤独;微风吹来,力透苍穹。难怪,白居易当县尉时吟唱:"日晚爱行深竹里,月明多上小桥头。"

楼观竹韵是灵感之源。20世纪60年代,楼观台林场南竹北移,从湖南、湖北、浙江等引进多种竹子,建成中国第二大竹类品种园。千年风霜雨雪、兵患、水灾中,翠竹砍不尽,烧不死,采不完,淹不死,刮不倒,压不垮。日复一日,年复一年,牵动人心的是竹子被赋予的历史、民族、生命的内涵。竹子,近看,修直挺拔时像哨兵;远瞧,密密麻麻中酷似奇兵。微风吹动,翩翩起舞。竹林,鸟儿的独鸣和合奏,伴着河水,沉浸于晨钟暮鼓,可谓自然的玄妙。

楼观台品味竹缘。楼观之竹有色泽,有形态,有音韵,有意境。我抚摸竹子,尽情呼吸,倾诉心声,但郑板桥"我自不开花,免撩蜂与蝶"的诗意更让我赶不走自由的心境和睿智的神示。古往今来,陶渊明爱菊,周敦颐爱莲,陆游爱梅,为何我酷似东坡、郑板桥独好翠竹?游楼观竹林,太阳般的孔子,月亮似的老子,透明而深切,国人心灵中的两个移动端点活神活现。我以道的名义,守护过去,拥抱现在和未来,静默最美。

爱行深竹里,生命萌发诗意,灵魂期许升华。楼观台虽是远的,但通往楼观台的路却并不很远。

华清池，女儿之媚

骊山是历史的一首恋曲。回眸长安，北望渭水，她高耸而青翠，怎能不忆？

她高不过1302米，长不过5000米，宽不过3000米，由叶岩、沉积岩和泥浆岩组成，几千米的地幔下与秦岭相连。沿山有周幽王陵和褒姒墓、扁鹊墓、蔺相如墓、秦始皇陵和兵马俑葬坑，还有仰韶文化遗址，秦始皇焚书的坑儒谷，鸿门宴及华清池。山上，东绣岭上是周幽王的烽火台，西绣岭上是唐明皇与杨贵妃的长生殿。山下，车如蝼蚁，人似红尘。驻足远眺，八百里秦川茫茫无垠，渭河如同玉带飘舞，让人深品苏东坡"一点浩然气，千里快哉风"的诗韵。

沉寂的骊山，晚霞透红。她让历史改道，也让中国转弯。周幽王如此，蒋介石如此。这里，氏族社会已有先民。周幽王修建"骊宫"，秦始皇"砌石起宇"，汉武帝加以修葺，北周武帝造"皇堂石井"，隋文帝"列松柏数千株"，唐太宗营建"汤泉宫"，唐玄宗几经扩建。"安史之乱"后，这里由盛转衰。五代残唐，逐渐失去地位。到近代，"西安事变"震惊中外。因此，鸟瞰周、秦、汉、隋、唐的风云，凝视女娲彩石，感受厚重的王气，骊山晚照中，更能听清杜牧的吟哦："长安回望绣成堆，山顶千门次第开。一骑红尘妃子笑，无人知是荔枝来。"

登临骊山，最念华清池。可能这一切向往都源于《长恨歌》。在我的童年只学了"烽火戏诸侯"，而忘却狼烟毁西周，从此，只能在《史记》中咀嚼亡国，在《长恨歌》里玩味世事。叩问骊山，何等模样？是自然的、政治的，还是奢靡的、情爱的,山的历史告诉我,她是爱情的。

　　走进华清池。她的绿像从山上一泻而下,绿柳银珠,水榭楼台,精巧趣致。景区分九龙湖、唐御汤、西安事变、唐梨园、温泉沐浴、配套服务等。东区有荷花阁、飞霞阁、五间厅等,其中温泉石壁上的《温泉颂碑》是中国碑石艺术宝库精品。中区是华清池御汤遗址博物馆,区内有莲花汤、海棠汤、太子汤、尚食汤、星辰汤及文物陈列室。西区内有九龙湖、飞霞殿,还有大型壁画。九龙湖边,泉水从九个石刻的龙头嘴里喷涌而出。湖畔垂柳依依,湖水清澈见底,湖中挺立"贵妃出浴"的雕像,汉白玉雕成,丰腴柔嫩,平添娇媚。当然,人们最乐道的还是"贵妃池"——海棠汤。历史谢幕了,只有记忆。她面积不大,如盛开的海棠,乃唐玄宗为杨贵妃所建。用24块粉红色的蓝田玉铺就,有出水口和进水口,底部正中还有莲蓬,水从池底喷起,莲花般盛开,沐浴其中,美不胜收。海棠汤旁边是唐明皇的莲花汤,形如莲花,为安禄山修建,供皇帝沐浴。靠近山脚,离泉眼最近的是唐太宗的星辰汤。

　　我在华清池,领受歌吟。这一池,那一汤;这一景,那一幕,分外妖娆。贵妃、褒姒不仅仅做了尘埃,而且灵魂也被带上了枷锁。古往今来,帝王如是,士大夫如是,小人如是,那么君子是否?历史的长河,白居易写下"七月七日长生殿,夜半无人私语时,在天愿做比翼鸟,在地愿为连理枝"的诗句。人生舞台,华清池翻卷香艳,骊山葳蕤情话。人世间,爱的悲剧也是生命的幸事。悲是时代的沉疴,幸是直面人性的情意,鞭挞中庸礼教的壁垒。

　　我在华清池,踏歌而行。6000年的温泉史,3000年的园林史,仿佛永远风流不过唐明皇与杨贵妃的爱情史。我眺望神仙皇帝、英雄美人和奸臣贼子,朗读中国主流社会史册,真切的生命体验,存养记忆,浸透血脉。怪不得,这里成就了《长恨歌》,搭建起国人旷世的"爱晚亭",而绝不是风雅绝伦。歌吟与笑谈孰轻孰重?我释怀,我不舍,但通透的还是华清池的情义,马嵬坡的生死。

回响

秋日,走近韩城。市区东北9公里的黄土坡上,1000多间房屋组合的125座四合院历历在目。而城堡、庙宇、风水塔、文星阁、贞节牌、学堂、家祠、哨楼掩映下的村落正是党家村。

村落静伏沟谷。塬上瞭望,葱绿之中房接房,檐连檐。村低寨高,村寨相连,村容如舟。地是青砖和石块嵌的,房是木头和青砖盖的。走进村里,巷道纵横贯通,门楼高大,上马石考究,祠堂庄严,文星阁挺拔,避尘珠神秘,节孝碑华美,四合院琳琅满目,"木、石、砖"三雕俱全。每个四合院都有门楼,称走马门楼,家门外墙镶嵌铁质拴马环,设拴马桩和上马石。门楼两旁有砖雕,迎面是照壁,照壁上壁画为砖刻,门楣有门额题字。

党家村引人瞩目的建筑是四合院。由厅房、左右厢房和门房组成。坐北朝南,房屋间数为单数。推开大门,上首厅房,下首门房,两旁厢房,中间狭窄的是内院。院中,照壁、门房、厅房合称三脊。院里,每角屋墙、每扇雕窗都埋藏着故事,其建筑遵循明清宗族礼制,孝祖敬宗、长幼有序、男女有别、尊卑有分、内外有异。且按建筑价值分为不同等级。厅房、厢房外壁还刻有家训。历史上,四合院就是党家村的金库,俗称"分银院",檐下的木雕垂莲,称垂花门楼。有一座节孝牌:青石基座上耸立两丈高的碑楼,楼脊为通透雕刻,檐下是砖雕,横额题有:巾帼芳型。额框由游龙、麒麟、香炉等组成,守着无期,藏着苦闷,留下幽怨。

党家村是一坛老酒。它的建筑规划合理、功能齐全,布局合理,结构紧凑，错落有致。人们说，世界上最会做生意的，是犹太人，这是事实；世界上最会搞建筑的，是中国人，这也是事实。党贾两姓本为姻亲，建有宗祠。党氏宗祠左侧有一长木凳，看了铭牌，才知是党家村的"长寿凳"，多年前70岁以上的人才能坐。现在，任何游客都可以感受。凳子默无声息，任人骑跨坐卧。三百年后，我坐上木凳，唯一能断言的是，自己出生的三百年前，凳子每天迎接来者；我离去的三百年后，凳子可能仍无言地摆放。

文化凝固于建筑，资本就会延续。值得喟叹的是，传统教育专注僵化的知识，忽略人的理性与尊崇。直到今天，人类真理与智慧的人文花园仍然肥沃得有些迟钝。徜徉党家村，直面明清时代。我懂了，这里的根与源无须考证和清理。这片村落，催生的是聆听；这片原野，把都市的喧哗与骚动合奏成缕缕沉香，这正是先哲们为我们播下的文化种粒。

那么，我们又该培植何样的未来树？秋的党家村，伴随飘落的黄叶，又为我们勾勒一幅秋意。这片原野，我的家园。回眸凝望，学会谛听，吸纳神韵，抱拥静谧，何等朗然！

拜将坛

走近拜将坛,我叩问自己。穿越秦岭,一路走来。拜将坛早已把秦风楚曲的文化元素催化于我的脚下。

拜将台前,我激越。韩信是汉初军事家。年少时,父母双亡,家道贫寒,熟读兵法。公元前209年,陈胜、吴广揭竿而起,韩信从军,投身项梁。项梁死后,随从项羽。但未被重用,就投奔刘邦。刘邦不用,决定逃离。幸遇丞相萧何。公元前206年,汉高祖刘邦"择良日,设坛场,欲拜大将。众将皆喜,人人自以为得大将。至拜将,乃韩信也,一军皆惊。"这就是拜将台,由南北两座土台组成,各高丈余,方圆百余步。南台石碑上刻有"汉大将韩信拜将坛",北台亭阁中有国民党爱国将领冯玉祥的题联:"盖世勋名三杰并,登坛威望一军惊。"

拜将坛下,我仰望。韩信是战将。《史记·高祖本纪》中刘邦说之所以打败项羽:"夫运筹策帷帐之中,决胜于千里之外,吾不如子房;镇国家,抚百姓,给馈饷,不绝粮道,吾不如萧何;连百万之军,战必胜,攻必取,吾不如韩信。此三者,皆人杰也,吾能用之,此吾所以取天下也。"可见,韩信是灭楚定汉第一人,但还是早早地死了,千军万马皆成为云烟。难怪,苏东坡在《留侯论》里畅言:"古之所谓豪杰之士者,必有过人之节,人情有所不能忍者。匹夫见辱,拔剑而起,挺身而斗,此不足为勇也。天下有大勇者,卒然临之而不惊,无故加之而不怒,此其所挟持者甚大,而其志甚远也。"

拜将坛旁,我不愿挥散惆怅。因为风雨历史,再坚固的东西,也难以抵挡历史车轮。拜将坛是韩信一生传奇和悲剧的见证,道尽中国封建帝王的凶恶。史学家说,中国历史上光武帝刘秀和宋太祖赵匡胤没有杀戮功臣,但韩信未曾碰上。司马迁慨叹:"假令韩信学道谦让,不伐己功,不矜其能,则庶几哉!"甚至,韩信都能看出项羽身上的匹夫之勇和妇人之仁,可最终还是重蹈覆辙。

拜将坛归来,我惊醒中被暖心。即使深切感怀,也难彻底解析中华文化的密码。这里,充满传奇和征战;这里,埋藏中华民族灵魂的期盼和见证。拜将坛是伟岸的,因为人类文化始终是映照和渗透、组合与积淀的,这是生命的精气和血脉。

夜走终南山

七月,我夜走终南山。

出发前,我与朋友聊过岭南风情。当我们沿着西安市长安区青岔至岭北段的高速公路,穿越终南山隧道时,发觉制约陕西经济发展的秦岭已经天堑变通途了。不用说,如今现代意义上的秦岭号称"中国的中央公园",不仅仅是一个历史符号,而且是一个文化的代名词。而这一切都源于终南山"天下第一隧道"(全长18.02公里,总投资25亿多元,居世界第二,亚洲第一,建筑规模属世界第一。且属上、下行双洞双车道,双洞最长,技术标准最高,建设规格最大的高速公路隧道)的开通。

一转眼,身临其境,若有所悟。据说,秦始皇统一中国,秦岭就有了称呼。一座秦岭,可谓南北气候的一条天然屏障。岭北是著名的黄河体系,南麓则为长江体系。多少年了,我确实登攀过秦岭许多山峰,翠华山、楼观台、太白山、红河谷、沣裕口,也寻觅过王维、李白、白居易、老子的脚步,但如此从容地穿越终南山隧道,倾听山的气脉,抚摩山的胸腔,尚未曾有过。

我们的车沿着高速公路穿行,不知是大地的宁静笼罩着我,还是鲜活的景色为我披上了温存,坐在车里只觉得乏困。当我摇下挡风玻璃眺望,顿觉河流、村庄、胡同,宛若山里人发给我们的一份份邀约。可抬起头来,光线和山影的重叠又不断地模糊我的视线,鼓胀我的呼吸。深山幽谷,万籁无声。不一会儿,空洞的静穆渐渐变得充实起来,原来终南山隧道到了。隧道外是秦岭大山,山高路陡。车辆驶进隧道,夜的隧道犹如一幅表现派的木刻画,我好比翻开一本原始的智慧经本，寂静稠浓，一分一秒荡漾、浮游、飘荡得使我感到压顶的窒息，每走一步都像在拨响天籁。这时，我只觉得山的魅力无法抗拒，好奇心已渐渐淡去，速度除了带来一种伟大的可能外，究竟还有没有用双脚丈量隧道的快感？行进在长长的隧道，虽说体验不到重的分量，却能体验出人类文明的不朽延伸。试想，一座秦岭重压在我们头顶，车子和人都畅游于山的胸腔，这是怎样的天人合一？当然，隧道里最迷人的还是人造天空和树木，行进中蓝天和白云渐渐地向车后滑动，那是用灯光照射出来的，而花卉草木是用仿生塑料制品所做，不断变换颜色，可以预防和缓解司机视觉疲劳，可以说利用光学调控的特殊灯光段，在中国公路史上尚属首次。特殊灯光段比前后相连的隧道要宽，两边既有绿色草坪，也有盛开花卉。要不是时间老人的手庄严地抚摩过我坚挺的头颅，15分钟穿越秦岭山脉，对我来说何等惊喜和咏叹！真印证了王维《终南山》中的话：太乙近天都。

　　走出隧道，岭南山脉植被青葱，鸟语花香。千年秦楚古道，一个被历史遗忘的地方，摆渡灵魂的我们又该如何轻松地挥洒这一路欢歌？凑巧，傍晚时分，远方一位朋友在宾馆等我。于是，我们再次踏进夜的小县城。山中的夏夜，虽说寂静值得倾听，诗意信手找寻，但我的灵魂未曾掉进山的小桥、流水，山的围栏和苔藓中，我终于找到自己行走的另一条大道，这就是逃离内心的静寂，赶走回忆的忧伤、柔情的甜蜜、兴奋的陡然、冷漠的转眼，持续挺进自己的灵魂战车。我最终闭上眼睛，聆听心跳，回味呼吸，思考着人类在一次次庄严地送走那么多寂静，昂然前行中弥留的又是什么？难道大自然柔声絮语中的大寂静就是以另一种形态为我们阐释关于宇宙无限，人生有限的训育。

　　回到宾馆。我更觉得自己在绿野仙境中感受如此慷慨穿越和盛情饱览，不仅给灵魂注入生机，而且注入和畅。我知道山野的村落，激荡古风徐徐；

行进的大道,挥洒生命朗然。与其说行走是心胸的涤荡,毋宁说穿越是聆听自然的呼吸,并使之臻于完美的文明派对。夜走终南山,我在满足与憧憬中深情地告慰自己,世上总有一种情感,比幽居独处,比风风火火,更能旷达人之情怀,而超然于物欲,这就是大美的穿越。

风语颂

那个春天，特别匆匆。春分不久，我去登临"养在深闺人不知"的道教名山——塔云山。

塔云山，山形如塔，坐落云中，直耸云端。其山不高，其水不深，可谓一塔一庙一道长，一径一柱一灵山。道观由一馆、一庙、一堂、一塔、九殿组成。景区分大殿建筑群、金顶建筑群和自然风光。景色有塔云仙馆、玉石塔和金顶。

当车辆靠停靠天池垭广场时，我抬头一见，天池旁门楣上有中国道教协会会长任法融题写的"塔云山道观"。拾级而上，发现古松苗壮，山花绽放，鸟儿歌唱，清泉流淌。少顷，就来到惠风亭。转过轿顶山，攀上驼背梁，又到飞天崖栈道。相传，老子骑青牛西来，云游于此，茅塞顿开，文思泉涌，闭关49天，挥就《道德经》，一声长笑，飘然离去，崖上至今留下清晰祥云图案。等爬上讨儿窝，绕过蜡烛石，迎客松下，我们走进塔云仙馆，方知仙馆题名和对联书写者就是晏安澜（清光绪丙子科进士，近代著名盐政专家，晚清京官）。山峰东麓有一座"念功塔"，原来坐化的正是德高望重的老道士成明达。告别"念功塔"，距离"金顶"就不远了。拐过"之"字形步道，旋即可以登上倚天门。

倚天门紧挨"金顶"，要拽着铁链登攀。五百多年来，傲立苍穹，坚固如初。据说，当年鲁班建观，大雾笼罩七昼夜，始得建成。主峰"金顶"海拔1665.8米，旧称"讨儿山"。绝顶之上，三面凌空，悬于绝壁，耸立云表，直插云霄。且两边为幽谷,崖壁若刀削,白云如缭绕,乃"天下一绝"。还有"金顶刺青天,松海云雾间"的美誉。

登塔观景,妙在金顶。"金顶"也叫"观音殿",山风中遗世独立的仅仅是不足6平方米的小庙。庙名为"舍尸殿"。庙顶内呈穹窿形,置观音一、供桌一,拜垫一,道士一,只能容一人跪拜。庙门额刻有"塔云山"。庙门首,刻一石雕青龙,腾飞起舞,堪称一绝。庙有四根翘角飞檐,各挂21斤铜铃,随风舞动,悬崖之上,通天接神。庙门石雕,楹联是"树长菩提荫庇人天百岁,花开优钵香荡世界三千",横额为"慈航普济",指明殿内供奉的"慈航道人"(即观音)。

置身"金顶",风行山上,云流塔中。山之巅,峰之上,壮之巍峨,秀之峻媚,潇洒之嶙峋,神奇之飘逸。虽说伸手可以采撷云彩,但最想倾听的还是大鹏风语。且只想与她对话:寂寞如斯,幸而有你。此时此刻,我不由得呼喊"我来了!"甚至当庙的铜铃在风语中轮回作响,并与天风、松涛、磬声合奏为一曲天籁时,我心中激荡的正是"春心对风语,盛揽吾最爱"。

走下"金顶"。俯瞰白云青山,松涛阵阵,龙吟凤鸣。回头四顾,从树之缝隙间回望,"金顶"更显神韵,"塔云山"实乃"踏云山"。我们对诗唱和,此乐何极。

回望录塔。"金顶刺青天,松海云雾间"。塔,给了山之豪气;云,给了塔之仙气;山,赋予云之灵气。"塔——云——山"的相得益彰和共生共荣的完美集结,乃是我生命世界爱的情意画廊。

问道神山。天人指路,神仙助我。我的所寻,必有回馈;我的问道,终有所悟。广场游廊上任法融书写的楹联正合我意:求仙方悟人生快乐是知足,问道才知天地自然是无为。倘若要问登山让我弄懂什么,那就是越来越渴望回到自我,回归本色。不是吗?文学主张回归乡村,哲学主张回到认识的基础,即人的层面,这是救赎灵魂的良药。

品味灵山。山的风语是香魂,知心有声;山的香魂是心愿,灵犀万千。我情醉于山,顾盼流连,知心懂心。倒不是山峰奇秀,古松遒劲,沟壑深幽,古建俨然,栈道高险,而是"金顶"之上的风语叮嘱我:人间真爱,酷似白云与山峰,彼此懂得,彼此眷恋,终会留下。

塔云山,开启我新惊喜,握紧缘分,真心取暖。从心出发,不是祈福,而是相融。人之心灵获得与生命气息都是同步呼吸的,用真相对,透彻心扉;用懂解读,推心置腹;用心对话,牵手心灵。人生最大智慧莫过于灯火阑珊处的微笑和坚守。

药王山，一张透亮的红处方

一枚处方开写在陕西省铜川市耀县城东的馨玉山，又名五台山上，格外耀眼。一方净土存养于药王山，寻胜在清幽。

那个夏日，我登临药王山。五台是山的五个小山峰，东曰瑞应，南曰起云，西曰升仙，北曰显化，中曰齐天。山上有石碑、造像、佛像、洞窟和石刻等，但最吸引我的是中国现存最大药方石刻——《千金宝要》和《海上仙方》，与洛阳龙门石窟中的药方石刻相比，此处收录药方的数量要多得多。踏进山门，大殿正中有温和端正的孙思邈塑像。配殿内有雷公、岐伯、扁鹊、仓公、张仲景、华佗、王叙如、陶弘景、皇甫谧、葛洪等古代名医塑像。大殿西侧吕祖庙是五室一廊的碑林，陈列历代造像碑，以魏碑最为驰名。太玄洞东0.5公里处有洞窟、造像，北周、唐、宋、明最多，皆为佛教艺术宝贵资料。足见，南北朝时期，这里建有佛塔宝云寺，而孙思邈崇信道教，道佛两家在此彼兴此衰。

登上文星阁，我远眺四野，药王山尽收眼底。伫立于此，我顿感历史轮回中的一个个行者，一份份处方分明皆为民众和民族的身心健康号出的种种脉象。正殿东边碑亭是《千金方》碑立处，有洗药池，"静应庙院"有孙思邈栽种的五棵古柏。据说，他终其一生，写出《备急千金要方》和《千金翼方》两书，为中国第一部临床实用百科全书。宋人郭思从中挑选出900多剂常用药方，辑录为《千金宝要》，刻石供椎拓传播。但现在的庙中石刻，的确是明隆庆六年所刻，共四通八面。并刻有《海上仙方》一通两面。

站在药王山。我觉得人类的整体意识需要在修身、养心的转化与提升中不断整合,因为中国人生命气象的安身立命之道更需要科学展读。孙思邈一生为国人安身,可谁又为国人立命?远望游人在缕缕香火中虔诚叩拜,一阵风迎面吹来,"荡胸生层云,决眦入归鸟"。我久久凝视,深切追问,即使在天人合一的境界中独自超然,也排遣不去对生命返璞归真的尊崇,这就是人类生命的改造与解放。孙思邈是大师,为国人修身,并被后世以石刻传播药方,就想用民族文化造化药王山这一方滋养民众心灵的土壤。

　　再望药王山。眼前的山峦渐渐凝固,仿佛都变成了一块石头。我突然想起,镶嵌于孙思邈旧堡北门上的"真人故里"石匾及"真人古宅碑""先茔碑"等,石头可以挡风,风更能追念石缘。登临药王山,我虽说没有"拨云寻古道,倚石听流泉",但细想起来,初夏的风与坚韧的石头旁,能真切地解析救治生命的脉络和打捞文化之心的重塑,何曾不是鼓舞和洗礼!

最该记起的

耀州的林徽因故居,我向往已久。

林徽因故居坐落于铜川市耀州区文营西路西仓巷11号,面积约293.28平方米,典型三进式四合院,一个院子四面均是房屋,四面房屋将庭院合围在中间,古色古香,幽静雅致,居内展示数十幅她的生平照片。1934年夏天,林徽因、梁思成夫妇经山西汾阳前往敦煌(未成行)途中,有幸住在这里,专题对耀州古建筑、耀州药王山摩崖造像及药王山碑林考察研究。1937年春夏之交,他们又被国民政府西安行营主任顾祝同将军邀请,为西安小雁塔做维修计划,顺道考察西安、长安、临潼、户县和耀州的古建筑。

耀州巷子,深埋乡愁。林徽因故居是凝固的史书,给我们打开一幅温暖而温馨的记忆画卷。2015年4月30日,它修复揭牌开放。林徽因不仅是中国著名建筑师、诗人、作家,而且参与设计人民英雄纪念碑和中华人民共和国国徽等等。同时,她才貌双全,"谈锋很健",与梁思成结合,可谓门当户对。她常在家里开文学纱龙,谈笑有鸿儒,往来无白丁。她的"客厅"常常出现的既有如金岳霖、钱端升、张熙若、陈岱孙等哲学家、政治学家和经济学家,也有像沈从文这样主持全国性大报《大公报》文艺副刊的编辑,当然更多的还是萧乾、卞之琳这样慕名而来的在校大学生。20世纪30年代,与梁思成一起用现代科学方法研究中国古代建筑,为中国古代建筑研究奠定了坚实的科学基础。虽说他们都是建筑学家,但终身租房,名下没有房产。

寻访林徽因故居,找寻历史深处的痕迹。林徽因名字出自《诗经·大雅·

思齐》里"大姒嗣徽音,则百斯男"。她的诗情和才情比萧红和张爱玲等更全面,人生际遇更幸运。她不仅最早加入"新月社",而且代表作有《你是人间的四月天》《莲灯》《九十九度中》等。那"一身诗意千寻瀑,万古人间四月天",更让我衍生芬芳无尽的感觉。她智慧地度过一生,恰似孩子般的纯洁和羞涩,把所有感情带来又带走,留给人们的都是无数仰望。

建筑物语,岁月留痕。建筑如人,人如建筑。造访林徽因故居是温馨之旅。人类生活从建房开始,特别是有了婚姻家庭需要繁衍后代后,房子正是生活和幸福的焦点。人的一生,建筑常常将人的尊卑贫富差异、伦理地位距离拉至最大。房子乎?人生乎?尊严乎?其实,从周礼固定下来的古建筑规制、模数、尺寸、正偏间数、高低层高、用料档次、部件讲究、雕花水平、施作方法、门阶样式,皆与主人社会地位休戚相关。足见,建筑是人类文明史凝固的音符和残影,它不是江湖上行走的不系心舟,而是最先并持久地给人类带来安全感和稳定感,以及生命的拓展。

短暂的瞬间,漫长的永远。阅尽非凡,方知此爱不同。小城深处,历史文化就是一个城市的灵魂。漫步耀州,烟雨古质;走过耀州,别有惬意。名人故居,不仅仅是一栋老宅,而是探寻城市每一寸的文化肌理,品味每一处的文化沉淀。历史永远拒绝如果。林徽因身上特有的人格魅力,见证了一个时代的无奈与荒诞,从1930年到1945年,林徽因和梁思成足迹遍布中国15个省、200多个县,考察测绘200多处古建筑物,这在中国近代建筑营造史上做出不可磨灭的贡献。

华山,永不落幕

走近华山。我的回忆从远处山涧的清流,也从青春的岁月中徐徐传来:首次攀登华山是学校组织野外拉练,我如何领略奇险天下的西岳雄风,如何夜幕下拿着手电筒,用脸紧贴山岩,用腿猛蹬石阶,倾听家园般的回声,还有自己的心跳,又如何在石柱前祈祷,那一切都清晰依旧。从此,华山在我心灵深处傲然为一盘没有下完的棋,而大自然在我眼中升腾为人生旅程最美的相遇。那次开会又来到华山,我大美的心情却已不复存在,心中充溢的似乎不是春天,而是秋天。尽管华山雄奇得又向我致意,而我的微笑只能依靠春光映衬。我笑了,是用灵魂,用眼睛。准确地说,我以不同于从前的方式来凝视西岳为我展现的这方天宇,且比从前更细腻,更沉静,更练达。

漫步华山。我一低头,记得《山海经》上描绘华山:"山高五千仞,削成而四方,远而望之,又若华状。"我一扬眉,"自古华山一条路",一会儿把我心思拉扯到玉泉院再到青柯坪下的"回心石",一会儿又搁置在百尺峡的"惊心石"旁,而"平心石"就纯属峡顶的事了。说真的,我喜欢那灰白的,那瓮大的,那盆大的,那枕大的花岗岩,因为那不是死寂的玩石,而是大地震形成的地质隆起。我一追忆,苍龙岭上,路宽只有1米,下望悬崖,如悬在高空,难怪韩愈在此写有遗书,至今"韩退之投书处"引人观望;我一比画,中峰上可听玉女吹箫,东峰上能长夜待日,西峰上可看沉香的斧劈石,南峰上寇准的诗句:"只有天在上,更无山与齐。举头红日近,回首白云低。"我一琢磨,唯有穿过金锁关,才另是一重天,因为在那里可以全览四峰,也可以清晰地看到东峰万丈崖壁上红褐色的"仙掌"。我一惊叹,想去凭吊赵匡胤和陈抟老祖下棋的地方,真得越过"鹞子翻身"处。可以说,那是我人生第一次攀登华山,是最好的,也是看得最美的。此后,虽说我数次登临,不是陪友人,就是偕同事,但几乎都半途而废。

逗留华山。我最牵肠自己心灵的原音。我清楚,儒家所说的"人与天地并列而三"的状态如同华山一样顶天立地,不过它所唤醒的生命激情绝非艺术享受,诚然一股精神涌动。我深思,华山对我来说,只要一次次擦亮澄明的眼睛就够了,道不远人。华山始终高昂着头颅,不管史前、史后,还是今日、未来,不倦的岁月里都如此仰天长啸。

作别华山。不是因为风里追寻,往事无处诉说,而是因为悠远的记忆渴望止水般的静默。我匆匆地走了,丢弃的虽是未曾登攀的欲望,但存养的却是丈量人生的大足。华山,再次弹拨我的心弦,我更想山居数日,宵宵听雨,日日观雾,笑而不语,让沉默永远壮阔在旅途,永不落幕。

了悟少华山

我去过两次少华山,印象最深的是第二次。

深秋。我去少华山浏览。少华山,顾名思义"小华山",与华山峰势相连,遥遥相对,而低于华山。人们常把它与华山并称,称之"姊妹山"。它是《水浒传》里出现的第一个山寨。大寨主是神机军师朱武,二寨主跳涧虎陈达,三寨主白花蛇杨春。其中,隋末绿林好汉王伯当年就在此聚义,《水浒传》九纹龙史进的不少故事都发生在此。

少华山,灵秀奇峻,尽展秀媚。古代少华山,主峰由三个并立紧连的山头组成,即东峰、中峰和西峰。东峰有娘娘庙,西峰即五龙山,又称马岭山。中峰是绝顶,最险峻,最壮观。如今的少华山,由东、西、南、北、中五峰组成,山形如箕,两侧山梁交汇。外侧绝壁千仞,内侧林木葱郁,小道盘旋,直通主峰。山上,绿林好汉留下的石门、石墙、石狮、石碾、石井、石槽、石灯等依稀可见。风洞、虎洞、冰洞、圣母洞及玉皇宫、云霄庙、柱死塔等星罗棋布。沿路上山,小花弄人,小溪奔流;群峰突起,奇石林立;草木蓊郁,流水潺潺;悬崖绝伦,瀑布飞流。如果说华山以险峻而驰名,那么少华山就以秀媚而著称,造化弄人。

少华山难以言状。少华山公园,由潜龙寺、少华峰、红崖湖、石门峡、密林谷五大景区组成。其中石门峡、母子峡、石板河、密林谷等被誉为"陕西的九寨沟"。那蓝的天,清的水,红的叶中,放牧的不仅是忧伤记忆、甜蜜柔情,还有陡然兴奋。不过,最使我眷恋的是潜龙寺,"龙脉"山下曾是东汉光武帝刘秀避难之处。东汉明帝初年,其子刘庄(汉明帝)为报答此地潜藏先父之恩,建造佛寺"潜龙寺",乃中国最早佛教寺院之一。寺内有一卧龙柏,奇而又奇,倾而不倒,乃帝王气势。更有两棵纠缠一起,名曰"柏抱槐",也是千古奇景。当地村民说,入山乘龙,乘龙成龙。想让儿子成才,必到少华山。

一路走来,乐趣满满。尽管历史无情,岁月残酷,但唯有自然常常弥留无尽的光华。同一天底,同一高山,不同背景,善恶奔走,荣辱交织,兴衰徘徊。少华山,聚儒家风雅,佛家慈怀,道家深邃,皇家威仪,匪寇无奈。信步其中,儒释道和谐一山,香客云集,天下升平。登上望岳台。

登山如走路。浇块垒,抒胸臆,畅神思,明心境。试看,过浮桥,下泉水,坐石上,望悬崖,闻槐香,云彩和庙宇、亭台和楼阁交相辉映。试想,逶迤前行,阳光披洒,几多温柔。人与山水对话,向花鸟倾诉,与世界、社会、自然、人生、生命和灵魂遭遇,其乐无穷。

一年美景我须记,最是少华叶红时。秦岭红叶,少华最红。天似倒扣的海洋,水如情人的眼睛。少华山,看不完的是景致,听不尽的是神话,道不明的是感悟。我把心放低,游历于沟壑起伏中方才懂得自己的未竟之旅。白云缥缈,山峦雄伟,溪水潺潺,都在见证我的步履,逃避是输家,唯有面对才能走心。许多时候,我们难以成功,不是因为不会做成事情,也不是事情有多难,而是我们未曾雄起。

卷二

那是谁的忧伤

那是谁的忧伤？我跨过张骞坟茔的门槛，真的难以放下阅读的积习。

这座园子，涵养民族精神的丰碑。张骞"凿空"西域，古中国一夜间苏醒。《张骞通西域行程图》上载：张骞，西汉城固人，著名旅行家、外交家与探险家。两次出使西域，在匈奴被关押10余年，匈奴逼他娶妻生子，备受限制，但其汉节不倒。他曾翻越葱岭，过大宛，往康居、至大夏，游说大月氏，返回途中再次被关押。后因匈奴内乱，才得以逃脱。他首次出征100多人，历经13余年，回归时仅剩下其与堂邑父二人；公元前119年，西汉为联络乌孙，断"匈奴右臂"，又派他出使。公元前115年，他带乌孙使者来到长安，被拜为大行令，封博望侯，西汉设立西域都护府。他两次出使西域，不仅沟通汉朝与西域各国往来，而且开通"丝绸之路"。

这座坟茔，恢宏而浩大。我站立坟旁，举目四望，四周清寂。历史诚然一位智者，默然间，给我的目光中盛满历史色彩和行者脚印。即使我走在园中小径上，也很想用心寻找历史的蛛丝马迹。

我玩味永恒。这里的肃穆，静默；这里的不朽，无言。张骞的心，不仅贴紧了现代人，也贴紧了夷齐，还有大汉……走来时，我虽说执念于庄子的"相忘于江湖"，但张骞精神一直被世人称颂。因为他的凄神寒骨洋溢的是大国之魂。

我沉思永恒。园子不小，很宏伟，也很壮阔。不像坟茔，像是山岳与河流。我一路走来，多想呼喊与歌吟，但最终还是保持沉默。因为我怀揣敬畏踏进他的故园，终于懂得白居易"我生本无乡，心安是归处"中的故乡寓意。

张骞超拔、广远的视野中深埋的是生命的深邃。

我在坟茔旁,追念张骞;我在阳光下,遥望西域。西域为何?是块垒,也是坚冰,更是使命和乡愁。地理上的西域,汉时指玉门关以西地区。狭义上指葱岭以东,即我国新疆天山南北;广义上包括亚洲中、西部,印度半岛,欧洲东部和非洲北部等。西域,本不该是一个谜团。因为那里有美酒,有宝马,有美玉,有雕塑,还有楼兰姑娘;广袤大地,汉武帝的名字或许不为人知,但张骞的名字路人皆知。由此,我读懂视野,读出境界,读通思想,读透灵魂。

仰首是春,俯首是秋。此刻,我徘徊在园子的两个石虎前,看日月经天,问四季轮回。但石虎与我心灵撞击的一次次脉冲,宛如高山不语,自是巍峨;大地无声,自是广博;蓝天无语,自是开阔;大海无声,自是深邃。怪不得,人世间,大美的灵魂,其呼声与锤炼都是定格于历史之中。

走近张骞,我懂得了生命的大智大勇大忠大德。如果说"丝绸之路"是他的行动表达,那么这座园子就是他生命的雕像,他是一位名副其实的行者。古今行者,古有郦道元、徐霞客、李时珍、郑和等;今有萧乾、范长江、魏巍、余秋雨。不过,行者的智慧和良知,亦都莫过提出问题、警醒社会、警醒人类。美国学者普雷斯顿·詹姆斯在《地理学思想史》中夸奖说,张骞是中国伟大的地理学家,是东亚第一个发现地中海文明的人。日本桑原博士在《张骞之远征》中认为,张骞西行是前所未有的壮举,作为东亚第一个接触地中海文明的人,他改变了古中国及古日本对世界的认识。甚至连一向评价中国历史人物相对保守相当负面的《剑桥中国史》也称赞张骞探险,"完成了探索中亚的史诗般的功业"。

张骞出使西域,改变了古中国的地缘格局和历史进程,也使古中国人的视野延伸到更为开阔的世界。令人嗟叹的是,壮士闻鸡、英雄凭栏、烈士暮年、老骥伏枥的中华民族的英雄,如今却让国人知之甚少,观望颇多。而仅仅有一些文化拓荒者,一直行进在路上。

闯王行宫旁

读史，我知道李自成；习文，我了解李自成；只有入世出世中，我才懂得李自成。我游历故乡的城隍庙，那里李自成来过；郭沫若《甲申三百年祭》，不仅总结李自成的教训，而且总结明亡教训。现在，我终于走进榆林市米脂县城的闯王行宫。

我直面着叩问。一个牧羊的孩子，一介农民，一个宁夏驿卒，从这里走进历史。李自成是陕西省米脂李继迁寨人。童年放牧，曾为银川驿卒。清崇祯二年，为闯王高迎祥部下，勇猛有识略。崇祯八年荥阳大会，提出分兵定向、四路攻战，受各部领袖赞同。次年，高迎祥牺牲，他继称闯王。十一年，潼关战败，率刘宗敏等隐伏商洛山。次年，出山再起。十三年被困，以五十骑突围，进入河南。其时中原灾荒，矛盾尖锐。他采纳李岩的建议，提出"均田免赋"的口号，获得欢迎，发展壮大。同年，河南汝州歼灭陕西总督孙传庭，进占西安。次年正月，建立大顺，年号永昌。崇祯十六年，派侄儿李过回米脂，择址修建行宫，筹备祭祖。闯王行宫依山跨险，坐落县城北盘龙山上，原名马鞍山。

我寻觅着领悟。李自成推翻了大明王朝，御座未热，竟在清军和吴三桂夹击下退出北京。永昌二年，在湖北九宫山罹难时39岁。据说，最后败于李家铺，死在朱家大屋。偶然的是闯王行宫南向，九宫山闯王陵朝北，遥遥相望，是人为，还是天意？怪不得，黑格尔曾对宇宙间的偶然性予以思考，他不信奉上帝，但觉得除了自然法则外，冥冥中还有一种无法解释的、神奇的力量指引、支配着人类，力量何在？

历史告诉我们，李自成何以功败垂成？其一，人格缺失。他暴力成功，算是侥幸。随着战局顺利，他丢失谦和纳谏。其人格中的好杀人和好迷信不能忽视。好杀人是天性，好迷信则是文化缺失。这样的管理缺乏就使他无法应对胜利。其二，战略决策失误。他仅看大明王朝，而忽略后金，甚至南京陪都。归根到底，败于小农意识，顾眼前，无长远，从而导致山海关万夫莫当，多尔衮所向披靡，吴三桂举棋不定，重蹈朱由检的覆辙。其实，从进京时帝王做派可以看出，他已不是闯王。唯有李岩在清醒和理性中与他经略新王朝。他说：第一，请主上退居普通宫殿，修整、清理后择日入新殿；第二，对贪官追赃要按条律进行，十恶不赦者杀，较轻者可不予追究，清廉官员更不要追究；第三，各营兵马仍令退居城外守寨，听候调遣；第四，前朝各地军队官员观望，不必兴师相对，先去招抚，许以侯封，以大国封明太子，令其奉祀宗庙，俾世世朝贡，与国同休，一统之基可成。如此平常，乃成功绝学。

闯王行宫象征追寻和担当，也告示英魂不死！李自成传世千古。历史上，并非所有有能耐的人或有能力打下天下的人皆能成为开国帝王，只有懂得管理、懂得持续的人敢当王者，其中差异就是关注不同。成功王者都把关注持续作为战略目标，实为古代王朝斗争的管理哲学，所谓失败也就是忘记或丢失了管理。李自成失败，骄傲的是思想；无奈的是流寇主义作战；可叹的是亲近小人，错杀雄才大略者（李岩）；值得嘲弄的是上层腐化，逼迫吴三桂投降清军。

我抚弄着梳理。盘龙山的美出乎意料。我理解盘龙山，李自成从这里到九宫山，盘龙山是孵化；避难九宫山，想借助天然，养精蓄锐，却事与愿违。"一朝大顺主，遗恨告中天"，可谓我对李自成的遗憾和敬意，因为他是人类反抗者的正义化身。

天下兴亡，英雄几多？闯王行宫，我清醒再清醒。是啊，"为山九仞，功亏一篑"的李自成锐意北伐,渡河入晋,过太原,破燕京,何其盛也！山海关大军喋血,前功尽毁,亦云惨矣！"闯王"大旗和十八年征战风雨中,未战死疆场,而遇难弹丸之地;未死在刀下,却遇难乡勇锄头下。真的英雄,却难担当王者重任。苦短,莫过身边缺失治国安邦之将相,牛金星、刘宗敏怎能与张良、樊哙相比？刘邦听劝谏,弃咸阳,实为远离享乐。独有李自成统率义军,进驻北京,饮酒作乐,被享乐纠缠得乱了阵脚,天时、地利、人和尽失,英雄踏上末路。

法国"新史学"的代表人物雅克·勒高夫说,拒不思考历史的民族、社会和个人都是不幸的,因为同历史遗忘症引起的伤害相比,往昔的创伤其实是微不足道的。我们凡若小草,面对过去,反省过去,铭记过去,若能平静、开阔,而非急躁、渴求,又怎能活不出从容？我们入世深了,沉浸人类精神的风暴多了,保持心智的自由和清醒就强了。我们觉醒要智慧,抽离要勇气,这就是领悟。

行游关中书院

西安,"文"之所指,"食"之所膳,乃书院门与北院门也。然而,城亦如人,至臻为品;西安,"秦川雄帝宅,函谷壮皇居",何其沧桑!每当我行游关中书院,眺望历史时空,穿越晓露晨霜时,便不由得行吟缕缕文化乡愁。

关中书院,历史学堂。追念书院,灵魂告慰我,要学着说:"我来了"。这里,最灿烂的是遗迹。明万历二十年(1592),陕西著名学者、御史冯从吾被明神宗罢官归乡,与友人萧辉之、周淑远等在宝庆寺讲学,弟子日众。明万历三十七年(1609),陕西布政使汪可受、按察使李天麟、参政熊应占、闵洪学及副使陈宁、段猷显等,为他们另择寺东小悉园创建关中书院。如今,门口立有石碑,门前矗立明代名儒、创立者冯从吾塑像。不过,最感念的是,关中学派的大儒们——张载、吕大临、吕柟、李二曲、刘古愚等。

关中书院,文化印记。这里,最卓然的是规模。书院有三重门,即头门、二门和三门。头门访古,上书"关中书院",两边有"崇文""尚德""慎思""笃行"字样,为学者王大智所题。进门,一条中轴线把书院分为左右对称两部分,主体建筑包括二门、三门、允执堂、泽园等集中在轴线上,左右两边排列5个院落,且以回廊相接,与主体融为一体,对称严谨。这种纵深多进的院落结构,体现儒家尊卑有序、等级有别、主次鲜明的社会伦理关系。院内有古树,最古老的是"允执堂"前的唐槐,为一代代学子遮阴挡雨。

关中书院,生命遗念。400多年了,一直是传道、授业、解惑的场所。辛亥革命时,多少学生反清?大革命时,多少地下党活动?抗日战争和解放战争时,多少学生闹学潮？西安事变前夕,多少爱国学生去临潼请愿？其实,1901年,大清就施行新政,把书院改为学堂。1903年,关中书院改为陕西省第一师范学堂,邵力子及日本学者曾在此执教。1912年改为陕西省第一师范学校。20世纪30年代末,邓颖超、彭德怀在此举行抗日民族统一战线。1982年定名为陕西省西安师范学校。现在,虽立于喧嚣之外,却在悠然中老去着时间、地点和人物。

关中书院,最敞亮的还是天空。书院是中华文脉传承的重要载体,其深蕴的文化精神内涵是教育的最基本宗旨,即顽强地挣脱蒙昧、野蛮与无知,促进人类逐步走向成熟的文明。所以说,教育是恢复人性、提高人类素质的根本途径,否则,谈不上国家安定和社会进步。虽然中国每个书院未能逃过战乱、改朝换代,乃至遭受灭顶,但欣慰的是,仍有为数不少的高官把书院精心修复,这是人类文化的人格力量和社会气质相互交融的行为勇气。

关中书院,文化凝聚精气神。书院是儒家文化道场,也是儒家信仰者的精神归宿。游历书院,我心怀所念不是片刻,而是持续。"书院"最早见于唐代文献,起源唐末五代。官方书院为朝廷修书和侍读,民间书院为私人读书或学馆。春秋时期,学在官府已被打破,孔子开私学先河。战国末年,齐国国都设立的稷下学宫成为先秦教育的里程碑。秦汉之后,官办学校太学、私学书院和科举并存,就成为中国古代高等教育基本模式。这种书院与教育昭示我们,书院与现代大学相似而不同,唯其如此,关学兴起。

寻路觅渡,继往开来,我最尊崇的是心志。"士志于道"的书院精神,一切可期！辉煌去了,但书院之灵魂——"关学"犹存。特别是,当"士之气",越来越成为新时代人文精神有机组成时,这里的一屋一舍、一砖一瓦从1986年起都使我牵肠挂肚。更不用说,书院两侧对子:"风声,雨声,读书声,声声入耳;国事,家事,天下事,事事关心"早已与我随风起舞。因为从没有一个地方,让我的脚步如此放达;也从没有一个地方,让我的身心这样朗然。今后,假如掀起"国学大讲堂",我始终坚信传统给予我们美好的过去,也必将给予我们灿烂的未来。关中书院的生命旋律和审美意趣,定会更加厚重而雅集。如果说西安是中华民族一个重要精神坐标,那么关中书院就是中国文化的风雅颂。

太白山，森林里延伸的童话

人世间，"天圆地方"，美景游不尽，大山登不完，可我还是最会念及太白山的真趣。

第一次游历太白山，印象清晰。那天，我作为学生代表参加扶眉烈士陵园清明祭奠。这就得以观看汤峪河交口以下的温泉，又名"凤泉神泽"，相传周文王时有凤栖于此，因故得名。还参观了汤峪河东岸边的"神功石"和西岸边的鱼洞仙音。记忆中，"云横秦岭"的太白山是中华人文圣山大秦岭主峰，被誉为"中国的龙首"，以"六月积雪"的奇幻和"离天三百尺"的标高独领风骚，且以高、寒、险、奇、秀和神秘而闻名天下，因为山顶终年积雪银光四射得名"太白"。仰望处，千山万峰，如诗如画，景色殊异，美绝人寰，我顾念山的姿态、禀赋、底蕴和精神。山中，山下暖、山中凉、山上寒，共有五个气候带。山上，自下而上分布着松栎、桦木、冷杉、落叶松和高山灌丛五条森林景观带。其中"太白三色"是红桦的赤红、冷杉的苍绿、杜鹃的粉白。

第二次游历太白山，长记于心。当时，我拜会友人，等待真不好受。窗外矗立的岩石仿佛都在督促，山峰上垂挂的冰柱都在叮咛，流动的山溪都难以沉默，太白山真是一部远古的经书。走进太白山，那种超凡脱俗，不是呈现，而是让人领略，以至于分别时大山给我心中注入一汪清泉，八百里终南仙境发轫之地的山影与光影交织成片。我遥望那不规则三角形锥体的"拔仙台"和"于诸山最为秀杰，冬夏积雪，望之皓然"的太白山，直插云霄，沉淀岁月，不朝天子，不羡王侯，纯粹而本真。太白山月，清风送爽，清流如歌，花香袭人。据说,那里是第四纪末期冰川遗迹,山上无闲草,处处是宝,一沟一壑、一峰一石、一草一花,物种丰富,植被多样;有神泉、神功石、神鸟;有大熊猫、金丝猴、扭角羚、锦鸡、太阳鸟等;有许多名贵药材;李白、杜甫、柳宗元、韩愈、苏轼等游历时写下著名诗篇。不过,太白山与诗仙同名,最值得我们玩味的还是李白对太白山寄以期望:"太白与我语,为我开天关。"

第三次游历太白山,执念成殇。一部《封神榜》神话中国,也神话太白山。那个黄昏中,山的神灵塑造山之飘然。我登高遥望,惊涛回雪,有了尘间与尘外的交集。站在僻径处,面对峭岩前壁,我不由得叩问自己,两次游历,没有海誓山盟,没有翻山越岭。眺望中,山朦胧,树朦胧,路朦胧。仔细聆听,四周的寂静一步一步地将我围困,每一步都像在拨动一个键盘。大白山就像趴在我的背上,抚摸我的额头,亲吻我的眼睛,给我传递美妙的叮咛:黄昏的火烧云,云蒸霞蔚。我执念这样的云为笠,风为裳,踏云而来,乘风而去。难怪,秦岭被称为中华民族父亲山和中国国家中央公园,最高峰有"极胜"之誉的太白山就是这中央公园的园中园。

太白山是我们的故园,也是神山、圣山,更是万宝山、仙山。我第一次游历是青春的激动,有感觉。山的清泉沐浴我,山的石峰造化我,山的静默茁壮我。第二次游历是涉世的焦虑,有感想。匆匆之中未曾领略山的奇观,山的金秋,山的雪峰,山的云海。第三次游历是岁月的怀恋,有感悟。太白山的美是大美,壮阔雄奇、浑然一体。我三次游历,虽说太白山抽穗开花,稻谷飘香,但仍未能看清山的面目。太白山是不变的,变化的只是岁月。说不尽的太白山,一座绝世高峰的文化传奇。

白云山，自然的恩典

走进塞北，我怎能不登临白云山？白云山，并非中国道教四大名山之一，但东临黄河，北枕黄土高原，形似飞龙，而且东北、西北两侧是万丈红崖深沟，仅有一条佳芦河绕山东流而去。同时，因山上建有白云观，山下黄河峡谷而闻名，素有"关西名胜""白云胜景"之美称。

天下名山必赋名门。白云山，并非很高，可文化厚度高。白云山，古称双龙岭，也叫嵯峨岭，白云缭绕，双龙盘曲，山下水流神韵。后来，因终年白云缭绕而称白云山，并以道教为主，兼佛教、儒教，是中国著名道教圣地。登临白云山，穿过小石牌楼，360余级石阶乃登山之道，俗称"神路"，且用699块青石砌成，从山根直至山顶，愈高愈陡，宛若天梯。登上神路，立于阶顶，环顾四周，空灵豁达。白云山上，我顿悟道教文化，领略风水地气，放眼黄土高原和黄河峡谷，旷达而高远。其实，神山源于神奇史实，这里地处黄土农耕文化与草原游牧文化交汇地带，文化底蕴深厚。1947年秋，毛泽东转战陕北，两次登临，赏古迹，览名胜，留下千古佳话。

古人云："深山藏古寺。"山因庙而扬名，庙因山而隆盛。白云山上庙因"山门无锁白云封"而叫白云观。白云观，亦非很久，可魅力悠久。由于崇尚道教而建庙成形，又兼容佛教、儒教，形成风格和内容各不相同的宫、殿、楼、阁、祠等，鳞次栉比，雄伟壮观，精美绝伦，可谓诸神荟萃融为一体，博大精深集于一山。白云观道教属全真道北宗。白云观道教音乐古朴典雅、庄重肃穆，被誉为白云神韵，圣境仙乐。一年中，较大庙会三次，农历三月初三，是真武祖师降生之日；四月初八，是白云观修成之日；九月初九，是真武祖师飞升之日。白云观始建于明朝，其建筑按南北走向三条平行轴线排列，主轴线由南向北，分两部分，即道路区和宫殿区。走进白云观，院落松柏掩映，寂静幽雅，虚幻神奇；庙观建筑，既有统一格调，又富于变化。登上白云观，俯瞰县城，墙是石头的，街是石头的，窑是石头的，名副其实的石头城。

我伫立山顶，驻足方亭，俯视黄河。河对岸，山西那边悬崖峭壁，只有稀疏枯草，而佳县这边枣树成林，这枣就是陕北大枣精华品系——黄河滩枣。河的两边，由于河流水势便造化弄人。道法自然，人心向古。我不由得想起陕北道情与道教的习俗与信仰。道情，不俗而贵，而且受人尊重的习俗与道教信仰有关。道情渊源道教道曲，道情音乐与道教音乐有诸多类似。陕北道情源于道教，与道教有相承关系，随道教兴盛而兴起，随道教延续而发展，但又不囿于道教兴衰，而广收并蓄其他艺术养分。陕北道情是陕北地方戏曲剧种之一，有东路道情、西路道情和清涧道情，而清涧道情最盛行、最具代表性，也被誉为"正宗的陕北道情"。

神奇的白云山，道家圣地，乃神佛圣坛，人有佛性，心诚则有缘。人有爱心，身累心甜；深邃的白云山，我走进这方天宇，提升文化内涵，强劲精神力量，感受自然的恩典。

天壶

1

游览壶口,我不是描摹与惊叹,也不是嵯峨与苍黄,而是深情地拥抱。

冬来了,我终于打开记忆。不仅因为瀑布,因为瀑布的力量,因为黄河的奔腾,而且因为自然的河流演义勾起我对人类历史的歌吟。从前,我固然不知黄河出生何年,为何黄颜涂面?但阅读志书,遍查史册,仍记得壶口东临山西,西濒陕西。壶口瀑布在《水经注》中早有"禹治水,壶口始",享有"金瀑"的美誉。

那年春日,我首次走近壶口。俯视河水入壶,猛然收缩,跌进深槽,群龙搏击,水击壶壁,撞得粉碎,回过头来,四周喷射,顿然觉得那不是河水,而是生命的精灵。当时,远望河之上游,河水散流,细流涓涓。来到壶口,伫立岸边,却不见瀑布。循声而动,又登上瀑布旁的黑色岩石上,一种震撼让我惊叹不已。凝望黄河,自天而降,20多米惊涛,使我想起"争知不是青天阙,扑下银河一半来"的浩歌,也让我牵念"居然化作十万丈,玉虹倒挂清冷渊"的长叹,更让我回味"安得将身化巨鳌,看他万古长滔滔"的清啸。

其实,黄河在壶口是被约束于山谷。300米宽的湖面,骤然被为压缩50米,直逼10里龙槽,集中而泻,山鸣谷和,旋流喷壁,真应验了《尚书·禹贡》曰:"盖河漩涡,如一壶然。"那么,壶口又是怎样的天壶?下到河滩,我聆听声响。过了弓桥,瀑布出现。飞湍瀑流跌落石上,冲击岩石,发出轰鸣,激起浪花,侵蚀石廊,真有撼世之美!那入壶之水,几乎被煮得虎啸龙吟。伶俐的,连滚带爬,逃出虎口;暴躁的,不服气,被甩到壶外,甩到石岸;顽固的,被煮成白气,飘向蓝天。

神奇的壶口。我把最本真的豪情,埋进波浪;把最旷达的心灵,投进大海。我久久凝视,专心聆听,深切目送,既沐浴河之壮哉,也领略河之咆哮。

奔放的壶口。人因景而灵动,景因人生辉。大禹凿山治水,晋狄血战采桑,姚襄筑城壶口,东魏西魏争斗,北齐北周鏖战,李渊壶口渡河,蒙古大将木华黎攻克牛心寨,李自成叱咤壶口,李鸿章督修长城……

2

黄河有现在。夏季,水帘高悬,烟笼雾腾。河水流量大,漫过凹槽,瀑布不再明显,变成一条急流。突然,会有一道浊流,闯入眼帘,鲜活而真切。两岸苍山,夹河对峙,更能把水流猛然收进"十里龙槽"。这时,壶口澎湃的是一汪金涛。倘若被十里龙槽截住,落差扬瀑,击石溅珠,拍岸撕絮,漩涡湍急,水雾弥漫。泥浆泄入龙槽,如奔马奋蹄,吼声如君王驾临。水流飞注龙槽,又如灌进血脉,浸入骨髓,滋润肌肤;聆听怒吼,真能领略河之情韵!

我沿小路而下。土地打滑,攀扶而行。环顾四周,河两岸,山峦屹立,给人古朴、蛮荒、空旷、幽远、深邃、绵长和惊愕。河的上游三四公里宽的河面,水流四面八方汇聚而来,越流越急,越流越窄,最终掉进槽沟。黄河,就像脱缰野马,长驱而入,而河床却像在两山挤压下迅速崩塌,刹那间撕裂一处豁口,而且河水在此摆开阵势:咆哮、翻滚、宣泄;撕咬、扭打、挣扎;飞湍、荡涤、升腾;瞬间跌入深渊。奇怪的是,飞腾跌入沟底,在深沟翻腾前行数百米后,却一反常态,直至涓涓细流,沿龙槽远去。等到达瀑布沟底,那黄色巨龙卷起的半天烟云,已在午后艳阳照耀下凝结成道道彩虹。

我确实被惊呆了。真不知,这是河的伟大,还是壶口的绝妙,自然的雄奇?这个世界上确有许多伟大力量在上演无数冲击,但没有哪一种让我更能体验空前。因为这种空前是愤怒的至极,也是激昂的顶端,更是力量的空前。此时此刻,我更能懂得:志士仁人为何游历?作家和歌者何以聆听?壶口,她真正激荡的是中华民族的魂魄。

壶口,我真难描述那种真切感受,但最让我牵念的还是自己目光每次与瀑布相遇时的触动。那一刻,我双眼中充溢的只有,远处,洪流奔泻千里;近处,壮烈如山倾倒。

3

黄河有性格。大千世界,江河湖泊,哪一条都清清亮亮,可唯有黄河,不同寻常。

秋的壶口最是壮观。千溪万壑在此汇聚,水流量骤增,主瀑副瀑相互倾泻,秋风与瀑布交织,其妙无穷。远看,壶口像是天边一抹浮云,山巅一缕清风,可望而不可即。近看,两排"坐山"夹护河道,丝毫没有什么石破天惊。记得,行前有人告诉我:"这个时节壶口最危险,别到河滩去,如果上游下雨,洪峰下来,根本来不及上岸。"果然,当时,黄河上游冲下的破船、大树、山石和兽类,一到壶口,都被粉身碎骨。壶口,昼夜不息,铄石流金,这里的峡谷总让我回想"摇篮"的感觉,原来先祖早已被黄河所唤起,采果、播种和繁衍,何等浩大的沿传!

我怀揣遐想,保持惯性,走进河谷。可震耳的涛声已经把我撼动,像雷声,像虎啸,像马嘶。那温情之水从20多米陡崖上倾泻而注,形成"千里黄河一壶收"的气概。河床上游人多,河水也澎湃,但游人独自能做的只有倾听和凝望。瀑流有大有小,舒缓而激昂。我终于清醒,自己潜意识里存养的平视已经衍生为一种仰望和探寻。忽然间,我对瀑布的畏惧荡然无存。倾听中,竟觉得瀑布始终保持美好的动感,动中有静,静里有动。即使暴雨过后,河岸上也有留存的水坑,坑底沉淀黄沙。

壶口水美。亦硬亦软,或傲或嗔,载舟覆舟,润物毁物。或液态,或固态,或气态,说变就变,随心所欲。比如,我在半山腰已听到涛声,见到雾气。下到滩里,黄河就像一锅沸水。比如,瀑布下,雾气中,我顽固地找寻飞瀑,但水浸沟岸,雾罩乱石,除了水汽扑面,涛声震耳,我什么也不能看见,什么也无法听见,仅有一种可怕的警觉:怕突然出现洪峰将自己吞没。瀑布的水是烫人的血,也是点缀生命的光环。

我从河的自强不息中,最终找到生命的答案。壶口,最值得追问:"茫茫宇宙,舍我其谁?"我更明白,李白诗句"黄河之水天上来,奔流到海不复回"的内涵,与其说他歌颂河之奔流,不如说咏叹人之一生,童年纯真、少年热忱、中年淡定、晚年包容。

4

黄河有将来。因为山、原、川是黄土高原的主体,而塬、梁、峁却是黄土高原的基本。气派的黄河,始终隐藏于褐色峡谷中。它从雪山走来,劈祁连、穿贺兰、擦吕梁,来到壶口,并怒吼了5000年。不仅吼出一个关中平原,十三朝君主在此定都,89位君王长眠于此,而且吼出中华儿女寻根访祖,吼出秦始皇霸气,吼出贵妃凄美,吼出宝塔气象,吼出壮士柯受良、朱朝晖驾车飞越。但我深深顿悟:生命如白驹过隙,"与山河同在"何曾仓皇!

可我还是牵念壶口。冬的壶口仿佛置身南极,水体冰凝,如岫玉,黄河以无与伦比的原始、纯洁和俏丽,彰显生命张力,让人体验一种从未拥有的昂扬与高尚。河滩上,人不多。北风裹着细沙,一会儿刮蚀悬崖峭壁,一会儿剥蚀人的脸颊。倒是蒙蒙天宇下,几只苍鹰盘旋,更能放牧人们的心绪。坦率地说,冬的黄河,少了狂放。这时,壶口的冰与雪都成为主宰。十里龙槽被坚冰覆盖,且不断生长、凸起和龟裂。不是吗?多少次,我从黄河边穿越、研读和思索。在青海,河的源头很美妙;在宁夏,河很平静;在郑州,河很浩荡;唯有黄河在壶口,很个性,很立体,很完整。难怪,每次来到,我都会想起大禹。可能,那就是我心灵画布上高悬的意象:河的翻天覆地中,一个巨浪没有落定,因为那个巨浪下屹立着目光坚毅、泰然自若的大禹。

黄河是有生命的。宁夏的黄河使中国西夏王朝生机勃勃。所以，我多想为黄河把脉，但黄河慢慢奔流，流过平原、山冈，流到十四亿中华儿女身边。巨浪奔泻，河水裹起尘沙，又中和了大的生命轮回。我终于弄懂，艺术不是自然，自然是神的造化，而艺术是人的造物。因为人既是自然的一部分，也是神的骄傲。但神却创造不了艺术，艺术则是人的自豪。人在艺术中不能完成，神在自然中可以完成；神在自然中难以实现，人可在艺术中可以实现。至此，我更加仰望北宋和大明。

是啊，人类河流伦理就是人类文明的延续。只有充分认知河流文明，才能不断认识人与河的关系。黄河不仅代表一条河流，而且代表一种文明。黄河文明不仅普及东亚，而且影响世界。在壶口，我的共鸣犹如浪花一次次融入心灵的地平线；我的悲伤迎浪而立，把热泪与浪花深情集结。我的朗读无须记忆，只有步履；无须眼睛，只有心灵。我忘却尘俗，幡然醒悟：河滩黄，河床黄，大地黄，一幅浑厚的硕大油画，共同组成一幅以黄为底色的从巨沟里翻卷而上的自然黄，镶嵌河谷，这颗魂灵浩瀚至极。瀑布说得多好，魂灵就是灵光，而灵光则是神力。

黄河第一湾

乾坤湾是天下黄河第一湾。"天下黄河九十九道弯,最美要数乾坤湾"。因为黄河在这里(秦晋峡谷)弯成一幅天然的太极图,形成5道大弯被称之为"蛇曲",依次取名漩涡湾、延水湾、伏寺湾、乾坤湾、清水湾,乾坤湾最引人关注。1998年秋,中央电视台《美术星空》栏目首次向全国观众播出展示"乾坤湾自然景观"。2005年,已被国土资源部批准为国家蛇曲地质公园,园内黄河峡谷漂流被评为中国最佳漂流胜地,黄河峡谷也被评为中国最美十大峡谷之一。乾坤湾,也称河怀湾。《易经》中说,"乾"为天;"坤"为地。乾坤湾,象征天地、日月、阴阳、刚柔、乾坤之像。据传,中华民族始祖伏羲氏,出生在此。他常常来此,"仰则观象于天,俯则观法于地,观鸟兽之文与地之宜,近取诸身,远取诸物,于是始作八卦,以通神明之德,以类万物之情",创立太极八卦学说,"一画开天地",开辟中华文明之先河,也成为社会科学、自然科学、人体科学的源头。

乾坤湾,诱惑至极。岸畔上俯视,晋陕大峡谷浓缩了黄河。河东岸是山西省永和县,西岸是陕西省延川县。细看乾坤亭,地下是用大石铺成的阴阳太极图,与山下乾坤湾相对应。亭子上有一副对联:天地造化乾坤湾,羲皇推演太极图。黄河中心的"在河之洲",酷似镶嵌于乾坤湾的水上之洲,其形状仿佛巨人的大脚印,又像巨人遗落在峡谷里的一只鞋子,俗称鞋岛。河道上还有一个800米长的小岛,被称为"老牛坎"。岛上有一块碎石,传说是女娲娘娘炼石补天剩下的石头。

乾坤湾,温婉至极。黄河流经延川县境内时,一改往日的阳刚气概,蜿蜒于秦晋交界的峡谷深处,河水放慢脚步。黄河古道犹如黄河怀抱中的一条"阴阳鱼",俨然天地造化的天然太极图。那一道蛇曲大湾能看到山与水、天与地,动与静,曲与直,雄壮与柔美、粗犷与细腻交相辉映的大气与和谐;那一条活灵活现的阴阳鱼,飘荡黄土高原的丘陵腹地,蜿蜒直下。这从文化寓言的视角上而言,象征天地、日月、刚柔、阴阳;从人类胸怀气魄上而言,象征奋进、博大、豪放、包容、大气、刚强。

乾坤湾,从容至极。黄河走进延川,一改野性,踏着舞步,舞姿优美,气质优雅,安宁多了。在永和,黄河被称为"龙行黄河 天下永和"。延河与黄河在此交汇,河水静流,山沿水立,水随山转,黄河宁静而从容。1936年,毛泽东、彭德怀率领中国工农红军抗日先锋军由此渡河东征,促进抗日民族统一战线形成,推动抗日救亡运动发展。毛主席前后居住13个日夜,召开会议,把"渡河东征 抗日反蒋"方针,调整为"回师西渡 联蒋抗日"策略,扭转中国革命的乾坤。

走进乾坤湾。我终于弄懂"扭转乾坤"。乾坤是由道家理论发展而来,也是万物之缘,乾天坤地、乾男坤女、乾阳坤阴,这是两仪阴阳中的乾坤。之后,乾坤引申为天地、江山。乾坤湾,使我顿悟阴阳合抱、互为转换、相依相存的辩证哲学思想,真心感悟母亲河气势磅礴、勇不可当的气度和精神。

直面乾坤湾。这条流淌160万年的河流,河的自然景观、河的人文故事,何曾不给我祈望,给我深思,给我启迪。因为我们都是河的子孙!古时的延川是一个多民族融合的地方,曾有十多个少数民族在此繁衍生息,形成了文化的兼容特征。其实,河的尽头则在山东威海荣成市的成山镇,那是一块突出于大海之中的陆地,被称为中国的"好望角"。史载,秦始皇曾两次到达,也令宰相李斯在此刻碑纪念,现已成为著名旅游景点。我相信,无论是谁,站立尽头,心会辽阔。

永远的乾坤湾,龙行天下运转乾坤!

遗响

1

初秋,我们走进白城子,游览北中国时期的统万城。因为这里留下了大夏王国国都和匈奴人赫连勃勃神奇的足迹。

统万城是中国历史上五胡十六国时期匈奴首领赫连勃勃建立的大夏国都城。位于陕西省靖边县北白城子村,红柳河从遗址之南缓缓由西东流,不远处是巴图湾村,向北进入内蒙古自治区乌审旗境内。目前,这是世界上发现的唯一的匈奴都城遗址。事实上,十六国夏凤翔元年(413)匈奴族赫连勃勃征用10万民夫筑成大夏国都,定名为统万城,取"统一天下,君临万邦"之意。史载,统万城是"蒸土筑城",把白石灰、白黏土搅拌,进行注灌,类似今天的浇注法。城墙坚固,可抵刀斧,是中国历史上少数民族建设的最完整、最雄伟、最坚固的都城。公元425年,赫连勃勃死去。427年,北魏攻破统万城。431年,首领赫连定被吐谷浑部族俘虏,大夏灭亡。统万城作为都城存在了25年,作为历史存活600多年,便从中国历史中消失了。现在,我们看到的是清道光二十五年(1845),陕西省横山县知县何炳勋重新在沙漠和荒草中找到的,曾被河西走廊养育的马背上的欧亚第一个游牧民族用剽悍向世界展现铁骑的遗痕。

领略历史。我们一起上路,黄土高原"峰峦叠嶂";大漠沙柳,直指穹苍。远望,沙地茫茫,枯草依依。近看,"大夏国都遗址"引领我们驶上一条不太宽敞的柏油马路。柏油马路走完,代之而行的是沙石路。

探询历史。我们沿阶而上,远了,那一个个白色蘑菇似的建筑不太清楚;近了,那白色的建筑个个伤痕累累,洞眼遍布。同时,遗迹前还立有一块巨大石牌,上书"大夏国都统万城遗址"(陕西省榆林市靖边县政府1990年立)。那座最高建筑物六七百米处,有一条白色通道,且通向白蘑菇似的建筑,原来这是城墙的角楼。攀上去,向外看,四围平坦,另一面如临深渊,古护城河的痕迹就是一座座绵延起伏的白色山包。

2

世事如棋。匈奴,狂飙的铁蹄曾是历史的旋律。统万城始建于公元413年,正值大夏国皇帝赫连勃勃攻破长安称帝。长安留不住,他留下太子镇守长安,自己率部来到这里。并把对统万城的眷恋永远铭刻在《统万城铭》中。

穿过苇滩,沿城垣慢行,一阵悲凉徐徐袭来。这里,历经1500多年战乱和风沙,已看不见台榭飞阁;方圆数里地面上散落的都是断断续续的城墙、墩台以及一些房屋残垣;墩台留在风中;角楼千疮百孔。我们没有登攀,只而是走近牧民打出的窑洞。

闭眼沉思,一种来自辉煌殿宇的王气扑面而来。登高台,看子民,气吞山河,当年的赫连勃勃坚毅而豪放。其实,匈奴最早出现在中国漠南阴山及河套。战国末期,匈奴与东胡并强,扰掠秦、赵、燕三国北部边郡,三国筑长城以拒;秦始皇复使蒙恬统30万众连成万里长城。汉武帝元狩二年(121)春,命骠骑将军霍去病率精骑,奔袭匈奴,越过甘肃山丹县南的焉支山,向西挺进,汉军全胜。但西汉初,匈奴没有败绩,皆以汉朝失败而告终。公元前118年,西汉不能容忍匈奴对其的轻视和威胁。汉武帝把消灭匈奴作为创造帝业的最高目标。四年后冬天,又命卫青出征,遭遇惨败。这时,匈奴以祁连、焉支为依托,越过渭水,连克陇西、秦州等。公元前121年,19岁的霍去病率兵西征,深入焉支山以西1000余里,大败匈奴。同年,再度出击,把匈奴赶进敦煌以西的沙漠。

实际上，屹立毛乌素沙海深处的统万城，正是中国历史上最黑暗最混乱时期的产物。赫连勃勃27岁创立大夏国，全盛时"南阻秦岭，东戍蒲津，西收秦陇，北薄于河"，即陕西全省、内蒙古河套地带、晋中及西南和甘肃东南，相当于一个挪威。我睁大眼睛，仔细触摸由白色黏土、沙子、石灰和着米汤与羊血搅拌后蒸煮而筑的墙体时，多想追问筑城人曾经流下的血泪。可转身回望，东北方的城墙仅仅剩下一座角楼，西南城墙还能看见残存马面。

匈奴留给我们的究竟是脚步还是凄凉？即使解析历史，即使直面城郭，我仍弄不懂这片天地流放的是云，是鸟，是风，还是人？我抬头仰望，只见蓝透的天空下有一群大雁从城楼飞过，一会儿"人"字形，一会儿"一"字形。那蓬勃的生命姿态，仿佛告诉人类博大深邃的生命花环永远把坚硬留给意志。

3

统万城，珍藏尊严。这般风景，蕴含着说不出的动人心弦。风声呼啸：人如是，城如是，国如是。

注目远眺，我们没有看见宫殿楼宇，车马人流，看见的只是风和日，草和沙。巍峨城墩下，我抚摸城墙，连连追问：在北中国驰骋10个世纪又消失10多个世纪的匈奴究竟走向何处？300多年的匈奴人依赖祁连山与焉支山，得以强盛，很长时期，他们的军事扩张都对西汉构成威胁。

深切体味，我们掀起统万城的面纱，只想在历史追溯中思索"存在"，一面寻觅游牧文化，一面饱读生命迷结。马背上辗转的都是牛羊的主人，土地的王者。他们喝酒，他们歌唱，他们崇拜自然，他们崇尚力量，生活原始自然，生命粗犷豪放。这就是从远古开始在北中国大地上来来往往的游牧民族：犬戎、羌、匈奴、突厥、鞑靼……当然，最盛极一时的还是匈奴。公元第四、五世纪，北中国在五胡十六国的铁蹄下被踩成了修罗场，136年中不止16个政权相互更迭，这是一笔算不完的历史账本。我们亲临这里，感受古今，抚摸岁月，喟叹精深，深感中华民族生命的图腾像蜗牛一般蹒跚独行。独立山坡,凝望红柳河,我更觉得,人类历史的发展不是直线,而是在交融、分合和更替中逐步完善。

4

匈奴作为一个民族,已经从中华版图上消失了,这种遗憾久远而隐疼。可匈奴文化习俗仍得以保留,从万里长城到胡笳、葡萄、胡萝卜,再到陕北人的"信天游",唢呐和剪纸都是匈奴人留下的。据国内外研究表明,匈奴在北中国、中亚乃至欧洲,争战、迁居、再争战、再迁居,历经几个世纪与当地居民混杂、通婚和融合。公元6世纪基本消失,渐渐地融入他民族的肌体,其血液在他民族身上开始澎湃。匈奴是中华血脉永远割舍不掉的,他未曾走失。我们凝望马背上的同胞更能懂得:人类就是在文明和野蛮相互碰撞中茁壮成长,人类文明的传承从来不是简单的直行渐进,有时呈线形停滞,甚至大踏步后退。

我们翻看《史记》,汉族也是民族融合。从人类考古学看,最早人类出自东非,匈奴和汉族来自同一祖先。匈奴是夏朝遗民,秦汉时称雄中原以北。公元前215年被逐出黄河河套。东汉分裂,南匈奴入中原,北匈奴西迁。公元5世纪,北匈奴在欧洲建立匈奴帝国,南匈奴在中国建立帝国。如今的黄土高原上,那一座座挺拔端庄的城郭,时刻都在诠释着匈奴的历史,但谜一样的匈奴,还是默无声息地消失了。但我敬仰匈奴的剽悍善战,也依恋统万城的前世今生。

北国落红

走出榆林城,沿榆溪河北上,就到达东西对岸、红岩对峙、杨柳成荫、长城从中穿峡而过的红石峡。

我第一次看见红石峡滋生向往。远远的,色调神奇,结构宏伟;慢慢地,领略出苍凉、高远和傲岸,并生发诸多联想。

倘若把地质学家邀请到红石峡,他会朗读,站在被誉为"塞上碑林"的红石峡鸿沟前,奇突的人文地貌,似乎告慰人们要努力地活着。这里,位居榆林城北、明长城口红山脚下,又名雄石峡。东崖曾有红山寺,明代成化年间维修改为雄山寺。明万历二十八年(1600)春,峡崖崩坍。清康熙年间重修,更名镇远寺。门在峡南,内有石阶。殿宇是悬崖10多个石窟,有"天门"和"地门"。"天门"从寺通至峡顶,中有"翠然阁"。沿崖登台而上,站立峡顶俯视寺内广泽渠,宛然如画。"地门"从寺内通达峡底榆溪河。峡的两岸,普度桥飞架东西。其实,最早开凿红石峡要追溯至宋代。

倘若把诗人邀请到红石峡,他能行吟,峡之威,峡之势,峡之魂。这里是"秦时明月汉时关",宋代西夏政权的屯兵之地,明嘉靖年兵部尚书唐龙"屯兵红石峡,斩将黑山城"。这里永远流淌着生命的魂魄,自古是"沙丘埋忠骨,马革裹尸体"的疆场。明朝将领余子俊率领边关将士凿石为渠,一凿一钎的火花,洞穿生命的信念。摩崖上,历代爱国将领誓血勒石,映照千古。东岩第一个石窟是圣母殿,门楣刻"地祇",窟顶刻八卦图;第二个石窟是"三教殿",供奉佛、道、儒三位始祖释迦牟尼、老子、孔子。慈仁殿,窟顶浮雕八卦及龙、凤、牛、马、羊、鹿、狗、鸡、花草等,展示中原文化与草原文化的融合。那凌空修建的"翠然阁",晚清时称"凌云阁",曾是中共陕北党组织重要活动地点之一。

峡谷中穿行,摩崖石刻目不暇接。这里吞吐诗文碑刻,独享浮世清欢。古时文官、武将、儒士来此,讽咏唱和,东西石壁间有题词、题字、碑、碣大小160多块。真、草、隶、篆俱全,还有少见蒙文石刻。其中,"大漠金汤""长天铁垛""天边锁阴""雄镇三秦"等,是刻画势之险;"天外奇峰""瀚海蓬莱""天开画图""天成雄秀"等,是颂赞境之美;"中外统一""汉蒙一家"及蒙文石刻等,是反映国之和。尤其,大革命时杜斌丞、刘志丹等榆林中学师生题刻的"力挽狂澜",抗日民族英雄马占山驻榆时写就的"还我河山",晚清将领左宗棠所题"榆溪胜地"及对联"白云初晴如月之曙,黄唐在独与古为新",一品顶戴抚陕使者叶伯英巡视榆林所题"威震九边",著名教育家、书画家,刘志丹的老师王森然书写的"红石峡",皆为一篇篇远古诗篇。

红石峡美在创造。创造的产物就是爱。这里,生命的野性和脱缰平息后的纯情,乃是大自然的鬼斧神工。《榆林府志》载:这里"山皆红石,环列若屏障,落日照之如霞起""山之两崖,飞湍电转,红影外浮""峡中榆柳荫映,凫鹭唼呷"。峡谷深处还有红石石、逍遥石、相吻石。我回眸远望,那淡淡的红,像给峡谷披上了通透;那秀、幽、雄、险,让我更为看清;那泉、瀑、溪、潭,让我更想触摸。

北国落红,谁能不爱?夕阳西照,红霞升起,两壁红艳,溪水映之,沉重而苍凉。人世间,一切行者皆能与爱并肩而行。

一念之外

鸿门,英雄已逝。黄河岸边,黄土之上,高低的墓群在诉说一段段尘埋的历史。邙山之巅,有一条沟壑划出裂痕,便是鸿门。它原叫广武涧,宽800米,深200米,乃战国时魏国引黄济田工程。鸿北是黄河,西南为群山,沟中河水深不可测,四周万木丛生。地势之险,东西咽喉。古人曰:生于苏杭,葬于北邙。

鸿门,激荡风云。楚汉战争,刘邦赢得天下。萧何被暴打,韩信被射死,张良被箭射,樊哙自刎,这是中国刚性的历史框架。不过,阅览《项羽本纪》,我深感项羽有见地,只是识不破刘邦说谎。正如历史学家指出的,楚汉之争,实际上是"狐狸同狮子的斗争,是小人同君子的斗争"(见启良《中国文明史》,花城出版社2001年版)。其玄妙处莫过鸿门宴。而且因司马迁的描述,既曲折动人,也使人惋惜之,痛恨之,不屑之,赞叹之。特别是他对项羽失败的分析有见地:放弃关中战略要地,放逐并杀害义帝,迷信自己气力而不学古代圣君以德感人。

鸿门,印记历史。因为历史不忍细看。鸿门,彻底昭示中国2000年的封建社会政治制度——"书同文,车同轨",乃至一统度量衡,并赐予国人记忆中的誓言妙语。据说,刘邦建立大汉,没有故地重游。倒是多年后,阮籍信马由缰,光临于此,凝视断壁残垣,一声仰天长叹:"时无英雄,遂使竖子成名!"但项羽不同于刘邦、曹操正视历史,遇事果断,最终得到江山,而他的孤注一掷,也不过匹夫之勇;刘邦、曹操招贤纳士,乃王者枭雄。

鸿门,情怀依旧。不是宴席,而是智谋。宴前,两个回合不分胜负。宴上,斗棋斗剑,张良败北。宴后,离间计套反间计,张良得计,项羽驱逐范增,刘邦赢得天下。人生俨然就是被推着走向阶梯,步步难以掌控,这就是机缘、人缘和环境的相互推进,其中代价无法预料。关键的是"鸿门宴"式的人性叵测和相互交锋,更让我沉思古今博弈的成败。比如,把玩古今,这种国人饭局与政治文化的完美交融,戏剧与人性博弈的高端结合,仿佛就是一则永不过时的哲学寓言;人生是弈棋,时势为棋局,一念之差,贵在顺逆;"鸿门宴"中的抉择、谋划、执行、细节和交锋很值得我们现代社会职场借鉴。如果说刘备释刘璋为仁释,关羽释曹操为义释,孔明释孟获为智释,那么项羽释刘邦就总其所有,平添勇释。

人生如局。任何时代,头脑总比武力有效得多。做人与处事,殊途同归。司马迁《项羽本纪》启迪人心,身处危机,任何选择都会产生蝴蝶效应。一念决生死,一宴定天下。刘邦胜了,收获孤独,问鼎天下,却最终失去人与人之间的信任,且诛杀元老;项羽败了,"霸王别姬",情何以堪?李清照诗曰:"生当作人杰,死亦为鬼雄。至今思项羽,不肯过江东。"人生之路,谁都想走得过瘾。刘邦王者,项羽霸气,范增创意,张良沟通,樊哙忠诚,安志杰出手不凡,虞姬惊鸿一瞥。可叹的是现代社会,唯有三种人大行其道:装的,不会装的,会装的。装的,都是项羽和手下人,唯我独尊;不会装的,都是韩信、萧何、樊哙、项庄、项伯等,忠心护主;会装的,都是两名军师,淡定从容。其实,历史证明,最会装的还是刘邦。

一曲《一念》,情牵山河。中国历史长河中,无论秦始皇精修长城,还是刘邦与项羽智斗鸿门,谁亦无法阻挡历史前行。生命本是一场多米诺盛宴,最惊心的景色是命运,最动人的结局是无法阻挡。情与谋,退与进,难以拿捏。千推万敲处,一念铸愁。看清的是虚荣,看不清的是心痛。悲情的历史远去,但悲情总归是回眸和注脚,一扇门能关住记忆,却挡不住脚步。马克思说得好:"世界历史形式的最后一个阶段,就是它的喜剧。"

山河的遗书

秦兵马俑在西北高原发掘之后，威威乎，荡荡乎。从此，仰望成为我灵魂登攀的梯子。可以说，我一次又一次地梦见秦俑宛如一枚青色的胎记不朽地长在西安的骊山北麓。这种让人惊奇和敬畏的裸露，把一个多民族国家一统的格局破土而出，也把中国古陵墓中最诱人的谜高高地悬置。

每每走进兵马俑馆廊，我常承受山河恩典，带着骨气的遐想。一边穿行先秦历史的隧道，寻找天庭的意志和山河的精神；一边沉凝已经落定的历史尘埃，从一件件泛着幽冷光芒的秦俑身上打捞历史的纠缠和呼啸。那些历史遗骸，几乎盛载着先秦时代的帝王，身边的服侍之人，还有工匠杂役，谁都能感受这块力量的土地上成长着多少大略英才，也表达着何等毫不含糊的专制！直面眼前，那种奇迹，猎猎方阵，铿铿锵锵，那铜车马，那石铠甲，那氧化生锈的器物和宫殿，一串串神秘，一团团生动。在上的黄天，在下的厚土，其中的人类穷百事之理、展万物之态，这是柳暗花明的历史沾满的嗟叹！秦俑的个大、鼻阔、棱角饱满，骨骼突出，那沉默的嘴那深邃的眼看上去酷似忧郁而深刻的关中人。因此，陕西皆改为"秦"。

慢慢地，我们从人群中缓缓退却，以充满敬意的目光眷念兵马俑。顾望秦俑一号大墓，那早期的"黄肠题凑"，还有迄今最大的木制"碑"。我记起秦始皇陵，是南北长、东西短的"回"字形结构。四周开门，正门朝东，城角建楼，象征咸阳城的规模，其建筑仿照现实生活规划。陵冢建在内城垣的偏南，回廊、便殿、寝殿高下错落，组成一个堂皇富丽的群体。内外城之间还居住管理陵寝以及为陵寝提供各种服务的官吏和侍从人员。地下有地阙、通道、多处殉葬坑等。外城象征咸阳外城。但始皇陵陵区并不限于外城之内,这一范围内有许多大、中、小型陪葬坑,那区域象征京畿。由此看来,向外扩展,与当年现实中的全中国相重合,表示在冥冥世界中,秦始皇还统治着整个中国大地。或许,正因为如此,兵马俑实属信仰与现实的完美结合,前者赋予人们超越现实的支柱,后者回馈人类信仰的执着。如此想来,我豁然觉得昔日的先秦幻化成空谷中一次次回响,一种幽深的民族情结挥之不去。多少年了,我们总认为项羽烧掠了始皇陵,黄巢盗掘了始皇陵。经过文物、园林、地质、水文、勘探等部门八年的联合勘探,公布秦陵地宫依然完好无损。但谜一样的秦陵为什么不能发掘?据悉,这是技术问题。因为文献记载:地宫为防水还涂了漆,用金银作雁凫,琉璃作鱼,沙棠香檀为舟楫,玉石作树木山林,等等。更不用说,当地民谣唱道:"运石甘泉口,渭水不敢流。千人唱,万人讴,金陵余石大如堰。"

八百里黄土,狭长谷地。先秦的灿烂过去了,就像一本名著永远合上精彩的一页,而山河的遗书却给我们诉说着一切的一切。对于游子来说,记忆里还是想象中,悠远的遗书都浸泡着民族强悍的遗风,不管是地理意义上的山河,还是精神意义上的山河,全都是根,也是龙的传人的渡船。长期以来,"长安"是"安内"的代名词,如今的西安更在提升现代文明的精彩中担当起东方文化的历史传承,这就是西安人越活越乐、日子越打理越有质感的缘由。毕竟,他们在再现文明中顿悟到自己的独一无二,即历史与现实相安如邻的整合。

心灵居所

西安碑林是我的心灵居所。繁华之处，都市深处，小小石头，刻石立碑，穿越古今，价值永远。

开启心灵居所。漫步碑林，我常常用手抚摸那些有些棱角的石碑，回望历史。贫乏岁月，我酷爱跋涉。尤其喜欢独自披阅秋意，在远观、游移、揣摩和触摸中放达脚步。沿着石板，聆听残叶，最牵念的是碑林秋意里的孤傲。

安置心灵居所。碑林是碑的森林，我在最平凡中习惯享受最不平凡，这是生活态度。我留恋碑林的法国梧桐、香樟及古槐。当我在石凳坐下，偶尔能看见一只只麻雀停留在院子，东张西望中啄来啄去，就像我们人类。碑林的小楷，或刚或柔；碑林的大篆，或弛或张；碑林的狂草，酣畅淋漓。碑林有四座陈列室：第一室是"开成石经"，第二室以唐代名碑为主，第三室陈列历代各种书体的珍贵碑石，第四室陈列宋、元、明、清碑石。

蒙养心灵居所。碑林是文化印记。缓缓而来，向往而去。西安碑林，水墨留白，方寸之间，千山万水，平衡生活，通达人生，亦感天地之宽，幸福就在心灵深处。我常常提醒自己碑林何以浩然？因为碑林是看台，告慰我们何为不朽。西安并不奢华，奢华的还是石头，因为石头雕刻记忆，生命有旅程，灵魂贵永恒。

缔造心灵居所。碑林是石头的宫殿。每个朝代都有留痕，每个留痕都新鲜昂扬，每个姿态都完美异常，每个设计都前后通达，每种通达都安详对视。当它们结成部落和家族,造化为宫殿时,只身独立,宛若智者。世界喧闹,唯独他们不会消失,以自己的生命方式昭示生命的独一无二。穿行碑林,我站着或走着,都想品味。《周易》《尚书》《诗经》《周礼》《仪礼》《礼记》《春秋左氏传》《春秋公羊传》《春秋谷梁传》及《孝经》《论语》《尔雅》等横陈眼前;《开成石经》由114通2米高的石碑组成,双面刻字,计160卷,65万多字雄踞西安,且与远在北京国子监的《乾隆石经》遥相呼应,堪称西安碑林之魂。900多年以来,碑林历代征集,入藏碑石近3000方,6个碑廊、7座碑室、8个碑亭,共1087方碑石。其实,石刻艺术室建于1963年,集中散存陕西各地从汉到唐的圆雕、浮雕和线刻70余件,分为陵墓和宗教石刻。

　　回归心灵居所。神游碑林,实现文化互融。"方正俊朗"的"碑林"二字是清朝爱国将领林则徐被贬伊犁途经西安时所题,"碑"字虽少一撇,实乃人品写意。走出碑林,清朝康熙的"宁静致远"时常让我沉湎其中。游历碑林,我最崇敬的是颜真卿和柳公权,一个壮怀激烈,一个"心正则笔正";我最敬畏的是文天祥的《正气歌》;最惊叹的是《大唐三藏圣教序碑》和怀仁和尚聚24年集王羲之字勒石而成,可谓"精诚所至,金石为开";我最酷爱的是魏碑,蕴含隶书,古朴雄强,平整有力,呈刀削斧凿之势。因此,我在想,如果没有碑林,中华文明就有残缺;没有碑林,中国人就会丢失自己的文化家谱,难以寻觅情感的回响。这就是我惯于把碑林看作国人骨骼的缘由所在,这里有胫骨,也有头骨,与其说人类的纪念碑是如此巨大无肉的骨骼架,倒不如说碑林的叮嘱才是瞻仰石碑之外的遐思。

　　心灵居所,不止于书。"德配天地""道冠古今",碑林也是梦想的云端。

秦岭：永恒之脉

1

秦岭是一本最好的书。

望秦岭。云横秦岭家何在？试登秦岭望秦川。秦岭是耸立于渭河和汉江之间的一片高地。这里，是蓝田人、郧西人、仰韶人、大地湾人、半坡人温暖的家园，是从青藏高原迁徙而来的中华先民高举龙部族的大旗、开创千秋大业的原野，是夏、商、周、秦几代生活、征伐、采邑之地，也是秦始皇成就霸业的基础。秦人组成让六国诸侯闻风丧胆的"虎狼之师"，建立起中国历史上第一个封建王朝——秦朝。随后，"汉承秦制"，历经"文景之治"和"大一统"，凭借"丝绸之路"成为世界上最强盛的国家之一。并用550年完成从游牧文明到农耕文明的融合。司马迁说："得秦岭者，得天下。"

看秦岭。秦岭被视为高迈的"天下大阻"。绝高的峰岭与澎湃的河流间，子规啼、悲鸟鸣、黄鹤飞、猿猱跃、猛兽磨牙、长蛇吮血……秦岭里的种子植物有3400多种，加上蕨类、苔藓等达3800种；140多种兽类动物和338种鸟类动物在此栖息。

叹秦岭。秦岭成就王维的诗歌，奠基孙思邈"天人合一，阴阳协调"的中医精髓，造化老子的哲学，还有书法家颜真卿、柳公权，画家吴道子、阎立本的笔墨。更不用说，王维忘情山水，李白四处放歌，杜甫踽踽西行。特别是王维把身心与山水融为一体，《辋川图》就是神品。至于晋代诗人陶渊明《桃花源记》中描述的东方乌托邦，也就在丹江的发源地秦岭商山。

多年了,我从陆地、从空中穿越秦岭,惊叹秦岭的壮丽、雄伟、博大和神秘。秦岭是秦人,也是社会和人类为这座山脉立起的第一块碑石,更是人类和社会大生态意识的逐步觉醒。秦岭称谓来自战国。秦始皇统一中国前,秦岭被称为昆仑。后因秦岭矗立秦国都城之南,又被称作终南山或南山。司马迁在《史记》中写下"秦岭,天下之大阻",秦岭就有了正式文字记载。从此,一边告别"万世之宗"的昆仑山,一边义无反顾地奔向中原大地,形成西起甘肃,穿越陕西,东至河南,最终把中国分为南北两半的庞大山系。《周易》上称秦岭是龙脉,是说山的走向、气势、水脉与国家命运关系重大。而且龙的意象,与水有关,也与帝王和国家有关。

一座山脉就这样改变中国的自然格局,并孕育一个统一中国的古老族群。这个族群就是两千多年前被称之为秦人的人。从春秋争霸开始,秦岭以略带弧形的走势把关中平原揽于怀抱,高大险峻的山峦,阻隔了来自东南方向的刀兵。秦文公入驻关中,从半农半牧时代,一跃成为先进生产力的开拓者。到了秦穆公,强大的农业使秦国跻身"春秋五霸"。秦景公入关后,第一位将秦国推向中原。公元前451年,当奴隶制的暮色悄然落下时,300多年的诸侯割据,分化并重新组合为齐、楚、燕、赵、卫、韩六国,并与秦国瓜分天下。

2

踏寻秦岭,研读自信和博大。

走进秦岭,追寻历史文脉,感受博大与广阔;躬行秦岭,无数文人墨客于此间穿行,写下雄秀奇美的诗篇;革命星火在此点燃,将悲壮的历程铭记红色史册。

认知秦岭,高山仰止。秦岭的前世和今生,让我们解读的不仅仅是叙述,还有穿越心灵的思考。我第一次站立秦岭之巅,久久默念:中国历史上第一个奴隶制国家、第一个封建制国家、第一个东方帝国在此诞生;中华民族的称谓"汉",在秦岭汉水间孕育并最终被确认。事实上,关中平原的历代帝王陵冢,都与秦岭隔水相望,秦岭的源头连接遥远的昆仑山。楼观台,2500年以前因为有一个与苏格拉底一样的老子,为人类思想的夜空带来犀利的光芒。德国哲学家莱布尼茨看完《道德经》,根据老子阴阳学说,提出二进位思想,并为老子学说取了一个洋名:辩证法。尼采读完《道德经》说,老子思想"像一个不枯竭的井泉,满载宝藏,放下汲桶,唾手可得"。秦岭成就了大唐佛学,长安的佛塔叫大雁塔。法门寺是关中最古老的皇家佛教寺院。草堂寺安葬着中国佛教文化巨人鸠摩罗什。唐太宗为玄奘翻译的《瑜伽师地论》撰写序言,玄奘敬仰有加地称秦岭为"众山之祖"。

直面秦岭。除了联想,我们该做什么?当人类文明进程和全球生态危机并驾齐驱时,秦岭与人类一样不能承受之重。人类究竟与自然如何和谐相处?我想起了,1975年,朝鲜诗人面对朝鲜半岛最后一只朱鹮消失时,曾泪流满面地吟唱:依稀可见,仿佛看见,但又看不见的鸟;1981年日本诗人在日本政府向世界宣告朱鹮绝迹中哀叹:烧炭的烟随风飘落在山岭上,朱鹮的栖身之处将不复存在。同年,陕西省洋县发现地球上唯一的朱鹮营巢地,一夜之间洋县与朱鹮成为世界话题。人类与自然和谐相处的希望就在这里。

3

秦岭值得顿悟。

解读秦岭。秦岭被称为"中国中央国家地质公园",是中国地理的南北分界线,也是两条母亲河的分水岭。秦岭是中国腹地的"绿色水库",也是中华民族的生命源泉。地理学家眼中,秦岭可以推演到700到1000个百万年前,两个地质板块的碰撞和拼合,从地质上完成中国大陆的统一,缝合带上的巨大伤疤就成为隆起于地表的山脉。人类学家眼里,地质的抬升、塌陷,河流的涌动、奔流,昭示着生命又在诞生。从此,人类围绕秦岭创造自己的历史,伴随文字的诞生、历史的演进脉络与悲欢离合逐渐清晰。动物学家眼里,秦岭将动物区系,划分为古北界和东洋界。秦岭被世界自然基金会称为全球第83份"献给地球的礼物"。社会学家眼里,秦岭是中国人心目中"秦岭国家中央公园构想"的落地,这是秦岭的自然魅力。我终于想起千禧年,中华世纪坛封存一些知名人士的世纪留言时,有一位作家这样写道:100年后,我不存在了,我写的作品可能也不存在了,但秦岭的青山绿水还在,大熊猫、金丝猴、羚牛、朱鹮们还在,保护它们的人还在。

  解析秦岭。秦岭南麓和北麓,流淌着百条大小河流。北麓河流被渭河收尽送给黄河,南麓河流被汉江总揽交给长江。秦岭流淌出的河流,浇灌中国历史金色的童年和英气勃发的青少年,13个封建王朝在渭河岸边此起彼伏,从古至今启示我们思考人类今天和明天的生存与发展。拥有秦岭荫庇,秦王朝完成春秋霸业,奠基中国两千多年"以农为本"的基础,开创中华农业文明第一个高峰。没有秦岭,我们很难诠释中华文明和传统文化发生、聚合、成长、衍变的轨迹,而自然之力与人工之力汇成的历史江河,正是秦岭引领我们的文化魂魄。

  走过秦岭。秦岭是中华民族精神家园,也是中华民族脊梁。跨越秦岭,迈进人类历史的门槛。从古到今,很少有人对秦岭进行文化的踏勘、思考和表达,尽管人类灵魂的深奥、努力和苦痛在秦岭上下凸现得如此伟大。其实,在汉文化中心论的文化学理论体系中,历来把中原文化视为中国本原文化。不过,我们阅历和求证秦岭的根脉,不难发现中原文化仍是一种地域文化,秦岭文化才是容纳和兼容黄河长江之间中华民族多种文化的集合体。因为秦岭矗立上述地域核心,是中国南北方文化、东西部文化的屏障、聚合和交汇点。1868年9月,德国地质学家李希霍芬来到中国,用四年时间走遍我国十四个省区,回国以后出版著名的五卷本《中国》地学著作,秦岭与李希霍芬名动全球。

  秦岭是一种文化现象。一肩挑起两大天府之国——关中平原和成都平原,庇佑两座千年帝都——长安与洛阳,是中华文化根脉所系,也是中华文化主干所在。历史欺灾秦岭的不少,秦岭滋养华夏民族的太多。中国古代最早记述秦岭的文字于《山海经》和《禹贡》。《禹贡》中说,中国山脉布局是一个"三条四列"的系统,秦岭被列为中条。秦岭文化是新的文化学概念,由道教文化、秦文化、楚文化、巴蜀文化、中原文化、关中文化、兵戎文化、土匪文化、移民文化、宗族文化相互浸淫,相互渗透,从而形成新的文化精气,道教和儒教是核心。

　　文化的秦岭,让我感触良多;自然的秦岭,让我行吟"万类霜天竞自由"。体认和阐述秦岭文化,就是对中华民族文化标本和根脉的传承。可叹的是,我们的目光总是瞄准异国他乡,吝啬到不愿把自己脚下的土地慢慢阅读,而在享用和挥霍秦岭。当工业文明和后工业文明衍生出生态恶果,甚至连空气和水都变得稀缺时,才开始惦念和关怀。晚了,更应正视忏悔;近了,更当捡拾自信。中国科学院地理科学与资源研究所研究员刘闯说:"不去秦岭,你是听说;去了秦岭,你是感受;经历秦岭,你就是神秘。"

回味西安

1

西安,一座灰白的城市。旧称"镐京",又称长安、常安、大兴、京兆。以粗犷、大气、悲壮和宽广,孕育了无数柔情和热血、醇厚和激烈。如果说厚重的城墙是13朝古都更迭的见证,那么穿梭于城墙内外,总有一种王权气息,扑面而来。门里门外,历尽沧桑,处处延续着中国故事。

城墙,西安的一块四方印章。城墙周长约13.7公里,古炮沉默,秦砖冰冷,箭楼威严,王气四射。从隋唐时修建皇城算起,古城墙拆建历史达1400年之久。无论骑单车游走,还是步行城墙,古老的青砖,残缺的垛口,或绿意盎然的青苔,或数不清的石刻,都会唤醒我们情感的记忆。

玩味西安。我手捧地图,无论从经度还是纬度,西安及关中文化圈都被称为中国的时空坐标。这里有欢笑,这里有盛世,这里有战事。城墙是书,垒在一起格外卓然。

走在西安,看见城墙,浑身内外,浸透古意。尽管没有太多自然风光,但所有景色皆与历史有关,所有建筑都能说出故事,古朴的街巷、别致的地名,常常让人猜想、让人体味。西安街道形似棋盘,始终保持白居易笔下"百千家似围棋局,十二街如种菜畦"的盛唐遗风。

回味西安。城墙是我们心灵里完全中国化的表达。因为西安人说自己是"秦人",一个玄鸟的子民,曾牧猎东海之滨,颠沛流离,驰骋呼啸,开山育林,这才杀伐出这样一块安身立命之地。

2

西安是一首风情史诗。这里,有"西望不见家"的断肠之处,有"千门重万户"的繁华之所,有"水边多丽人"的温柔之乡,有"长相思"的永恒之所在。

西安是我心中的一只信鸽。傍晚,城墙边,凭栏远眺,凝望夕阳,恍若隔世。西安城墙是明洪武三年(1370)至十一年(1378)在唐长安皇城基础上扩建而成,已600多年,当年镇守在此的是朱元璋最赏识的儿子秦王朱爽。城墙高12米,顶宽12~14米,底宽16~18米,呈长方形,周长13.7公里,可同行两驾马车。城墙四面各筑一门,东门叫长乐门,西门叫安定门,南门叫永宁门,北门叫安远门。据说,国人登临东门,紫气东来;友人登临南门,彰显礼仪。每座城门门楼三重,闸楼在外,箭楼居中,正楼最里,为城之正门。箭楼与正楼间与围墙连接形成瓮城,城墙四角各筑角楼一座。城墙上相间120米还有敌台,共98个,台上筑敌楼,既可供守城将士休息,又可凭高观察敌人的动静。城墙顶部外侧修雉堞5984个,上有垛口与文口,供射箭用,内侧修女墙无垛口,防行人坠落,城外护城河环绕,构成3楼2重城的规范防卫体系。这种防御性建筑,我最早从半坡遗址壕沟中见到过最初雏形。

我从城墙上俯视城内。近处,顺城巷民房没了,取而代之的是仿古建筑;远处,车流不息,人流熙攘。城外护城河与城墙之间是环城公园。低头看,城墙地面铺就的青砖上刻有汉字,散步于"古代经典与现代时尚交汇的大走廊",城墙两边,大红灯笼高高挂起,南北望去,西安真神奇!

我在垛口处驻足、凝神和倾听,仿佛听见长啸、欢歌、嘶鸣、呜咽,还有陶器、铜器、铁器的烧炼、锻打和碰撞,以及泾河、渭河和浐河的流淌。城墙上,有人步行,有人追逐,有人嬉闹;有人骑单车,有人骑双车,有人坐观光车,但擦肩而过的还是外国友人居多。突然,那远处传来一阵埙声,只见一位女子静坐城垛,手捧一物,形似葫芦,附于嘴边,平和而悠长,暗香缠绕。

3

西安是中国历史的鸟巢,可爱、气派、厚重。自皇都开迁,西安,除去留下的古城、古墙和古墓,一直是中华历史的时光记录仪。

中国历史从西安流过,我们在城墙上触摸中国心魂。不仅是回味,更是随处可见和随遇而安。西安,雄踞关中形胜之地,沃野千里,南靠秦岭,扼黄河之险,进退自如,有王者风范;3000多年大城,1000多年帝都,城垣建筑世界惊奇。且与意大利罗马、希腊雅典、埃及开罗并称"世界四大文明古都"。若从飞机上看,周秦开始,西安就为中国封建王朝提供一个传统的中国城区模式,即方格网,皇宫中间,每面三个城门,左边祖宗牌位,右边朝觐社稷,此后的北京、南京无不仿效。如今,西安仍以棋盘式格局做基础。怪不得,陕西地图在中国轮廓政区图上,就像一名跪射的武士俑,这是秦人历史,也是中国人乃至世界华人心灵的皈依。

西安,既传统,又中和。秦腔是西安人性格的DNA,豫剧、京剧和话剧,甚至交响乐并不称霸;羊肉泡馍不是每天吃,川菜、粤菜、东北菜也都能吃;西安话不纯,河南话、普通话等也都流行。现在,西安已经拥有"城在水中,水中有城"的新姿态,因为祖先们早已懂得"逐水而居","黑河引水工程"更给西安注入生命的活力。如果说2006"盛典西安"表现出西安人的自信、开放和热情,那么2008《印象·西安》更向世人展示西安的自然和文化,并由此孕育了现代西安人。

长安是西安的前世,西安是长安的今生。西安雍容,源远13朝血统;西安傲骨,深埋有为。

雨中的大明宫

初春,我来到唐大明宫国家遗址公园。春雨浸润,念想无尽。"大明宫,皇宫的城墙"。如日之升,是曰大明;如海之阔,是曰复兴。

大明宫是大唐的紫禁城。它占地350公顷,是凡尔赛宫的3倍,故宫的4.5倍,克里姆林宫的12倍,卢浮宫的13倍,白金汉宫的15倍,拥有50多座殿堂和阁楼,曾被誉为"丝绸之路的东方圣殿";也曾是世界头号强国大唐国家统治中心,能臣武将云集在此,奏国事于大殿之上,安黎民于中华天下,世界以中国为荣,中国以长安为最。当年,大唐一个个圣意,一道道圣旨都从此发出。这里,原名为永安宫,是大唐长安城三座主要宫殿中规模最大的一座,称为"东内"。从唐高宗起,大唐帝王在此居住和处理朝政二百余年,唐王朝21位皇帝中17位皇帝在此主政和生活。

如今,大唐远去,大明宫昔日繁华与毁灭烟消云散。梦回大唐,虽说时光常常以兴盛与衰败,兴起与覆灭,解释大明宫,诠释大唐王朝。但我更清楚大明宫的毁灭缘于唐末四次挥之不去的浩劫,第一次是黄巢乱军攻入长安;第二次是专权宦官田令孜与军阀王重荣、李克用等征战,田令孜败出长安,劫持唐僖宗而逃,烧毁坊市与宫城;第三次是军阀李茂贞攻入长安,唐昭宗逃至华州,大明宫再次被烧成灰烬;最后一次是宰相崔胤为除掉专权宦官,曾去朱营招引朱温攻入长安,后朱温杀掉崔胤,威逼唐昭宗迁都洛阳,并令长安居民按户籍拆迁。当然,真正导致这座"镇秦野"而"抚周原"的宫殿引发剧烈震颤的还是大唐第六任皇帝唐玄宗李隆基自掘坟墓——为满足自已开创的"开元盛世",竟把主要精力用于浪漫爱情而荒废朝政,让他一手栽培的三镇节度使安禄山发动了"安史之乱",验证了诗人李商隐的诗句——"夕阳无限好,只是近黄昏"。

大明宫,因大唐诞生而诞生,因大唐崛起而崛起。它不是废墟,而是记忆;不能享受,而要朗读。它是大唐王朝二百八十九个春秋的碎片,也是辉煌时代最激昂的音符。大唐盛世,很大程度上源于对外交流,其道大光。怪不得,我今生梦里总有几多蓦然回首,枕边史册常有几许似曾相识。一千年历史变迁,一千年地图改写,一千年人生如戏。公元2007年,大唐帝国消亡1100年之后,一个大型国家公园诞生了。可以说,这一文化高度使我们既可以在史册中翻阅,也可以用心灵丈量。

在雨中的大明宫徜徉,信步而行,且行且拍。我想象中,唐大明宫国家遗址公园无非就是把古代宫殿按部就班地复原而已,空旷、宁静、抽象、神秘和气度。青石阶上,布满朝圣者的脚印,龙椅上的天子是信服的神灵。但伫立"含元殿的御道",清一色的仿唐古建筑精心而有序,含元殿、麟德殿、三清殿、清思殿、宣政殿、紫宸殿和太液池以及点将台、大明宫微缩景观等皆为现代和远古的完美结合。是啊!1100年前,毁于一旦;1100年来,梦回大唐。据悉,为了建造这一历史遗址,先后搬迁六七个村落。未毁时,这里是大福殿,也是皇家后院的寺院。毁了,大福殿的香火仍绵延不断。事实上,历史兴衰,只能在史料中寻找,而唯有时间告诫我们,历史留下谴责和赞美,会让我们从中窥探经验与错误。作家周国平说,人生最好的境界是丰富的安静。安静,是因为摆脱了外界虚名浮利的诱惑;丰富,是因为拥有了内在精神世界的宝藏。

遗址公园昭示我们,国家兴亡奥义在于民心。尽管许多统治者都已窥见这一秘密,但实践证明,他们没有洞察透彻,并未曾执行彻底,但唐太宗坚决执行"萧规曹随",秉持"民为邦本"的治国理念,让唐高宗以及后世几位继承者,革除积弊,相继改革。

　　遗址公园训诫我们,清明政治,治国方略,这是大明宫奠定的基础。唐太宗为大唐帝国开创"贞观之治",接着"永徽之治"和"武周之治"也相继到来,至公元8世纪前半期,"开元盛世"使中国封建社会呈现前所未有的全面繁盛。所以,踏行于此,我们不为点燃一个不眠之夜,也不为催促一次把酒言欢,只为存养一种复兴期待。

　　雨中的大明宫。春雨曼妙,落在草尖,珍珠一颗;落在心里,幽远一曲。心静于此,倾听历史;心安于此,谁都是未来主角。云烟深处,我读懂了西安的灵魂,这是隐匿的一声叹息,也是沧桑与辉煌的见证,更是古老与现代的交融。如此顿悟,我更想把追寻日益演变成为渴念。现代作家丰子恺说,这个世界不是有钱人的世界,也不是无钱人的世界,它是有心人的世界。

顿悟江河

暮春时节,天总是皱着眉头。一天,友人驾到。我作别线装的历史,又去踏寻江河,几多追问,几许激越,实不知是逗留还是挥洒?

记忆中,黄河始终流淌在我心底,因为黄河最大支流渭河是我成长的摇篮。而长江有时也会涌动我的脚下,因为长江最大支流汉江恰是我走向远方的驿站。形象地说,这两条大河都是从《诗经》里走来的,黄河像一位智者,长江像一位诗人。有位教授这样点赞,黄河文化是"黄河之水天上来,奔流到海不复回";长江文化是"大江东去,浪淘尽,千古风流人物"。所以,远古的政治家说得好:得中原者得天下,中古的政治家又补上一句:得江南者得中原。尤其,渭河上看柳,最先步入春天,捧一把黄土,浓厚而质朴。而汉江恰是大汉王朝的发祥地,汉族、汉语、汉学、汉剧、汉文化、汉白玉等,以及汉字都与其息息相关。2008年,汉江作为南水北调的主水源,一江清水送达北京,现在已被称为"亚洲的多瑙河"。

江水为经,道路为纬,大自然时刻都与我们的生活交错运行。那天,踏行汉江,夕阳西下。伫立大堤,江水自西向东缓流而过;远望江堤,青罗翠绿。眺望江面,一幅美丽画卷。此时此刻,我在水边读水,江水奔流,方知不是水在流,而是自己与岸在动。

徜徉江河,岁月不老。我急于追念,酷似"几"字形的黄河与"W"形的长江共同流淌于大陆东岸、世界东方,一并构成中华民族的核心区域。黄河文化以"仁、义、礼、智、信"为核心,"龙"是图腾,孔子与孟子是其代表;长江文化以顺其自然、开拓进取为主旨,"凤"是图腾,庄子与老子是其代表。我独念遥想,中华文化也称华夏文化、汉文化。如果细究,中国文化就是两河文化,即黄河文化与长江文化。并各有源头,各有特点,相互交融,形成一个文化的共性,这便是"择水而居"成就了"两河文化"。真正应验了台湾诗人余光中所说:"中文乃一切中国人心灵之所托,只要中文常在,必然汉魂不休。"具体说来,黄河流域是中国开发最早的地区,中国历代都城也最多,更被称为中华民族的摇篮,而长江流域却是一个时空交织的多层次、多维度的文化复合体。黄河文化带有内陆文化特点,主张"相濡以沫",长江文化带有海洋文化特点,倡导"相忘于江湖"。

江河自古以来就是中国人精神故乡的地理标识。黄河养育了北中国,长江养育了南中国。从黄河文化到长江文化,人类文明的创造、人类文化的发生发展,都与水有着深厚的渊源。据说,世界早已公认的古文明发祥地之一的"两河文明",就在西南亚的底格里斯河与幼发拉底河流域。而在中国,文明肇始、文化发生同样与江河久久缠绕。文化学者余秋雨说,黄河流域80万平方千米,长江流域180万平方千米,而当时世界上所有文明流域加起来的面积也只是中国的1/15或1/20。所以,气魄、宏伟的统一文明是中国文化的一大特点。

文化是江河的灵魂。民间称之为风俗,庙堂称之为风尚。20世纪,五四新文化运动承载的就是中国文化重心从"龙"向"凤"的转移,这是历史的必然。同时,直接规范、制约中华民族以后几百年甚至上千年的发展历程。但这并非说明黄河文化的消失,只是意味着长期居于主流地位的黄河文化将处于从属地位。如今,开拓、创新、进取是新时代的核心价值观,和平、和谐、共赢也是我们的核心价值观。严格地讲,多元共生是中国文化显著特点,最大特点在于包容。今天的世界是多元并存的世界,我们要承认文化差别,保护与尊重文化多样。当然,最值得警醒的是,经济学家郎咸平说,当今中国文化存在四大茫然,即就知道赚钱,不了解世界,不知道别人是怎么看自己的,不清楚自己弱点。所以,导致了在西方,概念衍生出世态;在中国,象征支配生活。这对于黄河文化而言,庄重与严谨是其内涵;对长江文化来说,浪漫与飘逸是其风骨。但无论文化形态有多大差别,总有一点是相同的,这就是只有将文化作为纽带,人类命运共同体才能真正建成。

顿悟江河,感悟生命。生命就是一条江河,从高处发源,聚集细流,合成一股波涛,向下奔流,只有归入大海,才春暖花开。我真的记不清了,多少次走进大自然的怀抱,也不知多少次被大自然的生命奇观所震撼,但唯有直面江河,才会激荡起充盈内心的生命张力。春天,我惊诧江河苏醒;夏天,我心动江河絮语;秋天,我倾听江河浩荡;冬天,我期盼江河重生。不过,最使我铭记的是:并不是每一道江河都能入海,若不流动便成为死湖;并不是每一粒种子都能长成树,若不生长便成为空壳。

问道太极

四月,我去旬阳踏青。阳光灿灿,草木葳蕤,胜似"庄周梦蝶""以美启真"。

旬阳是一座"旬太城"。秦设旬关,西汉置县,素有"秦头楚尾""北国江南"之美誉。旬河与汉江交合,东西水旋流,南北岛拥抱,水流像太极光,岛像阴阳鱼,这座县城在此画出一幅太极图案,让中华民族根性文化活灵活现。况且"旬太城"的商标注册还提出背靠历史建成"中国传统文化教育基地"与面向未来创建"中华哲学城"的宏愿。

旬阳是一座天然太极城。这个称谓由来已久。清乾隆年间有诗曰:"满城灯火列星案,一曲旬水绕太极。"水,赋予山以灵性;山,蕴含水之泽润。身临于此,我能体会中国古代造城选址的独特思维和道家"天人合一"的思想。那天然的山水太极图案,象征宇宙天地自然万物的变化模式,简括、深刻、含意无穷。

旬阳神奇,开门见山。这里的山,虽说与别处的山没有多大区别,但造物主还是执意赐予了某种神韵。北边的,山洞多;南边的,传说美,山形与众不同。最著名的是酷似毛泽东仰面向天的毛公山和云雾缭绕的南羊山。可想而知,2000多年前,张良功成,名遂,身退,归隐旬阳,何等逍遥!

秦巴山雄,汉江水清。旬阳,枕巴山,峙秦岭,襟汉江。旬阳人择形而居。旬阳城奇,不是蓬莱,又似蓬莱。旬阳城内,大河、小河、小溪、泉水、井水、瀑布、地表水、地下水,应有尽有。旬阳文化有蜀文化之奇特,也有楚文化之浪漫,更有秦陇文化之古朴。旬阳县从1988年起与"三太文化"(太极、太极图、太极城)结下不解之缘,"三太一脉"就是倡导天人合一建设美好家园。

从西安去旬阳,我感念自然。咏叹时光,倍感拾获的岁月精华皆为生之顾、死之盼。那山顶广场墙壁上的"道"字,尽展道家思想,崇尚自然、尊重规律。而认识规律、掌握规律和驾驭规律,何等了然!

从旬阳回西安,我问道太极。21世纪,时空巨变,信息密集,但全球思想与世界文明相继展开,命运共济与文明融新,持续倡导全球意识、全球思维、全球认同、全球价值与全球治理。太极观念正是看待万事万物现象和本质的人生态度,以及思维方式,实则包含清醒睿智的哲思,其终极目的是希望人类活动顺应大道至德和自然规律,不为外物所拘,"无为而无不为",最终达到无所不容的宁静和谐。

由此,我联想到钟楼。其形似一个"金"字,以关中平原丰肥土地为底,以秦岭和高原为邻,西有散关,东有函谷关,南有武关,北有萧关,以后增加东方的潼关和北方的金锁关,这是关中平原财富与战略的象征。其形更像一枚"印"章,插入云天,胸怀天下,时刻化解往来冲撞的困顿,并提示人们漩涡中的矛盾是尖锐的,唯有直面尖锐,担当化解,方能万和融通。如果说西安城墙构成一个方正的印水托盘,那么钟楼就是印水托盘中的一方威武大印。1986年,我走进西安时找不着北,便以钟楼定位,观察楼角的风铃、古钟,如同记住罗盘图上的刻度,抓住钟楼的坐标取向,从此出发。1990年,我一直在钟楼附近上班,乐于登临。我最终发现钟楼是一个真正的"焦点",车流、人流与物流业皆朝她奔涌而来,包括地下地铁轨道、地下行人步道,也都构成网状的是非涡旋,而她却在网圈"靶心"上拥有难以置信的大度与从容,并将其迎接而来,化解而去。

钟楼,矫正行为而行于当行止于当止,可谓一幅定向不变的"罗盘"图和

"八卦"楼。遗憾的是,时至今日,许多人仍把"太极"与"八卦"混淆不清。实际上,"太极"是天地之间最大和最小的道理极致,本质是哲学的阴阳二分,也是中国文化总根,若用一个字表达就是"道",其最高境界是"和"。而"八卦"则是古人以阴阳为根基而分类的八种时空系统,较之太极更深入更复杂,也是对自然与社会的演进阀门。钟楼,面对各个方位与各种时空,包容无限,开放无涯。所以,凝视金顶,我时常提醒自己,直面自己生命之钟,更应顺天意而尽人事。

红山素描

人世间,山有山的不同,而并非千篇一律。

红山,宛如一条巨龙,昂然屹立于新疆乌鲁木齐市中心红山公园内。它东西横卧,龙头伸向乌鲁木齐河。而乌鲁木齐河流经山下,河北岸为红山,河南岸是雅玛里克山。其实,红山是一座褶皱断层山,山体由二叠纪的紫红色砂砾岩构成,呈赭红色,隔着乌鲁木齐河与雅玛里克山遥遥相望。夕阳西下,红光熠熠,犹如瑶池仙境。

红山是名山。树美人更美。入园处,一尊石雕上有王恩茂"前人绿化,后人幸福"的题词。过石雕,清水湖,水清幽,波涟漪,桃柳辉映湖中。湖中小桥处是一平台,过平台有台阶,通达山顶。北侧平台,老人舞剑;南侧平台,游人观景。观景台上,天山横卧,绿树共生。平台两侧,花草簇簇。平台往西,穿过丛林是林则徐雕像。雕像右前为禁烟铜鼎;雕像往南,即为红山最西端峰头脚下。登高临远,乃欣赏边城秀色的最佳去处。登临山顶,瞩望山下,深感纪晓岚、左宗棠、林则徐、毛泽民等诸多英才壮哉无比!尤其,时任陕甘总督的左宗棠力挫外部势力,收复新疆,何等壮烈!

红山是乌鲁木齐的写真。乌鲁木齐是维吾尔族语,意为"优美的牧场",也是地球上离海洋最远的城市。红山,清朝时,即为围猎场,动物们被圈养于此,与人较量,与弓箭对峙。现在,不可忘却的与应该忘却的都已被时间加冕成巨大的寂静。红山公园已成为集观光、特色、人文为一体的自然山体公园。园内有盘山柏油路、登山台阶、空中缆车、凉亭、远眺楼、神宫、人工瀑布、林则徐雕塑和庙宇等。特别是来到远眺楼,登上楼顶,可谓"万景俱从一阁收"。红山宝塔坐落峰头顶上,峰头的砂岩褐红色,嶙峋突兀,状似虎头,在红山最西端,故称"虎头山"或"红山嘴"。晴日里,夕阳斜照,宝塔与红山嘴红光四射,如神话中的宝光,似瑶池仙境巧移红山,被列为乌鲁木齐八景之一——"塔映斜阳"。

红山楚楚动人。乌鲁木齐自古为丝绸之路北道枢纽。春秋时,是游牧民族栖息地。1992年,地理专家精确测算,亚洲大陆地理中心就在乌鲁木齐附近,人们亲切地称之为"亚心",把乌鲁木齐称为"亚心之都"。游历红山,踏上红山,领受幸福、欢乐、享受和启迪。行走红山,人在景中,人移景移,夜的红山使人深情不已。登上红山,楼高了,路宽了,人多了,车挤了,山绿了,水清了,地美了。伫立山顶,萧瑟不见,层林尽染。

秋的红山使我顿生人生要义。登临红山,最宜秋日。新疆秋色,让我领略美丽、温柔和高远;新疆"三山夹两盆"的地貌,也让我渴求以万物为通道,摸索物候,探听物语,穷极物理;新疆"三美"元素,更让我衍生奔腾的心,直率的爱,喧哗的歌喉,无遮的视野。

天池归来

天池归来。我心灵的秘境遭遇又平添了未曾存储的温馨和柔美。

我知道。天池身居高险，是中国"四大天池"之一，为塔里木和准噶尔盆地天然分界，古匈奴人对其敬之如神。3000年前，周穆王与西王母在这里欢筵对歌，为天池赢得"瑶池"之称，即天镜、神池之意。但"天池"史载：乾隆四十八年（1783），新疆都统明亮登临博格达山且到达天池，在此立碑，《灵山天池统凿水渠碑记》中题曰："神池浩渺，天镜浮空"，有人截取文中"天镜""神池"二词头尾各一字，更名"天池"，使以前的瑶池、冰池、龙湫、龙潭、神池等称于一统。

我惊叹。天池妙趣天成。湖畔，亭台水榭。堤坝，热闹非凡。凝望河水，观赏绿色，聆听水声，引人入醉。湖面不大，三面环山。湖岸向阳缓坡处，牛羊成群，牧歌悠扬。湖边云杉环绕，雪峰辉映。湖中倒映雪山、松林和白云。清风徐来，骏马奔腾。湖面静得窒息，湖水蓝得醉人。湖中泛舟，舟轻人和，渔歌互答。湖面之宽，湖水之深，湖水之湛，湖水之秀，尽显异域风情。仰望博格达峰，如身披轻柔面纱。俯瞰天池，明镜般地镶嵌于群山之间。伫立池边，捧掬圣水，甘洌而清爽。

天池，潋滟而旖旎。雪融之水，闲聚成潭，盛于半山之巅，与角峰、刃脊、冰门、悬壑及雪峰，交相辉映，壮观至极。且有大小之分。小天池，池不大，水清澈，色湛蓝；大天池，雪峰皑皑，松涛阵阵，绿草萋萋，水气蒸腾，动如脱兔，静如龟息。景区以天池为中心，北起石门，南到雪线，西达马牙山，东至大东沟。

天池是大地的眼睛。位于天山东麓博格达雪峰北坡，是200余万年前第四纪大冰川形成的高山冰碛湖，也是一条相当规整的"时光隧道"。从地球走来，凝结历史，呈现色彩与形状，也是中生代最庞大、辉煌的年代——侏罗纪留下的灿烂遗骸。迈进"时光隧道"，就是在毫不知情中完成一次生命的奢华穿越。正如一位地质工作者告诉我，天池"时光隧道"如此完整、大规模、自然形成的"地球演变发展史"，特别具有唯一性。

如果说喀纳斯湖美，那么天池就奇。博格达峰以挺拔之躯陡起群山之丛，与两座山峰并肩相连，构成笔架式"山"字形。如果我们将雪峰分三段看，顶端银装素裹，中间墨绿色林海，下端湛蓝湖水，那么，如此感受天山的动和静、雄姿与温婉，其神、险、美就自不待言。况且，还有"八景"，即"石门一线""龙潭碧月""顶天三石""定海神针""南山望雪""西山现松""海峰晨曦""悬泉飞瀑"。更不用说，天池的奇，奇在高，1980米海拔举世罕见；奇在特，与天山毗邻。

天池有峨眉之秀，也有华山之雄，"天山明珠"名副其实。神话毕竟是故事，天池实为"乐园"。这里，风儿问候艳阳，云团变幻莫测；这里，云雾未曾虚无缥缈。虽说梦是梦，但醒了就不会丢失，醒了就不忍离去，醒了就不会伤痛。唯其如此，我才敢把所有真诚放牧其中，期盼领略生命的另一番风味。

如果说天山是山中伟丈夫，那么天池就是自然俏佳人。西汉的细君公主、解忧公主下嫁乌孙王时，走过此道；"一代天骄"成吉思汗登临博格达峰，并在此会见西来传道的长春真人丘处机；唐太宗在博格达峰下设过"瑶池都护府"，管理天山地区。足见，天池的温润与凝脂，早已为我们奏响人间柔情的仙曲。我尊崇生命，因为生命的降生、成长、拼搏、伤残、牺牲都会迸溅光焰；我珍爱自由，尽管想做被人类文化改良的行者，义无反顾地抱拥力量的缘起,但我发现质地是现代社会的磁力,也是质感、骨感和肌理感的有机融合。而意境实为传统外景与主观的结合,好比天池是崇山峻岭与处女湖泊的完美相融,也是冬的博格达峰与夏的青山草地的神奇组合。这种绝美,丰富而不复杂,纯洁而不脆弱,明了而不简单。

告别天山,走下天池。我看见瀑布从天而降,有彩虹悬在高空,有图画遥相辉映。我恨自己审美浮浅,未曾全部参悟。天池叮嘱我们,人要不断训练自己更加冷静地阅读自然。因为走向平静,不仅要抛弃俗念,而且要流放焦痛。天池归来,我终于懂得回归自我。虽说我未曾像作家碧野那样,骑骏马,踩落叶,随溪流,看塔松、野花,听松涛,邂逅雪莲和牧人,却像作家刘白羽一样,直奔天池,放牧心灵,这就是生活之爱。

夜宿博乐

那年,我们到达新疆维吾尔自治区博乐市(博尔塔拉蒙古自治州首府、新疆生产建设兵团第五师师部所在地)时,发现博尔塔拉河在五一水库找到了港湾。河水把一个个村落、城镇、景点和景区珍珠般的连在一起,由西向东,注入艾比湖。博乐,便成为闻名遐迩的"西来之异境,世外之灵壤"。

河的浪花很调皮,河水充盈得像哺乳期的女子。无字的河水里,生命的律动孕育出博尔塔拉多元文化基因,囊括土尔扈特蒙古东归文化、察哈尔蒙古西迁戍边文化、丝路古道文化、农垦文化、古文物文化、草原文化、边塞文化、绿洲文化,沉淀下汉、维、哈、蒙、回等31个民族的文化家谱。

河水流动中闪烁银光。我静静凝视,体味从前与现在;我慢慢品读,打捞记忆与感恩。五一水库就像一个绿色果盘,河道被开辟为人民公园和滨河公园。这里,作为新疆最小的自治州,地广人稀。没有广厦林立,未见车水马龙;小巷幽深,寺院淡雅;信徒虔诚,苍山肃立。我置身于此,仿佛被宁静过滤得心里没有杂质,甚至无语。

秋阳下,我与博乐的不期而遇变成一种约定。博乐的宁静独到而别致。黄昏,我放慢脚步,蓦然,猝发超然,俨然田园就在身旁,淡雅而平和。这里,黑夜的降临是静谧的,沉寂的博乐,庄严而凝重。夜幕下,大地朦胧且深远,人声顿绝,似乎能听到一种至高无上的回响。我毫无睡意,竟从内心深处打量这里遗世独立的旷达。夜行博乐,我从博州人陌生脸庞上懂得"淡泊明志,宁静致远",也给我增添笃定、从容和自信。特别是一代代"支边"志士,多年来坚守孤独和游牧寂寥的情怀震撼我的身心。

　　博乐的宁静与生俱来。洪荒时代,这里属于汪洋古泽,深海长眠;斗转星移,沧海化桑田,有"铁马、秋风、塞北"与"杏花、春水、江南"集结复合。最早的游牧先民"你方唱罢我登场",时而安居乐业,时而兵刃相加;时而称雄问鼎,时而分分合合;淡入淡出中,隔不开的文明交汇,剪不断的西迁东归,道不尽的外患内乱,数不清的雄关驿站,看不够的铁马冰河,听不厌的鼓角争鸣,演绎了多少历史风云。比之中原,相对中央,这里更有难以逾越的地理优势,由此交织成包容与坚韧的文化特质。因此,这里的宁静最本真,不沉闷,不刻板,有灵性。晚上,涵养人性,修炼人心;白天,排遣浊念,高阁情愫。更不用说,这里的春夏秋冬都给人宁静的启迪。夏天,远望雪线,凉意已生心头;冬天,山寒地瘦,升起炕炉,一墙隔两季,里外不同天;秋天,雨水稀缺而金贵,没有杏花雨的缠绵,也不像夏雨的铺天盖地;春天,如果说绽放河谷草甸的野花"俏也不争春",那么冬季漫天的雪花就"飘也不添寒"。

　　久违的博乐,除了赐予我黑夜的宁静,也给予我清晨的浸泡。博乐市,古称"孛罗","丝绸之路"北道重镇之一。位于新疆维吾尔自治区西北部,南与伊犁毗邻,东西分别与精河、温泉两县相连,北部与哈萨克斯坦接壤。境内有赛里木湖、怪古峪、哈日图热格森林公园、阿拉山口口岸。属于中温带荒漠气候区,半农半牧,工业薄弱。1992年6月22日,国际客运正式开通,9月国际货运正式联运。当然,博州也有"不博"之处:曾经的浩瀚泽国,也成为海洋的相思;河湖萎缩,径流逐减,水位下降。但跳出博州再看周边,比邻地区"黄金""黑金""油""气"冲天,而博州大矿难觅。博州人不怨天,不尤人,不徘徊,不懈怠,尊重历史的安顿和先人的抉择,因地制宜,不折不挠;祈祷岁月静好,现世安稳,工作劳累而充实,生活单纯而不单调。

　　博乐,浪漫我的旅程。生活若梦游,暂时的茫然总是存在于真实与虚幻之间。尽管蒙古族有长调和短调,哈萨克族有阿肯的弹唱,维吾尔族有木卡姆，但真正拨动我心弦的还是心灵深处沉淀的领悟。这里，把阿拉套山的恢宏与草原的厚重连接成数千年历史，见证成吉思汗西征的铁蹄与豪迈，见证察哈尔蒙古八旗屯垦戍边的壮举，见证土尔扈特蒙古部落在渥巴锡汗率领下东归祖国的悲壮，我多想把日落前的草原想象成古战场，更想把故道苍凉、悲壮、孤独乃至死亡投掷给沙漠，可总有一种绿簇拥我心。回到西安，我从陌生走向熟悉，从激情走向平和，犹如一枚绿叶起舞归根。天空，虽说没有路，但我想飞翔而过。

卷二

灵动的光焰

　　从吐鲁番市出发，南走100多公里，就是火焰山。途中，需要经过最大风区。平日，有七八级大风，遇上天气变化，风力都在12级以上。荣幸的是，我们运气不错，路过时是8级左右大风，车子被吹得左右摇摆，坐在车中七上八下，东倒西歪。

　　火焰山是因地壳运动断裂与河水切割在山麓中留下的沟谷。全长98公里，西北宽9公里，最高峰在鄯善吐峪沟附近，由红色砂岩组成。她是中国最热的地方，夏季最高温度47.8℃，地表温度高达70℃以上，年降水量100多毫米，而蒸发量超过4000毫米，沙窝里可以烤熟鸡蛋。因此，在景区最佳景点拍照，不能多停留。传说，孙悟空大闹天宫，踢倒太上老君炼丹用的八卦炉，有几块火炭从天而降，落在吐鲁番盆地，形成了火焰山。山，原本烈火熊熊，唐玄奘路阻火焰山，孙悟空三调芭蕉扇扇灭大火，便成为如今的模样。

　　到达火焰山。荒山秃岭，寸草不生，满目皆是灰红色的沙土和黑色石砾。红日当空，地气蒸腾，犹如焰火缭绕，形似火龙。而且山体奇特，状如烈焰。《西游记》中说，火焰山方圆800里，烈焰遮天，鸟儿也飞不过去。原来，这里根本就没有鸟儿。山前，山体雄浑曲折，山坡布满道道冲沟。山上，岩层裸露，一道道浅褐色细痕是偶尔落下的雨，也被称为火焰山的眼泪。阳光照射下，红色山岩热浪滚滚，绛红色的烟云蒸腾缭绕。山下，塑有唐僧师徒四人取经雕像，还有太上老君的炼丹炉和被孙悟空踢翻炼丹炉后两个四脚朝天的小童儿。听说，火焰山的烈焰由此而来。并辟出一片吐鲁番丝绸之路艺术馆,用建筑、壁画、雕塑等艺术手法再现火焰山的神话传说。景区,从人工修建的地下通道进去,通道两旁墙壁上是《西游记》浮雕长廊,悬挂《西游记》中降妖除魔的图画。从通道出来,映入眼帘的是一根直耸云天的金箍棒,实际上是一根温度计(已入选中国上海吉尼斯世界纪录)。史料表明,这里地面最高温度曾达到89.2℃。

  行走火焰山。火焰山上,我被一种生命的力量所浸透。我领受燃烧的太阳,那不是烧在葡萄架上,烧在芒果树上,而是烧在我的灵与肉中。我感念山的热浪,我目睹山的容颜,我探寻光焰的标杆,不由得被神奇所震撼,为造化而称奇。不怕山高,不惧谷幽,这是诗人的气度与诗人的童真。

  火焰山是燃烧的世界。由侏罗纪、白垩纪及第三纪砂砾岩和红岩泥构成的火焰山是我追寻生命高纬度海拔的序曲。我的脚步,既挥洒迁徙和流转的痕迹,也衍生痛苦和矛盾激活的磁场。我的视野专注阅读内涵,拓展人与人的交流。尽管对话是父亲给养于我的最初启蒙,也是成长年代最纯的情感朗读。可眼前的火焰山教化给我的却是,人对自然的深情,对故乡的热望,对宇宙的探寻,这是人生命年轮中历练的滚滚激流——信念。

  火焰山鹰一般地挺立,更让我沉思选择的深意。告别漂泊,坚守传承,这是火焰山对生命的深情诠释。红砖般的火焰山,让人沉淀信念的灯塔;光焰似的火焰山,让人嘹亮生命的情怀。草绿了,花开了。刹那之间,人世轮回的险峰星朗月明。

回到吐鲁番

从火焰山回来,我走进葡萄沟。咫尺之间,景色各异。热烈的火焰山,凉爽的葡萄沟,让我八月里徜徉于葡萄架下,甜得透心。

来到吐鲁番,最美莫过于去葡萄沟品尝葡萄。葡萄沟是火焰山西侧一个大峡谷,七八公里长。别说那连绵不绝的葡萄园,就连宅前屋后、渠道路旁都栽满葡萄。密不漏光的葡萄架下,挂满一串串珍珠玛瑙似的葡萄。有的色如翡翠,有的艳如玛瑙;有的似珍珠,有的似橄榄;有的肉脆汁浓味酸甜,有的皮薄汁多味甘美。最名贵的就是无核绿葡萄。

走进葡萄沟。那是一座绿色宫殿。殿内,散落圆桌长椅,摆满美酒佳肴。宫殿的墙是密实的葡萄叶做的,却有大理石的质感;宫殿的穹顶,缀满串串无核白葡萄。绿,会突如其来地涌来,一点、一丛、一树、一排、铺天盖地,躲也躲不开,防也防不住。顷刻间,衍生成一片绿色的绒毡,一团团一簇簇,绿窗似的悬着,帘子般的缀着。继而,织成绿墙,屏风似的挡住去路。身行其中,就像穿行或穿越。往前走,绿又凝固成一片屋顶,架起长廊,九曲回旋,一道道,一片片,没有尽头。甚至自己脚下的光影墨绿了,头顶天空也翠绿了。

漫步葡萄沟,我被大自然的安详、静谧所感染。如此的郁郁葱葱,如此的诗情盎然,作为匆匆过客,我唯一能做的,就是用自己并不聪慧的眼睛领受自然的馈赠。然后,学会拥抱。葡萄沟,天山雪水流贯其中,绿意葱茏,藤蔓交织,树影婆娑,玲珑的亭榭别墅,都被淹没于葡萄架的浓荫中。葡萄园,遮天蔽日的是层叠的藤架,阳光从叶片中照射进来,散步其中,温暖而惬意。累了,也可在架下小坐,仔细聆听维吾尔族大叔弹琴。葡萄园,一条葡萄架的长廊里,维吾尔族人会摆放桌椅,供行人休憩,并品尝葡萄。阳光从葡萄藤蔓的缝隙中漏下,斑斑驳驳,给长廊增添许多斑斓。陪同我的友人,特意请来维吾尔族姑娘,端来一盘盘哈密瓜,拿来一串串珍珠绿葡萄。"葡萄女"训练有素,既能讲流利的普通话,也会落落大方地绽放迷人微笑,青春和美丽与园中的"珍珠玛瑙"相互辉映,俏得出奇。

葡萄沟是葡萄的故乡。葡萄是图腾,也是灵魂。有风景,也有风情。据说,内地葡萄是张骞出使西域时引进的。葡萄沟,没有楼阁、寺庙,注入视野的只有绿。高山积雪和地下潜流都为葡萄沟提供丰富的水利,当地坎儿井,滋润着片片山川。夏季,沟外烈日炎炎,沟内绿意盎然。葡萄的世界,绿色的海洋。葡萄沟,渠中流淌琴声,流淌歌声,流淌笑声;藤上繁衍生命,繁衍甘霖,繁衍希望;生长黄土,生长历史,生长智慧,这就是神话与现实、过去与现在的交相辉映。葡萄沟,葡萄编织人们生活,人们生活离不开葡萄。

喀纳斯的妙恋

我从乌鲁木齐登上去阿勒泰的飞机,在阿勒泰稍做逗留,就踏上奔赴喀纳斯湖的大道。天蓝得晶莹,云朵如脂如玉,山坡绿地舒展而开,当游动的羊群,悠闲的骆驼、牛马,以及哈萨克人毡房和图瓦人小屋徐徐闪现时,我明白喀纳斯湖到了。

八月,喀纳斯湖碧空如洗。空气,流淌湿润;流云,有拿捏又有失落;草地,缀满鲜花;天际,壮丽蔚然;群山,婉约而多情。"喀纳斯"是蒙语译音,意为"美丽而神秘的湖"。湖水来自奎屯峰、友谊峰等山峰冰川融水和当地降水。湖泊,颇似弯月,静卧群山之间,从落叶到远山、浮云和蓝天,净得一尘不染。

喀纳斯湖,飘逸而清新。我的眼中,不仅盛满雪山、草地、山峦、白桦林、毡房和湖泊,而且融进"天堂很远,喀纳斯很近"的九个大字。如果说额尔齐斯河是阿尔泰山脉的血液,那么喀纳斯湖就是阿尔泰山脉的眼睛。傍晚时分,我在夜幕下徘徊,秋色洋溢着金红、橙黄、苍绿、碧蓝,秋风宛如盘旋的苍鹰。喀纳斯,就这样在渴望与等待中走出神话,等待释怀。

喀纳斯湖,最美是秋色。神奇的自然像用画笔一样把蓝天、湖水和秋叶,大把地装点和涂染。第二天清晨,我们攀登骆驼峰,观览佛光。落叶铺就的大道,如履圣土。我眼中充溢的全是浅绿的湖泊、深绿的近山、冰封的远峰、纯蓝的天,纯白的云。最先映入眼帘的还是白桦林。白桦树旁几乎都挺立一棵松树,冷杉和白桦相互依偎。导游说,白桦树树干白皙笔直,枝条纤柔飘逸,被称为"林中少女"。每棵树旁长着一棵杨树或松树,成双成对的叫"情人树",组成的树林也就是"情人林"。风起时,相互呢喃;风停了,默默无语。酷似红尘中的情侣,不要承诺,只要坚贞,这就是喀纳斯湖的妩媚。

真山真水,千回百转。据说,当年成吉思汗的军师耶律楚材远征西域,被这样的美景所吸引,泼墨写诗。当汽艇把我们送至湖中深处时,传说有"湖怪",导游讲那不过是一种叫"哲罗鲑"的大红鱼,长3米多,最长的达10米,几百公斤重。我们走出游艇,沿木栈桥欣赏。林中,灌木繁茂,苔藓野草遍生;林间,山花鲜艳,落叶松、红松、云杉、冷杉浓荫蔽日。我记起,朱自清直面浙江温州的一潭绿水时,天才地把她称作"女儿绿",我何曾不想把喀纳斯湖看作中国的维纳斯?且不用说,喀纳斯湖就是变色湖,时而碧绿,时而蔚蓝,时而灰青,时而乳白,一天多变,一年两变,6月前无色,6月后淡绿。

喀纳斯湖最妩媚的是六道湾。每道湾皆有不同景色:一道湾有吐鲁克岩画和羊背石,二道湾传说湖怪时常出没,三道湾有神奇的观湖台,四道湾是湖心岛,五道湾为喜鹊山,六道湾有枯木长堤。由此,我想到佛教的六道轮回。六道者,即天道、阿修罗道、人间道、畜生道、饿鬼道、地狱道。轮回就是运转,一切众生,轮转于六个地方,生了又死,死了又生,便叫六道轮回,真正应验了佛教的"圆融"。

难见的神秘,不易的缘分。最终牵引我脚步的还是观鱼亭,也叫观云亭或观雨亭,从中可以看见喀纳斯湖六道湾中的三道湾,还可以看到中、蒙、俄、哈萨克斯坦四国界山——友谊峰。我们徒步沿石梯山道,到达山顶,弯月状的湖面尽收眼底。山壑如丘,雪峰耀眼。顿然间,我站在960多级台阶处,终于看见一道湾和二道湾的湖面。站在亭内,又看到三道湾的湖面,那种出奇的美,让我霎时斜倚在一块石头上凝视天空、游云、草地、湖水和牛羊,很久很久,自嘲不已。

  多年了,我不爱看景,而好读景,这是习惯。喀纳斯湖,给予我生命苍穹曼妙的云彩,那恬静,那妩媚,那孤立,那幻觉,撵也撵不走。我徜徉抒怀,竟与喀纳斯湖融为一体,山是脊梁,水是血脉,植被是肌肤。

赛里木湖，大地的眼睛

八月，我们的车队在蜿蜒的山路上经历过一次次颠簸之后，转过最后一个弯，终于有一片湖映入眼帘。远望，湖水与天空镶嵌在一起，看不到边，湖心有些黑点，像是野鸭；走近了，湖水碧绿，清澈见底，草地、松林、蓝天辉映的雪山纯洁而透亮。我呆望了，那蓝色是海吗？那绿草是岸吗？有人说，赛里木湖是大西洋寄养在亚洲的孩子；有人说，赛里木湖是依偎于恋人臂弯的少女。地理学家说，赛里木湖是唯一受大西洋暖湿气流影响的内陆湖泊，也是"大西洋的最后一滴眼泪"。

这颗泪滴艳得惊人，蓝得无痕。抬头望去，黄花连片，松柏层叠，毡房错落。那方天际是黛色的山系，白云是蓝色背景，湖面在风中掀起波澜，点点波涛激起层层细浪，一波盖过一波。那片湖是静的，位于准噶尔盆地和伊犁河谷交界处塔尔钦斯凯山山间的断陷盆地，哈萨克语意为"祝愿"，蒙语称"山脊梁上的湖"，湖泊呈卵圆形，高山、冰川、森林、草原、碧湖和珍禽相融，雄、奇、幽、秀相映生辉，一动一静，一幻一实，虽不交融，却相映成趣。考古者说，最早在此留下诗文的是西周周穆王和西王母娘娘。据说，周穆王从中原出发，沿天山到瑶池（赛里木湖）会见西域部落联盟首领西王母娘娘。西王母娘娘举行"盛大的欢迎大会"，周穆王乐不思蜀，但因国事不得不离开。西王母娘娘被周穆王痴情所动，留下诗句，周穆王即席唱和。可叹的是，再也没来相会，这便有了如此的恬静，让我们用爱复生。

这颗泪滴用蓝色将我融化。这蓝色，缘于周围古代岩层的组成，石灰岩裸露融入湖中,这是天山一颗蓝宝石,透明的水中还能看见沙砾;这蓝色,多层变换,粉蓝、浅蓝、湛蓝、灰蓝、深蓝,到了天边,又泛起深色,直透人心;这蓝色,像从天空中采来把自己染透,又让我迷醉。这里是哈萨克人祖先乌孙人的最早活动地。他们曾在祁连山一带生活,被匈奴驱逐后到了伊犁,汉武帝派霍去病把匈奴逐离祁连山,劝他们回归故里,但他们依恋草原,沉醉湖泊。千年过去,乌孙人与当地人民相互交融,诞生了勇敢而顽强的哈萨克族。当我坐上蒙古族小伙的快艇,一出湖边,转弯便一个接一个,我内心除了惊叹,更多的还是敬畏。

走下快艇,我来到湖南岸的山坡。远眺,赛里木湖澄波泛碧,涟漪微动。湖面蓝色,夹杂大片淡蓝白色。湖畔白色毡房,星星点点。湖边草地,狂奔的骏马欢蹦不已,猎猎鬃毛就像面面旗帜。走进牧人毡房,领受与生俱来的豪放:一瓶醇酒,点燃一生情怀;一把老琴,弹响平凡世界。踏行湖畔,人间的喜、怒、哀、乐,自然的暴风、骤雨、电闪、雷鸣、风霜、雨雪,此时此刻都被吸纳、分解和消失,连慵懒的牛羊也与我们一起共眠。听说,这里日出美,日出时,湖面有生气,湖周杉木、榆树成林,黄、白、紫、红、青色点缀其中;这里日落也美,湖周山色被披上泛金的外衣,雪峰映红,山体洁白,倒映湖中。导游说,赛里木湖的美,是源于时间变化、太阳高低和阳光强度。下午,赛里木湖的颜色是深蓝,阳光愈烈,湖水愈蓝;第二天早晨,颜色成为碧绿,中午又变成发亮的银色。原来,这一切真谛都是因为变化。

赛里木湖的秋让我心魂为之向往。走过这里,我瞬间里体验生命的流放,尽管亦是过客,但如同海浪冲过海滩,倒有一种此情可待诚追忆的激情从心中漫溢。

怀念伊犁河

想起伊犁河,我就回想伊犁。从地图上看,伊犁位于我国领土最西端,与哈萨克斯坦、乌兹别克斯坦、吉尔吉斯斯坦、俄罗斯、蒙古等接壤相邻。伊犁河是中国新疆境内径流量最丰富的内流河。它有三条源流,即特克斯河、巩乃斯河和喀什河,主源为特克斯河,源于哈萨克斯坦境内的汗腾格里主峰北坡,由西向东。再穿越峡谷、戈壁、草原,在新疆境内汇合后,向西进入哈萨克斯坦,最终流入巴尔喀什湖。

伊犁河是天山孕育的。我们沿天山北麓的乌伊公路西行,向南翻过天山果子沟,便进入维吾尔语中有"温阔、舒适"之意的伊犁。到达伊犁,就看见了伊犁河。西汉时,伊犁河被称伊列水,唐朝被称伊丽河、帝帝河,清朝被称伊江。先秦时,伊犁河流域为游牧之地,汉代为乌孙国,到清代,清政府平定准噶尔大小和卓叛乱,统一西域。1762年,在伊犁设立"总统伊犁等处将军"(简称伊犁将军),统辖天山南北各路驻防城镇和巴尔喀什湖以东、以南。同时,设伊犁将军机构,建立惠远城,陆续在周围建起惠宁、绥定、广仁、宁远、瞻德、拱宸、熙春、塔勒奇八座卫星城,统称"伊犁九城"。惠远中心矗立高大钟鼓楼,登高远眺,伊犁河从伊宁市郊西南流过,河床宽阔,河道有沙洲,河边有阡陌。河上,一座钢筋混凝土双曲的拱桥,是察布查尔锡伯自治县与伊宁市必经之路。伫立桥上,最常见的是驾着毛驴车的民族同胞。四下望去,河中沙洲,长着芦苇,风声过处,许多不知名的鸟儿,从苇丛中惊飞而出。从桥边俯视河水,河水撞击桥墩,涛声如雷。太阳西下,映照在河岸一排排白杨树上，一河如血，酷似历史。怪不得，古人这样描述伊犁河："波翻丽水已西倾，地势旋低气转平。"

伊犁河的感情充溢着伊犁河谷。河谷上，塞人、月氏人、乌孙人、突厥人曾停下饮马、放牧、迁徙，还有哈萨克族、汉族、维吾尔族、回族，还有蒙古族、锡伯族等。我的视野翻过果子沟时，看见新建的商业重镇——清水河经济开发区活灵活现。从清水河沿310国道向北，是中哈霍尔果斯口岸；从清水河向东折回，是清末民族英雄林则徐屯垦戍边旧址——惠远古城；继续向东，便到达伊犁首府伊宁市。市区以解放路和斯大林街为交汇点，以街心花园为中心，林带、花栏、草坪连成一条绿色纽带。沿河而建的滨河公园，白杨和柳树，民族餐馆比比皆是，最让人惊奇的是伊犁河的鱼，挂在树上，足有一米多长。

伊犁河从伊宁城奔流而过，叠起浪花。植被天然，河流吟吟，鱼跃深渊；芦苇摇曳，红柳妩媚；街道两旁民族建筑活力四射；新婚的维吾尔族青年尽情舞蹈。听说，伊犁是古丝绸之路北线出口，8个国家在此有一类口岸，霍尔果斯口岸是西北最大公路口岸。精河—伊宁—霍城铁路在此与哈方铁路连接，成为欧亚新大陆桥。霍尔果斯口岸、阿拉山口口岸、都拉塔口岸等都是亚欧大陆桥的桥头堡。沿河谷来到霍尔果斯口岸，既能看到边民互市的壮观，也能参观国门、海关、边境线及伊犁河三角洲。伫立国门前，心跳不已；站在界碑下，神采飞扬。新疆人口语说得好：不到新疆，不知中国之大；不到伊犁，不知新疆之美。

伊犁河的灵魂鼓荡叛逆。从汗腾格里发轫，汇聚特克斯河、巩乃斯河、喀什河的精血，伊犁河是天山的脐带。正如中国所有河流东流而去，唯有伊犁河坚定的叛逆。跨越果子沟，我突然想起，林则徐被清政府发配伊犁时也路过这里，大雪拥谷，车不能走，林氏父子蹚雪而行，儿子跪地祈天，何等壮烈！

伊犁河的水浪像固定的率动,一个推着一个,不知是时间给予的叮嘱,还是历史折叠的花环?记得,百年前的初秋,《伊犁条约》从霍尔果斯断然划开,伊犁河从此有了昨天的疼痛,也有了今天的沉思:国富民才强,民强才国富。站在河岸,我倾听呼啸,抱拥激荡,捧一掬河水,洗去风尘,何等甘冽!伊犁河承载天池之水,积蓄一冬,直指伊犁,既有河的雄姿,也有人的魂魄。

胡杨

那一年,我坐上火车,穿过平原、山坡、沟壑、沙滩、戈壁之后,在最美的岁月走近你。胡杨,我喜欢这种感觉,不为相逢,只为相惜。

走进戈壁,我站立道旁,远远望你。戈壁滩上,你独立旷野,俯临清泉之旁,一排排相拥密不透风,让人无法靠近。你不像隐士,酷似落落寡合的智者。世界的繁华与荣耀都盛进你眼中,而你却将大梦埋进大地最深处,以自己的信仰彰显生命的举世无双。应该说,再没有什么东西比你更能让我玩味命运的缘愁。有时我想,当岁月的刀痕断然地割断你生命步履时,那树桩上浅色的浑圆截面上存留的全是命运的年轮:所有的痛,所有的泪,所有的孤独,所有的灿烂,所有的落寞,所有的容颜。

我长久地看你。你树干豁然分立,温情迎接。我想与你长谈,聆听你的细语,顾念你生命的原始法则。风起了,树叶沙沙作响,我静下来,倾心聆听,忍不住拷问流浪与跋涉的生命要义。记得,好几次我离开你时仿佛都听到这样的真切告白,一棵树说:"我身上隐藏的只是生命的律条。"另一棵树也说:"我成长的力量只有信任。"这样的独语,更使我想与你对话。这些年,我坐上飞机,从陆地起飞,在天空翱翔,时常用灵魂拷问自己的追寻。胡杨,我惦念这般情怀,粗糙的痛是柔情,苦难的活才是庄严的挺进。

我忘不了,年少时,攀折起树枝做武器,垄上行,田园玩,骄傲的是与自由同行;青春期,我点燃生命的火把,丈量情感的麦浪,彻悟的力量全面开启,豪迈的是与情怀相依;人到中年,我终于懂得,挥洒浮云,静守沉默。如今，行在旅途，我的思想逡巡搁置在你的眉下：人世之书永远读不完。

胡杨，你牵引我的思绪，沉凝我的脚步。笑着看，你春夏里的葱绿，深秋中的金黄，冬日里的鲜红，教会我摆渡生命的桅杆；站着瞧，你贵气的血统，遥系着地中海的蔚蓝、阳光和海风，熏染我黄色的脸庞。风动处，我在回望，你西域36国中曾经的狼烟、烈马、胡舞、羯鼓、商队、信使、驼铃、烽台、城郭都在羌笛声中摇曳着阵阵寂寞、刚烈、凄婉和妖艳；静默中，我走上前，抚摩你的身躯，乍暖还寒的气息中你告慰我，旋律是御寒的衣衫，而疼痛仅仅是岁月的答谢。即使我后来以卑微的心愿拥抱你，不管是痴狂为血，还是蹉跎成泥，亿万年的轮回中，我又记起当年自己的独白：漂泊的灵魂永远寻找陌生。

胡杨，你是我剥离忧伤时信仰的拐杖。那些日子，我不在乎自己行走的起点有多高，只在意终点会在何处？那些旅途，我仰望你时无须刻意隐瞒。站在你眼前，你妖娆或素雅的姿态告白我心，我真心读你，也被你的朗然所折服、所震撼：你迎着阳光歌唱，直面西风吟诵的时辰，我懂得了什么是日子？什么是活着？什么是慰藉？那些瞬间，你翩翩起舞时，我直面生与死的考验，总有一种缄默粘贴着我今世的孤独。

胡杨，我很在意你。在你面前，尽管我抱拥深切的思考，酣畅的表达，可伤痛中的行走，很脆弱，很易损。甚至沉默时，我都能听见寂寞和溃散何以把自己裹挟着推向悖论的世界，价值的失守意味着生命的精神家园瞬间陷落。在你面前，我醒悟中逐渐明澈，一边辩证地宽慰自己，人世间没有一块冰不被阳光融化；一边精准地提醒自己，"对于无情的现实，固然无法战胜，但也不可能投降"。如此前行，就会记起人类许多理性的教化，这个世界本来就没有真正的绝境，有的只是绝望的思维，也没有干涸的心灵，有的只是荒芜的土地。

胡杨，我在凝望。我又想起，那次穿越中看见你。你的模样彻底变了，我的心情诞生许多追问。绿的树,寒风吹来了,顷刻会变为枯黄;蓝的天空下,从戈壁上俯瞰,谁的大笑都出自苦痛。走近你,我察觉自己曾经的泅渡都被赋予不同的色彩和形态,埋藏的全是我的努力、我的追寻、我的累积、我的奔放。难怪,英国诗人拜伦说,生活的宏伟目标是情感,是体会我们的存在,尽管这种体验是痛苦的。

胡杨,我在行进。人活着就是为了追求,为了探索,为了知道自己还不知道的一切。从天池到天山,从吐鲁番到火焰山、高昌故城,从昌吉到石河子、奎屯、博乐、伊犁,从赛里木湖到霍尔果斯口岸,从独山子到克拉玛依,从阿图什到喀纳斯,有所舍得,有所增添,信仰的碑文和不倦的探寻都驱动着我奋力前行。

胡杨,我摆渡灵魂的高地。向左,我流放浪漫;向右,我走向远方,我怎能说透心中的那份挚爱。胡杨,我人生旅途最美的存折。人生信念都是盈满泪水后对生命恒久不移的感恩,我又怎能丢掉骨子中的那种坚守。

鹰

我念想童年时,恰好站在哈萨克族肥美的草原上。因为我从中看透一个民族文化的崇拜与象征。

我的故乡是关中平原。初次踏进,很难想象何等模样。那辽阔的天,那肥沃的地,只有在夜里或梦中,会让人联想起鹰。此时此刻,我想起鹰,不是执意地描写草原,而是鹰勾起了我的往事。童年,我对鸟儿格外崇拜。逢年过节,人们喜欢把鹰之头、爪和羽毛画像带在孩子帽上,或挂于房间,趋福避祸。后来,我知道这种所谓的自然崇拜萌芽于人类旧石器中期,那时生产力水平低下。等到旧石器晚期,生产力水平提高,社会体制及人类思维能力得以进化,人们才认为自己祖先是由某种动植物或其他生物转化而来,图腾由此产生。这就是人类对超自然的血统观念的信仰。可能,作为图腾的鸟类本身就给予人类孕育之祖的寄托,也应验任何社会,无论禽兽还是人类皆为暴力造化的霸主。

从此,伴随时光,鹰之威势、力量和勇气便日益被孕育为往来天人之间的使者。维吾尔族的萨满自称为鹰之后代,说萨满的灵魂就是鹰,鹰煽动一次翅膀,就会使冰雪融化,再煽动一次翅膀春天就会来临。按古时崇拜鹰之传统看,鹰是太阳和天——腾格里的象征,且已经成为具有无比神力的天神使者。犹如柯尔克孜族史诗《玛纳斯》中的英雄玛纳斯就是他的父亲梦见鹰落手中而使妻子怀孕所生。少年时,他就被称为雏鹰,成年以后则被称为雄鹰。据说,鹰是英雄玛纳斯灵魂的象征,也是柯尔克孜族民族始祖的象征,人与鹰就是如此相容。足见,这种承载民族符号的鹰的浓浓象征意义。遗憾的是,那天,我在牧区没有看到鹰。听说,草原上的哈萨克族人还训练猎鹰来抓狐狸、兔子等,而且训练一只鹰需费很长时间。只是现在草原上的猎鹰越来越少,因为打猎早已不是哈萨克族人主要的生存方式。

由此,我怀念鹰。鹰之飞翔有特点,翅膀基本不动,只在空中旋飞,具备使人驻足伫立的质朴自信。这就是一种无声的攀升,一种熠熠生辉的交织。可能,正是基于喜爱天使和放牧自我,我对鹰深爱有加。因为我的心灵世界,鹰是世界上最不悲伤的鸟,他展翅飞翔是一种人生美满的欢快。红尘中,总有两样东西时刻鼓舞着它,这就是阳光和爱情,因为没有爱情时阳光就是它的浴巾,没有阳光时爱情就是它的地毯。

因此,我更敬重鹰。鹰翱翔蓝天,是蓝天之王者。虽说它是世界上寿命最长的鸟类,年龄可达70岁,但40岁时,其喙变得又长又弯,几乎碰到胸脯;爪子老化,无法有效捕捉猎物;羽毛又厚又浓,翅膀飞翔吃力。此时,它要么等死,要么重生,因为重生是比死亡更痛苦的蜕变。这就是历经150天的磕喙、去爪、脱毛,苦痛中等待新羽毛5个月生出后,重新翱翔此后的30年生命岁月。鹰的重生,就像人的一生。70多年的生命年华,当人40多岁迷茫时,究竟是坐以待毙,还是涅槃重生?鹰给予我们最庄严的回答,克服困难,就能让生命大放异彩。鹰都知道想精彩地活一回,重生也是远征。一只鸟尚且可以做到:"孤鹰不褪羽,哪能得高飞?蛟龙不脱皮,何以上青天?"何况一个人?难道就因为我们拥有更多的狡诈和诡辩在敷衍,就因为我们拥有自己的防御机制而找寻借口来回避?再简单的问题,也可以制造麻烦;再麻烦的事情,也可以找到借口,这才是导致我们社会正常运转出现链条断裂的原因。鹰的改变就是让自己活得更美好,改变是痛苦的,但改变是必需的。当下,我们需要的就是自我改变的勇气和再生的决心。只有改变才能重生。多少年了,鹰的重生一直在提醒我,人更应像鹰一样熬过了150天,再重获新生。因为敢于跨越,这才是人类最该做的。我们开始自我更新,就要改变旧思维旧习惯,学习新技能,发挥新潜能,创造新未来。

鹰!不朽的神鸟。

卷二

我的遥远的红房子

九月，我夜宿当今地球上最后一个未被开发利用的喀纳斯湖红红的小木屋中。

在瑞士风情度假村餐厅里吃过晚饭，我顾不上天色已晚，开始品味欧洲生态式的秋色。山谷里，有一条上下攀扶的木板铺就的小径导引着我们漫游。山下，一条水泥公路延伸着攀登喀纳斯山脉的方向。途中，我看到冬天御寒用的松树，也都长在坡势平缓、凉风飕飕的山脊。至于林外的天地，只有眺望远处的山巅、仰望浩渺的苍穹了。当我站在小木屋前，与秋日的黄昏相互对望时，在此过夜的念头那么自在，因为这样的心境对我来说很少有。平日，多少次我头顶星空，未曾有过这样的闲暇。不一会儿，导游通知，晚上，牧场上有篝火晚会。牧场距离小木屋不远，要穿过一条柏油马路。我便与同行者沿阶而下，潮气和松树的清香愈来愈重。直过马路，通往牧场的风景明暗不一，但与草相拥，我觉得所有东西都会温暖。我眼前，除了蒙古族、维吾尔族、哈萨克族人热情的面孔，再就是忠厚的汉族人。晚会上，那舞蹈、那琴声、那歌声、那火把，共同构筑起喀纳斯夜幕下的生机盎然。可当火光强烈，山谷雾气已散发尽时，我环顾四周，发现同行者大都离去，而且有的就没有来，也无法赶来，有的累了或病了。

于是，我向回走去。尽管我很想从容地回归宁静，但成熟而丰满的大地赐予我的牵念使我的视觉变得杂乱无序。我深深呼吸，山峦叠翠的秋色仿佛变成一张杂色的地毯，又在催促我的脚步。应该说，这时的小木屋单调乏味,即使我弛然而卧,进入轻松恬适、充满生机的梦境,也无法驱赶自己心胸的叹息。那晚,不知是大自然亲切而轻柔的抚摸,还是星星分享给我们大地母亲蕴蓄的激情,抑或是上天催眠万物的法术,我们远遁喧嚣的尘世,就像一只只温顺的羔羊,都在圈栏入睡了。可我躺着,心中却交织着憧憬与喟叹。试想,我陶醉于独处乐趣中,却又生出前所未有的缺憾,可能这就是世上少有的情缘,比起幽居,更能保持心神的宁静。如果能正确领会,那么便可以升华孤单的心境,使之臻于完美。这时,一个个声音隐隐约约地飘忽而至,我起初以为是村落的牲灵,非常清晰。原来,都是同行者一个个不绝于耳的呼噜声,亮起嗓门,在小木屋里飘摇,呼啸着穿越绿野仙境。等我醒来,有的还边走边唱,宛如辘辘车声骤然响起,又打破持续的静谧。隔窗而望,一抹淡淡晨曦笼罩林间空地,我的心头不免涌动起庄严和欣喜,真心指望恣情地饱览喀纳斯丰沛迷人的夜色,可没有做到。

第二天,我很早出去散步。先是站在红房子前聆听大地被束缚时那小小清越之声如何柔弱又如何顺畅地复苏,那种执着虽说含糊,若断若续,却有一种明快而喷发的欲望在叩响:谁在阻挠生命万物的一次次冲动?后来,我行走在小径,像一只欢快的鸟儿只管把飞翔深藏心底,在朗朗晴空骄傲地俯瞰尘世之间被激情所扰、被概念羁绊的生活过、恋爱过、痛苦过、欢乐过的人类忧伤,但有一点我深信不疑,这就是眼前宁静主宰下的大自然的奥妙远比历史崇高得多。这样想时,我更想向上苍表达一种自己孩童式的感激,以至于西望望,东看看,都被秋阳射透心扉灵府。其实,就枕之后的不眠之夜,确实胜过恋人的私语,使人怀想不已。对于不眠之人,诗意的孕育是强烈的震撼,它总是以无人知晓的语言诉说生命的感悟,那种遐想的魅力、内心的省察和尘世的情欲都是慷慨承载的甘美退隐。

吃过早饭,我们攀登喀纳斯山脉。这时,我忽然领受到一种不可言喻的幸福,也意识到我与晨风、晨旭以及第一只鸟儿还有同行者的默契。然而,必须承认,在红房子中的夜宿未曾勾起我任何辛酸的回忆,这种直面现实而纵横驰骋的沉浸实在难得。起初,我纵目远眺富有浪漫的山峦和村落,以为都出于自己的想象;后来,我感到这种美妙的逗留所承载的沉思与孤寂皆缘于爱恋。红房子,给我送来喀纳斯芬芳的夜宿。傍晚是轻轻地入睡,前夜是流浪的乐趣,子夜是往昔的重叠,黎明是家的寂静。难道人生就是这样在旅行的欲望和安家的愿望中被渐渐拉长,立体了就是伟大,平面了就是平庸,至于平凡的可爱的追寻又实在不易。当然,我知道,人类生活中无数次震颤都是在诸多组合的正极和负极间摇摆的,一边是家的眷念,一边是求索的执着。虽然我一次次虔诚地把生命当作根本来崇敬,但当我漂泊于诸多对立的两难境地中,唯有悲壮地做好苦难降临头顶的精神准备。我的遥远的红房子,我对你有了体验,却未曾拥有。可能每个人丈量生命的欲望那样不同,在白昼、清晨和夜晚之间,我只能怀揣着眷念向我的遥远的红房子以目传情。

日月山，一滴孤独的泪

以前，想起日月山。我觉得仅仅是一个故事，一段传说，一个记忆。如今，我一念起，俨然天路中守望的涓涓凄美。

我知道，这个山是因文成公主而得名。1300多年前，她忧伤地从这里走过。公元641年，作为大唐王朝政治联姻的牺牲品，她由江夏王李道宗、藏相禄东赞陪同，踏上了这条进藏之路。迢迢三千里，遥遥两年多。她从大唐长安出发，经西宁，过日月山，渡黄河，通天河，到达玉树，然后进藏，在被中国历史念叨了一千三四百年的"唐蕃古道"上留下许多传说。自她入藏至吐蕃瓦解的210多年中，汉藏双方在"唐蕃古道"上来往191次，大唐出使66次，吐蕃出使125次。传说，多达1000多间房屋的布达拉宫是松赞干布为她修建的。她入藏时带去工匠、食品制作工艺；带去农业、牛耕、养蚕、纺织技术、碾子、磨盘等粮食加工工具；带去谷物、菜籽等作物种子以及许多佛经。她从进藏至公元680年去世，一生没有回过大唐。公元710年，唐中宗又将养女金城公主(武则天的曾孙女)嫁给吐蕃赞普尺带珠丹。

我不知道，为何这里的山川在无尽延伸，大风吹动孤独的冰草，总有一种苍凉瑟瑟颤抖。两个多小时后，当坐在我前边的老总喊道：快看，日月山。当时，我们都从呆望中被撞醒了，日月山以不可思议的突然，给我们呈现出人世间非同寻常的神秘。山，不高；地，不险，可光秃秃的，一片浅红色的容颜，让人情不自禁地凭吊红颜的清泪。两座山峰，左边一个，右边一个，呈现马鞍形分布，一个代表太阳，一个代表月亮。最抢眼的还是两个相距很近的山峰,日峰和月峰,峰上建有亭子,即日亭和月亭。

上山的路,深一脚,浅一脚。等我们来到月亭旁,大风已不断地撕扯人的脸颊。站在亭中,四下眺望,没有村舍,没有树木,没有车辆,没有人群,只有孤独和荒凉。即使我们在有风,有雨,有太阳、月亮和星星的天幕中相依相随,也都不过是匆匆过客。凝望雕像,她在西风中身着披风,怀抱宝镜,未曾脱去少女的稚气。置身于此,谁又能不顿生寂寥?白天,有游人与她相伴;晚上,她独自相拥黑暗。我有点茫然,沉重的中国政治为何非要一个弱小女子来勉强地担当?我又想起了王昭君,更想起了蔡文姬。甚至还想起中国历史长河中,那些为了政治不得不裸露脊梁的女人,那些柔软的背影中盛满的不都是生之孤寂与活之伤痕?

现在,日月山虽说不再沉重和悲凉,但在高原上静静地仰望,慢慢地眺望,这里还是一方空旷而悲壮的情意画廊。举目环顾,山两边的景色截然不同:一边芳草绵绵,一边荒原茫茫。山是一面镜子,许多人只从中看到故事,又有几人由此诞生对人类整体生命的反思。可想而知,当年她拿出临行时唐太宗赐赠的宝镜,以解乡愁聊以自慰,却不慎将宝镜掉在地上,一半变成日亭,一半变成月亭。即使这样,她毅然没有放弃西行。等过了日月山,看不见家乡的人事景物时,才把一路上克制的泪水痛快地流了出来,这就汇成现在的倒淌河。

倒淌河蜿蜒40公里,像一条洁白哈达绕着日月山日夜奔流。我悄然靠近,似乎听到叹息、倾诉和思念。这时,随行一女士俯身用矿泉水瓶子盛满一瓶高原上的水,再缓缓地装进旅行包,那脖颈上的玉兔纱巾在西风中摇曳不已。我想追问,莫非红尘中,那些最真切的情,那些最美的梦,都这样在人生最孤寂的瞬间悄然发生?公主把思念留在了山上,山也凭依着文化展现神韵。日月山在奇山异水中不仅造就碧波万顷的青海湖,而且浓情了脉脉的倒淌河。难怪,苏东坡咏叹:谁道人生无再少,门前流水尚能西。

日月山,一条光荣而艰辛的荆棘之路。她把青海湖和倒淌河的向往和思念堆积起来,有了神秘,也添加文化。既是中国牧业和农业的分界线,也是季风和非季风区的分界线;既是中国外流与内流河湖的分界线,也是草原、农耕文明的清晰划分;既是边塞和中原文化的对照,也是青海湟源县和共和县的分界线。坦率地说,正是文化在此融合交汇,滋生出丰富、厚重、无限的盛景。

　　日月山归来,我常想起台湾漫画家朱德庸的一段话:高难度的爱情,是月色、诗歌、三十六万五千朵玫瑰,加上永恒;高难度的婚姻,是账簿、证书、三十六万五千次争吵,加上忍耐;高难度的人生,是以上两者皆无。日月山上,须臾花开,我深读生命的流转不息,不是童话,不是现实,而是国人历史情怀中的一滴泪。

忍不住的对视

1

最美的八月,你去了。

过了日月山。有一块青斗石巨碑,碑额刻着蛟龙,碑座刻有麒麟,碑上是用汉藏文字镌刻的"青海湖"。身临于此,你第一次体会高原反应和气候差异,第一次领略蓝天、白云、青山、碧水、草原和牦牛。

青海湖,古代称为"西海",又称"鲜水"或"鲜海"。汉代称为"仙海",从北魏起更名为"青海"。这里是古代中原通向西域和丝绸之路南线青海道和唐蕃古道的要塞。阳光下的青海湖要比太湖大一倍,东西长,南北窄,呈椭圆形,犹如一片肥大的白杨树叶飘落于青藏高原上。

夏季是青海湖的春天。湖畔,农田麦浪翻滚,菜花泛金;湖面,蓝色的海水比地平线还要高;数不尽的牛羊和骏马如洒满草原的珍珠,缤纷的野花把草原点缀得如锦似缎。青海湖淋漓尽致地把波光潋滟、浩渺烟波的美景推至我们眼前。日月山、原子城、鸟岛就像三颗璀璨明珠镶嵌于圣湖周围。远看,湖是醉人的蓝。近瞧,湖是色彩交替。蓝的海挡在眼前,起初一条线,慢慢地越来越宽,蓝得纯正,蓝得深湛,蓝得温柔。湖面像一颗翡翠镶嵌于高山、草原之间,海鸥翱翔,美丽至极。这里,就是课本上长江、黄河、澜沧江的"三江"之源。

青海湖比海有胸怀,少了苍凉,多了亮丽。湖用温柔的浪波,抚慰行者;湖用咸涩的风,沐浴游人。青翠的草地上,美丽的牧羊女和英俊的小伙子在歌声中用爱书写原生、坦荡和清纯。尽管缘于海水的温度,含盐量及风速、风向,大气折射等,湖一会儿瓦蓝,一会儿湛蓝,一会儿深蓝,一会儿碧绿,但走在湖畔的你说自己就像漂流于海中。实际上,这里本来就是一片海。亿万年前,地壳隆起,海离开了故土,却把一只眼睛留在高原。从此,便站在世界最高的地方,看人世变化,观世态炎凉。

青海湖让你蓝得糊涂,一块巨大蓝色锦缎覆盖湖面,随波起伏,是宝蓝?是碧蓝?是湛蓝?是幽蓝?是海军蓝?是靛蓝?是青蓝?蓝,成为你想象中的天鹅湖;蓝,也成为你透亮天空遭遇的云层;蓝,更是你幻想中梵高涂抹向日葵的手笔。青海湖的藏语名字叫"措温布",意为"青色的海",这亦昭示出"青,出于蓝而胜于蓝"的奥妙。《中国国家地理》把青海湖称为"陆地之心",是真正的湖,而不是海。这里,没有都市的喧嚣,没有俗世的烦扰,没有尔虞我诈,没有灰尘,没有尾气,没有谄媚,没有虚荣,没有浮躁;有的是舒畅,是牧场,是微笑,是浪花,是飞鸟。所以,清粼粼的湖边,不管揉碎脚步,还是休憩滩头,诗意盎然。每年春夏之交,鸟类远涉重洋来到这里,就为了完成"消夏之旅",都在"天堂"产卵孵化,浪漫地传递鸟类生命的接力。

2

天已变冷的十月,我来了。

就像是一场邀约,满怀向往。冬天,青海湖是幽静的。湖在冰中,冰在湖中。岛上,游人稀少。湖水把寒冷凝固,把思绪沉淀。湖面,偶尔也有水鸟飞翔,还有一群疲惫的马儿慢慢走动。清冷中,我紧裹衣衫,不敢久留。但高原的寒风,在冷色里还是鼓动我欣赏冬韵。不错,这里曾是古战场,我在杜甫《兵车行》中凭吊过;在唐朝与吐蕃的战争与和亲中解析过。如今来到,远去的是战马和狼烟,走近的却是张骞出使西域的马蹄和诗人苍凉的行吟。

金秋,我在青海湖。看尽风景,把玩红尘,倒想在此找寻灵魂的渡口,可寒意袭来,我不由得喟叹杜甫的诗句"万里悲秋常作客"。据说,青海湖湟鱼美味诱人,而更诱人的是鱼的爱情。每年春夏,湟鱼要游到布哈河口去产卵。雌鱼在前,雄鱼在后。到了河口,雌鱼在水上捕食,雄鱼沉到水下拍打碎沙,一个个微微凹下的小窝即是产床,出彩着鱼的爱情。再说,这里的鸟岛,是鸟的天堂,也是人的乐园。奇怪的是,为什么鸟儿与人类同一个天空休养生息时,人类总想着把鸟儿捕捉进笼子?如今,又不甘寂寞了心甘情愿地来这里跟踪鸟儿的足迹。试想,天地之间,爱究竟有多大容器,需要装下诸多酸甜苦辣,才不会改变她的本真?

我的心灵被青海湖攫住了。许多久远的梦想似乎都与故乡的呼吸、生命的悲悯、乡土的迷恋和文化的反思相偎相依。如果说我感念青海湖,是从湖的名字、历史和诗词开始的,那么我背着情感的行囊,不正是为了在湖边寻觅思想的袈裟。尽管流年的倒影,花开花落,但无声而剧烈的震颤更让我浮想联翩。我清楚,花开在春天,明艳的是目光、身子和姿态;叶落在冬天,寒风中的跌落,为伊消得人憔悴。花与叶的故事就是生命的缘分系数。

事实上,青海湖就是断裂和崩溃之湖。我站在风的道口,温故而知新。秋的最深处,放牧生命,那原始的忧伤谁都知道,谁都能懂。曾经的坚持,曾经的远行,孤傲的不是清泪一颗,而是其中深埋的昂扬和不羁:关于人心、人道和生命的解读;关于生命底层、边缘、高处的抉择;关于青春、叛逆和从容的再造。

青海湖,让我们追寻青春的流年。八月,你用眼睛目睹圣洁;十月,我靠脚印丈量深浅。再次出发,忍不住地对视,不都是因为灵魂的波动、喘息、舒展、挥散和激荡?

塔尔寺的低语

佛教传入中国分三条路：一是北传，由古印度北向西域，再由丝绸之路向东，传入中原，发展为汉传大乘佛教；二是南传，东向东南亚，西北传入云南，为小乘佛教；三是传入西藏，即藏传佛教。塔尔寺坐落在青海省湟中县鲁沙尔镇，是中国藏传佛教格鲁派六大寺院之一，其余五寺为西藏的甘丹寺、哲蚌寺、色拉寺、扎什伦布寺和甘肃的拉卜楞寺。寺址原是格鲁派创始人宗喀巴大师的诞生地。

亲临塔尔寺，光阴在诉说。塔尔寺，藏语称"衮本贤巴林"，意为"十万狮子吼佛像的弥勒寺"，是藏传佛教的善规派，又称格鲁派，俗称黄教。我边走边看，那一个个双眼只顾前方道路的喇嘛，那一次次活着仅仅为了勉力为之的顶礼膜拜，既有自己面对自然的亲切，也有沉醉天地之美的虔诚，无法改变，也难以强求，更不能强加，这是宗教的感召。过去，我只知道佛教有"三界"，即无色界、色界、欲界。"六道"即天道、人道、阿修罗道、畜生道、饿鬼道、地狱道。佛教"三个法"，即为诸行无常、诸法无我、涅槃寂静；佛教标志为法轮，意为佛法如兵车之轮可以战胜一切。现在，我真从现实俗务中逃离出来，用文化的视野打量塔尔寺，一来二去，最原始的直觉感知莫过于物我两忘，正如年少时读书的轻狂，虽说读不全，重背诵，但常有一种狂狷生发感慨。此时此刻，我倒想大喊一声，让熙熙攘攘的人流与我一起分享这种罕见的人与自然久已失却的意外浩大，可我无法断定照应我呼唤的能有多少人？事实上，茫茫人海，被生存磨光锐气者有之，被生活磨钝情感者有之，甚至渴望得到解脱俗务心灵者有之,他们不愿叫喊,又是为何?人生天地间,岁月匆匆过。我在想,这都是狭隘的传统礼仪在作怪,要么自娱自乐,要么孤芳自赏,要么敝帚自珍。这里,尚且能够拯救的方法只有一个,这就是把民族文化投放在人类历史长河中去审视,熔铸内容与形式的济世良方,才能给民族文化平添生机和活力。难怪,清朝力推15世纪初宗喀巴创立的格鲁派,即黄教,并以宗喀巴再传弟子达赖喇嘛和班禅额尔德尼分执西藏地区前后藏之政。达赖,意为大海;喇嘛,藏语意为上人,达赖喇嘛可尊译为无所不知的坚强得像大海一样的和尚。班,梵语,精通佛学;禅,藏语,大;额尔德尼,满语,意为珍宝;班禅额尔德尼可以尊译为智勇双全的珍贵的大学者。正如佛教最聪明的和尚惠能所说:"菩提本无树,明镜亦非台;本来无一物,何处惹尘埃。"

漫步塔尔寺,藏香缕缕。我猛然醒悟:宗教的存在,就是人类精神的强力外射。从根本上说,参拜佛塔为执着于修复心灵的人们提供一片驰骋情怀、指点古今的心灵原野;而对于审视文化者来说,不仅揭示一种文化心态,而且张扬生命的原性,好比人类宗教的这方厚土沉淀的都是苦难的智慧。

告别塔尔寺,难舍难忘。一边由民族的宗教延伸到世界的宗教,一边由批判的情怀演绎为体验的姿态,荣幸的是我发现自己未曾陷入这种朝靓之旅。值得玩味的是,文化的修复需要民族与世界的融合,文化的繁茂也需要民族与世界的渗透。这对一个民族来说可以聚集达成,这对一个国家来说可以凝聚浩瀚,但对一个人来说却要接续传承。

来了

德国哲学家席勒说："一旦灵魂开口说话，啊，那么灵魂自己就不再言说！"可我仍想说，去敦煌，是因为莫高窟。莫高窟乃"人类文明的曙光"、世界佛教艺术的宝库。我在行走中攀附洞窟，从一点一滴的搜罗、探问、记录和拍照中寻求皈依，酝酿自由，畅想不已。

莫高窟，我来了。历经千百年风霜，你重重叠叠的洞窟犹如蜂巢嵌在刀削斧劈的断岸上，窟前栈道蜿蜒，楼阁巍峨兀立，非常壮观。如果说石头是印加文化的骨骼，那么石窟就是你尊崇的额头。你南区的492个艺术洞窟，形状各异，有禅窟、殿堂窟、塔庙窟、影窟等。比如，隋唐时石窟，形制是平面方形，覆平顶，后壁一龛。唐代后期至宋元，壁画佛龛又被洞窟中央佛坛所代替，腾出一整块石壁绘制大型壁画。实际上，彩塑和壁画是你文化天坛的主体。你的彩塑多为一佛二菩萨的三身组合，还有阿难、迦叶、十大弟子及罗汉、天王、金刚、力士等。其造型从北魏前期的粗壮逐渐演变为后期的清瘦。隋唐以来，又趋向雍容华丽。而壁画艺术又分为佛像画、故事画、经变画、山水画、动物画、佛教史迹画、神话题材画、装饰图案画等。那菩萨、那金刚、那力士与鲜花、乐曲、飞天和地面上的莲花砖连为一体，把所有洞窟精湛得皆在晃动，构成一幅幅充满宗教氛围的佛国天堂。尽管我是个不懂佛法的俗人，但来到莫高窟还是想深情地走近你，了解你，阅读你，仰视你。听说，佛的掌心向人，面带微笑的手势，意思就是：不要害怕到我的身边来诉说你的痛苦。

莫高窟，你是中国西部遗梦。以沧桑历史与美丽传奇吸引人们。你舞起裙角的流动的景，从千佛洞到飞天，从壁画到雕像，确是一部嵌入民族血脉且融入历史兴亡的巨大文本。站在你眼前，我聆听到的是关于时间，关于历史，关于世界的记忆和诉说。行走你脚下，你于我是文化的，也是象征的。以前，我见到的观音是静静地安详、优雅、美丽在寺庙，可现在的观音就灵动、活力在生活中。正如我第一步迈进你的大门，眼睛睁大，呼吸停止，而这都缘于害怕弄丢见你匆匆的梦。我知道，你无价的文化，大美在线条、技法、颜色和姿态里，绚烂成这个世界每个色彩的极致；你很现代，美在这里，分明就是你朗然的博爱。我猜得出，古往今来，多少艺术家在这条山脊上前行，多少诗人描述绝世的美丽，多少历史学家陈述记忆，多少哲学家解读人类，多少经济学家导引人类商业巨轮。可能这正是人们赞叹你的全部秘密：人类艺术的自由和高贵莫过于耐心的冲突和灵魂的力量。这么想时，我洗耳恭听，发觉我们民族帝国和盛世喧嚣的五线谱，早在往昔的世界脚步中开始骚动，仿佛大雕的羽翼轻微掠过地球的天幕，让人们一瞬间看见真理闪烁的光辉。

莫高窟，你何等了得！你的一切都是建筑、彩塑和壁画融为一体的综合艺术。我欣赏你，寻着图案的气氛和空间，飞天的衣带飘举，音乐的流动，舞蹈的交流，中国山水画的出色表现，动物画里透出的生命原始境界，人物画的多彩，古建筑的微妙，东方彩绘的含蓄，佛教尊像的精美。我走近你，你的看台很炫美。庄子《知北游》云：天地有大美而不言。难怪，你沉默着。老子《道德经》云：大音希声，大象无形。难怪，你残缺着。我明白了，人类逼近艺术，就像逼近生活一般，特别脆弱。回望生活，艺术就是从此出发的。物欲的时代，生活布满雕饰和观念，甚至给过剩生产都涂上了一层外壳。人们软弱的视力触摸到的都是虚饰。只有走到你面前，我才弄懂如何去看生活。生活，就是每个生命的本相，也就是历史真实。看生活，要跳离那些雕饰、过剩的观念，要发现和呈现生活最具生命鲜活的存在。不管作为艺术还是历史,回到真实,就逼近真谛,就读懂生活与历史,就把握住人生与历史。正如刘再复近年来反复强调的一个命题:生命的话语,大于历史与伦理的话语。

莫高窟,你是仰视才有所见的高地,也是让人灵魂栖息和净化的绿洲。走近你身旁,我的心总会合汇于深远的视野,涤荡于驼铃声声。所以,我的思想有了神采,我的灵魂诞生顿悟,我的脚步奔放矫健。应该说,我真正体会到活的生活、思的魅力,简直分不清想象和现实的分界线,所有的一切都使我变得率真至极,甚至人生的秘密与艺术的秘诀如此吻合。就要走了,我回头俯瞰夕阳下的你,历史般地挺立,那种姿态平淡而深远。我更想起徐志摩《翡冷翠的一夜》诗中的两句,印证了别离你的心情:再见了,绚丽的彩霞,绚美的翡冷翠!

季羡林教授曾说:"世界上历史悠久、地域广阔、自成体系、影响深远的文化体系只有四个,中国、印度、希腊、伊斯兰,而这四个文化体系汇流的地方只有一个,这就是中国的敦煌和新疆地区,再没有第二个。"一条丝路连欧亚,千古明月照敦煌。敦煌是丝路重要文化节点,也凝聚不同时期、不同民族的文化精粹。让敦煌文化在自信和包容中更具活力,文化的生命力是韧劲。安徒生说,世界的历史像一个幻灯。它在现代的黑暗背景上,反映出明朗的片子,说明那些造福人类的善人和天才的殉道者在怎样走着荆棘路。这不,你的魔力早已把我变成一个不远万里虔诚地凭吊文化的信徒,朝圣般热忱;你的存量早已把我从时而落下、时而升起的太阳下推上人类灵魂的战车,始终左右我南征北战。仰望与行走折叠中,我终于平静地告慰自己,掌好灵魂的舵,要扬起前行的帆。莫高窟,我不仅仅来到你身旁洗了洗脸,还用手剃光疯长的胡须;我不只发现历史注脚,还捕捉到文化的删繁就简,就是让人看得见,也让人看得懂。"胜人者有力,自胜者强",这是文化自信的底气;"海纳百川,有容乃大",这是文化包容的气度。

六盘山，苍健的身躯

七月，六盘山凉意透骨，湿漉漉的绿给我的脚步注满静穆。从车窗眺望，雄伟的红军长征纪念馆历历在目，庄严的纪念碑傲然屹立。蓝天白云相衬，夏花绿林装点，莺歌燕舞集翔，阳光下的六盘山苍健极了。

西风裹着黄尘吹来时，我们开始登山。遥看，古长城上那一段段残垣，真不知哪里淹的是秦砖？哪里埋的又是汉瓦？坟茔碎化而成的一个个土堆，哪个被唐风吹皱？哪个被宋雨点化？尽管我还能看见秦汉的箭伤、西夏的刀伤、清朝的犁伤、倭寇的枪伤、长征的艰险和共和国建设的艰难，但最让我铭记的还是拾级而上，朗读历史。

山巅上"红军长征纪念馆"庄严矗立。由三部分组成：第一部分是闪闪发光的中国工农红军第一、二、四方面军的三军军旗，上书"长征精神永放光芒"八个大字；第二部分是布局完美、构筑精良、宽敞明亮的"长征纪念馆"，是主体；第三部分是馆顶之上，耸入云霄的镶有毛泽东《清平乐·六盘山》诗词纪念碑。可以说，三大建筑，构思奇特，浑然一体：三面军旗闪耀着中国工农红军攻无不克、战无不胜的军魂；纪念馆珍藏着红军长征的艰苦史、奋斗史、胜利史和辉煌史；纪念碑展示毛泽东的伟人气魄。

当我们围观在纪念碑旁时，当我们面对纪念馆时，最深切的启迪莫过于静默，就像我低头吟诵毛泽东的"不到长城非好汉"的诗句，顿觉历史凝固了。1935年10月，毛泽东率领红一方面军翻越六盘山，踏上了通往陕北革命根据地的最后通道。登上六盘山，他写下《清平乐·六盘山》，见证和记录了中国革命走向转折的历史一刻。

伫立于此,更多时候,我看见的还是比死亡更沉默的魂灵,还有许多雄关漫道的面孔,他们都与我们一样。只因为历史的流转,不朽了曾经的激扬。六盘山,经历过血雨腥风,昂扬过雄风万丈。但最震慑我的还是对生命天宇下赤热灵魂的追思。

六盘山上,我找寻断句残章,风沙挡不住眼睛;我阅读历史年轮,身后留下汉赋,身前吟诵新诗。我心中遥远的梦,从《诗经》泛起,做到秦汉,做到唐宋,做到西夏,做到元明清,做到民国,也做到解放,做到现在。关山的月,西域的风一直持续。山上,天,高不可及;云,遥远而迷茫。我俯视大地,房屋渺小,大路像面条,河流如背带。

据说,六盘山古称"鹿盘山""陇山",北起宁夏海原南华山,南经甘肃华亭至陕西省陇县,是泾河与渭河的分水岭,以"峰高华岳三千丈,险居秦关百二重"而著称。史载,六盘山地势险要,秦始皇在此巡视边防;汉武帝刘彻五经六盘巡视固原;唐太宗李世民、肃宗李亨先后登临并设立六盘关;成吉思汗在六盘山腹地凉殿峡疗养、避暑;忽必烈先后驻扎或避暑,并将皇子封为安西王,驻兵六盘山。但从历史中走来的六盘山未曾因为这么多的帝王将相而出名、而荣耀、而显赫,唯有中国工农红军长征路上的翻越,使其成为英雄山。

登临六盘山。我不是为登山而登山,而是为感受而朗读,并在内心深处牢记一种铭记。对于自然,我心怀敬意;对于历史,我偏爱鉴古知今。昔日辉煌的丝路已成为断句残章。如今,我们有幸走过,就算过客,也会被六盘山上的沧桑、深沉和广博所打动。多少年了,这个古道上发生的一切,都让我们失之交臂。可走在六盘山上,那裸露的黄土和断垣仿佛都是一本打动心灵的书。而这独一无二的大道,这卓绝的关塞,早已超越自然、宗教和哲学的范畴,唤醒我们激情的绝非自然,而是昂扬于万物之上的人文力量。

六盘山是昂首的。仰不愧于天,俯不怍于地,这是六盘山给予我的认知提炼,我爱这样的沉着。不管史前与史后,还是今日与未来。漫长时空,六盘山的石窟、城堡曾在金戈铁马中搅碎了;河流、青山,都在铁骑重甲下被踏破了。但她的独领风骚就是用残缺掩埋荒凉。

歌吟·布施·开启

1

喧嚣不见,幽谷就到了。

晨雾中,我们穿过平凉城,沿泾河溯流而上。陡然间,又踏进一条沟道。山路,把我们置于恍惚之中,苍松、岩石、古藤、枯枝,缠缠绕绕。一会儿,从绝壁上伸出枝蔓;一会儿,回转间横断去路。山林,不知名的鸟儿不时婉啼;草丛,几只松鼠、小兔游来荡去。抬头一线处,我深感游历崆峒山,寻找的不是华美,而是从容。

踏进山门,如沐清风。峻险的山峰,庙宇遍布,松柏泛绿。景区小车沿山道爬行,片刻到达山顶停车场。车场西端,一座坐西向东的大理石石碑上书"崆峒山"。朋友说,拐过几道弯即到"上天梯"下。"天梯"陡峭,石阶险要,越过三重天门,就登上了道教的主要活动场所"皇城"。每爬一段台阶,不仅有一处休息平台,而且有神像雕塑,藏在洞府,供游客燃香许愿。

信步游走,举目环顾。天梯石崖峭壁上刻有"黄帝问道"四个大字,云层之间,淡淡印痕把人之感慨和想象都风一样缭绕、缠绵和感染进云雾中。《神仙传》载,黄帝曾问道古时一位神仙——广成子,请教修炼道术要诀。广成子告诉:修道之最高境界就是心中一片空漠,凝神静修。黄帝为答谢广成子,命乐队演奏了一曲《钧天》之乐。广成子被黄帝的平易近人和不耻下问所感动,取出《阴阳经》两卷赠予黄帝。而我最早知道广成子来自《封神演义》,他是元始天尊的徒弟,地位不如老子、元始和通天教主。从"朝天门"到

"黄帝问道处"的石碑前往上登,我们抓着铁链,遥看"上天梯",确有超凡入圣的造化,而矗立"天梯",仰望苍天,石崖夹道,高入云天。绕过蜡烛峰,经过中台,便朝绝顶"皇城"攀登。

2

崆峒山是典型的丹霞地貌。山中蕴涵玄妙与缥缈、美好与温馨。峰峦雄峙,危崖耸立;林海浩瀚,烟笼雾锁;道观和寺庙夹杂而处,阡陌相通。东、西、南、北、中五个形似莲花的台,四面展开,中台是山的中心。

我极目远眺,东瞰西安,西望兰州,南眺宝鸡,北思银川,乃西出关中要塞。崆峒山山门上写着"峻极于天"。山风刮过,我在黄帝问道处,一边静静坐下,一边深情览读。木鱼声声,鸟儿脆鸣,松涛阵阵,那一望无际的绿海,那满山遍野的绿极秀,拔地而起的山极绝,刀削壁立的崖极险,山连着山,庙连着庙,让我久久不能忘怀。应该说,我对山的记忆,最初来自武侠小说的少林、武当、峨眉、青城、崆峒等五大武术流派。

我知道,道家强调心境解放,深谙进退之道,理解出入智慧。但"道家"与"道教"不同。道家认为一切事物发展变化是对立统一的。道教是中国本土宗教,分"五斗米道"和"太平道"两大派别,后来又形成"全真"和"正一"两大宗派。道家是道教的思想来源,道教奉道家代表人为教主、真人。游历崆峒山,我们不求仙问道,只想打捞一份尽责于国、无愧于家、无怨于友、再造生命的心清月朗。

我清楚,作为道教发源地或道教第一名山的崆峒山源于《庄子》中黄帝在此问道。"空空洞洞"是说崆峒山共有8台9宫12院42座建筑群72处石府洞天,洞中有洞,空里见空,正合了道家的清静无为,修身养性。毛泽东《清平乐·六盘山》正是在崆峒山写成,不仅望断南飞雁,而且眺望八百里秦川。几个月后,他又创作出气壮山河的《沁园春·雪》。

3

游历崆峒山，我未来得及翻阅山的历史，也无法探究山上佛与道的融洽。山上，梵音袅袅，钟磬流响，我恍然悟出道与佛和谐相处的秘密：渡人济世是崆峒山安抚生民的疑问与慰藉。

崆峒山，属中生代之侏罗纪砾岩，以峭拔特立、千峰竞秀、万壑藏幽、奇花异草，以及珍禽异兽出没而闻名遐迩。20世纪70年代，人们在泾河谷口建起一座拦河大坝，滔滔径流游龙一般潜入碧绿深渊，高峡出现明镜般的平湖。佛教与道教更为崆峒山涂上庄严、神秘和灵异。

我不由得想起陶渊明的"少无适俗韵，性本爱丘山"。他丢了官印，写下《归去来辞》，离开尘俗世界，最终投入大自然的怀抱，爱酒，爱自由，爱闲逸。也想起"竹林七贤"，阮籍、阮咸、刘伶、山涛的放浪形骸与"和光同尘"，向秀的恬淡沉默，嵇康的高洁出尘，王戎的"拔一毛利天下而不为"，但山风吹来，我还是耸起脊梁。

匆匆出山，我心释然。不用说，风拂去尘埃，泉水洗濯憔悴，禽鸣唤醒沉睡，我的骨骼一次次拔响。我放轻脚步，生怕惊飞小鸟。因为人间最美的色彩莫过自然，人生命中最恒久的奉献唯有爱。

游山归来，虽是行者，我有了禅心，与崆峒山一呼百应。上山吃力，下山轻快。难忘从容，惦念开启。崆峒山的内涵与历史，都写进我的文字里，开了是画，叠了是卷。

麦积山的骄阳

五月,我游历麦积山。虽说天气不很晴朗,但时时恬静,处处清新。麦积山,山如"麦垛",也像蜂巢,孤峰崛起。而且石窟大都凿在绝壁,洞窟"密如蜂房",栈道"凌空穿云"。"麦积烟雨"的胜景神奇在于站在山头往下眺望,微雨茫茫,遍野苍翠,薄云轻雾缓缓地拂过山顶。云雾过后,石窟若隐若现,烟雨朦胧。遗憾的是,当天,我们临近山体,突然一轮骄阳喷薄而出。瞬间,把天造地设的"麦积烟雨"放逐而去,我们唯有在骄阳下参悟久违的麦积山。

走近麦积山。先不说高傲兀立,浑圆如柱,峰顶锥状;单说骄阳沐浴,祥云妖娆,足以让我高山仰止。骄阳下的麦积山,峰头光显山崖,阴阳凸凹,山体略倾,微有险势。凝视山峰,三尊大佛矗立,静观世界,洞悉人间,见证世相,挥洒神性,让人衍生"朝圣之旅"。

来到山前。顿觉,山为人设禅,人为山徒步。春花盛开,驻足仰望,我不由得生发"百里见秋毫"的喟叹。一抬眼,洞窟之间凭依悬崖上的栈道相连,犹如游龙穿梭,悬臂天梯从天而降。峭壁间,镌石成佛。一抬头,东崖三尊佛像,一佛二菩萨,石胎泥塑,崖面悬立。一翘首,崖面如刀劈,岩壁间佛龛密布,194个洞窟累叠山崖之间。身临其境,行在佛下,佛下静观,如坠仙境。

上了山。踏道而行,站在栈桥,只闻人声,难见人影。沿着石阶,亦步亦趋。紧抓扶手,脚采石级,就像在学做三级跳远:忽而宋、元;忽而明、清,历史烟雨中淋漓出7200尊的拈花微笑……那一座座洞穴,那一尊尊泥塑,那一团团壁画,成就了麦积山,也勾勒出绵延不绝的历史图谱。这里,石窟是主要景点,以泥塑为主,分壁塑、高浮塑、圆塑、影塑,7000余尊泥塑雕像最有名,号称"东方雕塑馆"。无论北朝的"秀骨清像",还是隋唐的"丰满圆润",佛之眼、之鼻、之嘴、之颌,造型精准优美;佛之容、之身、之神、之态,慈悲有致。尤其,当我目光定格在第133号石窟的小沙弥时,她鼻梁笔挺,嘴唇绵软,嘴角微翘,喜悦荡在脸上,粉嫩腮帮质感而弹性,微笑温柔典雅,堪称"东方的微笑",比西方"蒙拉丽莎"的微笑更为迷人。

下山了。我突然记起,宋代禅宗大师青原行思说,看景有三种境界,初始者看山是山,看水是水;入境者看山不是山,看水不是水;禅悟者看山仍然是山,看水仍然是水。其实,世上的山,有以自然为胜的,有以人文见长的,也有集二者于一身的,麦积山便是集二者于一身。由此,我想起诗人杜甫眼中的麦积山,既是山,又不是山,而是一个文化命题(生命之魂、文化之魂、艺术之魂)。而这种深思、这种悠远,从余秋雨《文化苦旅》中的意味与乐趣来看,就是生命的激励。

登山巅,见佛心;入尘世,乾坤大。我眷恋高高的麦垛,也敬畏千年静寂,尽心就是完美。我微笑向暖,逆袭而行,践诺自己与山脉的灵动约会。不管骄阳下的览胜,还是"东方的微笑"中的一念,皆为我以最纯的心在想,以最真的脚步去相见。可能,这正是大山赐予我行走的拐杖与袈裟。人再执着,都赢不过岁月;生如逆旅,一苇以航,放下一点,会轻快许多。

情溢关塞

玉门关是关隘,也是驿站。它耸立沙石岗上,呈方形,四周完好,为黄胶土夯筑,开西北两门;城墙上有女墙,下有马道,人马可以直达顶部,既为历史守望,也为岁月佐证。

关塞绝域是有历史延续。玉门关绝非幸运的福祉,又称小方盘城。其实,这里驼铃悠悠,人喊马嘶,商队络绎,使者往来,始于西汉张骞出使西域。王莽篡位,丝路中断,此关封闭。两晋南北朝,战争频繁,丝路衰颓。隋唐之际,玉门关迁至今安西县双塔堡附近。从此,关口淹没,长城坍塌,路无人迹,这里沦为废墟。1907年,英籍匈牙利人斯坦因在关城北面废墟中挖掘出诸多汉简,才判定小方盘城即为玉门关。

走进玉门关。昔日,羌笛声声、金戈铁马、漫漫征战。如今,魂系故园,岁月如川,对接古今,既是行走轴线,也是凭吊见证。值得感叹的是,唐诗千百年来始终以文化的名义占据国人精神的制高点,把太远思念、太近抱怨拉近了,又推远了,使我们在无所适从、无法诉说、无从谈起中执经叩问。其中边塞诗又独有苍茫与豪迈,秦时明月、汉时关隘,阳关折柳、轮台送君、塞外羌笛融入诗人笔端最多的非玉门关莫属。可以说,在一定意义上玉门关不是一座城、一所关隘,而是国人边塞情怀中绵延的文化符号和文化丰碑。

一座玉门关,半部河西史。史载,玉门关始置于汉武帝时期,因西域输入玉石时取道于此而得名,与阳关都是当时重要的屯兵之地,也是重要的商旅往来要道。出关,走向世界;入关,放飞掌声。历史老去,涂写苍茫。有人说,对远征将士而言,玉门,不仅是地理意义上的关隘,更是心灵故乡。玉门关外,战争从未停歇,古来征战几人回?回望玉门,远征将士仿佛看到自己的家乡,因此东汉驻守西域十三年的都护班超在垂暮之年曾上书皇帝:"不敢望到酒泉郡,但愿生入玉门关。"玉门关的历史是用血肉写成的,这里唯一的主题就是战争。因而,玉门关的明月最为孤寒,不是因为地处塞上,而是因为那一页页刀光剑影和那一行行血泪情仇下都深埋着征战艰苦、戍边孤独、思乡惆怅和满腹经纶。

玉门关是绝版的关塞。登上关塞,举目远眺,我们终于饱读生命的另一种壮观:残缺成就完美,人类最好的老师莫过于自然。

卷二

熨烫灵魂

鸣沙山很有吸引力,足以唤醒我心中的诸多豪情,诸多柔美,诸多眷恋。如今,每当想起,我仍会因为念想而恍如仙境。

那一天,当我骑上骆驼跋涉鸣沙山时,第一次感觉内心深处有一种希求在不停涌动。我难以控制内心的激动,半世愁缘,回归沙漠,竟不能自已。举目远望,天空高妙,大地安详,即到的黄昏沉厚而雄壮。晚秋,真把大地撕扯为一方诗意空间。美的鸣沙山,沙垄相衔,峰如刀刃,远看,宛如虬龙蜿蜒,波涛涌来荡去。我知道,这正是我渴望的温馨与热烈。所以,穿行于此,不管是绝对平静,还是过分激动,眼前的与脚下的都在一次次鼓荡我丰沛的想象力。起初,我骑上骆驼,像踏进大美世界。随之,行进山腰,回望前行旅人,我倍觉安详而优雅。远了,近了,当一个个小队人流凸现于眼前时,彼此的问候和祝福,竟让生命连连出彩。登上山顶。我站在山上,简直分不清想象与现实的分界线,也不知如何守候历史与记忆的入口。逗留中,我内心的静默已被光焰的景色过滤得透亮至极,唯一能摆渡的就是纵情幻想,让自己的审美加速度以尖锐而亢奋的方式放纵本能、直觉、热忱、激情、认知和意志。当时,我真切地感受到阅读自己十分脆弱。近的风光,超脱了感官;远的人事,隔离了记忆;城市遁去,与我无法联系。我不知这是心灵微妙的得到,还是无奈的流放,竟童真地怀疑起自己。

鸣沙山,我流放往事的堤坝。时光如河,往事如沙。鸣沙山的沙有红、黄、绿、白、黑五色,晶莹闪光,不沾一尘。若遇摩擦振动,便嘤嘤发声,轻若丝竹，重若雷鸣。人若从山顶下滑，脚下沙子呜呜作响，定能改变人的心意。遗憾的是，我倚着骆峰上山，随着驼铃下山，一路上，看到的，凭吊到的，触摸到的，包括心灵与天地的对话，全都渗透进生命和血液中，提升爱与梦想的人生高度。

穿越鸣沙山。太多的偶然和邂逅，不仅茁壮我生命情怀，而且蓄力勃发我人文秉性。这就够了，不够的，只有望月怀远。

卷二

另一种炫目

我离开雅丹时，静默中关上相机，魔鬼城就这样把她的举世罕见贮存进我的记忆中。车窗外，那片大地与天空似乎仍在进行它们固有的对话。或许，人世间的这种惊叹对人而言仅仅只有两种魅力——回味和刺激。唯有记忆中的流沙还在我的耳畔不停地叫喊串串箴言：自然永远是雕刻人间大美的笃行者。

"雅丹"，即维吾尔语中"陡峻的土丘"之意。地质资料分明是大自然的脚步。

雅丹正是大自然在时光长河中为人类再造的一处地貌群落。在地质学上，雅丹地貌专指经长期风蚀，由一系列平行的垄脊和沟槽构成的景观。在中国被称为"魔鬼城"的雅丹地貌有三处：一处是乌禾尔"魔鬼城"，位于准噶尔盆地西北边缘佳木河下游乌尔禾矿区。一处是诺敏风城"魔鬼城"，位于将军戈壁西北边缘卡拉麦里山地诺敏地带。第三处就是敦煌雅丹"魔鬼城"。敦煌魔鬼城属古罗布泊一部分。

雅丹美若梦境。过去，戈壁浩渺，道路艰险，很少有人涉足。现在，置身这座规模宏大的"古城"之中，确有震撼人心的力量，天是那么的高，地是那么的阔，人又那么的渺小。听说，在"魔鬼城"的不同时间和不同天气条件下，能感受到不同姿容。正午时分，"大漠孤烟"；夕阳西下，如血残阳。寥廓天宇下，那一堵堵风化土丘的静穆，有喟叹，有苍凉，有落寞，有无言，就像大自然的一盘残局，没有人看得懂起始和结局。

风从雅丹吹过。天地之间，无论是人还是物，命运大都殊途同归。我们获得的不仅仅是震撼，还有感恩和温暖。看不见飞沙走石，也听不到狮吼狼鸣，更没有魔鬼出入，一切仿佛都是传说。那嶙峋、怪诞的风蚀残丘扑面而来，风力有多大，岁月的沧桑就有多深。穿行在大自然神秘幽深的历史巷道，雅丹在徐徐展开的生命图册中让我们深切感悟人类生命被侵蚀的心路历程。

步入雅丹，宛如走进中世纪古城堡。再没有什么比那种规模那种形态更惟妙惟肖地再现自然的深度，其高度，其整体，其形象可谓中世纪的一座古城。这里有城墙、街道、大楼、广场、教堂、雕塑，也有世界上许多著名建筑的缩影，诸如北京的天坛、西藏的布达拉宫、埃及的金字塔、狮身人面像、草原上的蒙古包、阿拉伯的清真寺等。更有威武的将军、大漠雄师、孔雀开屏、丝路驼队、舰队远航、群鱼出海、中流砥柱——它们一边为我们诉说埋在地下的惊叹，一边为我们展现留在地面的无限。可以说，那崭新的美就是自然的雕刻。

我在想，这些都是人类永远分享不完的炫美。只有真正站在这里，才能体验自然与时光的奇妙无比。那广阔的孤独和崇高，赋予这片天宇难忘的容颜。那短暂的逗留留给我无与伦比的回眸与追问。它投进我眸子中的缕缕闪光，是告慰珍爱历史的人们读懂时光的庄严与肃穆。我明白，如果让人类再次走进这片沙漠中生活，那么这些灼人的假若几乎就是道别。物欲的时代，我们诚然可以在城市森林中寻求诸多人性庇护，但我们站在如此高的天际，如此阔的地域，更应让大自然再次警示人类生态建设中必须存养根系。

不是吗？"藏在深闺人未识，一朝出阁天下闻"。八月，我们与"魔鬼"共舞。雅丹地貌，天下奇观。孰为天神，孰为地鬼？孰为祈祷，孰为咒符？雅丹，致敬大自然的鬼斧神工！

稀世的羞涩

月牙泉,你把我带进往昔的梦里。

因为你,我在鸣沙山下车,穿上橙黄色的防沙靴子,站在沙丘上,那样静静地凝望,你的容颜酷似一弯新月,可对我来说就是一柱凝眉。我独自背着人流,深情地揣摩,你清澈的眼眸,你灿烂的笑容。月牙泉,此刻,我童稚的心里,为你迟迟的不可言语而焦急,幽怨之情,难以形容。我知道,那个干旱的年头,你为了给敦煌的父老乡亲解除疾苦,一个人跑到广寒宫向嫦娥去借月亮,而适逢初五月儿未圆,你只好把一轮弯月放进这泓泉里,这便长成现在这般模样。我记不清,泉水怎样澄澈,但我忘不了每遇烈风,沙流山动,水静泉流,微波沙荡,不腐不涸,你动人莫测得了得。

因为你,我豪情万丈地躺在鸣沙山的怀里,一会儿仰看流云,一会儿抱卧沙漠,一会儿凝视那束羞涩。我早已辨不清你的双眸,你的微笑,还有落日的余晖抛洒在我身上的灿烂与辉煌。我在想,从来未曾饱尝过这样丰满羞涩的脸庞。起初,我远远地望着,茫茫戈壁,我生怕你混淆我这只孤零零的秃鹰。后来,我近近地看着,绕行于仙境般的脚下,恍惚之中又泛起丝丝记忆和联想。最终,还是被薄暮时分的秋阳驱赶着,独自爬上山的半腰。不过,我在山上眺望你,你的凝眉深得我不敢对视,或许是揪心的缠绵,或许是洗心的历练,或许是柔情的不羁。如果不是沙漠的烈焰曝晒,那么我真不知如何挥洒那份孤寂与惆怅。

因为你,我很长时间爬行在沙土上回望,你的眼神逼真至极,任凭热情的沙漠逼得我心海的巨浪和心头的飓风,千百次地激荡、沸腾。我知道,人间多少晨夕的轮回中,我从未遭遇如此的景观,沙丘的妍美,你的耀眼,我的留恋,温煦和恬淡得像是金秋的岸边。月牙泉,我真的醉了。从你默然中走进我的视野,一次次心灵的碾磨,就像漫天飘飞的流沙,缥缈不已。正如我揽你入怀的一刹那,已裸露成一个只会吮吸爱的逸乐的娇儿。我最终懂了,爱就是一种生命的成全。爱,只有在爱中才能被真诚地接受。

月牙泉,你是稀世的!但我还是那样挚爱你的羞涩。

柳湖

陇东平凉,有柳有湖。柳湖,清纯而透亮。

傍晚的柳湖,诗意绵绵。说柳、谈柳、念柳和玩柳,勾起的不仅是年少的轻狂,求学的艰辛,而且是岁月的风雨兼程。但望柳、看柳,秋风无法赶走我对柳的文化记忆。柳,本与"留"谐音。中国人古代送别时赠柳以表留恋和祝福。佛教与中国古典小说中观世音菩萨,一手托净水瓶,一手拿着杨柳枝为人间播洒甘露、祛病消灾。古人刷牙,最早使用的就是柳枝。难怪,平凉人"端午"游历柳湖。

柳湖,美在静。我站在柳树下,静的水里虽然容纳的是倒影,但探寻柳湖的记忆非常强烈。以至于更想追问范仲淹在岳阳楼上抒发"先天下之忧而忧,后天下之乐而乐"的情怀时,是否晓得古中国西部一个穷山深处也在修建园林?欣喜的是,晚清名将左宗棠后来种柳,物借人名,而出名处就是眼下的柳湖。柳湖,湖光柳色,亭台楼阁,依势而建,交相辉映。园门上的"柳湖"二字有联,右曰:"柳边人歇",左曰:"湖上春来"。入园,"柳湖书院"的悬额系左宗棠所题。湖前伫立,未觉萧瑟与荒凉。盯看湖面,鱼儿戏水,斜阳落下,景在人前,人在景中。亭上凝望,"柳湖"在平凉北城下,旧为"柳湖书院"。

柳湖,美在柳。我从台阶上向下望,处处绿堆,绿堆涌动,堆谷处深绿,堆巅处浅绿。柳像被洗过,绿得醉人。湖的四周被九里香围成,湖水击打河岸,候鸟吟唱,清风吹来,柳丝悠悠。踏行湖畔,我左耳被笛声所唤,右耳被湖水所鼓荡。依水临池,我看见的只是自己的倒影。尽管我未曾撑篙寻梦,但我懂得多情总是柳,无情还是人。垂柳湖畔,柳湖岸边,如此玩味,幸哉乐哉!

柳湖,美在泉。那"独以暖称"的"暖泉",已被重修,活水奔流,围以铁栏。"暖泉"在暖泉亭中,名为亭子,实际上是一间紧靠南山城墙的瓦房,前有门窗,内有一池,池边立左宗棠题写大篆体"暖泉"石碑,碑下刻有"平凉高寒,水泉甚冽,此独以暖称,验之隆冬不冰也"的铭文,水流从山根冒出,淌进池子,还散发热气,有点柳宗元《小石潭记》的味道。

柳湖,美在可人。站在柳湖畔,我深切呼吸,总算赶走了都市的东张西望。因为入园时,我清楚自己并非为凝望翠柳而陶醉,并非为观望楼阁而朗然,而是想置身于此,伴随水声流转,由今入古,行游"柳湖书院"。静观湖水,静听水流;凝视碧水,寻问涟漪。

柳湖,错落有致。柳与湖,天造地设,珠联璧合。我来时,秋色未曾把湖水驱赶,秋夜未让湖水凉透;我走时,仍想回望"左公柳"。虽说历史已被化为破碎的残片,但将军的民族大义、爱国情怀及人文理念,在"抬棺西征"的大道上彰显的皆为民族气节,那湖湘弟子遍栽的"道柳(杨树、柳树和沙枣树)",更是善德。

走过柳湖。我看见修缮的书院,没有书声,变成了场所。庆幸的是,这方楼阁能赐予我上学舍,藏书楼,素衣清颜,笺香墨痕的无限想象。我久久伫立,倍感柳湖赶走些许尴尬和沉寂,升腾了不羁和豪情。

柳湖是最柔曼的原野。西行路上,我终于学会咀嚼和遥望,铭记下荒凉和缘愁。无论诗人如何吟诵,"一出嘉峪关,两眼泪不干""劝君更尽一杯酒,西出阳关无故人""关山万里远征人,一望关山泪满巾",而我更想说戈壁、大漠,连同长城、废墟、坟茔和碑文,皆为我抱拥历史、仗剑而行的拐杖。

卷二

梦回东西

　　这个世界，路有千万条。包括陆路、水路、空路、石路、砖路、盐路、冰路、雪路、混凝土路、柏油路……却没有那一条路像2000多年前从中国西汉首都长安，用丝绸缎织成铺成的绵延7000余公里直抵罗马帝国的"丝绸之路"，让人留恋。

　　丝绸之路，世界上最古老、历史上最重要的世界贸易路线之一。从公元前2世纪到16世纪，张骞出使、玄奘西游、马可·波罗东来、郑和七下西洋……这一历史文化通道拓展出的是世界政治、经济、民族融合的隆盛之貌和欢愉之情，也给人留下异国情调：骆驼商队、肆虐沙漠，还有成吉思汗和马可·波罗等传奇人物。同时，有数条支线，分别沿塔克拉玛干沙漠外缘，穿越不同绿洲，而所有路线都始于中国长安：北线经吐鲁番、库车，最后到喀什格尔；南线沿塔克拉玛干下缘前行，到达同一终点；其他支线历代通行，皆通往撒玛尔罕、塔什干、印度及里海等。

　　事实上，"丝绸之路"始于公元前2世纪张骞出使西域，以后逐步开拓，形成从洛阳或西安出发，经陇西，过兰州，穿越塔里木盆地，途经中亚或印度，或伊朗、叙利亚，直至地中海东岸的一条连接欧亚大陆的国际交通要道，把古中国文化、印度文化、波斯文化、阿拉伯文化和古希腊文化、古罗马文化相互连接。不仅贩运丝绸，而且贩运瓷器，贩卖金银珠宝，只是不叫金银之路，不叫珠宝之路、瓷器之路，也始终没有一个概括性名称。直至1877年，德国地理学家李希霍芬在名著《中国》里首次提出"丝绸之路"一名，且经典定义：

"从公元前114年到公元127年间,连接中国与河中(中亚阿姆河与锡尔河之间)以及中国与印度,以丝绸之路贸易为媒介的西域交通路线。"因此,"丝绸之路"是一个历史衍变的词汇,最早出现于中国周朝和秦汉,表达的是外国人崇拜丝绸的心境,也由外国人把"丝绸之路"叫到全世界。不是中国专有名词,而是世界通用名词。

"丝绸之路"与丝路文化,永久天地。它逶迤陕、甘、宁、青、新五个省区,除去"秦直道",就是中国古代第二条"高速公路",不由一系列点或由一条两条甚至十条线组成,而是完全作为一个景观带贯穿中国干旱地带,独一无二。同时,它把中国文化与印度、罗马及波斯文化联系起来,也把中国丝绸、火药、造纸及印刷术传至西方,更把佛教、景教及伊斯兰教等引入中国。这是一条经济之路,也是一条文化之路和精神之路。我们追溯"丝绸之路"历史图景,梳理丝路文化脉络,理清"新丝路"的强劲复苏和高调预期,都得从其地缘观、历史观、资源观和责任观入手,要从中华文明、印度文明、伊斯兰文明,还有希腊文明全方位、长时间的交流出发来审读。作为文化通道,它沟通世界几大文明,也是人类文明史上的重要动脉。而对中国来说,一方面输出文化,输出工艺产品;另一方面也吸收进其他文明,包括精神价值和生活方式。

影像"丝绸之路",新时代的大国命题。历史值得学习,记忆更需传承。丝绸,既是古代生产的一种纺织品,也是中国文化一种旗帜性东西和象征性东西。尤其,丝路文化,有说不尽的故事,说不尽的人物,说不尽的场景,而奋斗和创新,就是丝路精神。现在,"新丝绸之路"已东起中国连云港,沿古"丝绸之路"向西,西至荷兰鹿特丹,横贯欧亚大陆,构成一条历经亚欧直至大西洋的另一条陆上通道,被称之为"新亚欧大陆"。

致力丝路,梦回东西。"丝绸之路"像一条缀珠联璧、光彩斑斓的彩带给东西方经济和文化增添无上光辉。伴随中国和平崛起,它正与现代化西方进行前所未有的经济文化交流,并逐渐成为全世界关注的焦点之一。这就是人类进入大航海时代之后,古"丝绸之路"重新焕发的青春。它是中国人实现无数梦想中最长远、最完全、最大气、最现实的一条路,也是古代的生命线,更是今天的大课堂。

梦回东西,集结文明。承天时,应商机,占地利、审时势,得人和。"丝绸之路"的商机,通达江河湖海,财源纵横南北东西,贯通东西方人流物流的大动脉。"丝绸之路"彩带,不仅被人们凭吊和追念,而且给人类投掷一种感召相互交流、永不封闭的精神图腾。它有过辉煌,不用战争,提升文明;它重启辉煌,基于时间和空间,需要研究,发挥优势。

横渠书院,遗风浩荡

张载祠,也称张子祠,在陕西省眉县横渠书院,前身是崇寿院,被誉为关中"十八景"之一。它是中国北宋著名思想家、哲学家、教育家、关学领袖张载讲学之地,也是北方书院的典型代表,"关学"诞生于此。史载,元、明、清至民国时期,共修葺14次。

那年春节,我前去拜谒。入大殿,两侧悬挂他的自勉联:"早起鸟啼先,夜眠人静后。"祠里建有山门、大殿、两个陈列室和讲学堂等,其中保存明嘉靖年间进士吕泾野题写的"三秦之光",状元康海题写的"关西一人",康熙书写的"学达天性"及乾隆年间状元、韩城人王杰所题两副楹联,于右任题写的"母校千秋"等牌匾和楹联,室内还绘制一幅张载事迹彩画,还有900余年历史的手植柏。

走近张载。年少时,他在此读书,晚年隐居,兴馆设教。去世了,人们将崇寿院改为横渠书院。又因他在横渠镇讲学而被称为"横渠先生",也有人把讲学处叫"二铭学舍"。他一生,虽不能用杜甫"艰难苦恨繁霜鬓"的诗句形容,却也常处于密飨不继的窘境。但他做事认真,政令严明,以"敦本善俗"为先,推行德政,重视道德,提倡尊老爱幼。同时,听从范仲淹劝告,攻读《中庸》,学海无涯,在佛家和道家学说中寻找皈依,著作甚丰。曾在西安关中书院、眉县横渠书院、武功绿野书院等讲学。他是中国北宋时期重要哲学家、思想家、教育家,宋代"四大学派"之一——关学创始人,宋明理学奠基人之一,并在中国哲学史上首次建立比较完整的"气元论"哲学体系,开辟朴素唯物主义哲学的新阶段。

横渠书院遗风浩荡。张载所处时代群星璀璨,其恩师范仲淹、同科进士苏轼和苏辙、其表侄程颐和程颢、政坛同盟司马光和持不同政见者王安石,还有当时他考中进士的主考官欧阳修等,都是历史上的贤者。张载是"关学"学派创始人。比其稍晚的是程颢、程颐兄弟创立的洛学,再是理学集大成者朱熹。"关学"与"洛学"都是理学学派之一,也是朱熹思想先驱。他之所以被称为"一代宗师",是因为其思想常与名流高士相互碰撞相互激励相互完善,从而高瞻远瞩,独树一帜。更不用说,中国正统儒家思想集中讲人伦,也就是君臣父子的道理,而张载却始终想找出伦理道德的根,这就是人与天的关系。而且他期望把这种道德体系整个地建立在自尊上。他强调,人类是天之子,既要自尊、自爱,还要敬天、孝天。

"横渠四句"是横渠书院的呐喊。"为天地立心,为生民立命,为往圣继绝学,为万世开太平"是书院的校训。900多年前,张载发出洪钟一般的这声呐喊,不仅被后人视为其儒者襟怀,开显儒者的器识与宏愿,而且是人类教育的最高向往,也是顶级的思想境界。尤其,这种经世致用的实际精神,振衰起颓的文化责任,乐观清正的社会理想等,都尽在其中。毛泽东同志推崇备至,并将其著作《张子全书》摆放案头。

"关学"是"横渠书院"的春天。它研究儒、道、佛,崇奉"以《易》为宗,以《中庸》为体,以《礼》为用,以孔孟为法",从北宋至清末,誉播华夏。而且著作曾被明清作为科举考试必读之书。特别强调"通经致用"和"躬行礼教",重视《礼》,研究法律、兵法、天文、医学等,属宋明理学中"气本论"的哲学学派。其学风特点是"学贵有用",株守儒学,躬行礼教,反对空谈。中国现代哲学家冯友兰说,毛泽东思想来源主要有两个,一是马列主义,二是中国传统哲学思想,前者是指马克思和列宁,后者是指王夫之和张载。近年来,法、德、日、韩、美国等不少专家学者,前来谒拜,访真求学。2011年,宝鸡文理学院在原来18个系部基础上,筹建宝鸡文理学院横渠书院。

值得嗟叹!中国书院被废至今百余年了。百年之中,书院仍是国人心中永远抹之不去的珍贵记忆。中国文化教育,自古以来,一直沿袭着两个渠道,即"官学"和"私学",而古代书院就属"私学"。庆幸的是,我们对书院之废的反思,也是对现代教育弊端的深切思考。当今,现代意识观照下的现代格局书院又悄然兴起。比如,梁漱溟、冯友兰等联手创办的中国文化书院,贵州贵山书院(阳明书院),陕西白鹿书院,等等。这让我想起胡适的感慨:"书院之废,实在是吾中国一大不幸事。一千年来学者自动的研究精神,将不复现于今日。"

横渠书院是文化记忆,也是文化向往和精神引领。如果说书院变为学堂,开启的是中国教育从古代走向现代整体转型的大门,那么追溯书院始于唐、盛于宋、止于清末的前世今生,带给我们的最大启示是,它承载古中国特有的一种教育组织和学术研究机构,真正实现学术文化由经验、制度、民俗层次上升为理论哲学的转变。追念张载,我们不仅为了治学安邦,更为了发扬光大其光辉思想。因为他是被长期忽略的中国大儒。如今,新文化、新思想的冲击使人们几乎淡忘文化之本,有些人对非物质文化遗产概念极其模糊。尽管这个时代的泛娱乐化、外来文化已经支撑起文化产业的一片天空,但我们持续寻找、探索和开发传统文化遗产的优秀资本,更是为了培植中国文化融合发展的新根系。

卷　　三

珠海的冬天

从海口来到珠海。冬日,我未曾发觉冬的意蕴。冬在这里,不很料峭,只是风大一些。白天,阳光照在湖面,走在这里,人就像一只只游鱼,姿态各异。

珠海,真诚而从容。三面环水,背靠大陆,阳光饱满,雨量充足,四季流香。楼房比山都要高,山尖伴着高楼。当海风裹着鱼虾腥味,吹动我的衣襟时,烟波浩渺的海面,水墨一般,拙朴而清新,还伴有浓浓的亲和与纯厚。站在城市中央,看车水马龙,观五彩缤纷,黑色的夜真让人心动。

珠海,美在暖心。香炉湾的"珠海渔女"石雕是珠海的象征,崛起是因为深圳、香港和澳门。这里,曾是一个小渔村,80%都是外来人口。树木繁茂,绿草如茵,建筑特别。圆明新园融古典皇家建筑群、江南古典园林建筑群和西洋建筑群为一体。环岛游玩,就像坐着轮船与海风交谈。听说,珠海有个斗门区,斗门区有斗门县,斗门县除有个斗门镇,还有西安镇。真与西安长安区,区里斗门镇一脉相承。史载,公元前214年,秦始皇与丞相李斯重农抑商,开疆拓土,派一批以"逋亡"(即逃亡者)、"赘婿"(即家庭奴仆)、"贾"(即店主也是商人)混编而成的远征军,征服和占领南方。公元前213年,又将一些"治狱吏不直者"放逐到百越之地,这些背井离乡之人,就是秦人。后来,因各种原因在历朝历代南来的也就多了。但南来难忘故乡,子子孙孙都惦记老家,取地名时也就挪用故乡的名字。

珠海,美在浪漫。这里没有季节之分,平和中让人品读珍爱。我在珠海认识了木棉花,红色的花朵,锦团簇簇,耀眼而炫红。据说,她还有个美丽名字——"英雄花"。拱北的大街小巷,她的身影时时可见。即使静坐街头长椅,那一路蔓延的红也让人领略燃烧。或许,这就是珠海赐予我的感念。但我还是牵念"情侣路",珠海因"情侣路"而自由,"情侣路"因珠海而浪漫。那25公里的海岸线,依岸傍海,随岸就势。石板清洁,树影婆娑。海蓝蓝,天蓝蓝。蓝得忘情,蓝得心醉。道路,干净、整洁、优雅、从容和亮丽。路边,有椰树,也有绿化带。海风能告诉你,什么是安逸,什么是飞舞,什么是纠缠。

珠海的冬天,让我难以克制。那蔚蓝的海水,浸透我身心,充溢我梦想。珠海,让人无比眷恋。人生如戏,哪有彩排?生命的姿态常常失之交臂。珠海,做不完的热带梦,赐予我的不仅仅是冬吻。

巴马密语

初夏,我走进世界著名"长寿之乡"——广西壮族自治区巴马瑶族自治县,思绪万千。

魅力巴马,一方净土。既是世外桃源,也是真实神话。山,植被茂密,青翠欲滴;水,绿如翡翠,温柔可爱;空气,清新湿润,负离子多,巴马人普遍长寿。当地民谣这样唱道:"火麻茶油将菜炒,素食为主锌锰高;地下河水元素多,空气清新人不老;晚婚晚育勤劳动,常享桃李野葡萄;知足常乐心清静……"

今日巴马,养在深闺。"母亲河"盘阳河和"长寿河"是生命河,婉转旖旎。巴马,山多地少,钟灵毓秀,生活着12个民族,有"八山一水一分田"之称。其中,有百魔洞、百鸟岩、天坑,世界地质公园、"长寿宫"、"水上芦笛",百马泉、神仙水、甘水仙泉、观音福泉、百林奇泉等风景名胜,也是百色起义的发祥地。据1949年统计,每九户人家就有一位烈士。

生命秘境,巴马密语。《中国地理》说,巴马人长寿主要是空气、水、阳光、植物、地磁等。国际自然医学会会长森下敬一博士称赞这里是"上天遗落人间的一块净土",神气在"五个不一样",即不一样的地磁,不一样的空气,不一样的阳光,不一样的水,不一样的土壤。这就是说巴马人长寿,得益于自然环境让他们拥有"巴马之光""巴马之水""巴马之氧""巴马之食"。而饮食更是长寿的主要原因,他们以吃糙米、玉米、甘薯、亚麻籽和南瓜等为主,不吃精加工的碳水化合物。可见,他们每天喝天然山泉水,呼吸负氧离子,吃富硒食品、山茶油和有机蔬菜,一觉睡到透天亮。借用庄子之道说,他们占据"天地人合一,人浑于自然"的佳境。

天下风景,美在巴马。缘起轻松,情聚旅行。生活在巴马是养生,养生就是享寿,美无声无息。如果说海南三亚是富人的天堂,那么巴马就是穷人的福地。走进巴马,探幽访微,抒怀江山。夜宿巴马,体会简约,放牧脚步,让心灵歇息与调整,能量得以补充。告别巴马,会带走记忆和抒怀,却带不走负氧离子、泉水和阳光。

巴马一日,人间百年。1991年11月1日在日本东京召开的国际自然医学会第13次会议上,巴马已被命名为世界第五个长寿之乡,且是五大长寿之乡中百岁老人分布率最高的地区。长寿巴马,无法复制。"巴马是养生的福地,不是包治百病的圣地"。遗憾的是,游者一窝蜂似的复制涌进,不仅破坏原有生态,而且未必圆就长寿梦想。追求健康长寿无可厚非,可健康长寿毕竟受多方面因素的制约。

巴马,不仅是中国的巴马,更是世界的巴马。巴马养生热要冷思考。人,真正健康是心灵健康,而认知方式改变更是调心关键。尽管健康长寿是当今也是未来人类最一致最伟大的目标,但除去宜居环境以及基因遗传、独特食谱、良好习惯、天然氧吧外,长寿的关键在于淡然恬静的生活方式与态度。试想,功利的社会要想远名利、去欲望,谈何容易。只有当人处于不以物喜不以己悲时,才能远离疾病,衍生延缓衰老的"密码"、抵抗癌症的"秘方"。最重要的是要在生活中,戒烟限酒,合理饮食,适量运动,心态平衡,既存养生命的长度,也注重生命的深度和广度。这样远离了无规律、无节制和无限制,做好当下,过好当前,少些欲望,多点淡然,少些随意,多点强迫,谁都可以将自己历练和培育成"巴马人",也可以将自己的生活环境培植成"巴马地"。

象鼻山

桂林象鼻山，早有所闻，走进桂林，我很想登临。她不在城外而在城中，孤傲突兀地耸立于人烟稠密的行道树与楼宇之间。

象山公园以象鼻山为主体。从公园一号入口进，映入眼帘的正是象鼻山。站在桃花江边向南望去，她由山体石灰岩组成，酷似一只巨象临江汲水，被看作桂林山水代表，也被誉为桂林市城徽。公园文化墙上记载许多美好传说和典故，最引人注目的是"庆祝中法建交50周年"专题专栏。听说，法国亦有一座象鼻山，位于滨海塞纳省一个叫艾特塔的小镇，由三座象鼻形白垩质悬崖组成，酷似象鼻山，因此，两地2006年结为友好景区。

象鼻山原名漓山，也叫仪山、沉水山，简称象山。处于市内桃花江与漓江汇流汇合处，山站立成一只大象，伸长鼻子临江汲水，象鼻入水，豪饮漓江。象眼岩，一双象眼珍藏山水一生。左眼流着漓江水，右眼流着桃花江水，把游客的如月心事采撷眸子之中，山为象，象为人。

象山又叫象鼻山。山脚下，有一条小路通上山顶，山的南麓是云峰寺，陈列太平天国文物。寺西是舍利塔。原有开元寺，为唐代鉴真和尚第五次东渡日本失败，北归途中居住。山顶平展，绿树成荫，太平军曾在这里架炮攻城。普贤塔耸立于此，又称"宝瓶塔"，如同插在象背的剑柄，又称"剑柄塔"。

走进象鼻山。最美莫过坐落西岸的"象山水月"和漓江东岸的"穿月岩"相对，一挂于天，一浮于水，这就形成"漓江双月"奇特景观。那一头绿色大象，形神毕似，鼻与腿之间造就一轮临水明月，穿透山体，形成一个东西通透的圆洞,江水穿洞而过,如明月浮水,构成"水底有明月,水上明月浮"的奇观,因之成为桂林山水一绝。南宋诗人范成大说:"其形正圆,望之端整如月轮。"

象鼻山别有洞天。依山而建,绿得透明,纯得空旷,姿态甚美!前边伸出一个"象鼻子",鼻子伸在桃花江里"喝水"。"象头"那块儿凹进去,像极大象眼睛。大象肚子又是一个天然发酵地——桂林特产"三花酒"的发酵处。远远的,就能闻到一股发酵味道,不像陶渊明的"桃花源",别有梦幻,过于虚空,让人心猿意马。

象鼻山,我心中的山。漓山是桂林的灵魂,象山是漓江的诗眼。这让我想起晚唐诗人司空图《诗品·自然篇》中所说:"俯拾即是,不取诸邻,俱道适往,着手成春。"象鼻山是诗外的"自然",也是自然的天成杰作,更是山水的灵性透露。

深圳,我多想抓住你

1

深圳,我走近你。你是创业的天堂,劳动的竞技场,梦想的摇篮。

踏进"世界之窗",我就被六道城门象征的印度、中国、伊斯兰、巴比伦、埃及和美洲六个人类文明的发祥地所震撼。尽管不能立刻走进巴黎圣母院、印度泰姬陵、悉尼歌剧院、比萨斜塔,但我爬上"埃菲尔"铁塔时,还是被那种微缩的世界景观所吸引。不用说"锦绣中华"和"中国民俗文化村"把中国100多个著名景点按比例复制过来,单是那热带的榕树已让我不由得挺直腰板:深圳,你改变了深圳人的命运,同时也改变了外来者的抉择。

午后,太阳暖意很浓。在赛格大厦上,我们东看罗湖,南望香港,西眺福田中心区、华侨城和大海,北看笔架山、华强商业街,美景佳境,数不胜数。走过百老汇购物商城,便匆匆赶往沙头角。原来,中英一条街是特区中的特区。瞧,几缕斜阳飘来,比云霞灿烂许多。我凝望图书馆,深感图书馆里藏着我们灵魂的手绢。那黑色长方体冒着尖尖的建筑物,与音乐厅连为一体,人文至极。看,深南大道和滨海大道,一个横贯市区,一个是全国最好马路,绿化最美,交通最便利,10多公里的路上没有一个红绿灯。大道两旁有盛开的勒杜鹃,也叫三角梅,榕树、棕榈树、荔枝树、小凤凰和木棉花处处可见。

深圳,你绿色深处是一片蔚蓝。现实与虚幻,绿草和水色相融中,那种蔚蓝是绿的魂魄。魂魄中悬浮透明的空灵,空灵就是无声的对话。朋友说,深圳的绿化借鉴新加坡模式,市区绿色覆盖率在全国数一数二,繁华地带,还有全天候免费开放公园。怪不得,"我不认识你,我要谢谢你"的公益广告牌时刻都在说话。

2

我透过车窗,饱读夜色。多年前,你不过是一个绚丽的梦,现在却扑入人们怀抱。车窗外,那星星般的装饰和霓虹灯似的闪烁,让绿色的树叶在闪烁中变得格外华美。

夜幕下,那一个个晶亮的方格窗子,像是一个个秘密的眼睛,璀璨如宝石。我在想,霓虹灯下,他们寻找什么,又徘徊什么?你的大地上,人们认真行走,总想抓住什么,得到什么,成就什么。

晚上,下榻长安酒店。我回想东门购物街和中信城市广场,以及"星巴克"酒吧时,远处的证券交易所和帝王大厦历历在目。我最终把目光投向夜空,投向高楼和大厦,投向街道和绿地,投向络绎不绝的人流。

站立你身旁,我怀念曾经的激扬,曾经的沉默,曾经的抗争,曾经的从容,曾经的叛逆。只有海面的雾气扑面而来时,我落荒的心中才透亮出一道罅隙,简单、纯净而质朴。站立你身旁,我追念青春与火热,那种高纬度的思维和低纬度的现实,常常让我在微笑中找寻希望的自己和真实的自我。

3

深圳,一个移民城市。你浓缩了中国改革开放的音符。

很难想象。1979年,一个四万人的边陲小镇,如今,终于提升了自己的速度。许多人投奔你,为了梦想;好多游客走近你,为了感念。我知道,旧城门的古城墙,明清时的赤湾炮台,客家村,还有海景,都是你的历史。但你真正的魅力还是世界大都市的文明景观:地处珠江口东岸,与香港、东莞、惠州接壤,狭长形的弹丸之地蕴含大能量、大容纳、大智慧、大认同,还有大传承。

很难告慰。我以质朴领受你,可滑落的激情还是穿越心扉。或许,这是生活的沐浴。有了选择,有了取舍,简约极了,不简单的只是选择和取舍。

两天的浮光掠影,远远不够我了解你的内核。作为国际化大都市和世界上最适合宜居的花园城市,你以自己的自由、创造和激情,融化一切。

很难挥去。我从你身旁走过,感觉巅峰去了,标记仍在。你在理智和感性中滋生深度,拓展涵养。作为一个相对纯粹的移民城市,文化的涌入和显现,亟待闪现的还是碰撞、拒绝与融合中的个性回归。你,留存了一个城市群体,一个历史阶段的阅历、梦想和声音,让我学会了热爱和理解,懂得以人文的视野凝视人的尊严、智慧和爱。

很想逗留。我夜里海边散步,海风吹来,汹涌是本色,咆哮是个性,沉默是品格,期盼是眷恋。唯有调皮和生气时才倾吐情愫。若打开窗户,听涛声拍岸,听海水哗哗,看潮起潮落,宛若睡在蓝色的梦里和遥远的记忆中,潮声轻抚,无法拒绝的仍是远方的灯火。不是大海的呢喃,而是岸的低语。

一位诗人说:"这个城市不相信眼泪,但却珍藏了许多泪水。"现在,这一切都已远离市声和欲望;一切都已消失了回归和休眠。鲜活的只有夕照下蓝色水面上的木船、礁石、古树和细沙;存养的只有柔软的时光和流水。

深圳,我来了。你的质疑、争议和指责;你的遗憾、精彩,我都拜读和体味了。我微笑着走向你,除了记忆,什么都无法带走。我清醒,你让我心动,不是因为仰望,而是因为触摸。

体验不凡

岁末年初,我抵达香港。

向往香港,缘于历史悲情。香港历史最早可以追溯至五千年前的新石器时代。明朝时,港岛南部的石排湾因转运香料而出名,这是最初的香港。尽管后来香料种植和转运渐渐消失,但香港这一名称却被保留下来。可以说,贩香运香之港,此乃香港地名由来的说法之一。香港的现代历史源于百年前鸦片战争。19世纪中叶,八国联军掠夺中国,清朝一味求和割让。1842年8月29日,英国强迫清政府签订《南京条约》正式割让香港。1842年,香港便成为英国殖民地,从此这块美丽港岛就被烙上一股情悲忧患的记忆。

现在,香港有傲人资本,也有诱人魅力。相比内地城市,她就像一位留学归来的大学生,没有大陆朴素,没有西方哥特式神秘,却有宝珠一般明艳。她的本色永远是来来往往,匆匆忙忙。她的荣辱起伏多与政治休戚相关。因为她曾是殖民者手里的筹码,曾是革命者的天堂,也是大陆通向世界的窗口,更是展现民族自强的舞台。但其特有的文明与底蕴非常有格调,这就是典型中西混合的世界大都市,建筑不是中国式朴素,也不是英国皇宫一样神秘,而是珠宝玉石般的金碧辉煌,传递给人们的是时尚。

香港最繁华处是中环、上环、铜锣湾、九龙、尖沙咀、旺角等。作为经济上自由、政治上廉洁、拥有高度自治权的世界自由贸易港,各地商品汇聚于此,免税商品琳琅满目,自然成为shopping狂的最爱。所以,这里是购物的天堂,五步一抬头,处处是商场。据悉,全港共有150间持牌银行、19间有限制牌照银行和26间接受存款公司。此外，还有67间外资银行在港设有办事处，分行总数1400间。不过，我敬仰香港的莫过美丽之都、浪漫之都、财富之都。那种世界级建筑、快节奏生活、时尚摩登的娱乐，无不散发着惊艳；那种生活的天堂，欢乐于此，享受于此，更折射出丰沛。这就是以发达经济基础为支撑，一招一式以张扬态度示人，而绝不飞扬跋扈的文化沉淀。

香港是人性化城市。中西文化在此交汇，有基督教、天主教、伊斯兰教，还有佛教、道教。这里，建筑上有西式也有中式；街道有精致西式酒吧和咖啡厅，没有洗浴桑拿和网吧；街面狭窄，人流旺盛，行色匆匆，具有明显两面性：上层人的纸醉金迷与小混混的刀风剑雨。有钱人上太平山、浅水湾，没钱人住"鸽子笼"，但精神上都有一种东西在把二者有机统一，这就是金钱。这里，住房条件恶劣，医疗采用家庭医生+大型医院方法；教育从小学到高中都免费；政府坚持从大学生中选拔公务员；治安好，骗子也不少；全面禁烟；世界各地美味在此汇集；无论机场、酒店，还是公园、商场的厕所，干干净净；国际航线多而不贵。

香港是最"洋化"中国城市。她接受外来文化影响最大、时间最长，港人爱潮流，讲品质，讲创意，好时尚，好浪漫，惯于边喝早茶边看报，或边坐地铁边听歌。有钱人可以赛马、高尔夫、帆船、打猎，可以坐飞机去意大利吃意粉和去日本泡温泉。没钱人可以远足、遛狗、唱歌、游泳、露营，可以看大众演出，各博物馆都有节目，商场也可随便去逛。

香港是多元化发展城市。从古至今，她从建筑到人群，从小渔村到大都市，从殖民地到世界上第一个实施"一国两制"的地方，总是以一种开放、包容的精神闪闪发光。既有中西风情的融汇，也可观赏美丽风光，还可获得现代商业文明的享受；既可享受摩登时代的物质享乐，也可重温旧时代的传统承继。全港主要有十条主题街。现在，她就像繁忙的集装箱码头和青马大桥，始终与大陆保持互利共赢合作。

其实,香港个性魅力中的沉重悲情得益于商业成熟和政治受宠。有人说,她是娱乐之都,漂亮得无可挑剔,风情得按捺不住;有人说,她是欲望之都。香港人,会做大,爱做大,敢做大。据说,当年英国人需要一个长期贩卖鸦片的据点,才选中港湾优良的小渔村。现在,人们容易形成错误的认知是,香港繁荣得益于英国殖民统治。显然,这是可怜可悲的"殖民情结",甚至要比奴性更为可怕。但更多的人还是在说,她是冒险家的乐园,有钱人的天堂,野心家的西部,年轻人的赛场。

可见,香港一直文化走在前沿。文明促进经济发展,经济发展又为文明进步提供充裕条件,这就是香港和香港人。如果说文化是一座城市彰显个性的最好表达,那么香港就成功地树起一块现代文明的指示路牌,并傲然地开启一扇直面世界的东方之窗。多元社会,激活多样人生。但要持续维持荣誉和地位,更要奋起而战,审视自我,突破自我,以便雄起,不断敲亮不屈不挠、不向命运低头、不向敌人弯腰的香港精神。香港素有"亚洲盛事之都",也有艺展局。平心而论,香港电影较争气,且文化事件里明星分量重。香港娱乐文化潜力最大,也有不少有建树的作家。可叹的是,缺少一种大气、持久、浓厚的文化道场,难以形成特定的人文精神集结。

走进香港,体验不凡。我在维多利亚湖畔铭记下孙中山的话:我总是抱定我的宗旨,向前去做。

至尚维多利亚湖

到达香港,就要穿越维多利亚湖。

维多利亚港湖位于港岛北部、九龙尖沙咀南岸,是中国第一大港,世界第三大港。当年,英国占领香港,正是维多利亚女王在位,因此而得名。从此,维多利亚湖风生水起,把海之湛蓝和幽深与江之曲美和流淌深情展露。

这里,夜色最夺目。一万多年前,她是大陆山脉的延伸。后来,因山体断裂下沉和海水入浸才形成如今的维多利亚港湾,并使港岛与大陆分离。

这里,夜色最绚烂。山上有灯,街上有灯,建筑物上也有灯。每一盏像是一颗星,密密麻麻地排列,就像一座"星山",放射万丈光芒。轮船动了,灯光也跟着动起来。时明时暗,像是人在眨眼,或追逐,或说话。轮船转弯,"星山"又愈来愈窄小,人们眼中似乎只留下一片金光。

这里,夜色最能征服人。第一次走进,我迷醉了。湖中,海水湛蓝,风吹水动。人头攒动,熙熙攘攘;店铺富丽堂皇;高楼大厦密密匝匝。1983年,湾仔华润大厦以50层高度成为香港地标。20世纪90年代,华润大厦以北再次填海,建起香港会展中心,1997年香港回归仪式在此举行。1989年,中银大厦落成70层,目前高度排名世界第19位。其后,汇丰银行大厦楼顶上架起"两门大炮",正对中银大厦,"利剑"与"大炮"的相持也成为维港建筑一景。1992年,中环广场落成78层,目前高度排名世界第18位。2003年,香港国际金融中心落成88层,目前高度排名世界第13位。2010年,香港环球贸易中心落成108层,目前高度排名世界第4位,与金融中心隔海相望,遥遥相对,成为香港独有的壮丽景观。

  那天晚上,坐上轮船,我们感受维多利亚湖之夜的柔情。海水拍打着桥,也拍打着楼,更拍打着湖岸。海风吹拂,撩拨裙摆,摄人魂魄。两岸灯火,忽明忽灭。忽然,天空下起小雨,我们边品茶,边赏夜色。湖水真清,清得能看见水底沙石;湖水真绿,绿得像无瑕碧玉;湖水真净,净得一尘不染。豪华游轮缓缓地驶向港岛深处,几艘游艇不时擦身而过。我又想起《别了,不列颠尼亚》结尾中写道:"从1841年1月26日英国远征军第一次将米字旗插上港岛,至1997年7月1日五星红旗在香港升起,一共过去了156年5个月零4天。大英帝国从海上来,又从海上去。"从此,香港人身后拥有一个温暖而宽厚的胸怀——中华人民共和国。

  这里,夜色最难忘。既可以表达快乐,也可以倾诉忧伤。

  这里,夜色看不够。想开心,可以尽心拍照;若寂寞,可以凝视大海。

太平山

香港太平山,古称香炉峰,雄踞港岛西南部,是香港标志之一,也是香港岛最高峰,更为香港最负盛名的豪华住宅区和著名游览胜地。又名"硬头山"、维多利亚峰或扯旗山。从前,海盗多,人们发现海盗来了,便以登山扯旗为号,故而称之。相传,清代大海盗张保仔占据港岛时,曾驻兵西营盘并在山上设置瞭望台,山上山下靠旗语联络。英国人占领以后,太平山又有了洋名字——维多利亚山。后来,海上平静,天下太平,随又改之为太平山。

太平山是香港最美。从港岛西行,即可到达。我们坐缆车,沿轨道而行,步步登高。眼观窗外,风景独好。偶尔,爬至陡峭处,向外看,房子斜着,自己身子也斜着。一路所见,多为高楼和别墅。听说,都是高端住宅,居住的多是高官和老板,以及具有身份的名人。渐渐地,伴随山势增高,别墅少了,亚热带树木又多了。到了山顶总站,我们下车,踏上环山路。

抵达山巅。我们突然发现,太平山并不稀奇,而稀奇的是山上空气好,风力大,四面环海,山风清凉至极。山上,有狮子亭,可以感受日落,有蜡像馆,还有公园。最吸引我的是榕树、椰树。在山上,我凝望港岛和九龙宛如两颗夜明珠,交相辉映;俯视山下,东西南北,别有一番东方情调。看近处,树木森然,青山耸黛,华楼丽宇掩映树木山峦中;望远处,港岛夜景迷人。港岛南部,灯火倒映水中。港岛北面,维多利亚港,灯火辉煌。港岛东区,高速公路密如星群。启德机场上空,银鹰展翅。我终于懂得,太平山在港岛人心中的分量。

太平山不是幽谷。我们超然体验,既生发嗟叹,也衍生情怀。不过,真正让我洞悉太平山的还是香港的曾经与如今的荣耀。登山观海,蓝天、游艇、海鸥、海浪,共同构筑的动态立体的山水画,更加佐证太平山的历史。

　　太平山上,我放牧心灵,境高志远。从高处看,这里拥有财富的象征;向远处望,这里拥有地位、身份的象征。太平山,何等原生而纯真,留得住市声;与大陆何等唇齿相依,载得起乡愁。

东山岭上

海南归来,那座高不过200米的"海南第一山"———"东山岭"常会让我想起,想得久了,便把这些归总于自己诗意触觉描摹的山之本真。东山岭,素称"笔架山",因其三座山峰对峙,形似笔架而得名。不仅以奇峰、怪石、异洞、古庙独具,而且摩崖石刻也流传千古。不过,山上清新、清澈中衍生的质朴更让我留恋她的静美。

从"云路初阶"处我沿索道而上,自然的灵气分明给山岭注入雄奇和秀美。娇羞的山花,怪异的山石,也都充盈着山的成长和性格。不多一会儿,下了缆车,我来到山洞旁,洞口不大,侧身而过,顿觉豁然开朗。这时,我急着爬上山巅。眺望远处,只见山岭屹立南海洋面之上,东临碧波,西展柳林,南瞰良田,北枕山峦,山间偶尔还有黑色山羊穿过。那静的山,从石罅,从大树,从云层中,从大海深处冒出的都是一串串会意的低语。等我起身,光线和山影已渐渐模糊,空洞的静似乎凭吊着一种充实的力量,我回转而下。行走中,俯瞰下方,山的朦胧,树的朦胧淹没了数不清的峰峦和丘壑。还是山腰处的"华封岩""东山耸翠""南天斗宿""洞天福地"等一一留住了我的脚步。更不用说"一线天"处的"飞来石"更使我在回望中不忍离去。最终,我从革命纪念碑旁穿过小广场,下了小台阶,来到朱熹为休息而建的"墨池亭"旁。站在那里,置身历史的永久回忆中,山静得轻微颤动。凝神倾听,朱熹讲学和注解《离骚》的情怀像是在弥漫,我脚下那清洌的山泉和苔藓也开始充溢人之心扉,静心反思。记得,朱熹当年遭人陷害,南宋右丞相赵汝愚以辞相位来搭救,其忠烈何等撼动天地!我不由得闭上眼睛,领受自己的心灵被历史牵进宇宙的门槛,以另一种声音为我做出关于有限、关于无限、关于永恒的训谕。至于山岭上为纪念南宋岳飞将军的老师———抗金名将李纲而建的潮音寺,四季游客络绎不绝,香火鼎盛。

走在东山岭上。不管是山的善美缠住我,还是人世百态裹挟我,瞬间行走让我穿越千年,定格笔端,不再孤单的还是逡巡的思想。如果说登上山岭,静如童话,那么眺望山岭,就静若天仙;如果说走下山岭,静赏欣然,那么俯视山岭,就静观无限。踏进东山岭,静是交响,开启我幸运者的魂灵。天下静美,原来都如此千姿百态地撞击人世轮回中的不解之缘。

大足：那山，那石，那人

出发前，你在叩问："天堂"是不是最美好的生活看台？因为大足石刻是中国晚期石刻的杰作，包容佛教、道教和儒教的三教合一。你想证实："人间"是不是最可怕的牢笼？可那摩崖石刻酷似一幅幅连环画，把社会、家庭和民众的世俗岁月雕刻得楚楚动人。唯其如此，你执意地走进享誉中外的石刻之乡——大足。

从旅游车上下来，你告慰自己这里确是一片风骨坚毅的石林。站在入口处，你细瞅门票，回想临行前对石刻的遥远判断，不是泥塑和根雕，也不是文身，而是纯粹的骨雕艺术，竟不由得有点诧异。等到达北山，发现石刻造像万躯，龛窟密如蜂房。多以高浮雕为主，也有圆雕、浅雕和凹雕。那些丰润的是唐代，玲珑的是后蜀，细致的是宋代，大多美、媚、娇、俏，丽质风骚，绝妙风流。正如人们常说的北山石刻多美女，不过是以宫娥、彩女为蓝本雕刻的，而观音造像则是质感、媚态、丰姿的整体完善。当时，我没有丝毫怀疑，顿时觉得自己的视野慢慢地接近神明，在人与神的境界开始滑翔。甚至，我心中已放弃诸多质疑，在强烈的精神渴求中不倦地打捞宗教文化。或许，这样的宗教会诞生哲学，这样的哲学能满足虚无。

你沿着濑溪河走进南山。南北二山对峙，山上都竖着塔。河像飘带，绕城而过，形成一个三面临水的古渡。站在码头，你看见塔映水中，若即若离，像极蓬莱仙境。事实上，大宋时，八仙想西渡重洋，赶到内陆时，已被汪洋大海挡住去路。道寺莲池中张开花蕊的莲花仙子变成一叶叶飞舟，托上他们，最后来到大足。如果说南山在景中,道教在情中,那么石篆山就在民间祭坛中,工匠们淡化了儒教、佛教和道教,强化了圣母、药王、工地、山神等民俗特质而为世人称奇。石门山,真正打开石窟艺术的神话,佛祖在此摆下道场,道家在此雕下玉帝、三皇和老聃,孔孟也同化佛教、道教。那一个个风貌都被工匠们微妙地刻在雷公、电母、云童、雨师、千里眼、顺风耳的脸上,让人从每张脸中寻觅思想的缆绳。直到导游叫喊时,你才踏进摩崖造像的风情画卷——宝顶山。那幽远的设计,逼真的宏愿和浩然的佛像,都被工匠在调伏心意中控制着。比如,卧佛、养鸡女、笛女、沽酒女、千手观音、六趣生死轮、大佛冥王地狱图、十恩图、放牛坪等皆为醒觉世人的修身养性法。因为你明白皈依宗教不是此行目的,你仅是在教旗林立的大足,一边专心仰望,一边默默叩问。更多的还是衍生对生命的百般质疑:宗教的世界,为何自由的价值不是被放逐就是被迷失?又为何任何教派人的超越都那么艰辛?而这一切不是被神话了就是被传说了。

你伴随人流慢慢离去。大沟湾仿佛始终笼罩在极度沉思与压抑中,像铅,也如煤。即使你默默惊叹,一座座佛像都无动于衷,来来往往的只是穿梭的人流。你遥望宗教的殿堂,真不知把激情沉湎胸腔,还是让思想历练虚无。大足,是一种人文积淀,石头活了,大山醒了,人造了神,天地同门。古人刻石是献艺,洋人建教是传教,只有现代人旅游是奔波。

写食火锅

入川后。我到重庆,在吃饭中终于懂得享受和欣赏,而这些都缘于火锅。重庆火锅,从巴人先民在朝天门沙嘴河滩燃着的第一锅开始,便有了火热、喧闹和激情的叫板。所以,北方的"吃涮锅",广东、湖南的"大边炉",江南一带的"吃暖锅",亦皆为一种情感的释放。火锅,吃在锅里,趣到味中。

在重庆,无论是"看热盆景",还是品"毛肚火锅",重庆人什么都敢烫。天上飞的,地上跑的,水里游的,舌头都可以把它挑精掂肥,高唱"大江东去"。正如有道菜拿鸡、鳖、鱼三样烫锅,谓之吃海、陆、空,说是"吃了海陆空,处处显威风"。如今,最流行的说法变了,火锅由普通到格调,由习俗到高雅:恋人们吃"夫妻肺片",是恩爱柔肠;白领们,吃情调,吃幽雅,唤晓风杨柳;工薪们,吃热闹,吃气氛,吃过瘾。至于军统头子戴笠曾摆过的五百人的毛肚火锅宴,实际上是效法攀比乾隆皇帝五百三十桌的宫廷火锅。

德国一位古诗人曾把上帝比做"一个伟大的厨师父",做饭给全人类吃。其实,在重庆,火锅是人们点赞的可口东西,那些全然不曾相干的作料,偏偏在滚烫的锅里有了缘起,就像才子与佳人一般把世界弄得相依相成。赤橙黄绿青蓝紫的菜放在桌子上,尽管有许多阴差阳错不能研究,可在碗中又能滋生诸多调和,可谓吃道三味。有时,我常在钱钟书"吃饭有时很像结婚"的排场里玩味生活。吃火锅就像过日子,烫馋了,好累;烫得不火,就味同嚼蜡,唯有精细到麻、辣、烫,火锅才能与做菜的厨师相互媲美。于是,我由结婚想到老子的"治大国若烹小鲜",饥饿的欲望曾诞生了乞丐、盗贼和娼妓;吃饭的经济,曾启发过人类思想和生存技巧。如此看来,吃火锅的人们,若从烹饪调和处构建,再从悟道攀升为治国,那种和谐就是音乐般的淋漓尽致,那种动听就是上厨下灶般的酣畅,而吃火锅的真正含义就是寻得情怀。

我们对着火锅,用舌头代替肠胃洗礼,辣的味道早已成为永恒情调;我们直面大地,肚子需要拿饭把它祭献,吃的需求风骚着巴渝食趣。我沉思,李白《将进酒》中喝的是"古来圣人"的"寂寞",白居易"绿蚁新醅酒,红泥小火炉"吟的是友人相聚的惬意,我们领受的难道不都是情趣?

浮动

我在亚龙湾,做了深呼吸。这里,平静、含蓄、活泼、明朗;这里,有清的水,白的沙,怪的石,幽的洞。这里,海湾蔚蓝得可以自由地延伸至陆地深处。

冬日,夏意很浓。下了车,那游客连蹦带跑的蜂状姿态,如同聚焦投拍时的忐忑。我在中心广场上的雕塑群旁静静地站立了一会儿,然后,满怀着地域联想走进亚龙湾。亚龙湾,背靠青山,面朝南海,五十多平方公里海面,平滑如镜,八公里长,八米宽的沙滩坡度极缓,翡翠般的海面,波平浪静。听说,终年都可以进行海水浴、日光浴、潜水和沙滩活动。不过,对我而言,至纯的亚龙湾横在眼前,当浪花一个接一个地拍打在沙滩上,心底里翻飞更多的是美的领悟,爱的放达。冬日观海,渴望的是舒展。

或许,太多的人们来这里为了寻觅,倒是我的垂爱早已蜿蜒在白金海岸,摇曳于碧海和陆地间的小路上。等我从海边返回,穿过贝壳博物馆,漫步在海湾附近时,愈来愈觉得有一种情意魅力热情洋溢。我知道,三亚美给予我的是热情、奔放和妩媚,而亚龙湾赐予我的却是自由、洒脱和坦然。这里的美,更多时候该由爱情叙写。不是吗?九月,中国新丝路模特奥运火炬传递在此放飞希望和梦想。世界小姐、世界先生曾在此尽情欢跃。亚龙湾,真要在春的气息中阅读和行走。行走中的察觉,不仅可以浣洗流年的醇厚,而且可以吟哦岁月的剥离,更不用说激越的心神还能带来至乐的狂喜。如同我坐在泳池旁,独自捧起矿泉水吮吸,伴着一口一口地含存,我的心境越来越开朗,连身旁的树木和盆景,甚至还有草地和竹林都静默得谦让至极。我明白,生之美好,不仅仅在于给予,还在于领受。

亚龙湾,是久藏的童心,也是还巢的倦鸟,更是生命的画廊。亚龙湾,无须笑傲,有了脚步,这就够了。

踏浪

我穿着沙滩服,光着双脚,漫步在三亚海水中时,不由得惊叹踏浪人生的闲逸。海里行走,生活与我的性情非常契合。一时间,我没有别的奢求,只怕谁来打扰自己海里行走的脚步。

海水是浩渺的,迷茫的,阴沉的。这对来自北方的我来说排解不去的只有使人窒息的呼吸。沙滩上,除了游客来来往往的隐退,我心中涌动的还是行走。一边走着找寻天之涯海之角,一边念叨着原始初民对海的震惊和国人对海的苦涩描述。等来到巨大礁石旁,海浪迭起,海涛哗哗,大海已经把涟漪般的潮汐展现眼前。我陡然发现,人生享受甘美的乐趣并非只有回忆,还有如此罕见、如此短促的漫步。多少年了,我一直平息着自己生命潜意识中的奔腾,尽管艰辛劳作常把情绪撩拨得七零八落,但不息的燃情还未把自己全力赶入抗争的悲戚中,海里行走,我听到的不仅仅是关于生命、关于命运的诉说。海边散步,浪来了,惊慌地退去;浪去了,又在与海的对望中前行。海中,那澎湃的潮音很响;海边,海水合着沙土的喊嚓声很脆,唯有忧郁的岸边能捡拾数不尽的叹息和欢笑。壮阔的海,最终掀开的还是踏海人一个个沧桑的心猿,一匹匹不倦的意马。

人生本无天色,只有景色。我明白,自己的浪漫是浅层的,真正的闲趣来自灵魂。三亚的海水里,似乎有种高贵出尘的气息,时刻提醒我如何弄清生活的本色。不错,那水光,那天色,那幽香,让我无法忘却人世间的风尘。春夏秋冬,人们寂寞而漫长的等待中打捞的不都是一个个沉默的心湖。大海解析人类生命的表达最简单,鸟飞得像鸟,鱼游得像鱼,人活得像人。遗憾的是,夕阳西下中,一切消了,又散了,只有浪花淘尽英雄。如此念及,我更得感谢美国作家海明威,几度年华中,还是孤独的老渔夫桑提亚哥用他生命的历险告诉我人生的意义就在于精神的拥有,敢于承受痛苦,敢于蔑视死亡,这是一笔无价的财富,谁都无法轻视一个人的经历。

因此,当我坐在大堡礁石上,请从此经过的一名少年为我拍照时,许多关于生命探索的孤寂和迷离仿佛都在海的宁静中找到答案,大海以简约和淳朴的容颜收容我的微笑。我在漫步中把美的获得得以保全,未曾将灵魂漫不经心地丢失。或许,行得远了,悟的就多。黄昏中,我隔着车窗眺望,轻声叩问自己为何对海如此深情,莫非三亚的美不在于天空,也不在于海水,而在于一种情调,这就是我把自己的浅薄在海水中一次次浸泡和冲洗的缘由。记得,"大海、美酒、女人、拼命地工作"是希腊作家卡赞扎基斯的小说《阿莱克西·卓尔巴》中一个一刻也闲不住的实干家卓尔巴说的话。其实,我只需把其中"女人"换成"爱情"就算中国小资的写真了。不过,当我发现踏海的人们从海水中一个个走上岸来,懒洋洋地躺在沙滩上,随意把被太阳镀金过的美丽黄沙捧在手中,让它一粒粒地泻漏而下时,倍感生活正像蒙田所说确是一种写意。

踏浪是彻骨的诗意!面对大海,我想起纳兰性德《画堂春·一生一代一双人》中所言:"相思相望不相亲,天为谁春?"

蔓延

岁末，承应海的呼唤，给情绪摆渡出口，我赶赴海南，去寻觅做不完的热带梦。

一路上，我浏览椰林树海，阳光沙滩，小鱼温泉，并渴望海风能把自己带向辽阔。一会儿沉浸在棕榈树的精神洗礼中，一会儿又凭吊于海浪、仙人掌的宁静与恬淡里，美简直毫不设防。但蓦然中，开启我心灵的还是阵阵诱惑与几番放纵。我倚靠车座，微风柔和，睡眠香甜。等我以睡意朦胧的眼追寻那转过的山岩或停在岛旁的船舶时，大海更显得优美与从容。正因为如此，我总是带着一种不可言传的喜悦，在尚未来得及遥望或再次凝望时，忍不住放逐自己的灵魂，而且仿佛目光、鼻孔、耳朵、嘴唇，还有心跳都在平静滑落中与自然融为一体。我只能屏住气停歇下来，满怀激情，持续追寻让我澎湃的情意画廊。

我在车上，真不知如何描述这样的穿越遭遇。虽说曾在一本书上看到过这样的叙写：对于人类的生存环境，卡夫卡提供了阴郁的寓言，昆德拉提供了斑斓的象征，哈维尔提供了政治的实验，三者都达到了顶峰，布拉格真让人嫉妒，但美在这里，我怎么也诞生不了嫉妒的冲动。此时此刻，我只能把自己所有精力搁置于对生活的深情仰望，投放于对梦想的奋力追逐，或许这就是我对美的追逐。

在导游催促下，我们上了船，穿过万泉河，来到玉带滩。可坐在船上看河岸，岸在动，船也在动，人与海，人与天早已被景色沉醉得难以开口。我穿上拖鞋,细看着玉带滩的海沙,或粗或细,纤尘不染,各自成状,风沐着,海浴着,浪和着。自然的海滩,展现给我们的永远是追寻情怀的心灵写意。遗憾的是,我们没有走进博鳌水城,伴随渐渐回归的小船,那壮阔的大海、无边的椰林、旖旎的风光都还是溜走了。

到达河岸,我伫立海边,许久许久。醇的海风,醇了身体,醇了心情,醇了意志,韵的海南,波澜不惊中旷达我的心怀。海边有梦,岸上有景,人生有戏,只是人类诗意的偏差常常与世俗日子的失重相映生辉,只有海天一线处,那飞扬不羁的灵魂敢于直面蓝的现实,其冷静、淡然的心达观的是致远之道。

灵隐寺

人都说游历杭州,一看西湖,二看灵隐寺。灵隐寺是中国佛教著名寺院,又名云林寺,始建于东晋咸和元年(326),已经有1694年历史,是中国佛教禅宗十大古刹之一。位于西湖西部飞来峰旁,素有"东南佛国"之称。相传1600多年前,印度僧人慧理到此,发现山峰奇秀,以为"仙灵所隐",在此建寺,取名"灵隐",主要建筑是天王殿和大雄宝殿。其中,弥勒佛坐像有200年历史,大雄宝殿也是中国保存最好单层重檐寺院建筑之一。

灵隐寺造园艺术归结于"隐",寺的布局与江南寺院大致相仿,全寺建筑中轴线上依次为天王殿、大雄宝殿、药师殿三大殿。寺内,有寺庙禅房,有石窟佛像,环境清幽,香火袅袅,游人、信徒摩肩接踵。步入寺庙,梵音嘹亮,僧人举行法事。走在石阶,听不到钟鼓齐鸣,却能感觉古老震撼。漫步小路,古树弥漫清幽,清流潺潺,鲤鱼嬉戏,秀峰幽雅。那袅袅香火,那庙宇楼阁,那飞檐翘角,似曾相识。天气微凉,夜色阑珊中,灵隐寺渐渐退去了人声鼎沸,佛的笑容,仿佛在嘲笑世人无知。

灵隐寺是灵妙的。其灵显于神韵,其隐源于形遁。"南朝四百八十寺,多少楼台烟雨中"的意境在此都能感受到。如今,虽说我对灵隐寺的印记已慢慢退去,但有两件事却记忆尤深:这就是飞来峰和道济禅师。飞来峰是江南少见的古代石窟艺术瑰宝,寺包着峰,峰也包着寺。西麓有冷泉,冷泉池畔是冷泉亭,峰下的弥勒佛,亭上的白居易、苏东坡,不都是温暖人间的一把燃情之火?而且半山腰翠微亭是南宋抗金名将韩世忠为悼念岳飞而建。而道济禅师就是济公和尚,南宋时在此出家,貌似疯癫,却扶危济困、除暴安良、彰善瘅恶,其故事因电视连续剧《济公》中"鞋儿破,帽儿破,身上的袈裟破,你笑我,他笑我,一把扇儿破,南无阿弥陀佛……"这首歌而远扬。

灵隐寺的空灵和香火充溢着期盼。寺庙中,一切都可以消失,唯独没有血肉的佛像不能消失。这里有一副对联:人生哪能多如意,万事只求半称心。真可谓写尽人生,点醒无数世人。它告诉我们做什么事不要做得太全,也不容易做太全,其中"半称心"是指事情不要期望太完美,只要达到自己心满意足一半就够了,旨在告诉我们懂得知足,别太贪心。万事只求"半称心",意味着知足常乐、随遇而安。林语堂说,这是"中国人所发现的最健全的生活理想"。万事只求"半称心",不是玩世,而是求是。亦非消极无奈,而是豁达与智慧。这让我想起丰子恺散文中的佛教意识,多是从佛理角度阐释生活中点滴小事,以宗教式思维观照人生,并以慈悲为怀、利乐有情的精神待人处世。

人常说,不到灵隐寺,就如同未到杭州一样。日暮时分,我在灵隐寺探古寻幽,嘴角上扬,相由心生。一座佛寺,一个世界;这个世界,由心组成,一切任我行。我没有带走风景,也没有带走香火,唯一带走的是回旋于心的钟鸣。突然,我想起一篇文章中这样写道:"人来拜佛,不能有祈望佛能够保佑你升官发财、年年平安等奢望,我们来这里,主要是学习佛祖敢于舍去尊贵王位,选择清苦修行,最终换得万人景仰的舍得精神。舍得、舍得,有舍才有得。"如今,多少人的精神空间被功名利禄压抑得越来越窄,寻觅清净更能使人顿悟佛界与人间慈悲为怀、仁爱向善的灵魂摆渡。如果说人的精神化妆以腹有诗书为内涵,那么,生命的化妆就要以美好信仰为支撑。人,最重要的是成长。

游春

晚春,我首次抵达昆明。昆明的雨,多情而明亮。

我住在翠湖畔。翠湖是一座老宅,数百年来被昆明人所推崇所景仰。悠悠湖畔,一枝一叶,一砖一瓦,让人浮想联翩。徜徉湖畔,我徐徐触摸的仅仅是昆明文脉,而我执意寻觅的是自己的精神高地。

春雨中,我打着雨伞,穿过湖畔。垂柳如丝,伸入水面。黄绿相间的荷叶,斑驳参差。偶尔,还有水鸭悠闲滑过。翠湖酷似一幅天然太极图。据说,湖边名胜古迹颇多,我前去游历的云南陆军讲武堂旧址坐落在湖的西侧,紧邻云南省图书馆。

站在讲武堂黄色小楼下,我简直无法把它与历史对接,更觉得长满杂草的不大操场,与黄色老楼不太相配。我一边凝望呈正方形、米黄色、走马转角楼式的二层砖木结构大楼;一边远眺主楼西南的大课堂和兵器库,还有南楼中部设阅操楼。当我踏着木板楼梯,走进陈列室,直面一帧帧发黄照片时,心底沉睡的记忆犹如春蚓一般,破土而出。顿然间,我更坚信这里激荡过惊天动地的历史,而我眼中所见正是历史最为生动的遗存。

讲武堂,乃将帅之摇篮。云南陆军讲武堂,又称昆明讲武堂。1912年,改称云南陆军讲武学校。1935年以后,改名为"中央陆军学校第五分校"。1945年停办。1949年中华人民共和国成立以后,改为中国人民解放军昆明步兵学校。其实,原系清朝为编练新式陆军,强化边防而设的一所军事学校,与天津讲武学堂和奉天讲武学堂并称三大讲武学堂。后来与黄埔军校、保定陆军军官学校齐名。从1909年创办至1928年共19期,培养学员4000余人,还招收归国华侨和朝鲜、越南等国留学生。其实,当初,清朝创办讲武堂目的在于扑灭孙中山领导的民族民主革命,但教官与学生中不少都是同盟会会员,且教官中的多数留学日本士官学校,所以最终使学校成为当时云南革命力量的摇篮,也成为当时革命的重要据点,并对云南及全国民主革命做出重要贡献。

饮水思源,身临其境。最吸引我的还是楼前当年宽大的操场,不小于两个足球场的面积,现已被云南省科技馆等高大建筑所替代。讲武堂校训是坚忍刻苦,且制作军歌。每晨早操,都要集中歌唱。站在宽宽的练兵场上,我眼前似乎回荡起昔日学员、军官们操练的步伐声,耳边也传来他们洪亮的口号声。这里,民国时期,人才济济,将星闪耀。既是蔡锷发动护国战争的地方,也是朱德元帅和叶剑英元帅的母校。朱德元帅一生受到有"护国英雄"与"近代军神"之称的蔡公蔡锷将军的深刻影响,他生前多次表示,蔡锷是自己早期革命生涯的精神导师,也是他的"北极星"和"在黑暗时代的指路明灯"。

游春昆明。我未曾沉醉鸥鸟翩飞的翠湖,却把深情激荡于百年历史的校园。特别是,当我站在讲武堂的操场时,那阵阵脚步声仿佛催醒我历史的记忆,照亮我生命的高地。踏进历史遗迹,谁都会拥有历史的归属感。静默,不正是我心灵深处最长久的倾情体验?

草堂的文化力

深秋,我走进杜甫草堂,看到、听到、想到的都是大唐的事儿。听说,每年都有许多人来这里游览,不知是喜欢这里,还是对大唐历史情有独钟。杜甫草堂是大唐王朝由盛及衰的象征,也是人们用心谛听一个王朝渐行渐远的文化印记。

草堂就是诗人诗中的"江村"。我国学贯中西的一代宗师冯至说:"人们提到杜甫,尽可以忽略他的生地和死地,却总忘不了成都草堂。"远望,由建筑、园林、景点组成,扑朔迷离。而与其相邻的草堂寺,无疑拓展了它的视觉空间,也是草堂景观的延伸。每一首诗刻,每一棵绿草,仿佛都活在时光庭院中。即使再渺小而卑微,也能听见历史的翅膀曾经拍落昔日的苍凉。

草堂,古朴而淡雅。诗人故居由四合小院组成,小院外有醒目的名字"柴门"。还种有竹子,有一条小溪,院中央还有一组石桌。花香飘溢,书香流淌。我站在诗人塑像前,重温《茅屋为秋风所破歌》,其诗歌继承和发展了从《诗经》以来中国文学的现实主义传统,国人盛赞诗人"穷极笔力,如太史公记传"。

我与草堂对话。千古诗人,诗人千古。杜甫是中国诗歌史上造诣高、修养全面、颇具创新精神的诗人,无论古体还是近体,五言还是七言,叙事诗还是抒情诗,无一不能,无一不工,堪称诗坛"全能冠军"。他注定与历史对饮。诗人不在了,草堂还在,诗歌还在。但仅仅如此远远不能了悟诗人诗歌中抑郁沉雄的内在生命力,也远远不能解读诗人的用世之志与命运悲剧,这是文章憎命达的命意所在,也是诗人深层的人生意蕴所在,更是中国历史上人才的成就与命运的二律悖反。

　　我向草堂致敬!牛头山不高,有草堂则名。草堂树魂立根。光阴荏苒,数千年前的故事,数十年的等待。这里,种植着诗人喜爱的松、竹、梅、桤、楠等。这里,每一片破碎的叶子,每一盏亮起的灯,都无法与诗人犀利有力的文笔相媲美。因为人生中总有一种执着,永远不会过期。

　　抚今追昔,由人及己。当年,诗人为逃避"安史之乱",公元759年冬才来到成都,凭依朋友帮助建成了草堂。草堂,既为诗人遮风挡雨,也成为他创作的幽静场所。他目睹了统治者的腐败、叛军的残忍和人民的苦难,其悲情使我唏嘘不已。他的诗真切地反映一个时代政治时事和社会生活的画面,更承继了汉魏乐府"感于哀乐,缘事而发"的精神。

　　我沉湎草堂的文化力。草堂是诗中家国情。一座草堂,浸染诗魂。诗人一生,以饥寒之身永怀济世之志,处穷困之境而无厌世思想。回望诗人,不难发现他一直是中国文学史的纠结点,也是一段中国历史的观象台。自古以来,一个个王朝的灰飞烟灭,存留下来的只有文化,人类历史就是一部文化史。

　　一座草堂,半部大唐史。杜甫草堂,震撼魂魄。盛世之盛,唯念凝聚力。由盛及衰,当思文化力。秋风苦渡,诗人用利刃为大唐刮毒。秋风浩荡,一页页诗篇最终吹破草堂。秋风行吟,诗人情怀薪火传递。"诗中圣贤,笔底波澜。"那圆圆的茅屋,犹如草堂在与星空完成哲学对话,那深深的"骨"字,乃是诗人留给大唐由盛转衰的深切标注。

　　诗魂归兮!草堂,能装下远方。千年杜甫,古老神曲。"草堂留后世,诗圣著千秋。"历史常会把一份值得咀嚼的生命本真,留给后人,太有味道。从西安走来,我游历草堂,心痛了,可这种痛更让我想起一位哲人的话:能保持永恒的美,在于它蕴含着悲愁。

乐山的微笑

我最早知道乐山大佛来自电影《神秘的大佛》。那是20世纪七八十年代，一位著名导演拍摄的一部享誉中外的武打片，当时，适逢中国改革开放，新思潮新鲜事物徐徐涌入，加之，又是中国第一部电影武打片，一时间，乐山蜚声海内外。从此，游历乐山，拜谒大佛，便成为我的心愿。

2015年秋，我终于如愿以偿。乐山大佛，古称"弥勒大佛""嘉定大佛"，又名凌云大佛，也叫弥勒佛。但大佛没有袒露肚皮，严肃而沉思。可能，大唐时代崇拜弥勒佛，玄奘法师就是著名的弥勒信徒，中国寺庙弥勒都憨态可掬，而仅有这尊具有"中国特色"。远看，大佛融入山中；近看，高不可攀。大佛依山凿成，临江坐东向西，面相端庄。佛头与山齐，足踏大江，双手抚膝，广额丰颐，体态匀称，神情肃穆。大佛通高71米，头高14.7米，头宽10米，肩宽24米，发髻1021个，耳长7米，其内可并立二人。鼻长5.6米，眉长5.6米，嘴巴和眼长3.3米，颈高3米，手指长8.3米，从膝盖至脚背28米，脚背宽8.5米，脚面可围坐百人以上，雕刻细致，生动体现盛唐文化气派，也是世界现存最大一尊摩崖石像。

我记得，乐山大佛的"秀骨清相"已经成为南朝画风的代表，但学贯中外古今的吴冠中创作的《乐山大佛》，更注重"山是一尊佛，佛是一座山"。1978年5月，他只身来此，次日，租一小舟，穿过险滩来到江心写生。接着，上岸来到大佛脚下，还爬到半山腰，回转头描摹滚滚江水。正如他在《风景写生回忆录》中所述，笔下的乐山大佛"是随着飞燕的盘旋所见到的佛貌，是投在佛的怀抱中的写照"。这不仅是在速写、素描基础上创作油画,而且是用彩墨画着力展示佛之形神意味。并在大佛图上写道:"大佛无语保平安"。

在乐山,山是佛,佛也是山。山笑着乐,乐捧着佛。一座一坐,一佛一活,足见古人智慧就在于顺势而为,天人合一。大佛,为了菩提树,为了莲花,为了众生,为了让尊贵与低微同行,共对生命的敬畏和关注。

在乐山,家家信佛。佛家认为,天人合一,人神一体,神即是人,人即是神。人乐佛笑,人悲佛哭,可见"仁者乐山,智者乐水""仁智者,在乎山水之间也""天下山水之观在蜀,蜀之胜曰嘉州(即乐山市)"。也就是说,佛山合一,既属道教也属释教思想。因为大唐佛教盛行,武则天尊佛,而皇帝姓李,并以自己为老子(李耳)后代自居,因而道教盛行,促成佛与道的统一。

我终于被乐山所震撼。拜谒大佛,人如蚂蚁。大佛笑看人间更迭,我惊叹佛之高大与壮观,也赞叹佛之造像精美,更思考佛之承载的历史年轮。行至跟前,只见坐北面水,双手平抚双膝,泰然自若,嘴角上翘,集人神为一身,少了神之圣严,多了人之性情。大佛身躯有十个篮球场大,相当半个山峦。大佛景区由凌云山、麻浩岩墓、乌尤山、巨型卧佛等组成,属峨眉山风景名胜区,也是国家4A级风景名胜区。

永远的乐山,永远的大佛。佛之幸,人之幸,国之幸也。走读乐山,步如云霄。游历乐山,走向大成。我以文诠释,笑看红尘佛未老。佛也有性,性能包佛。大佛端庄慈祥,凝视发展,喜悦之情,跃然脸上,这是对盛世的向往和表述,也是这个世界最为干净的心灵传递。微笑向暖,给力永远。

峨眉不了情

十月,我从乐山来到中国"四大佛教名山"之一峨眉山。

峨眉山,秀绝天下。山势逶迤,山体南北延伸。山坡西缓东陡,东坡为逆向坡,另有断层崖,山势险峻。因她像极少女美丽面容和弯弯秀眉,故称之为"峨眉山"。秋来了,绿暗红稀,峨眉萧索。放眼望去,片片葱绿化不开。雾霭飘来,缠绕山间。众山之中,岩壑之间,我的眼,我的心都被一一擦亮。难怪,民间赞曰:"四川有座峨眉山,离天只有三尺三!"这种巍峨,这种不凡,在郭沫若题写的"天下名山"中表现得雄浑而俊逸。

峨眉山,最有灵气。山势高低悬殊,气候差别甚大。低山区属亚热带,中山区为温带,高山区是亚寒带,素有"一山有四季,十里不同天"的妙喻。如今,主要以报国寺、万年寺、伏虎寺、清音阁、黑龙江栈道、洪椿坪、仙峰寺、洗象池、金顶等为游历观光重点。那天,我们来到报国寺和伏虎寺时,天空下起小雨。很快,便有烟云,继而升起白雾。顿时,山在云雾中,云雾在山中,云雾来了,山也没了,云雾走了,山又显露。那时,虽说我被细雨淋湿了,却未曾感到过清冷和惆怅。

峨眉山,秀拔五岳。没有"高出五岳,秀甲九州",哪有"峨眉者,山之领袖;普贤者,佛之长子"。登山时,山路险峻、湿滑,山峦就像在脚下翻腾,路旁则是山谷。下山了,雨却停了,山像被雨水洗过,清秀无比。等天色渐晚,却又出现雨云。不过,山里的雨,来也快去也快。刹那间,天又放晴,让我念起王维的《山居秋暝》。

峨眉山归来,不虚此行。我心中始终存养起"奇、秀、灵、野"四个字。说奇,缘于山奇、水奇、物奇、人奇。说秀,就最寻常不过了。说灵,既有吸取天地之灵气的泉水,也有灵性的猴子。不过,就山而言,若从雕塑角度去凝视,她就是米开朗基罗;若从音乐角度去倾听,她就是莫扎特;若从绘画角度去观看,她就是达·芬奇;若从文学角度去朗读,她就是巴尔扎克。但这些远远不及山的存在,天下至秀。

峨眉山归来,无法淡定。下山了,我方才知道,峨眉山包括大峨、二峨、三峨、四峨四座大山。大峨山为峨眉山主峰,人们常说的是指大峨山。若再去峨眉山,我会登临金顶,倾心欣赏"四大绝景"——日出、云海、佛光和圣灯。虽然这个时代,世风日下,道德滑坡,世道艰险,从善如登。但我仍觉得,人生至少都需要体验两次生命中的奋不顾身,一个说爱就爱的人,一次说走就走的旅行。

游历峨眉山,我终于懂得现代人的山居旅行,其实不存在出世与入世。即使有些真意,也无非小隐,只不过变换一种生活状态,投身山水,回归自然,放牧心灵,释然而已。

青城山

青城山,古称丈人山,为邛崃山脉分支,紧靠岷山雪岭,面向川西平原,林木青翠,诸峰环峙,状若城郭,因"山势如城"而得名。

青城山是有神韵的。分前山与后山,道教宫殿和佛教寺庙遥相呼应,有风景名胜,有蜀茶产地,还有"日出、云海、圣灯"三大奇观。其形成于1亿8000万年前的造山运动,岩层破碎,起伏较大,褶皱明显,山体千姿百态,绝壁深壑,断崖裂石。其地质地貌以"丹岩沟谷,赤壁陡崖"为特征,主要植被类型是亚热带常绿阔叶林、常绿落叶阔叶混交林和暖性针叶林。其山韵是沿登山道拾级而上,轻言低语,经雨亭、天然阁、怡乐窝、引胜亭,到达天然图画坊。

青城山是天然氧吧。有亭阁百余处,依山势坡道而建,不拘一格,或三角,或四方,或六角。阁顶或单檐,或重檐,甚至有三、四重檐者。格式有单体、套体、廊体、门厅、阁楼等。有"36峰""8大洞""72小洞""108景",包括"青城四绝",即"洞天贡茶""白果炖鸡""青城泡菜"和"洞天乳酒"。最大特色是建材皆取法自然,风格融入四周林木山道,幽深、奇特、险峻、灵秀。

问道青城山。人们常说"青城天下幽"。这个"幽"是指幽静,山石奇异,路径曲折,水秀林幽;青城黛色,道观廊亭幽深;丹梯千级,曲径通幽,以幽洁取胜,并与剑门之险、峨眉之秀、夔门之雄齐名,融合道教"天人合一""师法自然"和"三生万物"的思想。1940年前后,当代国画大师张大千举家寓居青城山上清宫,寻幽探胜,还篆刻图章一方,自号"青城客"。著名画家徐悲鸿在此写生，创作出屈原《九歌》里插图《国殇》《山鬼》等。而我更想以"灵"形容大自然的造化。因为青城幽深的溪谷和苍翠的林木，皆与道家古朴自然之风融为一体。

实际上，青城山以道教文化为根基，素有"第五洞天"之称，是中国"四大道教名山"之一，也是中国道教发源地之一。走进山门，有大树，也有小溪。步入深山，小溪看不见，流水也听不见。沿石阶而上，秀丽景色，了然于目。黄帝曾在此筑坛拜师。东汉以来2000多年，天师教祖师张道陵登上青城山，以《道德经》为经典创立五斗米教，又称天师教。

青城幽幽。曲径通幽，可以通灵。不是层峦叠嶂，不是佛道宫殿，不是名人异士行踪，不是美味佳肴，而是深邃的道教文化。我虽好峨眉之佛，少林之禅，但青城之道已扎进心中。佛、禅、道都来自我们真心世界。佛是觉悟的心，禅是本来的心，道是清净的心，而这"心"都是一体的，三而一、一而三。皆因人的缘分不同，导致有的与净土有缘，欢喜念佛；有的与禅宗有缘，喜欢参究；有的与道家有缘，喜欢清修。但万法归一，归至"心"字。

探幽青城山，万物皆有灵。丰之恺《白鹅》中写道："原来一切众生，本是同根，凡属血气，皆有共感。"我，生在北方，长于北方，虽说看惯了北方的山、北方的水，但青城问道，有人用脚探寻，有人用手抚摸，有人手脚并用，但我更想用心铭记："大道无极，碧海倚深"。

遵义行

走进遵义,我能体会丹霞地貌红浪排空的历史渊源。这里的土地,犹似侠士,宛若闺秀;这里的山水,携带历史,河流东方,都诉说着红军的传奇。

遵义,"转折之城,会议之都"。昨天,遵义是一座丰碑。遵义会议是中国革命的光辉画卷,扭转一个政党乃至国家命运。无数次战斗,无数人流血,无数人牺牲,垒筑起遵义的骨骼和血脉,彰显遵义的精气神。1934年10月,因王明"左"倾冒险主义错误领导,造成第五次反"围剿"失败,中央红军(第一方面军)连同后方机关人员8.6万余人被迫退出中央革命根据地,分别从江西瑞金、雩都(今于都)和福建长汀、宁化出发,开始长征。但"左"倾领导人又犯退却中的逃跑主义。12月15日,红军攻占贵州黎平,18日,中共中央在黎平召开政治局会议,正式通过决议,放弃向湘西前进计划,改向黔北挺进。12月底,红军进抵乌江南边的猴场(今草塘)。1935年1月1日,中央政治局"猴场会议"后,红军强渡乌江,1月7日占领遵义城。1月15日至17日,遵义会议确立以毛泽东为代表的新的中央领导集体。此后,"泗渡会议"更是对"遵义会议"军事行动的完善和补充,也是"遵义会议"军事指挥思想的真实体现和理论诠释。并与"遵义会议""四渡赤水""扎西会议""苟坝会议""猴场会议""娄山关战斗"等一起,将不屈与稳重、平实与豪迈,深深地流淌在遵义。

书香遵义,黔北明珠。四面环山,湘江穿城,土肥物丰,气候温湿;有山有水有寺,多坡多弯。今天,遵义是一艘航船,达长江,通大海。遵义是首批国家历史文化名城,拥有世界文化遗产海龙屯、世界自然遗产赤水丹霞,享有中国长寿之乡、中国厚朴之乡、中国金银花之乡、中国高品质绿茶产区、中国名茶之乡、中国吉他制造之乡等称号。

红色遵义,薪火相传。登上红军山,遵义城尽收眼底;游览娄山关,感悟长征,懂得"坚持"。走过红军街,除了店铺,还有一截分叉,另一条街通往湘江河。遵义的山,永远是红色;遵义的水,一壶觅知音;遵义的山水,因遵义会议而名震寰宇,因革命先辈热血浸染而红彻中华。

致敬!红色遵义,换了人间,永不老去。

赤水河

赤水河是生态河、美酒河、英雄河。

走读赤水河,心灵悸动。它发轫云贵川结合处,流过三省十多个县区,历经四川合江注入长江。那一天,虽说赤水河是无声的,但我独自站立河边,视线还是被迎风飞翔的大雁所牵引。不过,最撩我心的还是赤水竹,那刚毅与气节、手笔和胸怀、气质和秉性,实乃赤水人品格的歌咏。

赤水河是绝美的生态河。单说夏秋水红,曰赤水河。只有冬春水清澄碧,可以看到河的深邃和美丽。再说红土裹挟着历史风雨,造就了山水的磅礴,绿海波涛中深藏飞流的轰响。更不用说,赤水河因盐运而生、因盐运而发、因盐运而荣,这是河的文化。如今,虽说纤夫以及船工的号子都已消失,少了澎湃,少了宽阔,但流水弹奏的仍然是祥和明丽的乐章,这是历史的必然。

赤水河是神秘的美酒河。古语云:"大江不酿酒,必取山河水。"赤水河畔乃最上品的酿酒水源,冬无严寒、夏无酷暑、雨量充沛、气候温润。赤水河水源曾经荣获"中国好水"水源奖,也是中国唯一一条有专门法规保护的河流。水是茅台酒的魂,文化是酒的灵魂。"茅台的思想"——"流淌着思想的液体"。茅台镇四面环山,赤水河两岸分布大小酒厂、作坊,集结古盐文化、长征文化、酒文化。酒是产业,也是魂,仁义为怀,酿造未来。除郎酒与习酒隔河相对,上游50公里处就是中国第一酒镇——贵州茅台镇,再往下游走是泸州老窖厂区,被誉为中国白酒"金三角区域"。中游是国酒茅台产地,仁怀的茅台、习水的习酒、古蔺的郎酒和泸州的泸州老窖以及董酒、金沙窖酒、赤水河酒等都用赤水河水酿造。2004年7月18日,贵州仁怀被正式认定为"中国酒都"。

赤水河是红色的英雄河。赤土,铺就河床,包裹赤子,展现赤胆;赤水,与生俱来与赤色相融,山上印满红色足迹,河中流淌红色传奇。红军长征"四渡赤水"是毛泽东一生中的"得意之笔",是长征文化经典,是无法彩排的战略智慧和大智大勇。1935年1月29日,"一渡赤水"迫使国民党军汇聚川南,黔北空虚,毛泽东乘遵义空虚杀了回马枪。1935年2月18日至21日,红军秘密"二渡赤水"重回贵州,将国民党大部队甩开三天路程,打乱敌人部署。3月16日至17日,毛泽东命令红军虚张声势"三渡赤水"再次进入川南,大部队隐蔽,待敌人向西再次追至川南,他决定乘敌不备主力折兵向东,红军行进在国民党重兵集团缝隙中。3月21日晚"四渡赤水",31日南下突破乌江,直逼贵阳。当时,在贵阳督战的蒋介石吓得魂飞魄散,严令云南军阀火速"救驾"。就在滇军部队昼夜兼程东调之际,红军绕过贵阳,向西直插云南。而云南军阀向蒋求救,云南北部金沙江军队南下增援,金沙江防线脱空,红军渡江北上时机来临。4月29日,中央军委指示抢渡金沙江。5月3日至5月9日的7天7夜,红军主力靠7只小船巧渡金沙江北上,将国民党军40万追兵甩在金沙江南岸。其中,"苟坝会议"为"四渡赤水出奇兵"埋下伏笔。土城渡、太平渡、茅台渡、二郎渡战役,都成为最高亢的音符。"四渡赤水"纪念馆矗立赤水河河岸,把历史浓缩。美国作家哈里森·索尔斯伯里在《长征——前所未闻的故事》中写道:"长征是独一无二的,长征是无与伦比的,而四渡赤水是长征史上最光彩神奇的篇章。"

乌江

乌江，像一条缆绳勒紧大地腹部，这是通向远古的栈道。远古神秘，思想神秘，生命神秘。

走在乌江，我耳畔会传来西楚悲歌，凄美之爱惊醒多少个世纪的黎明。

乌江是大命题，也是大秘籍。项羽不蠢，而是发现秘密。这秘密就是天要亡他。正如"然今卒困于此，此天之亡我，非战之罪也"。古人相信命运，而项羽认为之所以有如此失败，是因为上天要灭他。项羽多情，若不多情，鸿门宴，就将项伯处死。因为多情，他不愿意回江东，更不愿意看到父老乡亲失望的表情。这是大丈夫不能做的，何况他是贵族，自然不愿做。打开司马迁《史记》，项羽本纪赫然再现公元前203年楚汉对峙的狼烟……他是楚国贵族后裔，胆气铸就英雄之魂；他是天下英雄，有血有肉，"力能扛鼎"；他的魅力是敢作敢为，敢爱敢恨；他是用史实创造文化的人间英雄，并以迷信暴力的个性雕琢历史。他更可贵的是将"霸王别姬"升华为一种悲壮且浪漫的文化符号。大丈夫，沙场杀敌，死则死也，何足道哉！一世英雄，四面楚歌，退至乌江，自刎了断。这是他"丛林之王"永远迷信"丛林法则"的历史悲剧。自古以来，成者王侯败者寇，李世民玄武门之变，宋太祖陈桥兵变，安禄山安史之乱，一朝天子一朝臣，从此王侯将相。所以，人心选择刘邦，历史抛弃项羽。

历史翻到今天，我惊叹乌江壮美，大江奔涌，江天寥廓。英雄不是帝王，而是百姓的帝王。项羽真实，他以真实人性，活在渴望真实的土壤中。他是反抗暴政的英雄,这是历史价值所在;他是暴秦终结者,却未成为暴政终结者。天亡英雄,无损英雄光彩。他具备中国古典英雄全部元素,而刘邦奸诈、狡猾、道德品格低下;项羽一生,既无政治目标,也无政治谋略,而刘邦却有极高的政治智慧和娴熟的政治手腕。更不用说,在中国文化辞典,政治只重目的,只看结果,换句话说,只讲政治智慧、政治手段,不讲政治道义。不是吗?"武王伐纣"是正义与非正义的对抗,"秦扫六合"是武力与征服,项羽灭秦则是以暴易暴。

乌江,古道西风,吐露真相。乌江水,霸王情,纵横千里,看似柔弱无骨,却气吞山河。行吟乌江,歌一曲,诗一首,酒已尽,泪未干。

卷 四

漠河

那天,我们到达漠河已是下午。街道规整,楼房崭新,县城不大。听说,老县城1987年5月6日在一场大火中基本烧光,只有松苑、清真寺和茅房得以幸存。

下榻宾馆后,顾不上劳累,我们便走进夜幕下的漠河。那浅灰色的天空夹着缕缕亮光,参差不齐的花草千姿百态,路灯发出柠檬色的光芒。空气里,糅合花儿的甜韵、草儿的幽香和炊烟的美味。村庄安详,夜色宁静,月落无声。这土地,这河流,这季节,始终都在助推我们的脚步。

漠河,坦坦荡荡。古称"木河""末河",因流经境内的额木尔河,河水黑如墨,称之为"墨河"。又因河水曲折旋转,如石磨之转动,称之为"磨河"。"墨""磨"同音,一直沿用为"漠"。漠河是俄罗斯人叫法,黑龙江人叫阿穆尔河;阿穆尔河、额木尔河皆为漠河发音。它是中国版图最北端,中国纬度最高县份,被誉为"金鸡之冠""天鹅之首"。这里,有汉、蒙、回、满、朝鲜、壮、彝、鄂温克、鄂伦春、锡伯、土家等十七个民族,旧石器时代已有远古人类聚落。这里,地缘独特,天象奇特,素有"金鸡冠上之璀璨明珠"美誉,有"白夜"和"北极光";这里,被森林湿地围绕,群峰叠翠,林海苍茫,流水清澈,鸟语花香。

漠河有味道。第二天,凌晨三点多,东方露出鱼肚白,街道上的行人熙熙攘攘。天蓝得非常,把云衬得透亮。蓝天白云下,绿树葱茏,散发清香。广场有一喷泉,池中的水,一会儿出现,一会儿陷没。圆柱形花柱立于草坪,微风中花草起舞。踏上西山公园台阶,我回眸漠河晨色,真切而绚烂。

漠河就是漠河。我们早餐后,前往北极村。山在回声,林在震荡,峰在摇响,谷在传唱。可我最留恋的还是"松苑"——街心公园。迈步林间,松树挺拔。阳光从针叶的缝隙中透过,洒到林间,松苑静得出奇。石头铺的小路,四周都是松树。园内有小径和石凳、石桌、木椅。树种多是樟子松和落叶松。我多想品出味儿,只是吮到嘴中不觉得甜,闻到鼻子不觉得香,那样沁人心脾。原来,树木是漠河最真实的名片。这里,两度闻名于世的莫过"5·6"大火和中国最北点。我想象得出,那种被火舌吞噬,枝干抽搐、树皮爆裂、烈焰升腾、浓烟膨胀的凄厉,还有逃生的鸟兽和痛失家园的人们。

我在漠河,不仅找寻到岁月深处的心境,而且激荡起生命的浩叹。如同人之心中,抱拥树之信念,何叹碧浪滚滚!英国小说家哈代说:"呼唤者与被呼唤者很少互相应答!"这句话确实道尽我与河之情缘。

相约白桦林

夏日,我在大兴安岭与白桦林相约。

当飞机临近漠河上空开始降低高度时,我透过舷窗俯视黑土地,河流蜿蜒,炊烟袅袅,片片森林映入眼帘。大兴安岭,山峦绵亘,松涛呼啸,云岫氤氲。绿叶松、樟子松、红松、灌木,构成蜿蜒千里的苍莽。尽管我情不自禁地饱览劲松,俯视山花,但白桦树还是更让我迷醉。起初,两株三株,且与柞树、水曲柳等相混杂。渐渐地,一簇簇,一片片,繁衍成林。顿时,我的身心全被白桦的魅力所折服。那红、黄、绿相互交错的树叶,不仅给大自然增添风光,也给我盛满向往和遐想,宛如走进列宾的画境,美无国度。

走进白桦林,风像从树叶底下吹来。白桦树成片了,酷似一道长城。单株了,像少女,如俊男。我细心找寻树之绝色:白的树干,黄的叶片,傲然耸立。远望,竟不知如何点赞。一棵棵,亭亭玉立,侧枝一律斜向上,拢成一束。叶片光艳,光滑的树干上都长着一双双亮晶晶的眼睛,真不知是苦难的证明,还是断裂的标记。

徜徉白桦林,绿色入心。我走着,白桦树站着。鸟儿从头顶飞过,车马在山下喧闹。忽然,我眼睛放亮,既搁下前世牵念,也放下今世担待。白桦树静静地看着我,我慢慢地抬头对视。那一瞬间,未见燕子轻盈,莺莺娇软,只闻得气息,双目交汇,深情充溢,意念相通。

置身白桦林。我的神往,在阳光下蜕变为"玉树临风"。我背倚树干,扬起头,眯着眼,透过枝缝仰望蓝天,顿生出尘之感。亲近与亲切中,我想起法国作家列那尔《树木之家》中的话："远望过去,他们仿佛密不透风,无法进入。但等我一走近,他们的树干就豁然分开。""平时他们只是和睦地轻轻细语。""我感到这里才是我真正的家。兴许我将忘记我的另一个家吧。这些树木将会逐渐接纳我,而为了配得上这份雅意,我学会了应当懂得的事。我已经懂得凝望浮云,我也懂得了守在原地不动,我几乎学会了沉默。"

深邃的白桦林,何以让我如此深陷?先不说那粗犷的美,也不说阳光下的引诱,单说那黑白相间的韵绿,已使我窘迫得丢掉诗之言语和想象的灵感。我在穿梭,微风掠过;我在呼喊,温情荡漾;我在踏寻,深情不已。于是,我细看树皮,那一层一层,薄而透明。第一层是白色,第二层有些暗红,第三层土黄色,第四层明黄色,每层颜色不断变绿,直至树干,真不知这是暗语、等待,还是私语?

我静神注视。白桦树是白杨树的近亲,红豆杉的远邻。不如杏树、桃树娇媚,不似柳树、松树单调,也不比胡杨、榕树遥远。树干、树枝、大树小树正直;活树、枯树、半活半死的树正直,正直的身板定格一种意念。记得,多年以前,朋友问我,见过冬季的白桦树吗?我摇了摇头。他说,一定要看,否则,做一个北方人不合格。我问他,看了有何种感觉?他沉默了。末了,我说:"看了,难道会落泪?"

秋来了,有一种心香来自灵魂。白桦树的叶子将从翠绿变成金黄。风来了,会起舞;雨来了,能歌唱。冬雪中,会变成《天鹅湖》中的小天鹅。据说,白桦树也叫"美人树"。春天一头鹅黄,夏天一袭绿裙,秋天一身华衣,冬天银雕玉琢。俄罗斯人把她比作少女,德国民间把她看作爱情,中国北方把她当作爱的信使。最早,我从电影《白桦林中的哨所》中知道,后来,又从俄罗斯诗人叶赛宁的诗、托尔斯泰笔下的写景、柴可夫斯基的旋律中读懂。至于俄罗斯民歌《白桦林》更用一种质感、缥缈和悸动击穿我的心房。

亲亲的白桦林。每天,有多少人来来往往,又有多少人前赴后继。因为有约,我懂了,这个世界,太多的相约中,唯有白桦林能让我们守护苍穹。

龙江吟

黑龙江,在北极村随着山势拐了一个慢弯,果然把大江东去演变为大江东南去。这一瞬间,我明白自己走进江河,也走近黑土地,更走进大森林。

因为,这种至奇至丽的美,缘于龙江的烟波浩渺。江水流淌,不紧不慢。没急流,无险滩,像一头驯顺的黑龙趴着涌动着向前。远看,墨黑之水,远望,粼光一片,阳光下,波光起伏。近看,河床下的鹅卵石历历可数。极目而望,天远水阔,原始森林几乎把所有的静谧浸泡其中。更不用说,北极村是黑龙江的源头,这种壮美和空灵何曾不让人震撼?

龙江真切。江水泛黑,白的浪花轻柔翻动。两岸长满落叶松、樟子松、白桦树。身披阳光,沿江而行,那种清香,那片寂静,踏实而自在。甚至从龙江对岸飞来的鸟声,也把北极村映衬得格外幽深。

龙江奔涌。我不停审视,只想为生命增添一缕光波,也想为生活寻找一股热流。作为中俄界河,楚河汉界,泾渭分明。河水波澜不惊,但流经中央时还是湍急奔涌。不宽的江面,清凉微黄,略带泥沙,不同于其他内陆河。中国这边,田野绿波,一派生机;俄国那边,林幽山静,重峦叠嶂。

龙江,荡涤前人,沐浴来者。我目之所及,耳之所闻,手之所指,足之所蹈,皆为久违的领受。作为北中国的母亲河,与长江和黄河,并称中国三大河,与尼罗河、亚马逊河、密西西比河、叶尼塞河等并称世界八大河。据说,"在那久远的过去,这里常年有一条黑龙,后来从北边飞来一条白龙。两龙乘云跃出,激烈相斗。黑龙吐珠为雨,旋尾成风,终于战胜北来白龙,此后,以水为阵,蛰伏不出"。所以,被称为"黑水",俄罗斯称"阿穆尔河",也是黑水之意。记忆告诉我,龙江就是外婆的故乡,那久远的雪橇和冰爬犁曾魂牵梦绕着我的乡音乡情。我惊喜,小时候早就知道人参和貂皮,极昼与极夜,漠河与北极等。我忧患,富饶的龙江长期地瘫痪在晚清傀儡、军阀混战割据、"九一八"梦魇和国民党的独裁中。直至上学,我才读懂祖辈漂泊与迁徙的岁月,苦似广东人下南洋,陕西人走西口,山东人闯关东。

龙江浩然,人类渺小。伫立江畔,我没了清高,没了狂妄,没了激扬,瞬间,空去物我,不为物役,不为形拘。于是,我们上船畅游,江水被巡逻艇激荡得发响,对岸有俄罗斯人向我们招手,江边还停靠两艘俄罗斯军舰,小孩爬上树惊奇地张望中国乡村。于是,我们又在甲板眺望,那边的松树,那边的柳林,那边的山峰更像一幅丹青。于是,我大声地呼喊:龙江,我来了!

龙江,我生命的音符。我找寻自己根之江河,也对接自己生命的南方和北方。我的南方和北方,很近,近得隔岸相望;我的南方和北方,很远,远得难以用脚步丈量。因为太湖、西湖倒映我的南方;黄河、黑龙江充溢我的北方。

龙江,我生命的摇篮。这里是中国历史的幽静后院!这里曾是马背民族的诞生地,也是游牧文化的输出地。这里走出的契丹族,与北魏王朝一样胡风汉制。这里走出的女真族,掌控大半个中国。特别注重以汉文化的儒雅填补本民族心灵的漏缝。这里诞生的蒙古族,让世界骇异、费解和太息。其实,历史早已告诉我们,中华民族正是在不断割据、对立、抗衡中,走向统一。每次统一,少数民族的新鲜血液,既激活汉民族的肌体和机能,也优化汉民族的基因和品质。固然崇尚天人合一,讲究和平仁爱,追求综合包容,这是中华文化的精髓,但安土重居、封闭自守里依然留存农耕文明的烙印。正是多种异质文化的刺激、掺和与交融,才谱写出中华民族精神的大图谱。

难怪,鲁迅先生在《中国地质略论》中有言:"中国者,中国人之中国。可容外族之研究,不容外族之探险;可容外族之赞叹,不容外族之觊觎者也。"足见,物质丰盈世界,文化构建未来。

北极村的奏鸣

来到北极村,绿,给我心灵深处吹皱起一缕缕清波。最先映入眼帘的是牌楼,牌楼两边是绿影婆娑的行道树。走过矩形碑,碑上"中华北陲"四字,厚重至极。碑后是亭子,一南一北。

踏进村门,村碑上"北极村"三个大字格外鲜红。北极村,原名漠河村,现在的北极乡政府所在地,又称漠河乡,是中国最北临江村镇,所辖三村中北极村最大。其中,居住不过150年左右者,多为山东、河北闯关东者。北极村不大,三面环山,村北为俄罗斯与中国界河——黑龙江。村旁,水鸟起舞,柳枝相依,白桦挺拔,白杨耸立。木屋、亭榭和小桥组合。绿山、绿水、田园环绕。房前屋后栅栏围定,院内小菜和花卉相间。

小村深处有一条公路,南北方向,从村前通向村后。十字路口,一条东西方向的大街向东延伸至江边,已成为北极村的通江大路。这里有广场,景点沿广场展开。我们在"北极村客栈"住下,走近"神州北极"石,眺望黑龙江。接着,坐上游艇,直奔"中国最北点"。等经过"中国最北人家"门前小径,走过索桥,踏过草甸,行过栈道,即到达观景台。栈道旁,大小石碑上,东西南北中,只剩一个"北",还有鄂伦春人的图腾柱等。"北望垭口广场"上有大名鼎鼎的最北雕塑。中国北极点标志是一块像鸡冠的大石头,上面红色五星代表极点,并添加了树神木桩和"我找到了北"的石碑。

置身于此,我领略神韵,衍生祈愿。更不用说,小村夜色,沐浴我们孩童般的甜美;小村黎明,通知我们去看日出。第二天,天色果然早亮,4点钟,我们背起相机,零距离地投入小村清晨的怀抱。街景寂静,一切生命之曲都在沉默。只有我们的脚步踏响这里静静的黎明。伫立岸边,我庄严凝望太阳从俄罗斯雾气的森林中钻出。

这时,行人极少,四周极静。天空幻境万千,大地奇花异葩。没有犬吠,没有鸟鸣,偶尔落下雨滴,琵琶一般。松香阵阵,江水缓和。小村,像在偷偷还原一种生命的意象,等待山冈上的绿慢慢浸染。那木屋、白桦林和山峦,恍若一幅幅古旧的油画,只有大红灯笼还在摇曳着小村尚未褪尽的夜色。我们放慢脚步,生怕吵醒善良的村民。再来到广场,摸着碑石,心潮起伏。江水流过,黑的水,油墨一般。云很低,山岚在云雾中时隐时现。

我们绕行江边。虽然未曾看到北极光,但了却了孩童时代从《十万个为什么》上知道的祈愿,而且这种奏鸣别有一番滋味。我深情地吮吸,倒有久违的释然萦绕心间。可能,在普通人眼中,北极村的地理坐标没有什么特别,但走进北极村就大不一样,因为站在神州北极点上,谁就成为中国最北端最具人性的地理端点。并与海南三亚马岭山下的"天涯海角"遥相呼应。

突然,一阵风刮起街心的尘土,我亢奋而激越。北极村,黎明的深处,脚步就是奏鸣。倘若离开脚步,再精妙的原野都哑然无声。游走与穿越中,我终于找到了"北"。原来,我记忆中的"北",仅仅搁置于地理空间,只有当下最真实的"北"看见了,摸着了。那么,"人生之北"又在何处?我想,可能爱斯基摩人、拉普人都会告诉我。因为,他们生存在北极圈,最懂严寒来临时,人之生命内驱热力需要具备多大的抵抗系数。

绿颂

1

夏日,伊春让我心入原野,梦想起舞。

伊春,给我投掷原点。心入伊春,绿染身心。这里,对灵魂的打扰最少,也允许胡思乱想。那不同寻常的静寂,那一望无际的碧空,那舞姿舒展的绿野,使我晓得人类常常通过艺术的隧道触摸世界之谜,印证生命的奥秘。

伊春,蒙古语意为"依逊",意为"九数"。而满语为"盛产皮毛衣料的地方",具有山即是园,园即是山的特色。这里,小兴安岭,从西北向东南伸展;汤旺河,由北向南纵贯全境;森林组成的绿色屏障,阻挡住西伯利亚的寒流,汩汩山溪清泉汇成条条河川,从而成为享誉祖国的"林都""红松故乡"。

伊春,无论道路、楼房、广场,还是公园、木雕园都给人和谐、自然、干净和清凉。溪边散步,鸭子戏水。绿树下、芳草边,动物与植物、动物与人类,都把生命融入一种境界。伊春河畔,竹筏走过,显露庭院,生活的颤音。俯身戏水,丝丝清凉,涌上心头。

伊春崭新,森林古老。伊春之美,属于诗歌,属于绘画,属于绝句,属于油画。明代文学家杨慎所言即是,有人请教他:"景之美者,人曰似画;画之美者,人曰似真;孰为正?"他却说:"会心山水真如画,巧手丹青画似真。"难怪,身临伊春,我会想起朱自清的散文《绿》。忘不了,他把那醉人的绿,唤作"女儿绿",而我却要把伊春之绿称之为"祖母绿"。因为这里有生命之绿——"恐龙博物馆";健康之绿——最大的中心血站等;希望之绿——学校—

应俱全;文明之绿——图书馆等;国防之绿——武警部队、森警支队、边防支队等。更不用说,我之心绿,早已被这慈祥的"祖母绿"深深淹没了,我张开双臂,深情呼吸,虔诚接受。因为,这山间小溪途经山岩时唱着"清泉石上流",树枝随风摇曳;穿过林荫时吟着"芳草萋萋",树叶迎风摆动;伴着小路时说着"杨柳依依",树枝与树叶尽情合奏。

2

伊春,丰沛我生命。

游牧伊春,我与岁月牵手。伊春的建筑,可谓"城在林中,林在城中,水绕山环",境界至美。品读伊春,我想在时光节奏和自然旋律中提升阅读,呼吸新鲜,感受乡野,开悟灵魂。

如果说小兴安岭是伊春骨骼,那么汤旺河就是伊春的血脉。爬山行走,树绿、山绿、水绿。绿的世界,水在天上,天在水中,我真不知自己漂在水上,还是飞在天上?小兴安岭绵延起伏,汤旺河碧波荡漾,大森林蕴含神、奇、古、秀、幽之神韵。小兴安岭森林公园,以红松为主,"兴安塔"是标志性建筑,既是森林防火瞭望塔,也是森林防火通讯中枢,更是游人的观光塔。登上塔顶,须臾之间,倍觉绿色像从鄂伦春人的足下走来。汤旺河边,李兆麟将军与战友们在此消灭过不少日本鬼子。石林,栩栩如生,为中国唯一造型最丰富、类型最齐全、发育最典型的印支运动期花岗岩地质遗迹。踏进茅兰沟,我从黑龙潭,仙女池,丹凤泉及茅兰沟瀑布与茅兰河的命名景点上,明白水点活了山,山点活了水;林海藏珠,深山藏胜的野趣天成。

不过,伊春最燃情我的是红松。近也红松,远也红松;闻也红松,看也红松。一步一流连,一醉一陶然。那香甜的松汁,那粉红色的树皮,那金色的树木,让我把珍爱深藏。尤其,我从林间走过,红松常常把滋润罩我身上,洒在脸上,抹在眼上,沉淀心中,使人不由得追念这森林里的"百木之长"、植物的"王者之尊"。难怪,苏东坡在《三槐堂铭》中曰:"松柏生于山林,其始也,困于蓬蒿,厄于牛羊;而其终也,贯四时、阅千岁而不改者,其天定也。"其实,这"天"就是自然规律和客观规律。

3

伊春,孵化未来。这种多重、多层、多彩的大自然的旋律化世界,实为地球上存留下的一块祥瑞之地。我游历于此,便想起诗人郭小川的诗作《林区三唱》:"山中的老虎呀,美在背;树上的百灵呀,美在嘴;咱们林区的工人呀,美在内。"

伊春绝美。她美在生命质感,披露每片叶子的心灵,阐述每颗露珠的眼睛,让生命返老还童,让青春返璞归真,这是伊春的心灵定位。正如我从嘉荫恐龙国家地质公园归来,常常反复地做着同一个梦,与恐龙对话。恐龙梦里对我说,他们生活在距今约2亿万年至6500万年前,以后肢支撑身体直立行走。现在,大部分灭绝,其后代——鸟类却已存活,并繁衍至今。恐龙还告诉人类,做什么事别求大、求强。原来,1902年,俄罗斯地质学家在此发现恐龙骸骨化石,并把挖掘出的化石组装成一具高4.5米、长8米的完整恐龙化石骨架,定名为黑龙江满洲龙,陈列于圣彼得堡苏联地质博物馆内。中华人民共和国成立后,中国地质工作者又在此发掘大量恐龙化石和鱼、鸟、龟、鳄等。

抱拥伊春,至当从容。法国作家雨果说:"人心好像书页,有它的正面,写着青春;有它的反面,写着智慧。"我深信,生活就是熔炉,一边冶炼钢,一边淘汰渣。所以,我沐浴植物的王国,怎能不从眼前的"祖母绿"中读透生命的存在和延续的本质——基因。

太阳岛上

夏日,我来到太阳岛,恍若轻抚青春的绿藤,舒展而涤荡。

太阳岛,阳光般的地域。松花江上的一片沙洲,坐落北岸,与斯大林公园隔江相望。以前是俄国人别墅,后来扩建为小岛。如今,虽说岛上痕迹稀缈,但还是值得聆听。据说,清朝中叶,这里因江水淤积而成,两种黄白砂粒十分透明,阳光照射,炽热如火,被称为"水上的太阳",后亦被野浴的人称为"太阳岛"。当时,太阳岛名曰"太阳滩",也被喻为"水上的太阳"。清朝光绪末年,松花江航线开通,第一座航标即设在"太阳滩","照头"凌空而起,标志醒目,简称"太阳照","太阳岛"因此而衍生。甚至还有说法,说这方水域盛产鳊花鱼,满族人称之"太要恩",发音与"太阳"相近。久而久之,满语的"太要恩"即变音为"太阳岛"。

走进太阳岛,不仅需要眼睛,而且需要心灵。这里有水,水上有阁,阁下有湖,湖边有山,山上有亭,山湖相映,云霞倒映,野趣浓郁,是避暑乐园,也是野游、野浴、野餐的天堂。这里,每片泥土,每棵树木,每缕阳光,都能把人的心力掐出水来。太阳岛公园是岛上最主要景区。公园正门巨石是"太阳石"。相传,这是太上老君炼丹时遗落人间的一颗仙丹。园内,有太阳岛湖、太阳岛山、水阁云天、"太阳瀑"等,有天然浴场、笨熊乐园、赛车场、鹿苑等,还有花卉园、丁香园、自然生态保护观赏区、太阳岛艺术馆、俄罗斯民间艺术收藏馆、太阳岛冰雪艺术馆等。园内深处很静,静得时光旷远;绿树花草很沉,沉得阳光下丢失笑靥。园中建筑中西合璧,无论远望或近观,皆为一幅幅质地凝重的油画。

太阳岛,率真而美丽。歌声深处,倾心几多。20多年前,我国歌唱家郑绪岚一首《太阳岛上》使太阳岛一夜之间出名,并繁茂出一种文化力量。《夜幕下的哈尔滨》享有"东方小巴黎"的美誉。现在,我领略岛之神美,湿地复建,鸟语花香,江鸥嬉戏,天鹅起舞。顿然间,倍觉太阳岛明珠一颗。2003年,全国一架最大的青铜钢琴雕塑在太阳岛上落成。其上,镌刻了《太阳岛上》的旋律,与蓝天白云相辅而成,也与绿树红花相应而立。

太阳岛,天赐之名。倾情绽放,验证穿越,鼓荡步履。

卷四

走在鸭绿江畔

我知道,那场战争残酷,也知道中国人民志愿军英勇,但我并不知道鸭绿江的模样。现在,我走到这里,真不知该说什么最好。但鸭绿江还是以男人河般的雄性迎接了我,了却了我学生时代孜孜以求的向往。

秋天的鸭绿江是庄严的。驻足江岸,对面是朝鲜,既是通道,又是边界,但不是语言的边界,相通的是不同地域民族间的心灵。以河为界,其实很近。从江面上看,大自然的造化总让人联想,这里亲历战争,目睹悲壮;又当之无愧地体验和平,复兴荣光。鸭绿江是一条具有象征意义的江河。我登上游艇,最先映入眼帘的是醒目的鸭绿江两座"断桥",一座看上去完整,是公路的;一座是半截子,断头部分落在水面中,是铁路的,准确地说,也就是一座半的桥梁。桥头不时有游人晃动,前方是朝鲜居民几间青砖瓦房。当小舟从泊在岸边的朝鲜国舰艇旁驶过,我凝望那红蓝相间的饰有五角星的朝鲜国旗,浮想联翩。可行至对岸近处,发现一群朝鲜小孩嬉戏游泳,他们的俏皮声勾起我久久凝望一幅红色的标语:21世纪的太阳——金日成。

等来到第二座"断桥",我觉得那是一幅无可取代的绝美,那首"雄赳赳,气昂昂,跨过鸭绿江……"的歌声仿佛不停地回响于自己耳畔。桥头上塑有彭德怀骑马的雕像,两旁还有八位志愿军烈士雕像,排在前面的是毛岸英,还有邱少云等。桥中间是美国飞机炸断的原貌。我能想象出当年钢铁架构的沉重桥梁在隆隆爆裂中坍塌入江的惨烈,也能猜测朝方为何拆除支离破碎的八孔桥梁,而中国却收藏了这段旧的战场。

一个推介和平的旧战场，一幅战争与和平的新画卷。旧的战场无言，可参观旧战场的行者何曾无言？如果说垓下遗址让人回味"霸王别姬"，官渡古战场使人领略以弱胜强，赤壁古战场教人奠定基业，那么鸭绿江"断桥"就昭示人们拯救不仅仅是一个科学命题，而且是人之胸怀，民族之风骨。

可能，一条江河因历史而闻名，一座城会因战争而牵念，但鸭绿江却是因为父辈豪情而激荡我心。游览鸭绿江，观看断桥，我深感鸭绿江是参战者，也是见证者，记写了战争的血与火、荣与辱、得与失。我来了，虽说仅仅是有缘过客，拜读伤痕，凝视江河，温故而知新，但这更是无文字的文化，无课本的诉说！

红叶谷

看过喀纳斯的红叶,赏过岳麓山的红叶,领略过香山的红叶。我愈来愈觉得,真正浸染我灵魂的还是红叶谷的红叶。

红叶谷,长白山下一条通往爱林林场的土石路,两侧山岭间非常宁静。可那里的秋却很旷世。金秋,倘若走进,树就红了、地就红了、天也红了,红得难以胜出,红得铺天盖地。

秋月,对酌秋韵,一路欢语。秋阳射入林间映下深影;秋光照在山径,树叶就在耳边吟唱。抬头处,微云掠空,像是诗词;迎风而立,一缕气流;执意望天,一缕阳光。走进林间,红叶扑面。拾一片红叶,夹进相册,追忆恋情;搁在书页,玩味岁月;铺在日记簿,链接友情……远看,天织云锦;近看,团团火焰。红叶,不仅是眼睛之养料,而且是精神之维生素。

红叶谷两边山峰罅隙里有一条"鹿溪"。沿溪入谷,红叶林火一般。尽管偏居关东,既无古刹道观的香火,也无文人雅士的题诗。但它是努尔哈赤八旗部落的发祥地,后来被清王朝划归以长白山为核心的"龙兴之地"。

红叶谷疏密有致。太清的水、太美的山、太多的树、太红的叶,醉人至透。漫步于此,我们仿佛与红叶续定前缘,撞击爱与疼,摇醒苦与乐。"谷中谷"是红叶围成的一个谷口,两侧乔木,相互交错,像穿着多彩服饰的姑娘向游人致意,是红叶谷观赏红叶的最佳处。行入谷中,如走进上帝的调色盒,庄重而深邃,流畅而自然。山远而林密,树近而叶疏。踩着落叶,徜徉、嬉戏、跳跃和欢呼。独立峰巅,回眸幽径。极目四望,云飞雾卷。仰视而望,情意深深。"谷中谷"也就是"情人谷",亦称"蔓园"。

红叶谷点燃激情。她美得人,流连忘返;艳得人,身心陶醉;红得人,灵魂震颤。溪流旁,我宣泄情绪;小径处,我唤醒记忆;峰岩边,我敬畏自然。特别是,拣拾一枚红叶,领悟生之绚丽;掬一捧清泉,感受自然之真诚;望一眼枫林,尽享天地之慷慨;摄一道风景,把世界之本来珍藏方寸之间。

我如此沉湎。不知是步履怠慢山水,还是静处其中,或坐或卧,皆心领神会。直至多年后,我还执意把自己放逐于功利皆有的俗客之列,几多落寞,才仰仗于红叶谷回避喧嚣,挥洒浮云。尤其,红叶飘落,只想喟叹:"一片秋叶,两点冷雨,三行大雁南飞去,空留几回声"。

人生之旅,不是相约,就是拒绝与再造。踏秋归来,我自由而恬淡。天之四季,我最爱秋日。因为秋之多声部咏叹冬之眠曲,低音部回味春之感恩,中音部牵系夏之怀念,唯有高音部吟唱秋之欢歌。人生之四季,我最念中年,走过稚嫩,迈过青涩,历练稔熟。

红叶谷,我的至爱。仔细想来,倘若人的心灵被红叶浸透,就会落霞返照,秋香暗流、浮动、弥漫,欲融欲化,片片潮红,缕缕温馨。如今,我虽已身心回归,但灵魂云游。红叶的魅力,优雅而不浓烈。今秋又来,我念想着与她相拥。夜里,进入书房,着意领略。倒是丰子恺人格化的读秋,让我再次顿悟人与自然的心灵契合。我终于捧起渴念的对望,猛然惊悟:原来心中红叶早已婉约得容不得诗之浪逸。

伪满皇宫前

我知道伪满皇宫,也知道故宫和溥仪,却不大熟悉伪满皇宫是何种模样?因为,我对历史,对皇亲贵族,不是膜拜,不是好奇,而纯属叩问。不过,秋日的伪满皇宫还是以其冷寂和悲凉,给我心灵深处烙下一个警钟般的注脚。

走进伪满皇宫,即清朝末代皇帝与他的王妃生活处,也就是日本帝国主义控制下,伪满洲国傀儡皇帝溥仪宫殿。1932年到1945年,他在此居住。皇宫主体建筑是黄色琉璃瓦覆顶的两层小楼,包括勤民楼、辑熙楼和同德殿,风格独特,中西式结合。皇宫分外庭(政治活动)和内庭(日常生活)两部分。欧洲哥特式建筑之一的勤民楼,就是溥仪就任伪满洲国皇帝的执行厅,据"敬天法祖,勤政爱民"祖训,以"勤民"命名此楼,以示恢复其大清的宏愿,并将此处作为处理政务、举行典礼、接待来宾、赐宴、从事祭祀活动的场所。同德殿是皇宫中的最大建筑,集办公、处理政务、居住、娱乐为一体。离开同德殿,穿过勤民楼,就到西御花园。西御花园后面是植秀轩。辑熙楼为溥仪生活区。

秋风起了,我从楼中出来。伫立院中,只见风从伪满皇宫的残垣断壁上吹过,发出铿锵的击打声,不知是嘲笑日寇,还是执意忘却中国封建皇族的生死遗梦。我没有瑟缩,沉思中似乎找到某种诠释,理清些许头绪。中国近代长春是一部黑白电影,伪满洲国建立,日寇穷兵黩武,奴化的生活,屈辱称臣中,长春珍藏着国仇家恨;如今的长春,恬静了,淑雅了,年轻了。冷冷秋风中，长春又以她的高冷为我们投掷一层历史的沧桑。

作别伪满皇宫，我心有浮沉，思想凛冽。毕竟，这里见证那个岁月，也荡涤那个年代，淹没那个时代，曾经的叫嚣，曾经的浮夸，曾经的恭维，早已远去，早已作别。但无言的伪满皇宫，还是尴尬得使我难以自语。长春的秋，来得匆匆。长春的夏，走得风光。我禁不住把人之生命投掷于历史风云中慢慢解读，谁不追忆生命的背影，谁又不遥拜历史档案？为什么秦始皇情感紊乱得抑郁不堪，刘邦庸常懒惰得顺天化心，武则天激情困扰得角色迷乱，李煜悲情勃发得一江春水，朱元璋嗜血如狂得伤透记忆，光绪恋尸萎靡得生不如死，溥仪嗷嗷待哺得没有教化？

秋游伪满皇宫，我记得溥仪在《我的前半生》中说："1959年末，我蒙特赦，回到了故乡北京。从到北京的第一天起，就不断收到来自四面八方的问题，人们向我询问，我是怎样受到改造的？我的前半生是怎样过来的？清宫的生活是怎样的？十四年的伪满洲国的日子怎么情形？"事实上，他是1957年下半年开始写书的。刚会跑步，便被抱上宝座，浑然无知地度过三年革命风暴，在封建军阀保护下的皇宫度过童年，在民族敌人豢养下流放青春，最后认贼作父，充当十四年的傀儡元首。他说，前半生的生活里，只有罪恶和羞耻、愚蠢和狡诈、凶暴和怯懦、猜疑和迷信与自己相伴。他要告诉人们，由于新生而得到了欢乐之情。他懂得了生活，懂得了人的尊严，懂得了平凡的真理。

如此回望，我倍感历史的文明孵化溥仪；这般追念，我断定抚顺战犯管理所莫过于溥仪灵魂复活的道场。好比我独爱秋日，怜爱秋天，惯于独自站立梧桐树下看雨、听雨、望雨、恋雨、等人，再想着去做雨中前行的追梦人。尽管落雨是一种物理的自由落体，但我独行人生旅途，深感一珠珠雨滴都是一个个泛潮的灵魂。

伪满皇宫前，我沉思很重，答案更重。

卷四

来了去了，拿什么沉凝脚步

我来到长春世界雕塑公园，几乎忘记旅途飨宴的日子，也丢掉回忆从前或攀登山路的记忆，只觉得亲近献身人类的赤裸石头，经典润心。

进入大门。两侧弧形引导墙，沿中轴线对称布局，而不对称的景观广场，却运用巧妙轴线转折，以拱平桥与主题雕塑遥相呼应。但最先映入眼帘的是公园中轴线上的罗丹《思想者》。秋阳秋风中，我多想精心拜读216个国家和地区404位雕塑家的454件（组）雕塑作品，感受自然与艺术、灵魂与技术的完美融合，解读"汽车城""电影城""森林城""文化城"的名片。

走近公园中心巨型汉白玉雕《友谊和平春天》。我豁然间，明白公园主题雕塑。据悉，第二届中国长春国际雕塑大会刚刚落幕，长春市政府在中轴线旁市区内辟出92公顷土地修建雕塑公园的文化视野让人敬重，他们从2000年开始到2003年开园，全力把长春打造为集东西文化为一身，集世界雕塑艺术观赏与自然景色为一体的全亚洲地区最大露天雕塑公园。一、二号公园路，玉带一样环绕湖水，四组景观长墙巨龙般地向湖心喷水。我坐在湖畔椅子上，不由得牵念自己阅读中国美学时的"留白"，只是这时"留白"已不是美学抚慰，而是灵魂触及了。公园露天陈列的439件作品，或置于路旁，或置于草地，或置于山坡，宏大而柔和，庄重而活泼，秀雅而精致，就像颗颗珍珠镶嵌于绿透似锦的公园。我的目光从她们身上漫过时，思想几乎穿透了雕塑。《对话》《鼓手》是非洲人民生活的生动写照；《春天》是越南雕塑家表现两个人春日里享受阳光、向往和平的主题；埃塞俄比亚《孕育》看不到女人下胸，只有一对膨胀低垂的乳房与两只手抱着的圆形腹部；泰国《成长》由两片半圆形叶瓣构成，简单得使人敬畏生命的蓄势待发；加蓬《伊甸园》表现一对男女行交颈之吻的杰作；马其顿《伟大的母亲》用黑白两色和平凸之差，表现母亲和生命之伟大；土耳其《等待》表现的是三个身着红、蓝、绿服装，短发、瘦高的女人挺立路边，表情凝重；西班牙《月亮》、阿尔及利亚《共生》出自不同国家，却有相同意义；中国《生命之门》选取一位母亲胸部以上部分，延伸手臂为门框，为天下孩子撑起一扇生命之门；山坡上《老子》胡须从高处一直延伸至地面，既像流动的瀑布，又像深扎泥土的根。准确地说，那些脸庞上的每个眼神，每个姿态，都有起伏之势、错落之美。其实，最让我眷恋的是中国雕塑家的《诗情画意》《大江东去》，一个是一古代文人风中挺身而立，挥毫疾书，傲视苍穹，愤而不平，慷慨激昂；一个是一代文豪踞坐如山，目光深邃，衣襟跌宕，翻卷万丈波涛。像是屈原，是陆游，是苏轼，是杜甫，是李白。因为我不敢以专家身份鉴赏，只能以纯粹心灵感悟。尤其，当我站在伊拉克雕塑家作品前时，心中泛起一种无言酸楚。人世间有望的等待和无望的离去，不都是为了承载爱与生命。雕塑公园，不仅教会我们爱是沉默，爱是不舍，爱是失落，爱是快慰，爱是不羁中的洒脱，而且告诉我们生命是欢欣，生命是呐喊，生命是阅读，生命是成长中的怒放。

如此想来，我便想起在深圳世界之窗雕塑公园中见到的象征《地中海》的裸体女子，那健美身体，那粗壮四肢，那优美姿态。她右手支撑身体，左手向前托着低垂的头，含蓄而安详，坐在地中海的海滩，低头冥想，就像地中海一样蕴涵无限生命和永无休止的律动。如果说建筑是凝固的音乐，音乐是流动的建筑，那么雕塑就能扮靓都市的眼睛；如果说简约比复杂生动，那么抽象就比写实更富于想象。

如此想来，我便想起鲁迅先生的《略论中国人的脸》，其中有一个等式：人+家畜性=某一种人，这当然是先生别有深意的描摹，可站在这里让我陡然醒悟的是人的智慧不正是如石般的命运？神色+苦冷=跋涉者的情怀，文化的母体真的使石头变得有了体温也有表情，也让文化的余脉被重新连接。

值得释怀的是，以前，爱与生命在我心中曾被神圣化。现在，我的灵魂劝导自己，唯有洞察和注视已被形式和色彩遮掩了的美，才能懂得谛听。爱的宏旨就在于行善和造福。以前，我的生命所为曾环绕别处，逗留异地，飘摇他乡，现在，我的灵魂启发自己，别人睡觉时我守夜，别人醒来时我落枕，我奋斗着他们的奋斗，我经历着他们的经历。就像我行走这里，不同的不过是我深一脚浅一脚的思索，还有此一时彼一时的牵念，除了时间，什么都无法拥抱。这方天地，救赎于我的唯有凝视、仰望、回眸和眷恋，因为燃烧的石头永远触动我的思想。

走过世界雕塑公园。我终于懂了，当一个人不倦地跋涉，忘了回眸，忘了注目，忘了停留时，总会知晓回首故园、驻足山川、亲吻岁月中热泪奔流的缘由。我终于明白：一个人生命的大河奔流，站着与倒下都是风景。仅仅懂得美远远不够，只有珍存美，才能流转美。小小石头，撼动的不仅仅是轻钢龙骨。

长白山,放牧哀愁与忧伤

1

九月多情。我揣着出逃的心情奔赴"龙兴之地"——长白山。对我来说,一边行走于寂静的高纬度里,一边俯瞰大的旷野,重要的不是凝望什么,而是放牧什么。未曾想到,刚一走进长白山,秋的山峦与我开起小玩笑,我下车时不慎一条腿受伤变瘸了。我们抵达长白县城时,黄昏中,我仍然坚强地与朋友站在鸭绿江畔眺望对岸的朝鲜,那山脊,那村落,那工厂,那学校。

晚上,腿伤犯痛。我震颤至极,没了心思。这时,又传来开会。等我返回,疼痛仍在延续。那一夜,仿佛是我登临长白山的序曲。试想,秋夜,当一个人行走的节拍被突然打断时,鼓荡步履的又会是什么?只有记忆。那么,记忆又在哪里?是在辽阔、浑厚、丰饶、充满清纯而艰辛的旷野上,还是在托尔斯泰般生与死的精神关联中,抑或是在秉承大旷野一样的血脉奔腾中。直到子夜,我合拢被子入梦时,"人是善于记忆的动物"的哲语,才本真地抚慰了我的牵挂和担心。

清晨,走进长白山,腿伤有蔓延,还觉得清爽。车里有人叫喊,有人一谈天池,乐而有节。而登山旅途最让我自在欣悦的还是太阳。看见太阳,我的眼界愈发壮丽。最初感受是,太阳在晨色中慢慢骤放,而树叶草丛,苍松劲柏,霎时在旭日的光照中,可亲至极,可爱至多。可伴随游车在山道上盘旋往复,我们愈来愈领受到太阳的澄明,一会儿风光走丢,一会儿清新涌来,那颠簸中的柔和恬静至极。我清楚,这是未曾沐浴过的金色光波,只是这种萌动、接受、欣赏、赞同和获得,让自己在活的轮回中简单得像缺失母爱的文化孤儿。快到天池,我回望林木丘冈,顿感自己脚下仙境边陲一般,唯有头顶太阳,像一位慈祥的牧人,护送我们千回百转。

长白山,你知道。我作别都市的羊肠小道,走进你的林荫大道,不是回望,不是聆听,不是弹拨,而是挥洒生活的突围,适应货币的战争,练达文化的着陆,以便亲近生命的真实。

长白山,你明白。如果说彻悟的太阳一次次为我撕扯的是山居的心情,那么岁月的记忆恰似引爆我心灵的炸弹,只有流转不息的时间是翻转的轮车,虔诚得有点宗教。

长白山,你懂得。人类最尊崇的生命伦理如何在阳光下慢慢绽放,如同这排山的白桦林、岳桦林,都在茁壮中珍爱生命旅程中的骄阳。即使《我用残损的手掌》也想掬起那束傲然花蕾,更何况在北国秋原上我还瘸着一条腿,冷冷地,久久地凝望和追寻。

2

天池到了。

光秃秃的、高高的山巅上,那零零落落的游人,都接二连三地从车上下来。当大风肆虐地卷着向前刮起时,曾经轰轰烈烈的寂寞和雾时间的倒下与站起分明一起集结于人们细碎的脚步中,人们在域外"关东第一山"上的行走和站立,像极一幅幅逃难与奔波的漫画。等我们侧起身躯,走着眺望,天池形如莲叶,像一束弯月倾泻思念;来到池边,尽情饱览,又明镜高悬,呈椭圆形。

天池柔美至极,倒使我固有的思维考量尴尬起来。那时,我发现自己的头发、皮肤和呼吸,甚至衣服,都离我而去,独自与天池湖面上的风光和山色相迎相拥,沉思不见,理解丢了。很长时间,我在凛冽寒风中站着被天池影像般的吞没着。难怪,有人说把一座大楼扔进天池,如同扔进一个火柴盒。

事实上,天池比这还要大,天池略呈椭圆形,湖水面积约为9.8平方公里,总蓄水量是20多亿立方米,是中国最高火山湖和最深湖泊。可以说,图们江里的游鱼、鸭绿江边的草屋、松花江畔的大豆和高粱都是长白山天池养育的。于是,我甚感天道赋予自然的无比博大。这时,游人你推我让地都等着留影,瞬间的眷念丰沛了他们的惊愕、浮想和自在。据说,天池上风狂、雨暴、雪多,当风力达5级时,池中浪高可达1米以上,平静的湖面狂风呼啸,沙石腾飞,甚至暴雨倾盆。奇峰危崖瞬间中,立刻会被罩上一层朦胧面纱,雾霭风雨中,便绘就出一幅"水光潋滟晴方好,山色空蒙雨亦奇"的绝妙风景。

就要上车了。导游惊喜地说,我们第一次游历长白山就看见天池,幸运极了。听着,听着,"境由心造"四个字莫名其妙地爬进我的脑海。说实话,第一眼看见天池,我灵魂深处简单至极,风过无痕,胸中无尘,神清气爽,那是人的精神姿态:亲近真实,诗化生命。

3

下山了。

风在山上盘旋地吹拂,树木、灌木、石头、苔藓在一起一伏中不停地辉映旅游车的轮痕,剩下的只有车厢的言语和人群,还有窗外的挥手和笑脸,至于目光,自由得仅仅剩下跳动。

我透过车窗,眺望山路。如果说天池是长白山的眼眸,那么山路就是长白山的脉络;如果说森林深处有明媚的阳光,那么平凡生活中何曾没有奇迹。于是,我琢磨,是不是长白山太孤傲,太冷冽,要不就太凝固,太辽阔。不然,"天门一长啸,万里清风来"的李白怎么没有写过;"岱宗夫如何,齐鲁青未了"的杜甫也没有写过。我猜测,她的冷傲就是某种意义上的火焰,可以点燃松柏,怒放春天,流转岁月,不朽年华,只是未曾把握好燃点;她的凝固是朵朵雪花,比情义高洁,比胸怀宽广,只是未曾悟出真谛。直到旅游车停靠在长白山入口时,我才幡然醒悟:人是要生活得写意。

英国浪漫主义诗人雪莱说,人生是伟大的奇迹。可这奇迹的路要靠自己一步一步地去走,真正能呵护你的,不是你客观的存在,而是你能动地优化抉择,是你的人格和文化的双赢选择。换句话说,生命和思想才是一个人人生雕像中最酣美的风景。或许正因为如此,多少年了,鲁迅先生的生活情调和生活智慧时常无声地渗透进我的血液与骨骼里,弥漫于我的潜意识中。先生的人生观是:一要生存,二要温饱,三要发展。后来又解释道:"我之所谓生存,并不是苟活;所谓温饱,并不是奢侈;所谓发展,也不是放纵。"

长白山,你拓展我追问生命的哲学要义,也给予我守望遐思的田园,更赐予我成长的年华,我在生命伦理拜谒中涵养起布道和拯救的情怀,更想对你表达童真般的感恩,为了那样的记忆,这样的忧伤。尽管山的大美叮嘱我:太完美的生活都写满了失意。

大连：多重的恋曲

一个城市的美来自什么？我眼中的大连融合热情、温柔和沉默；我脚下的大连洋溢自然、文化和历史。甚至无须描述山水、海滩和军港，也无须描述高楼、街道、广场、列车、怪坡和碧海。单是海风拂在脸上微醺一样，已使人心动不已。

秋的大连，让我不敢放纵。她以星海广场为中心，背倚都市，面临海洋。广场上，绿草如茵，繁花似锦，莲花状喷泉分外妖娆。矗立广场中央的是全国最大汉白玉华表，高19.97米，直径1.997米，寓意香港回归1997年。广场中心由999块大理石铺就，红色外围饰以黄色五角星——有星有海，是"星海湾"的象征，红黄两色象征炎黄子孙。广场周边五盏大型宫灯，由汉白玉托起，与华表交相辉映。百年城雕位于星海湾南部，由两部分组成。一部分是足迹浮雕，长80米，上有1000个真人脚印；第二部分是像打开一本书似的台式广场，寓意大连历经百年翻开新页。广场中央红砖铺就大道，最引人注目的是汉白玉华表，底座8条龙，柱身雕一条，共9条，代表华夏九州。大理石铺就的广场中心，石上雕刻天干、地支、节气、生肖，囊括中华民族五千年传统农历。广场周围置九只大鼎，每只刻一字，连起来是"中华民族大团结万岁"。

自然的大连，让我梦想着听涛。大连，自然的是海。渤海羞涩，黄海奔放，夏家河温存。凭栏远眺，苍海浪涌，海鸥盘旋，松涛回响，巨浪翻滚。独自伫立，没有奇闻，没有刺激，陌生的追溯，既想为生命呐喊，也想为自然纵情。我看海,天空有白色的鸥鸟,海风中有滑翔的海鸟;我赶海,很想舀一勺海水,洒一滴热泪,写一段诗行。可静心直面,竟不由得感慨曹操《观沧海》、范仲淹《岳阳楼记》,还有毛泽东的"大雨落幽燕,白浪滔天"。

浪漫的大连与众不同。走过老街,穿过胜利桥,日式的或俄罗斯式的建筑,恢宏而浪漫,古典的、现代的都把建筑的坚硬和自然的柔美相互渗透。风情街是大连的文化起点。中山广场是大连最迷人的脸庞,因为她最初是参照巴黎建设的。这正是大连灵魂,也是大连给我们的启示。

风情的大连,吸引我的是异域色彩。大连诗意,大连人把异国情调埋藏进汹涌的中国味道,街头日文招牌,广播里中日英三种语言此起彼伏。大连历史,最历史的沉淀在旅顺。它在辽、金、元时叫"狮子口",朱元璋改名"旅顺口",寓意"海上之旅一帆风顺";曾被称作"虎尾归帆",旅顺战争史,半部中国近代史。而号称"辽东第一门户"的旅顺口,沉湎着甲午战争、日俄战争、北洋水师的记忆。大连如画,终点和重点就是金石滩,那是梦想的地方,像卡通,也像童话。

大连,美在情趣。如果说美是复杂的,那么大连留给我的最初印象是绿。20世纪80年代初,大连人让万亩石山披上绿装。后来,市区大小山头栽下日本黑松、侧柏,形成了绿色外环。然后,绿化重点又转移瓦房店。这就是人的内涵取决于阅历,城市的气质取决于环保。

大连,让我敬重。她优雅而风情,是现代文明的缩影。那海浪,那远帆,那市井和历史,不都在水天一色中把拼搏、痛苦和磨砺凝练为微笑?

圆明园:遗念与凝神之间

1

深情的圆明园是历史的一道创伤。

坐落在北京西郊海淀挂甲屯北面的玉泉山下,始终挺立于方圆20多华里,占地5200余亩的大地上。作为皇家园林,开建于清康熙四十八年(1709),到清乾隆九年(1744)建成。以后嘉庆、道光、咸丰三代屡有修缮,历时150多年。1860年,英法联军长驱直入,打破清王朝圈定的江山缩影。1900年,圆明园再度惨遭蹂躏。这一座名园由此陨落,150年的辛劳,116年的闪亮,40年的修葺,2年的烧掠,弹指一挥间。

圆明园也叫"圆明三园"。由圆明园、长春园、绮春园组成,圆明四十景素负盛名。乾隆时有"圆明五园"之称,即圆明园、长春园、熙春园、绮春园、春熙院,南北略长,有山有湖;许多小园分布在东、西、南三面;有金碧辉煌的殿堂,有玲珑剔透的亭台楼阁,有"买卖街",有山乡村野。园中,最大水域是福海。福海中央有三座小岛,各岛间由造型各异的桥梁连接。圆明园是读书好地方,文渊阁藏有《四库全书》《古今图书集成》等。舍卫城,供奉佛像数十万尊,还有大量奇珍异宝。

长春园北端,一组欧洲式宫苑,就是我看到的1860年以来让中国人气愤和羞辱的建筑群,即由西方传教士郎世宁、清朝设计师蒋友仁、王致诚等设计,中国匠师24年建成的"西洋楼"。由谐奇趣、万花阵、海晏堂、远瀛观、大水法等10多个建筑和庭园组成,属欧洲文艺复兴后期"巴洛克"风格。史载,大水法的喷泉全部开放,似山洪暴发。曾有一位西欧传教士赞美西洋楼,"集美景佳趣于一处,凡人们所能幻想到的、宏伟而奇特的喷泉,应有尽有。圆明园者,中国之凡尔赛宫也"。现在,一个巨大精美的石雕孤零零,一座残存的拱门颤巍巍,一根仰天独啸的柱石,仍在诉说。那玉石纹理,华美依旧;那欧式曲线,精致依旧;那罗马石柱,伟岸依旧。

历史典籍上说,圆明园先天的造园优势是:远处,有美丽的西山作借景;近处,有丰富水源、广阔地形、繁密花木。造园时,师法自然,力避呆板,追求天然。园内开凿大小各异的水面,由回环的河道串联为完整水系;园内缀叠大小土山200多座,形成"圆明园四十景",与水系结合,构成山水层叠、江南水乡般的诗意园林。

可叹！我眼前看到最多的只是一湾干涸的池塘,几孔残缺石桥,凌乱土丘。最让人难以忘记的是昔日的毁灭,150年的繁华,1860年10月6日,被英法强盗洗劫一空。10月18日,3500名英法强盗又把园中建筑和花卉付之一炬,大火烧了三天三夜。1900年,八国联军入侵,再次焚烧,残存的13处皇家宫殿又遭焚劫。所幸,留下了"双鹤斋""紫碧山房"等16处景观。

历史如镜。中国近代史昭示我们:闭关自守,夜郎自大,累遭欺凌,祸国殃民。走进圆明园,我更想寻找一种呼唤。乘船赏荷,泛舟听水,我仿佛还能感受到朱自清的《荷塘月色》。梦魇的圆明园,从雍正到咸丰,五位皇帝一生大多都住在这里。难怪,思想家卢梭说,死后愿把自己这个"属于自然和真实的人",埋葬在中国式的自然风景园林中;作家雨果说,"即使把我国所有圣母院的全部宝物加在一起,也不能同这个规模宏大而富丽堂皇的东方博物馆媲美"。但我更想说,圆明园是帝国之殇。那些尚在的基座,残留的券门,横七竖八躺着的不都是历史的肢体和头颅。圆明园,做完最后的梦,流尽最后的血滴,停止最后的脉动。

2

沉沦的圆明园是文明的一刀缺口。

想起圆明园,我会心动。记得,古希腊有巴特农神庙,埃及有金字塔,罗马有竞赛技场,巴黎有圣母院,东方有圆明园。可第二次鸦片战争中,圆明园就毁于英法联军的一把野火,整整持续11天。

圆明园,今非昔比。走石径,步长廊,穿行园林,历史、现实、未来,一会儿耳语,一会儿呼喊。踏上小径,园子比想象的漂亮多了。一组中西合璧的欧式宫苑,只剩下几根残破的石柱。断壁残垣被集中于远瀛观附近,其余大片大片宛如公园一样的湖泊草坪,已丝毫看不出遗址。

于是,我从断石、残壁上阅读大清。我从强盗孽火中阅读一个帝国的没落。康熙四十八年始,一个半世纪间,圆明园的营造没有休止过。1860年,用鸦片和枪炮敲开中国大门的英法联军逼近北京。10月18日,规模宏丽的旷世名园终成废墟,让人深深铭记的是:"在历史面前,这两个强盗分别叫法兰西和英格兰。"

我知道,圆明园历经6朝皇帝150余年,倾全国物力财力、集无数能工巧匠。它占地5200多亩,相当600多个足球场,比颐和园大出近千亩。包括140多座宫殿楼阁,100多个景观。毫不夸张地说,它是人类十八、十九世纪取得的最高成就之一,繁盛与曼妙可用《无量寿经》中描写"极乐国"的句子来形容:"园中有'四时不谢之花,八节长春之草'。"

我清醒,圆明园的石头最为难忘。那些石头,曾被作家雨果誉为梦幻艺术的生命!立着的,横着的,仰着的,依着的,块块像骨头,条条似脊骨。我行在石头之间,停在脊骨之旁,总能听到一种动人心魄的呐喊,不知是母亲的哀怨还是嗟叹?我目睹石头,总能感受到100多年前的浓烟在弥漫。难以置信的是,1840年,第一次鸦片战争时,英国远征军仅以48艘舰船,区区4000多人一路斩将夺隘,迫使清政府签订第一个不平等条约,这就是历史。

于是，我在纪念碑前解析一个民族的荣辱。仰望苍穹，三天三夜的大火，烧掉的不是亭台楼阁，而是一个民族的尊严；三天三夜的抢盗，抢走的不是稀世珍宝，而是一个民族的记忆。

残荷告诉我，1860年这里惨遭英法联军的劫掠、焚毁；40年后的1900年，又遭受八国联军再次蹂躏。大水法、远瀛观的残石断柱说，建筑是凝固的音乐，遗址是凝固的史册。那些年，圆明园要不要重建争论过，结果理智的国人还是理解了废墟的价值——尊重历史。

伤痕告诉我，这里的繁盛和衰亡就是园林的历史。作家雨果曾怒斥帝国主义的侵略行径："我们，欧洲人，总认为自己是文明人，在我们眼中，中国人是野蛮人。然而，文明却是这样对待野蛮的。"甚至他在关于圆明园的那封信中写道："我相信，总有这样的一天，这一天，解放了的而且把身上的污浊洗刷干净了的法兰西，将会把自己的赃物交还给被劫夺的中国。"一百多年过去了，他的期待还未到来。如今，没有人知道，修建圆明园究竟花了多少钱。从秦始皇到乾隆，中国走过2000年历史。1799年，乾隆离开人世。40年后，英国用武力敲开中国大门，大清帝国风雨飘摇。1900年，圆明园再次遭到八国联军的毁灭。1911年，大清帝国灭亡。

圆明园里，我泅渡在历史与文明的对话中。每根石柱，每块巨石，投来的都是烛光。我承认，圆明园的奇珍异宝散失了，可无论在哪里，什么时候出现，折射出的都是中国历史；我明白，圆明园封存在中国近代史的长卷中，英法帝国主义的侵略里，雨果的文章中，中华儿女的心坎上。

真不知再说什么。我们从废墟里穿越，终于听清国人遥远的梦幻；从伤痕里行走，必须看透文明伤痕的结痂。何谓罪恶？罪恶就是将痛苦强加于别人身上的欲望得到满足后的快感；何谓"文明"？文明就是人类自我约束意识的觉醒。何谓历史？历史就是中国的生命。

沙坡头

我从西安出发,穿过金锁关、延安和银川,映入眼帘的是黄土高原。可到达沙坡头,出乎意料的是,黄河从此流经而过时,回环曲折间再造出另一番柔美。那一刻,中华民族母亲的象征内涵在我心中栩栩如生。

沙坡头,背后是腾格里沙漠,坡底是滚滚黄河,对岸是荒凉山峦。黄河在此拐了一个弯,河水弯流,就像母亲张开双臂拥抱自己的儿女。从黑山峡至沙坡头60多公里流程,山峰峭立,有急流险滩,有长峡幽谷,但黄河还是被这里的水利枢纽截住了又释放了,平静地铺展,改汹涌为平缓,有蜿蜒起伏,有微波细浪。那金色的沙丘像王者,那金色的沙带像精灵,沙漠、绿洲,还有古老的羊皮筏子、沧桑的黄河水车都格外耀眼。

在沙坡头上,可以滑沙听钟,可以黄河弄筏,可以骑驼踏沙。可我独立大漠,顿感沧海一粟,昂然中还是舍弃了沙地游戏,坐上羊皮筏子,真心体验生命的漂流。尽管我未曾见过羊皮筏子,也没有坐过,但凝望宽阔江面,缓缓河水,拂堤杨柳,企盼漂流的梦想此起彼伏。

真的漂流!筏子客示意我们4人坐一个羊皮筏子。这是从清朝光绪年间兴起,只能顺流而下,不能逆流而上,有"下水人乘筏,上水筏乘人"的说法。我把手伸进水里,一边戏水,一边与筏子客聊天,终于发现沙坡头的羊皮筏子是用山羊割去头和蹄子,将羊皮剥下,充满气,扎紧口子制成的。每个羊皮筏子要用14只大小相当的整羊皮扎起来,被排成3排,两边各5只,中间4只。羊皮筏子是羊不死的灵魂,驮着梦想,踏波而行,风浪中磨砺,那样坚硬。坐在筏子上,我们被黄河搂在怀中,蜿蜒穿行,浪漫酣畅。

　　沙坡头是漂流黄河的最佳河段。静静的河面,偶尔有浪花翻卷,乐趣平添。悠悠筏子,悠悠我心。如今,羊皮筏子又给旅行者带来生命的写意。漂流黄河,水在流,人在漂,漠野中的静能让自己听见心跳,那种柔美从容至极。沙与水是交融的,生与死是壮丽的。

　　作别沙坡头。我从对黄河的生命体验滑向对河的子孙的精神礼赞,完成现实、幻想与象征的精神漂流,使自己真正把现代理性主义、普遍主义与本质主义的"冷静愤怒"融化进情感的黄河、文脉的黄河及黄土的诗意里。于是,我开始对接生命世界"瞬间与永恒"的思维元素,也直面无数脆弱的观念符号。河的奔腾、人的漂流、河的浪花、人的微笑都告诉我:人世间,一切脆弱的都渴望永生。这是生命的语汇,也是生命的永不餍足。

镇北堡

来到银川,就要去镇北堡。

镇北堡,一个敞亮的名字。既是传统与现代的相接,也是追忆文化的高地。这里的一切指向人的灵魂深处,也是尘世间每个行者物质与精神流放的栖息地。

站在入口,我被震撼。镇北堡,一片荒滩上耸立两个古堡,两个古堡之间相隔200米,右边叫明城,明代建筑,因为地震城墙坍塌,始终没有恢复;左边叫清城,清代建筑,墙在而墙体千疮百孔。过去,据说是明清时代边防要塞,城墙用夯土修建,又叫"土围子"。建于明代,到清末成为羊圈。辛亥革命以后,城堡被周边地主或农牧民占有。1958年"大跃进"时期,人们在城墙上打洞"大炼钢铁"。直至20世纪60年代,这里的原始野性和粗犷终于感动作家张贤亮。

其实,古堡就是一个小的集镇。虽已坍塌,但气势犹存。城墙上的伤痕都彰显着某种性格。一条土路通到古堡下,路两旁间隔几米竖着一对小石柱,游客湮没于堡内,身后是车辆稀少的公路,写有"镇北堡影视艺术城"的两张大羊皮便是这里唯一点缀。漫步于此,一步一景,陌生而熟悉。"城内"有街道、民居、客栈、戏楼、酒铺、肉店、布坊、饭馆,甚至还有人民公社的食堂。可以说,"中国古代北方小城镇"的内容十分丰富,已经消失和正在消失的古代生活方式、生产方式、娱乐方式、战斗方式等数不胜数。尤其,有清城、明城和土夯塔林,也有老电影海报厅、百花堂影视资料馆,以及文物古董级的"老道具"。

历史，在此仿佛忘记脚步，而钟情年轮。镇北堡就是用这种特有深情和善感把一个民族的往昔诠释成文化记忆，以惊醒人们在传统与现代融合中懂得取舍。起初，影城依靠出卖荒凉起家，再把荒凉推向辉煌，从而带动文化卖点。后来，保持并利用原有的奇特、雄浑、苍凉、悲壮、残旧和衰败，又把荒凉感、黄土味及原始化、民间化日益情趣化。当然，最生动的还是黄的元素。城门是土夯的，宫墙是土夯的，连内外场景的四合院、"英雄街"及英国美工师为英片设计的"都督府"都是用黄泥清水筑成的。站在黄河边，我充溢着对黄的眷恋。黄的生命，黄的感情，黄的灵魂，黄土雕刻出的黄种人，仿佛都在昭示，在城市的尽头，我看到故乡的容颜：黄一样的神示，黄一样的感悟，黄一样的驻足。

镇北堡不俗。这里的市井与乡土气息最为浓烈。她是"中国古代北方小城镇"的"投影"或者"缩影"。这种荒凉、粗犷和原始，多半是在叙述过去，搭建古旧的建筑物，也是在滋生元素，并将其逐步创意置换。说到底，就是依附高科技软件，建立新平台，再造新的文化产业，以证明文化具有产生高附加值的能力和潜力。既用智力创造盘活荒凉，也在提升品位中打捞起人们的阅读习惯。这里，传统和现代的完美结合，轮番上演，能给厌倦灰色与沉闷的都市人带来文化走心。因为人类诗意的本质不会泯灭，人类灵魂永远祈求升华。

镇北堡是回忆黄色文明的见证，也是我们穿行岁月、回眸历史的天窗。那荒凉的城堡在催生不朽的文化，那不朽的文化也抬爱城堡。她以创造的名义，在守护过去，也在护佑现在和未来。

生命的追寻

1

炎夏,我走近西夏王陵。眼前,呈现的全是绵延于山影里的凌乱、凄迷和苍凉。

这里,除了废墟,还是废墟。远眺,贺兰山横亘天地之间,就像一只傲立的白头鹰,蓝天白云下,右后方的金字塔金光闪闪;近看,山下荒原上,矗立着9座帝陵,即裕陵、嘉陵、泰陵、安陵、献陵、显陵、寿陵、庄陵、康陵,每座帝陵由阙台、神墙、碑亭、角楼、月城、内城、献殿、灵台等组成,仿效宋陵。而254座陪葬墓是中国现存规模最大、地面遗址最完整,博大雄浑的陵园建筑,也被日本游客称为"东方金字塔"。3号陵泰陵是开国皇帝李元昊陵墓,雄伟屹立,修筑工整,不在中轴线上,墓穴安置偏西,也是帝王陵园中占地最大、保护最好的。

太阳下,我绕泰陵走了一圈。王陵是西夏历史的一页残卷,也是一页页残损的书页。其中有鲜血的故事,战马的故事,皇帝的故事,还有爱情的故事,这些来源于城池、堡寨,也来源于王陵。那个"性雄毅,多大略"的李元昊长眠于此;那个废妻夺媳,被儿子削鼻而亡的李元昊也长眠于此;那个英武善战,使边塞督战的范仲淹遭贬的李元昊更长眠于此。

走近王陵,我被神秘牵引。西夏,被蒙古军攻破黑水城后烧毁,便留下眼前的一切。遗憾的是,西夏从成吉思汗铁蹄下沉睡,连同文化遗存再也没有醒来。后来,耶律楚材虽说收取部分,但元代纂修宋辽金三史,西夏历史终被湮没。清末,俄人科兹洛夫在黑水城遗址盗掘大批西夏经卷。民国初年,甘肃武威发现西夏文、汉文合璧的《重修凉州护国寺感应塔碑》,西夏文化才最终被世人所识。

进出王陵,我站立沙漠边缘,悲凉成为唯一的行囊。我登上王陵旁的土墩,顿觉西夏历史较之贺兰山的沧桑是一场短剧。这里除了兴亡,更值得留恋的还是遗痕。瞧,西夏历史博物馆门前,立有一块"西夏王陵"的石匾,背面是钱君匋的汉简隶书——"以史为鉴"。博物馆里,671件西夏实物还是让一个湮灭的神秘王族站起来,复活了。

我停下脚步,默然坐下,真不愿留下几多遗憾。泰陵吸收了秦汉,特别是唐宋皇陵遗风,又受到佛教建筑影响,使汉文化、佛教文化与党项文化有机结合,构成中国陵园建筑中的别具一格。

2

伫立于此,没有杀戮,没有血光,静默的天宇下,只剩下废墟与传说。我不知怎么赞叹汉文化的精深,又凭什么仰望党项民族的刚毅。一路走来,总有一种力量撞击心怀,靠拢历史,触摸岁月。

辉煌时,党项人鹰一样崛起。史学家说,游牧民族的每个部落就是一个大群体,也是一座文化塑造的学校。他们从鄂尔多斯草原走来,从青海湖走来,一路寻找水草之地。他们在起落沉浮中韬光养晦,语言由此诞生,文化由此腾飞。

衰亡时,西夏王朝鹰一般消失。荒凉王陵诉说他们的建立、发展、繁华和覆灭,也隐含羌族、党项族的变革。《旧唐书》载,党项族最初处于氏族为基础的原始社会末期,父权制阶段。中华人民共和国成立以后,发展佛教与西夏文化。但因过度"崇儒"和"崇文",造就了没落的隐忧。后来,蒙古大军攻入,正值西夏内忧外患。成吉思汗六伐西夏,四次亲征。公元1227年,西夏末帝交出大印。西夏亡国,自满是约束进步的栅栏。蒙古人的侵逼是外因,汉族外戚侵蚀是内因。

西夏，来势凶猛，去势迅疾，从战争中来，又从战争中去。探寻西夏兴衰，如同翻阅一部英雄史诗，我更想叩问一段宏图伟业的推动力，究竟是在颠覆中凸现一种精神，还是在否定中提升文化高度？我们的小生命，看见的和没有看见的还有很多；历史的大生命，宽度与纵深真的难以瞬间了却。靠铁骑扩张疆土的蒙古族，被汉民族同化了，靠征服入主中原的满族，也被汉文化改造了。西夏王陵上的荒草，哪个能说透历史的衰老？来来往往，谁又是西夏的后裔？

3

抬眼望去，我凝视一个民族的衰落。党项族从历史中神秘消失了。

低头想来，我触摸一个王朝的兴盛。元朝曾为宋、辽、金三朝修史，唯独不为西夏修史。至此，一个民族马背上的舞蹈，有了洗不尽的落寞，也有了热烈而别致的绽放。

西夏王陵是古遗址，也是湿地与黄河翻动人类从野蛮走向文明，又从文明走向没落的历史篇章。我在牵念雄鹰或骆驼的情怀中，追念西夏留下的神秘和迷惑。或许，历史的流年就是这样，要么重复不幸，要么另辟蹊径。一堆废墟和诸多传说，让西夏倒进历史的迷阵，一个民族如此，那么一个人呢？贺兰山下，我沉浸"踏破贺兰山缺"的情怀中，一个王朝没落了，可文化存留下的兴衰沉浮，更鼓舞我们在历史逝去的涛声中找寻生命的灵与肉。党项人魂归何处？又乡关何处？他们离别西域，开始流浪和迁徙；他们撕开战袍，擦干血迹，掩埋亲人；他们入阳关、走祁连、渡黄河，把党项两个字深埋心底，这就是文化的卓绝。

卓绝的西夏。在以史文明的中国，所有史书都未立传著述，除了眼前的黄土。这是历史的断层，也是文化的断流，更是一个民族文化心理的群体失意。党项人，从原始社会步入封建社会，再到创建自己国家，战斗未曾停止过,他们一直不受自然约束。正如我与黄沙、衰草、碎砖、砾瓦、断碑、残剑的对话,深知这种无怨无悔地陪伴,与我试图给这种寂寞、苍凉、悲怆和顽强注入真心的文化缘愁一脉相承。

直面西夏王陵,中华历史上最古旧的书摊。可能,我无法翻动这里的下一页,但确已打开这里的扉页。西夏王陵旁,历史的风云告诉我:历史需要英雄,不需要奴隶。

不一样的承诺

夏日,我怀揣梦想,走进腾格里沙漠。无垠的大漠,沙丘重重。风与热的搏动,矫健了我朗读生命的脚步。

走进沙漠边缘,我被眼前的景色热烈了。高的天,厚的地,沙漠如同雕塑。大小沙丘不停地变换潮头,一会儿疯狂,一会儿复活。整个沙海金光闪闪,即使戴着墨镜,也会让人眯起眼睛。越往前走,酷热越耀眼。大漠浩瀚而雄浑,沙丘起伏而连绵,高低错落,层层叠叠。我极目漠野,多想涂抹自己高亢而沉郁的人生信念;我亲近大漠,更像给自己生命的苍穹注入尧舜的声韵和祖根的血脉。

走着走着,绿洲出现。由小及大,由远而近。纵横几十公里,十几米高的速生杨树,直刺云天。眺着望着,沙丘直面而来。抬头望去,浑圆形的,矗立蓝天下,高大极了;深蓝色的宝石天空,像用水洗过,黄沙格外耀眼。从下往上看,人站在沙丘,头可触蓝天,正如谚语所说:"登上腾格里,离天三尺三。"行着行着,我朝沙丘爬去,脚下软绵绵,每一步都很艰难,每一段都是考验。且不说,细沙没有杂质,被风刮出道道粗细不等而又规则的纹路,宛如河中波浪。走近了,我才发现沙丘刀削一般,顶端只能迈开一只脚。走在上面,像过独木桥。不过,登上沙丘顶,放眼眺望,沙漠一片汪洋,看不见头,望不到边,而沙丘更像硕大的海洋模型。风静沙止,让我想起王维的"大漠孤烟直,长河落日圆"。

这时,同行者有享受滑沙刺激的,也有骑骆驼野趣的,还有"沙海冲浪"

的。突然，我发现自己身旁有一堆堆"骨头"，但细眼一瞅，本是一种植物的根茎。我笑着坐下，不由得赤诚神往。多年过去，我为何还能滋生如此情怀，梦中眺望漠野，独步抵挡流沙，热血印证年少？现在，这一切都被腾格里沙漠腹地收藏了。尽管跋涉中拥有过自信与伤悲，体验坚韧与脆弱，深埋激越与泪水，深藏从容与忧伤，但豪情更想让我把一颗童心在此流放。腾格里的粗犷和质朴，美得无边无际，美得无拘无束，美得无确定的质，美得无限定的量，美得无规律的制约，美得无模式的局限，这就是我在生命的坐标上抒写人文情怀。生命渺小，人生旷达。作家张承志多年来向黄土深处索要灵感，无怨无悔地选择向心灵进军，这是多么美好的真实！滚滚黄沙，起起伏伏。静了，没有一丝风；黄了，没有一点绿。黄色里的绿与蓝，正是沙漠永不枯竭的海子、甜水泉，还有骆驼刺、沙蒿、沙米、霸王、胡杨、梭梭。腾格里，蒙语就是"天"的意思。

人生会有寂寞，但腾格里不会寂寞。我在平淡而深远中凝视，狂风见证沙垒，大风垂爱沙山，微风亲吻沙纹。走进沙漠，最好的工具是骆驼。骆驼与人相伴，就像鱼儿与水，苍鹰与长空。我真想骑上骆驼在此过夜，那绿的光韵和黄的色彩里，不知衍生何等禀赋、秉性和力量？曾经畅游大海，感受海的豪放；攀登高山，领略山的深沉；漫步草原，体验绿草的壮美，可唯有亲近沙漠，能触摸生命的脉动。当我头顶掠过鹰之暗影时，常常会记得生命的承诺：直上是向往，渴求是信念，驻守是风骨。

沙湖

1

踏进沙湖,我如幻梦境里神似一只候鸟。

沙湖是我灵魂的痴恋。金沙碧水,是悬念,也是诱惑,更是诗句。走进沙湖,我顿觉天然水泽积聚而成的万亩湖面是壮观、硕大的。沙湖,沙静水清。对岸,黄沙漫漫,驼铃声声。沙滩,细柔如缎,身着泳装的男女们躺着,领受阳光沐浴。湖区芦苇荡,宛若江南水乡。

上了船,凉风和波浪齐涌,沙岸渐渐远离。岸边,一艘艘渡轮离岸归岸。远处,湖面碧波中露出一丛丛、一片片芦苇,高大而挺拔。船行其中,船舷掠过,哗哗作响。芦苇很绿很密,也很幽深。长得高过人头,密不透风,把沙湖装扮得生机勃勃的芦苇丛便是鸟岛,栖居着数十种几万只禽鸟。游船驶过,苇丛伴随水波荡漾,神似身披绿色衣裙的少女。坐在船头,风吹脸上,卷起衣襟,流露香甜。

2

沙湖,生命的河堤。让我想起摩梭人的诺亚方舟,她给予我诗意的延伸,使人萌动、翔舞和轮转。每个来过沙湖的人都想问,沙漠中怎会有这样的湖泊?湖里怎么会长出这样的芦苇荡?几十斤重的大鱼吃什么?南方水鸟在北国如何生活?人行水上,极目远眺,三五成群的候鸟紧贴水面飞过,像极匆匆赶路的旅人。

沙里看世界,花里觅芬芳。我们把无限搁置手掌,收藏就在刹那之间。

沙湖南边一片三万亩的沙漠,与湖水相互依偎。柔风吹来,缕缕清香。据说,这里曾是一座农场。中华人民共和国成立后,经过无数建设者精心雕琢,现已成为以自然景观为主体,沙、水、苇、鸟、山五大景源有机结合的独特景观。尤其,上了岸,排成队,用缰绳串着,被驯养人牵着的骆驼,都等着游人乘骑。身前是沙,身后是湖。山的西面,麦面一样的柔沙被艺术家雕成名人头像、欧洲城堡和世界名画。爬上沙丘之巅,放眼环顾,滑沙的、乘快艇的,骑沙车的,吊索道飞檐走壁的,欢乐无限。再看四周,有人把脚埋进沙子,极像久怀心事的鸵鸟。我俯下身,本想捧起一掬沙子抖落脚上。但风起了,一束沙粒正好飞扬到我的面颊,钻进衣领。

我在沙湖,心灵的海水有点泛滥。

3

塞上归来,我在人类生命密林中终于把自己孵化为一只信鸟。可能,早已习惯在大地上成长和脚手架下搭建,当一方源头活水从地下悄然而出时,便成为心灵深处的浩渺和神秘。

究竟是沙漠侵吞了湖水,还是湖水抚慰了沙漠?艳美的沙漠盛满一汪清澈的湖水,就是用粗犷与细腻,狂放与柔美在解析人类最为人文的方程。沙子盛不了水,这是人类思维在大自然面前脆弱的表现;沙子可以盛水,这是沙湖的大手笔写出的小真理。沙湖的水,博大而深刻中集结多元地理特征,沙漠的热情,海洋的浩瀚,草原的辽阔,山脉的崎岖,岛屿的孤寂。还有生命的热情与包容,流畅与韵致,穿透与冷峻。直至现在,我还清楚地记得沙子从我指缝间滑落的舒畅。人说,沙子会长,但我仅仅晓得,人的思念会长,长得酷似沙子。

沙湖美,美在沙抱湖,湖吻沙,湖水荡漾,沙浪起伏,南风吹过,驼铃声声。沙湖,水清澈,湖平坦。沙山,线条分明,沙水相融。惊奇、感叹和不解,这是沙湖给予我们的坦然。奇的是叩问,叹的是芦苇,不解的是沙雕。

就要别离,留恋占据心间。张承志的宁夏,张贤亮的宁夏,让我突然而来,又悄然而去,怎能不刻下念想。直到上岸,我才发觉,湖面上不见孤舟蓑翁,不闻江南丝竹。远方很远,难以企及;天也很高,非常辽阔。由此看来,旅游是心游,也是造化。不错!我见过大海,见过湖泊,也看过小溪,却未曾游历这样的湖水。看了沙湖,飘忽的思绪凝结为点,清高的心懂得诗意栖居。科学家曾把湿地、湖泊和沼泽称之为"大地之肺"。我在想,沙湖不能叫"肺",应称之为"大地之眸",即眼睛,而且不大,像是少女的明眸,顾盼生辉,流露的是清澈和优雅,极像沙湖水的灵秀。

沙湖妙,妙在沙水相连。湖边沙山,金光灿灿,山上驼铃叮当,沙鸣有声;山下湖色秀丽,碧波荡漾,飞鸟鸣啭。游人无论置身沙上,还是泛舟湖中,皆心旷神怡。

我游历沙湖,忘不了沙山、大湖、水鸟、游鱼和芦苇,还有那河汊,那山脊,那激流。大漠,大湖;一堆沙,一汪水;芦苇能看见,沙鸥能听见。我想画,水太蓝;我想拍,镜头太小;我想写,处处诗情画意。大自然,大天成,给行者盛满恬静,也给旅人衍生动力。

陶然亭的拥有

北京晚秋，我细心读完高君宇和石评梅碑文，顿觉"五四"时期的"梁祝"版本格外凄婉动人。

来到陶然亭。我发现人间善男信女们不仅钟情这里，而且朗然吟唱爱之永恒。回眸君宇和评梅相识很晚、象牙之恋和遗恨千古，我深感：爱情原本就是这样的追求时得不到，得到时却已失去。回想评梅受聘出任北京师范大学附中女子部年级班主任时，在临时用作教员宿舍的荒庙里筑起的"梅巢"，那样的牵引君宇。回顾评梅父亲石铭的这位得意学生，我既忘不掉君宇的举止轩昂和卓然不凡，也忘不掉评梅的逆反和孤高。他们一起在陶然亭散步，君宇凝视评梅的独身素洁发出感喟：我生也孤零，死也孤零。还有他死前写在那张照片背面的诗句：我是宝剑，我是火花。我愿生如闪电之耀亮，我愿死如彗星之迅忽。以及评梅在君宇死后三年中的不能自拔和在日记里写下的诗句：生前未能相依共处，愿死后得并葬荒丘。

陶然亭锦秋墩北侧是君宇的墓。试想，评梅为何这般热爱他？他俩又为何如此表达爱情？是纯情年代孕育的寂寞红唇，还是不死的爱鸟倜傥的情酬？沉凝中，我买下书，可走进文化书店，门口与店内音像中播放的也是姜育恒的《多年以后》，那久违的旋律就像手术刀一样切割心思，那彻骨的惆怅徘徊心底，莫非这就是生命的火把勾起的青春的痴迷与批判？

事实上，当纯情年代远离我们，革命和浪漫不再骚动时，人们在世俗年代已经将情爱诗意碎片化，陶然亭让我更能顿悟爱情是人类文明中最后的恐龙。尽管人类抒情的欲望早已被镁光灯、唱片机和胶片的运转围困了,但人生命的原本随想、心动和碰撞仍然是永恒和豪迈的。虽然米兰昆德拉说:一切都会被遗忘,但任何赤诚的心面对真切的回忆和诗意的抒写,那青春、欲望和困惑都会被拔起,这可能也就是人间真正的默契。甚至不管她是张扬的生命,还是承载的力量,只要肉体与精神融合在一起,那就是动人的伟力。好比陶然亭总能勾起我们对君宇和评梅恋情的礼赞。

走进陶然亭,我浩然挺立。古龙说:人们往往事后才发现,真正去爱一个人,是一件多么痛苦的事,被爱却是那么幸福。可是偏偏有许多人,宁愿去爱人而不愿被人爱。这就让我想起《圣经》中神对男人和女人说的话:"你们共进早餐,但不要在同一碗中分享;你们共享欢乐,但不要在同一杯中啜饮。像一把琴上的两根弦,你们是分开的也是分不开的;像一座神殿的两根柱子,你们是独立的也是不能独立的。"或许,有人会说,人间的多情与无情原本就是一回事,那么没有了相思又是什么滋味?古龙在《白玉老虎》中说:"多情自古空余情。如果你已经不能多情,也不敢多情,纵然情深入骨,也只有将那一份情深埋在骨里,让这一份情烂在骨里,死在骨里。"依我看来,这就是情爱的不朽。至于鲁迅先生那般敢将往事都埋葬起来,做成坟,使之腐朽,这对后来的生命或许会有滋养作用,对过往的生命,则也可平添几分慰藉。或者干脆一把火烧了,连灰也洒向渺无人迹的太空,永远地放逐于情世间,这就成长为精神的不朽。

我在喟叹和挺立中离开陶然亭。竟不由得想起自己告别故乡时默读沈从文自传中的话:"尽管向更远处走去,向一个生疏世界走去,把自己生命押上去,赌一注看看,看看我自己来支配一下自己,比命运来处置的更合理一点呢还是更糟糕一点?"我也记起学堂上曾熟背的鲁迅先生的话:"还是站在沙漠上,看看飞沙走石,乐则大笑,悲则大叫,愤则大骂,即使被沙砾打得遍体粗糙,头破血流,而时时抚摸自己的凝血,觉得若有花纹,也未必不及跟着中国的文士们去陪莎士比亚吃黄油面包之有趣。"我更回味起阅读沈从文《水云》中的话:"世界上不可能用任何人力材料建筑的宫殿和城堡,原可以用文字做成功的。"人世间,红尘中,岁月码头,多少人因寂寞而相拥,因缺失而嘹亮,好个生生死死地拥有。

香山

香山,你存养过我的青春。从地图上看,你伫立在北京西北郊小西山东麓,有皇家园林特色,始建于金。可从记忆中搜寻,你作为滞留我脑海中性灵与缘愁并存的去处,又以润物细无声的姿态驱动我存养年华。

香山,我循着你的无语,在旅行中告慰青春。我站在你眼前时,发觉你的天际使我衍生距离,精神的、心灵的、心理的和地理的都有。你的夏日,空气很纯,凉意很淡,舒坦和清爽美妙无比。心存感激地说,当我从长城上下来走近你,起初,倍感自身高大,能站在依山而筑、随物自然的你的身旁,一切景色生动得那么自然。同时,我又觉得自己的灵魂满目所及的不过是对景色的亲切触摸,所有思绪又格外脆弱。当然,这并非你的傲然,而是我的感念,还有行走中,你滋养于我的醇厚,传承给我的心潮。

香山,你究竟记写什么?你的山顶上有块巨石,状若香鼎,香炉山是你别名;你的见心斋呈现的是江南诗情画意;你的碧云寺停放过孙中山灵柩;你西山脚下的万安公墓中长眠着中国历史上诸多风云人物,李大钊、朱自清、戴望舒、刘半农、梅兰芳、王洛宾、梁启超、吴佩孚、段祺瑞、孙传芳、韩复榘、张宗昌、佟麟阁、马占山……我怎能不以敬畏的目光尊崇你?

香山,正因为如此,我才微笑着一步一步丈量你的灵魂深度。古树参天,故居静静,佳木葱茏,清泉幽幽,你美而不宣,纯得雅然。你的山川,有蜿蜒和奔放,也有柔媚和高亢。我沿着山路,顺着陡坡,经过石桥,到了亭子,鞋里和裤脚里都沾满泥土。我坐在双清别墅时,又想起这里曾是中共中央进驻北平最早的办公室,也舞动过历史天空下的渡江战役、国共谈判,毛泽东在此写下了《七律·人民解放军占领南京》等伟大诗篇。

香山,你让我眷念。因为我从你身上衍生生命哲学和行走步伐。仔细想来,我未曾赶上观赏红叶的最好季节,酷夏里,只能在草木的绿黄之间燃情一颗沸腾的心,凭吊生命的一帘幽梦。我也未曾坐上缆车,虽说对这种物质功利主义带来的方便有点抵触,但这亦成为我后来到达北京猜想你的缘由。去想你的色彩,比不上九寨沟的妖艳、喀纳斯的大气,可你的豪情沛然;去想你的节日,还有未曾圆就的企盼。倘若说泰姬陵是泰戈尔笔下"永恒之面上的一滴眼泪",那么香山乃是见证我们青春年华的界碑。

香山,有生命,也有感情,还有灵魂。你给予我记忆,记忆又丰满我的未来。叙不完,描不出,说不清,你唤醒我青春激流。偏爱香山,我以山的名义,让诚爱与自由做主,守护曾经,回首青春,拥抱未来。

久违了,津门

轮船到达天津港时,正是清晨。我们走出码头,一边把记忆的遗存与现实悄然对接,一边热切地阅读北方的这个水陆码头。因为我们在此逗留很短时间,接下来就要分手、送行与回归。回望码头,我独自心语:匆匆读你,久违了!津门。

吃过早点,与朋友游历天津。我们走着,聊着,看着,购买力实在很小,而侃的劲头特足。让人不由得想起清朝中叶以来,津门码头出现的茶馆、书场、戏园和外地伶人,那就是"码头文化"或"卫派"文化。尽管当时它与"京派"文化、"海派"文化成鼎足之势,但仍然脱不掉"跑码头"时的俚俗特色。饭后,友人陆续返程,我们又坐车赶往汽车站、火车站、机场和宾馆。一路上,透过车窗,我们眺望津门容颜,回味清朝兴办"洋务"以津门为基地,义和团运动在此爆发;津门也曾以西方基督教文化、近代科技文化、西方教育模式、西方建筑文化、竞技文化、音乐美术、娱乐文化等独领文化风气之先;中国19世纪资产阶级启蒙思想家严复曾经在此宣传西方资产阶级思想。可能,这就是移民文化丰富津门历史的缘由。

当时,时间太紧,我返回宾馆,顾不上洗漱,又去送别友人。如果说高速的联想是纷飞的,那么所有关于色彩、符号、文字和图像的表露皆为苍白。当我们匆匆挥手时,我倍感津门弥留我心的只是一本精彩的刚刚打开的书。不是吗?一个又一个友人已踏上归途,我们的火车很晚。友人们在狗不理店为我们聚餐送行,那酒气,那歌声,那欢笑,那调侃,都汇成我们阅读津门的心象中介。同时,我们在游走副食大厅,饱览津门食文化,领略津门工艺文化时,也倍感津门酷似一幅油画。

  确切地说,我们登上火车离开津门是在子夜。那一夜,对我来说,最大幸福是在夜幕下拥抱获得:当一个城市的记忆用历史串联着阅读时,心灵的悸动和轻盈,并不在于瞬间的缺憾。虽然说匆匆之间,未曾亲临和体验津门人所说的,天津卫三宗宝,鼓楼、炮台、铃铛阁,却真的觉得久违了津门!不是故乡,却是沃土。

晋祠的天空

从晋祠归来,我越来越觉得"名胜所在贵乎心得"的妙趣。记忆中,那些扑面而来的享受、愉快和美感纷纷簇拥,那些对社会、对历史、对人生的重新认识和感悟接踵而来。

晋祠是一本耐人寻味的书。出太原向西南行50里即到。传说,山上原有巨石,如瓮倒悬;也听说山脚下有泉水,即为晋水。山水之下,晋祠以碧波细浪为纽带,把近百座殿、堂、楼、阁和周柏、唐槐及其他参天古树连在一起,兼容北方园林厚重与南方园林秀润之长。据说,这里山水崛起于太原盆地西山的框架与屏障。那里植被茂盛且山清水秀、蕴藏丰富,灵气十足,蜿蜒起伏,像一条即将腾飞的龙。秋来了,天高而水清,拾级登山,探古洞,访亭阁。水声,不藏在殿下,就隐于亭后。当年李白行至此处留下"时时出向城西曲,晋祠流水如碧玉"的诗句;司马光有"山寒太行晓,水碧晋祠春"的名句;欧阳修有"地灵草木得余润,郁郁古柏含苍烟"的赞叹。

漫步悬瓮山下,我仰观悬崖绝壁、俯瞰苍翠欲滴,飘飘然有凌云之气时,甚感山有山之胜,水有水之奇。不用说晋祠"三绝"之一的"难老泉",每当冬日清晨,泉流之上雾气升腾,忽隐忽现,如入幻境。夜深人静,泉水不舍昼夜,形成晋祠内"八景之首"。所以,这里的树以古老苍劲见长。祠内最著名的树有两株,皆为侧柏,一株是紧挨圣母殿的"齐年周柏",被称为晋祠八景之一的"古柏齐年",阅世三千年;另一株是东岳庙前的长龄柏,即两千多年前的汉柏。再就是隋槐、唐槐了,以关帝庙内隋槐为最古最大,至今茂盛异常。

　　这就是我眼中的晋祠。晋祠是唐叔虞祠,因唐叔虞是晋国第一个晋侯,晋祠也就是"晋国祠堂"。它合周礼、儒学及佛、道文化为一体,包容最广、联想极多,在国家社稷与黎民百姓之间架起一座桥梁。后人为了突出儒文化,并密切与地方人文关系,还增设了"七贤祠",即春秋时代的忠烈之士豫让、诗仙李白、雅俗共赏的白居易、忧国忧民的范仲淹、独具慧眼的欧阳修、以民为本的于谦、晋祠人的骄傲王琼。所以,如果把晋祠作为中国历史的政治画廊来展读,那么的确是中华历史的壮阔舞台;如果把晋祠作为中国一个个王朝的战争演义史来拜谒,那么这里就是纵横的战略要塞,得天独厚的战略位置,成就基业的大战场;如果把晋祠作为三晋文化的盛景来拜读,那么这里就是战国争雄"三家分晋"的历史典故发生之地,也是以晋阳为中心的整个晋地的人文历史、风土人情的地域性内涵。商朝,古太原被称为大卤、大夏、太原、唐地。公元前12世纪,周人领袖姬发实行富民政策,消灭商朝,建立周朝。公元前636年,晋公子重耳回国继位,称霸中原,他就是著名的晋文公,并留下"秦晋之好""赵氏孤儿""铁鼓刑鼎""侯马盟书""黄池之会""晋卿争权"的典故。汉刘邦结束秦朝仅15年统治,第一个镇守晋阳的是韩王信。汉文帝在晋阳封国20年,出现"文景之治"。西晋刘琨镇守太原再次修筑晋阳古城。到南北朝,晋阳号称"东魏霸府""北齐别都"。高欢父子在晋阳筑大明宫。到隋、唐、五代,晋阳与西京长安、东都洛阳称为中国三大都城。

　　游览晋祠,阅读《晋祠铭》,看不完、说不完。不仅超越游客眼中的教堂、古堡和王宫,而且叩开三晋文化大门,走进黄河文化摇篮,领略东方文化神韵。我在晋祠,终于找到真正的文殊智慧。人,不管是提升生活质量还是拓展生命价值,都要怀揣出世的超然维度,在俗而超拔于俗,在点滴中完成心灵的超越。同时,要用爱心和灵性打造整体圆融、多维和谐的智慧。

平遥,那个村落

清晨,我披着秋色,以无限深情走进平遥。我眼前是这样宏伟的图景:一座小小的围城,表面破落,据说民间叫"龟城",说是其方形城墙形如龟状。那城墙、那街巷、那当铺、那庙宇、那道观、那县衙署、那票号、那镖局、那街市,每一处人文得了然。

步入平遥,我迈开脚步,追寻历史痕迹。那古色、古香、古朴,让我体味农耕时代岁月的悠久:深幽的巷道、古老的房舍、匆匆的行人、嬉戏的孩童、闲散的老人,卓然一幅天然的乡村背景。而高耸挺秀的市楼,星罗棋布的宅院,古意浓浓的商铺,分明一幅古城市井的生活画卷。尤其是"汇通天下"的日升昌票号是中国第一家专营银钱汇兑、存放款业务的私人金融机构,开中国银行之先路,这是中国金融发展史上汇兑开始的里程碑,也是一面"诚信行天下"的历史鉴史明镜。至于明清时代遗留建筑,更把历史溶解于民居,实乃一幅别具一格的民风民居图。

面对平遥,我看清一个多元并置、个性凸显的时代,人的主体精神已成为时代的一种气质、一种本原。我喜欢平遥,因为她历史生命的原汁原味,因为她文化生命的非同寻常,因为她民俗生命的纯朴古雅,因为她商业生命的经久不衰。我眷念平遥,因为民族伦理文化在含蓄细节中沉淀出称谓、礼节、谈吐、行为的底蕴。

倾听平遥,我记住一个庞大家族的组成。那些记载、传说及古老遗训家规。还有古雅外表下择吉而居,顺其自然的环境营造,以及讲究天人合一的境界极致，讲究耕读写意、寄情山水的放达，仿佛都在一种富贵大气中凭吊雕梁画栋、参天古木、青藤老树，步步入境，处处是画。

致敬平遥！看是无华，甚至破败，可那是曾经。虽说风流总被雨打风吹去，但历史保留了她，真意就在于造福后人。2700年的历史，积淀多少文明碎片，她不及西安城墙的宽阔和雄伟，可她完整得不可低估，既古朴、雅致、幽静，又厚重、内敛，可谓明清小北京，古风平遥城。

我离开平遥上车时，一阵风刮起尘土，落叶飞转而起，声音极响。静默中，一位漂亮女导游的话在耳边不停萦绕：观音为何倒坐，只因世人不肯回头。透过车窗，我不由得回望，秋风中，她美得极不寻常。是啊！生活如此活跃，且教会我们思想和敦促我们做梦和思考的都市，我们唯有敢于直面人类历史的遗存，生命的激流才会升腾反弹。

平遥，中国古代农耕文明的生活赋，中国近代商业文明的神坛，中国现代商业文明的祭坛。

印象龙门

上车前,秋的晨雾已经降临,大道上传来一阵阵喇叭声。我们穿透雾霭时,已过韩城市北30公里,到达山西省河津县城西北的黄河龙门。又名禹门,地处黄河出山口,两岸峭壁对峙,状如门阙,故称"龙门"。

登上龙门,伫立高高岩石上,观赏天险龙门,河水把巍峨的吕梁山劈为两半,凝视东岸龙门山和西岸梁山夹河对峙,那陡立的断壁状如两扇巨门把河谷夹注,黄河水流如奔腾巨龙破门而过,喷云吐雾,顿然对接我感念秋日黄河的渴望。不出所料,到达这里,还能看见峡内雷鸣浪翻,望见峡外山开岸宽的波澜壮阔。虽说龙门古有"八景",但如今龙门更加迷人。我在索桥上看激流,移步中流,桥颤人晃,激浪排空,声如雷鸣,好似悬在高空,又如吊于绝壁,惊险吓人。庆幸的是,我们从桥上走过,脚步很慢,对话欢畅,但彼此声音却不自在。一时间,唯有沉默牵引我们,沉默助推我们。俯视桥下,龙门在灰白的沙滩、突兀的怪石、错落的青石板中把黄河展现,让河的子孙礼赞历史的江河。

黄河,从这里吟唱着流过村庄,流过峡谷,注入大海。多少年了,历史在激流里撕扯,文明在沧桑中洗礼。生命的黄河,流经宁夏,富甲一方塞上江南;感情的黄河,穿越兰州,柔顺而安详;灵魂的黄河,在壶口瀑布中酷似金戈铁马,岩浆迸发,或奔腾或温柔,或清冽或浑浊,流淌着中华儿女血脉,奔流着中华民族精魂。

此时此刻,当我站在中华人民共和国成立后陆续建起的铁索桥、公路桥和铁路桥,并列横跨黄河上空时,看见河上帆影点点,三桥飞虹并驰的壮观,我澎湃不已,诸多研读和思索都沉入黄河的漩涡。难怪,直面黄河,先贤圣哲们思索社会与人生,诗人才子吟唱民族悲欢,史馆文臣记录历朝兴衰,唯有芸芸众生念叨生命的河床。天下黄河,自古多弯,曲曲折折,绕过山梁,最后奔流入海,人生何尝不是如此?

那扇窗户

在火车上住了一夜。翌日,我终于走近乔家大院。

初秋的风虽不料峭,可对我来说,再熟悉不过了。一座拥有6个大院、内含20个小院、有313间房屋、占地上万平方米的民居,远眺,像一座城堡式的建筑群,除了彰显财富,剩下的俨然只有对生活的捍卫了;近看,像是一本"商建官邸"的扩建史,源远流长。其实,未曾来到时,我似乎已经看清乔家特别道德的人性主题,也猜想到历史深处有一张张碎片在笑傲和叹息,好在电视剧《乔家大院》刚一播出,纷繁的传媒信息把商业文化爆料得格外灿烂。

我走进乔家,未曾窘迫。乔家,既有壮观的感动,也有阔大的牵念。大院依照传统叫法,北面三个大院,从东往西依次叫老院、西北院、书房院。南面三个大院依次为东南院、西南院、新院。南北六个大院称谓,表现乔家大院中各个院落的建筑顺序。而这种建筑本身隐含一种秩序,秩序中同样体现一种经商思想。如果说乔家豪宅凸现的是那个时代经济生活和政治生活的实验性,那么以乔家为代表的晋商正是那个时代"国贫商富"的最极端个案。因为当时鸦片战争和太平天国运动已经将大清帝国推向破产边缘,唯有银子是启动以洋务派官僚为主体的自救运动的润滑剂。据悉,乔家最鼎盛时,总资产接近3000万两白银,而当时整个清政府全年财政收入不过7000万两白银。应该说,官和商可能就是乔家后来最大依托和延伸的商业资本。同时,他们又把中国封建社会人与人的关系、社区关系、邻里关系、乡村关系的道德指数提升到伦理极致。据悉,乔家第一代乔贵发是清朝乾隆年间人,走西口,做生意,在包头店铺当店员。十余年之后,他与秦姓同乡开了一个小字号广盛公。后来,生意不景气,面临破产,但广盛公的生意伙伴认为东家为人处世不错,不忍他们破产,相约三年后再来收欠账。三年后,乔贵发不仅还清欠款,生意重新复光,把广盛公改为复盛公,从而奠定乔家经商的诚信理念。而将家族生意乃至票号生意发扬光大的,倒是乔贵发的孙子——电视剧《乔家大院》的主人公乔致庸。他之所以有雄厚资本实现自己票号汇通天下的理想,在于开始就把乔家的复字号生意做大,复字号也成为他的起点,即以包头为基地,将商业触觉发展到蒙古,直至北京和天津。同时,他审时度势,在经营中对人脉精明投资。左宗棠征西,乔家出了好几百万两银子,大军到达新疆,乔家可以派一个票号跟随经营后勤,为军队筹办粮草,负责汇兑朝廷的军饷。更不用说,1900年八国联军攻陷北京,慈禧太后逃到山西以后缺钱,乔家一个跑街的当场答应,借给朝廷印字10万两。慈禧太后此后给山西商人的人情是,一笔是由各省督府解缴中央的款项,全部由山西票号来经营;另一笔是将庚子赔款连本带息,约10亿两白银交由山西票号来经营。因此,1906年乔致庸去世前,乔家生意进入最辉煌时期。1907年,89岁的乔致庸去世,从一介儒生到晋商翘楚,一生经历嘉庆、道光、咸丰、同治、光绪五个朝代,浓缩了中国晋商的漫漫传奇。

实际上,作为中国明清时代十大商帮之首,晋商重教育,有制度建设和股份制;他们以地域关系为纽带,用乡不用亲;他们是纯粹商人,处世和生活相当低调,不张扬;他们重乡情,无论在哪里做生意,最后都要落叶归根。而徽商不同,他们读书不是经商,而是做官,所以都是官商;他们以家族为组织纽带,用亲不用乡;他们把生意做到哪里就可在哪里定居扎根。从中对比,不难看出,徽商是发展了传统,可晋商不仅谨守传统,而且开创传统。乔家大院正是在这种无限传统留存中提醒我们如何审视现行商业道德、规则和文化。

我在冲突与融合、智慧与思考、秩序与变迁中，走出乔家大院。说真的，不想在回眸中再做简单的复述，也不敢妄加菲薄，只觉得厚重的历史，一次次地教化我们要冷峻地思考、人文地探索和深刻地反思。家是重要的，家也是社会细胞，家更是社会窗口。而历史不过是一面镜子，夏商周时的宗族大家庭、秦汉时的小家庭、同居共财的大家族大家庭，从古代走到近代，后者仍被认为是最理想的家庭模式。

作别乔家大院。我又想起毛泽东所说的，感觉到了的东西，我们不能立刻理解它，只有理解了的东西，才能更深刻地感觉它。确实，由家及国以至世界，这是一种大思维；顾全小家和大家，保护共同家园，担当和谐的生活方式这是大战略。21世纪是全人类觉醒的世纪，也是一个人类生态学的世纪。美国未来学家约翰·奈斯比特在《大趋势》中写道："社会的基本建筑构件正在从家庭转变为单独的个人。"因此，当我们傲然挺立地球家园时，不妨共同信守：不要忘记过去，否则就是背叛。或许，这样我们在寻找人类自我征程中，才会像马丁·路德·金当年一样再次深情地大声疾呼：我有一个梦。这个梦就是自由、平等、和谐，一个承载着多元经济、多元政治、多元伦理、多元价值、多元社会的共融、共建、共享的天下大同。

在蒙山

我游历太原蒙山,纵情盛夏,酣畅而淋漓。

蒙山是森林公园。从山门进入景区,沿峡谷而行。天空湛蓝,溪流潺潺,树木蔽荫。只见那秦汉样式的景区大门上刻有一副生动对联:佛是一座山净心净土,山是一尊佛净土净心。那荆棘密布的山路被劈成一条通往大佛的天路,两边还设置防护墩。听说,这里不仅有大佛,还有寺和塔,更有唐高宗、武则天的御驾桥遗址。

峡谷中。山路瘦长,蜿蜒如蛇。我们闻花香,听流水,看小溪。穿过土地坡、石马坡和三福坡,御驾桥出现了。而一过御驾桥,观音堂、滴水岩和"太原八景"之一的"蒙山晓月"便紧紧相连。沿路而上,就是开化寺、铁佛殿和连理塔。开化寺背靠蒙山,前临深壑,山门口是遥拜大佛的礼佛台,有龙城西山第一禅林之称。寺的左边为铁佛殿,殿内有三尊高大铁佛供人朝拜,向北还有十座塔勉强称林。铁佛殿前行几步是连理塔,始建北宋淳化元年,是中国现存宋代亭阁式佛塔建筑,全国仅此一例。两座佛塔,同一基座,连理相扶,故称"连理塔"。南塔为"化身佛舍利塔",北塔为"定光佛舍利塔"。

踏上古道。我伫立大佛脚下,佛的境界,云雾散开。大佛依山凿制,坐北朝南,两耳齐肩,双目微睁,盘腿而坐,也称"西山大佛"。佛像高63米,为中国第二高摩崖造像,比云冈石窟最高佛像高43米,比被炸毁的阿富汗巴米扬大佛高10米,仅低于乐山大佛8米,却比它早凿162年,乃世界最早露天摩崖石刻大佛。从拜佛台仰望,山即是佛,佛即是山,佛与山崖浑然一体。百姓眼里，大佛灵气，皇家眼中，形同国庙。史载，蒙山大佛，始凿于南北朝，历经5位皇帝、历时25年，到北齐后主高纬时凿成。

沿路下山。匆匆一别，又上心头。欣赏蒙山，地灵形胜，佛国宝地。伫立山巅，极目远眺，晋阳古城，尽收眼底。身前身后，群山蜿蜒；身左身右，山风呼啸。拥抱蒙山，攀登有收获，到达有感觉，因为穿越使我学会朗读，归来使我衍生激荡，约会使我存养浪漫。

我在蒙山，沉醉一方清凉华盖。溪水、卵石、瀑布和丛林，像翻阅书本；山脊、锋刃、绝壁和荆棘，像咏叹人生；奇花异草，虫鸟藤蔓，阳光浓荫，像收藏生活写意。

我在蒙山，沉凝一份心灵静力。寂静山林，使我把身姿定格骄阳下，学会仰望和倾听。山峦山峰时隐时现，山脉山川层层叠叠，时而目睹枯藤老树昏鸦，时而落入小桥流水人家，意境与境界皆让人流连忘返，陶醉其间。

绵山行

盛夏,我去绵山,很是有缘。

绵山神奇。作为太行山的支脉,它以山势似绵豆而取名,因春秋时晋臣介子推被焚而名声大震。我身临其境,心生敬畏。这里,既是菩萨、观音、罗汉的庙,也是儒家、墨家、道家的场院;既是帝王将相拜祭之地,也是国学大师、诗人、画家的去处。这里,有古老传说,更有"三绝",即寺内供奉的"包骨真身"佛像、抱腹岩的挂铃和铁索岭的铁索。

绵山人文。庙宇层叠,高低错落。悬空建筑,凌空而建。山雾相绕,似隐潜龙。山径蜿蜒,栈道雄险,溪流潺潺。残垣的寺庙,斑驳的塔林,似乎都在叙说久远的故事,也留下八仙、老子、菩萨、罗汉等的足迹。

在绵山,道家说不尽,佛家道不清。进入山门,一条山路在景区从东向西蜿蜒,紧贴山体,险象环生。道观呈现,佛堂出现,一会儿山体凹进,一会儿凹进处又形成山洞,不可思议的耸立,应验了"天下名山僧占多,洞天福地道家场"。

在绵山,传说和史料皆为绵山的内涵载体。高殿大堂借助天然洞穴、石柱而精巧做成,衍生出道家的"天人合一"。绵山,不是仙境,胜似人间。

在绵山,佛、道、儒、人、鬼、仙拥挤在一起。寺庙道观依山而筑,越集中,越宏伟。且不说唐的佛寺,魏的庙宇;也不说山泉和景色;单就抱腹岩洞顶壁的无数鸟洞和悬挂的铜铃已让人叹为观止。望,不及峰巅;瞰,不触谷底。

绵山大美,缘于自然。绵山山奇,绵山水秀,绵山道险,绵山石灵,绵山草香，可谓秀外慧中，形神合一，集名胜古迹、佛寺道观于一体，处处有景，景景具典。从空中俯瞰绵山，酷似一幅太极图，前山集中人文古迹，后山是自然风光。欣赏绵山，倾心平和；感悟绵山，静听道教音乐，凝视寺庙沧桑；作别绵山，天也皱起眉头，雨飘飘，雾蒙蒙；回眸绵山，相见如初，仿佛与绵山走进恋爱的道场。

  绵山不凡，缘于文化。我与绵山绵绵情，绵山与我绵绵意。她的文化丰沛，让我想起央视一套《走西口》中展现的晋商文化长卷。她的文化根脉，不仅是山川之美与宗教文化之粹，而是集儒释道三教于一体，互相融合，相互包容的集结。她的文化气度，不在于奇险山貌和深幽景致，而在于介之推"割股奉君"的故事流传，在于中华清明（寒食）节的发源。

七月的五台山

五台山,因佛出名。顾名思义,是由东西南北中五个台顶组成而得名,东台望海峰,西台挂月峰,南台锦绣峰,北台叶斗峰,中台翠岩峰,五峰之外称之台外。五台顶上,各建有文殊菩萨殿堂,俗称五方文殊。其中,北台最高,被称为"华北屋脊"。寺庙,有的顺山走势,有的平地拔起,有的建在山巅。且分青庙和黄庙,青庙住和尚,黄庙住喇嘛。

五台山,因台而美。一般山顶都是尖的,而五台山顶是平的。这就拥有了喇嘛宫之称的菩萨顶,开花现佛的罗睺寺、五爷庙、善财洞,东山顶上的黛螺顶……倾听经声,飘来梵音,香火缭绕,念经打坐,信众居士烧香礼佛,游人摩肩接踵,观摩佛国建筑,倾听佛家佛事。

五台山是神奇的。一座山把山里山外分成两个境界,即佛门圣地与世俗人间。不仅有泰山一样的日出、庐山一般的云海、天山似的雪景、黄山的奇松怪石,还有奇景"佛光"。随处可见和尚庵尼,庙宇展现不同辉煌,有听不完的皇家与佛家的故事,有理不清的佛家与红尘的传说。

五台山是清凉的。五座台顶高耸入云,素有"清凉圣境"之称。踏上山,山风迎来,似断犹连。轻风时,像诉说;劲风时,像呼唤。渐渐地,一阵凉过一阵,驱散喧闹,拂去疲惫,静寂心灵。据说,当年徐霞客来此,下榻在北台叶斗峰的寺庙,并与老方丈石桌前品茗,其游记中清楚记述,只是不知为何他没有到台怀镇,而沿北台下山东行,朝北岳恒山而去。

五台山是文化名山。名山之美是集灿烂佛法和如意清凉及雄浑厚重的山姿为一体,气魄之雄,规模之大,历史之悠,内涵之丰,无与伦比。印度佛经宝典《陀罗尼经》中,唯一有记载的中国佛山是五台山。公元初,古印度佛风东进。东汉明帝永平十年,佛教传入中国,五台山首开佛风,率先在台怀镇灵鹫峰兴建12座寺庙。北齐时,扩改建大小200多所。至大唐广德年,多达360多所,僧尼逾3000人,也诞生大批高僧名师,盛唐时已成为海外信徒留学听经的高等佛教学院,印度、日本、蒙古、朝鲜、尼泊尔、斯里兰卡等国佛教徒在此朝圣求法巡礼。北魏孝文帝、隋炀帝、宋太宗、元英宗、清圣祖、清高宗等曾驾幸此地。鲁智深醉打山门、杨五郎避祸、顺治出家,以及毛泽东在新中国成立前专访五台高僧得真言传说都发生在此。

我伫立黛螺顶上,台怀镇尽览无余。神圣白塔,立于镇中。据载,白塔历经数百年,受无数地质灾害,毫发无损。因为其中珍藏如来佛祖的一块遗骸,即舍利子。

我光临五爷庙。这里,烧香许愿,祈求五爷保佑,最为灵验。这里,拜谒,等于拜过山上诸位佛祖和神仙。这里,叩首、焚香、许愿、捐赠香火钱,准能了却求佛心愿。

七月,五台山热烈了。学会仰望,烟雾飘浮,弥漫山间,树木青翠,经雨水洗礼,郁郁葱葱。懂得直面佛祖,倾诉衷肠,以向善之心,锁紧眼眸,把郁结心中的石头轻轻放下,可让自己的心灵在香火舒展中成长。

七月,让我心诚则灵。曾经阅读王维诗句"明月松间照,清泉石上流"时,多想在月光中寻找"清泉石上流"的意境,让一泓人间清泉永远沉潜自己生命最深处。实不知,清泉是五台山的最美意象。我一路走来,耳畔传来、眼前晃动的全是观泉、听泉者的身姿。且不说,清泉与石头本是一对生命的最佳搭档,也是上帝之手最曼妙的一对绝配。

五台山,绝美透了。这绝美中深藏的正是清泉与石头衍生的心泉,即结人缘、结天缘、结佛缘。观照心泉,让思想走向深刻;倾听心泉,让生活更加鲜活;创造心泉,让人生境界超越。人的生命中,绝不能承受无泉之痛,更不能缺失一泓清泉。

心之仰望

踏上内蒙古草原，我愈来愈衍生仰望。或许，守望太轻，跋涉中顾盼许久；或许，一草一木，很想触摸，又怕牵动成吉思汗的神鞭。

谁能叮咛我，神鞭埋藏有多深？我只知道，大汗神鞭滑落于鄂尔多斯。眺望蓝天，轻抚牧草，多希望神鞭就在眼前。傲然拾起，执在手里，直面未来，何等从容！因此，我不想从史册中找寻，不想把目光滞留在河套人僵硬的化石上。在我看来，神鞭就是一种神示。纵然蒙古不只有成吉思汗，但成吉思汗陵确是蒙古人和北亚游牧民族最珍贵的遗产。站在蒙古高原，我深感青草摇曳，怎能不坦然地接受草原的凝视？

谁会告诉我，成吉思汗究竟是世界文化史上怎样一颗耀眼的"东方明珠"？他的东方和西方是两个在各自蛋壳里孕育和发展的文明，丝绸之路是微弱的联系。成吉思汗西征打碎了两个蛋壳，世界成为一个家庭。从此，世界历史以成吉思汗划分，即他之前和他之后。英国人类学家汤因比在《人类与大地母亲》一书中指出："蒙古帝国使得许多区域性文明发生迅速的互相接触，而在此之前，这些文明在其发展中很少把它们彼此联系在一起，甚至很少知道同时代的其他文明，它们与同时代的其他文明只是通过传导性的欧亚大平原被潜在地联系在一起。"

登上蒙古高原，我的思绪始终回荡在蒙古帝国的历史里。成吉思汗陵建在甘德烈敖包山上。陵地，战旗飘扬，猎猎作响。凌空飞奔的白马是成吉思汗的战马。陵园大门处有两座用水泥砌成的绝壁，中间直径2米、高21米的柱子上塑造持矛纵马向前冲杀的成吉思汗像。走进陵园,映入眼帘的是乌兰夫题字的高大牌坊。不远处是成吉思汗横刀立马的雕塑。进入陵园向陵宫眺望,中间主通道达4公里长。陵道尽头是陵宫,陵宫为蒙古包式的大帐,由三幢大殿组成。中间大殿是穹顶金黄色的琉璃瓦,对称镶有四朵藏蓝色云纹。两侧大殿的琉璃瓦穹顶稍低,为单层八角飞檐。陵宫前广场上,中间设一顶朝拜用的大香炉,两侧有"苏勒德"式建筑。两侧是草地和苍松。陵园分正殿、寝宫、东廊、西廊及东殿、西殿六部分。

徜徉成吉思汗陵,金戈铁马牵动我,许多谜团催醒我。成吉思汗征战一生,40余年里,7年西征,20万大军,占领中亚细亚,直抵欧洲东部和伊朗北部。特别是,蒙古族商队,跨过亚欧大陆桥,蹚出一条新丝路,为西方带去东方文明,真正结束从唐朝"安史之乱"以来的疆土割据分裂。所以,他的军中有两面旗帜,即雄鹰与苍狼。鹰在高处,狼在低处,其自由、豪放、尊严,果断、聪明和顽强正是蒙古人生命共有的气质。他是永恒的。尽管血与火的时代是征伐与开拓的组合,但蒙古人对他的祭祀特别神圣。他辞世后,几乎持续800年。最典型的是,当初500户达尔扈特人被指定专司供奉他的灵柩等延续至今,已发展到两千多户,延续至第39代。这个世界,可能还没有任何一个帝王像成吉思汗这样,被如此持久地享受子孙的祭祀。难怪,J.M.罗伯特在《世界企鹅历史》中写道:"成吉思汗才智超群,名震四海,直到1227年去世为止,没有一个人能与他相比。他是世界上最伟大的征服者。"

这更让我想起张承志的小说《荒芜英雄路》。透过他笔下狂乱的忧伤,荒芜中我分明感知到英雄之路可谓通天行道!可能,文化就是一种提醒和思索。提醒和思索,更让我追问五千年历史孕育的一个民族脾性,为何常常被形而上学的意识所禁锢和愚弄?今日之中国,短缺与需求的并非宽容,而是冷峻的思考。作家高建群在《最后一个匈奴》后记中说:"站在长城线外,向中原大地瞭望,你会发觉,史学家们所津津乐道的二十四史的观点,在这里轰然倒地。从这个角度看,中华民族的五千年文明史,是以另外的一种形态存在着的。这形态就是,每当那以农耕文化为主体的中华文明,走到十字路口,难以为继时,于是游牧民族的嗒嗒马蹄便越过长城线,呼啸而来,从而给停滞的文明以新的'胡羯之血'。这大约是中华古国未像世界上另外几个文明古国那样,消失在历史路途上的全部奥秘之所在。""拷贝"与"克隆"的时代,谁也不想让自己退化成一根没有思想的稻草。我在想,20世纪80年代后中国的真正危机,最根本的是意识形态与现实分裂导致的精神、价值和信仰的危机。所以,彷徨和质疑中,我的仰望才折叠成追寻中华文化自信的火把。

卷 五

那束灯光

井冈山上,毛泽东旧居的那盏油灯让我难以忘怀。

旧居不远。位于茨坪镇,毗邻抱翠湖,为一栋农民住房。它是毛泽东率领秋收起义部队到达,而后又离开的常驻之地,也是他与朱德、陈毅、彭德怀等共同战斗的地方。当时井冈山前敌委员会及军械处、公卖处、红军被服厂、湘赣边界防务委员会、红四军军部等都设在这里。现在,旧居内,陈列着他用过的床、草鞋、桌凳、桐油灯、马灯、地图、砚台和毛笔、箩筐、扁担等。但那盏油灯让我久久凝视,那种质朴与平常,那种力量和穿越满溢心怀。1928年11月,就在这土屋里,就在这油灯下,他与红军战士一样,穿着单衣,睡着稻草,夜里点起一根灯芯的油灯,写下《中国的红色政权为什么能够存在?》和《井冈山的斗争》等光辉著作,给当时身处胜败存亡的中国革命,拨开迷雾、冲破黑暗,照亮前程。老人们回忆,当时敌人封锁,粮油衣物、药品书报样样缺。为了节省用油,各连队晚上仅允许点亮一盏油灯。而毛委员熬夜多,要写作,还要考虑红区建设,大家照顾他,允许多点一根灯芯。但毛委员坚决不干,与大家一样仍在一根灯芯的油灯下谋划天下。

油灯很近。我在八角楼上抚摸,它与木板床、旧书桌及八角形的天窗,浑然一体。且与我沸腾的心灵一脉相承。忽然,我觉得那盏油灯,点燃的不是茶油,而是一方熔炉,采撷于红土地,锤炼于战火中,是无数革命先驱集体智慧的结晶。可能,世上诸物,皆要历经磨砺,才会迸发出彩。好比毛泽东的诗词,多在马背上吟成,而正是这"山沟沟里"的马列主义,一直指导着中国革命雄鸡高唱。

那束灯光,从此,在我记忆中嘹亮为一面旗帜,一尊灯塔,一块试金石。每当我置身书房,时常凝望。恍然中,我终于懂得,油灯下的毛泽东,为了正义挺身而出的勇气照亮东方苍穹;灯光里的毛泽东,洞悉天下,不仅为了茁壮一种骨血,操守一种呼唤,而且为了沉淀革命者顽强的意志和力量。如今,这种意志和力量滋养于我,再没有比正义更为富有的财富了。和平年代,谁不想拥有财气、福气、运气、才气和瑞气,但对行者而言,拥有正义,就与希望同行。一位哲人说:正义是永恒的太阳,世界无法拖延它的到来。我们跋涉在时间长河中,找寻历史的正义,真的需要执着,而且这种执着更需要依靠正义的力量来支撑。操持正义,就要加入正义的行列。

那屋，那洞

山不很高，一片低矮的丘陵让人玩味伟岸；路不很远，皆被柏油马路所取代。这就是韶山冲。

以前，我在学堂里钦佩和崇敬；而今，走近那屋，简单而朴实的摆设，如同走近一户素朴农家。这里，因为孕育了一代伟人毛泽东而被世界所注视，真正应验了几千年前，舜帝南巡时，在此小憩，突见水秀山清，兴致盎然，便命随从骈奏《韶乐》，韶山因此而得名。

在毛氏祠堂聆听讲解员讲述，我被毛家历祖历代拯世济民的抱负所打动。走进纪念馆，室外回廊，小桥流水，宛若置身苏州园林，给人朴素、大方、洁美。从毛泽东建国时穿的磨起白痕的棕色皮鞋到日常生活开支记录，处处闪现他艰苦、奋斗、勤勉、淡泊的高尚品德。伫立于此，更能让人深切地看透伟人生命的理想和信念。站在杨开慧肖像前，我深感她把命运与伟人联系起来时，等待她的却是长沙浏阳门外那颗射向她29岁生命的子弹。我为她默哀，更向她鞠躬！

来到故居。我站在屋外，放眼望去，门前池塘还在，稻田还有。那一幢土木结构的江南农舍，坐南朝北，呈凹字形。东边十三间青瓦房为毛泽东的家，西边五间茅草房为邻居家。房后是山脚，前面是两方荷塘。毛泽东父母的卧室和毛泽东兄弟三人的卧室和书房陈设着灰旧家具。望着堂屋的方桌、板凳和神龛，后堂屋中的水桶，厨房内的大水缸和碗柜，横屋的方桌，还有毛泽东睡过的床，用过的书桌、石磨、水车和晒谷大木耙，不由得让人震颤不已。毛泽东卧室在父母隔壁,床头有一盏铜油灯,陪着他在此度过童年和少年,直至1910年东行。1924年冬,他回到家乡,在厨房召开家庭会议,动员亲人参加革命。不久,其二弟泽民、小弟泽潭、堂妹泽建投身革命。次年,他再次回到韶山发动农运,并在书屋召开秘密会议,成立湖南第一个党在农村的基层组织——韶山党支部,并亲自培养五名农民党员在此宣誓。1925年,他与杨开慧一起回来,在毛氏宗祠创办农民夜校。

毛泽东铜像耸立广场北面。重3.7吨,高6米,基座高4.1米,暗寓他在位41年;全高10.1米,寓意中华人民共和国10月1日成立。他身着中山装,胸前左上衣口袋外挂"主席"出席证,双手紧握文稿,面带微笑而肃穆,正视前方,再现领袖开国大典时的风采。据说,铜像揭幕时,日月同辉,杜鹃花提前一个多月开放。

从铜像广场来到滴水洞。洞子离毛泽东故居很近,与北京中南海建筑结构相近似。其实,滴水洞实际上没有洞,而是一座三面环山的谷地,形似山洞,因山上泉水从岩石上滴下,故名"滴水洞"。柏油马路顺山势而建,左侧是韶山水库,右侧崖壁上镶嵌名人恭录的毛泽东诗词碑刻,别墅楼在绿树掩映下显露青砖灰瓦。1959年6月,毛泽东回到阔别32年的故乡,在滴水洞口的韶山水库游泳时,对湖南省委书记周小舟说起,这就有了滴水洞别墅之建。1966年,毛泽东在此住了11天,直至1986年秋,经湖南省委、省政府批准对外开放。

那屋那洞,既用悲壮攫住我的心灵,也用辩证法完善了最有说服力的宣言。离别时,我情不自禁地发觉自己稀缺什么?原来,"先天下之忧而忧,后天下之乐而乐"的情怀再次燃情,那屋那洞存养给我们的不正是人的生命阅世和处世的哲学要义?

不仅仅是书香

　　长沙岳麓书院,三面环山,层峦叠翠,气势雄伟;前临湘江,林木葱葱,流泉潺潺,可谓"岳麓之胜,甲于湘楚"。沿小径而行,丛林环抱处,有一座建筑静处其间,古山的门上赫然写着:"千年学府"。

　　古代书院园林景观分为讲学、藏书、供祀。每部分独立成院,大院又分小院,相互交错,合为整体。院内,亭台楼阁,佳花名木,碑额诗联,体现书院攻读经史、求索问道、赋诗作联、舞文弄墨的特色。讲堂位书院中心,是书院教学重地和重大活动场所,为北宋开宝九年潭州太守朱洞创建。入了院子,前院是展览馆,王夫子、魏源、蔡锷、曾国藩、左宗棠、黄兴、杨昌济、毛泽东等,让我不由得惊叹"名人为江山添色,江山使名人增辉"。

　　走近讲堂。最先映入眼帘的是屋檐下的"实事求是"横匾。它为民国初期湖南工专1917年迁入书院时,由校长宾步程所撰。走进讲堂,"忠、孝、廉、节"四个大字是朱熹所写。讲堂右壁上嵌有一碑,上刻"整、齐、严、肃"四字并撰诗,说是书院学规。学堂大厅中央悬两块木匾,即"学达性天"和"道南正脉",为清代康熙和乾隆两个皇帝御赐。讲堂正中长方形讲坛是为纪念朱熹和张栻两位论讲而设。讲堂后面是后花园。

　　来到北海碑。石头的天空,信仰的纯洁,情趣的纯正,仿佛都是先哲赐予我们的信物。如今,建有八角重檐山顶亭以保护北海碑,名为麓山寺碑亭。从张栻、朱熹至今,名儒讲学肄业不断,汇聚东方文采,集聚翰墨艺术。漫步文庙,这里,供祀孔子,双层重檐的大成殿、大成门,流露出尊严与典雅。

清风峡的暖风吹动我的心灵。这里的光焰,这里的庄严,这里的高贵,每组院落,每间房舍,每块石碑,每片砖瓦,都深含着隽永的文化血脉。这里滋养人间最美的文化神韵,书院一尘不染,一刻千金,一脉相承的操守,更让人感恩人类生命进化的文明递交。历史上,岳麓书院几度辉煌,备受皇室重视,与江西九江的白鹿洞书院、河南登封的嵩阳书院、河南商丘的睢阳书院并称"中国古代四大书院"。

从岳麓书院走过,我须臾间跋涉历史,静观时代,生命的苍穹终被唤醒和催动。站在历史门前畅想古今,我仰望星空,敞亮的是足音,尊崇的是精神。岳麓书院,我心灵的赶潮,文化的探究,历史的追寻。

爱晚亭的尽头

对爱晚亭的深情得益诗中。未到岳麓山,我想的最多的还是爱晚亭。深秋,清风峡中亭子坐西向东,三面环山,草木葱葱,流泉不断。亭前有池塘,四周枫林一片,绚烂至极。

"爱晚亭"三个字是毛泽东题写。绕着亭子,我信步而行,快意无比。青年时期的毛泽东曾在此指点江山,激扬文字。朋友说,爱晚亭原名红叶亭,始建于清乾隆五十七年(1792),为岳麓书院院长罗典创建,经同治、光绪、宣统、民国至中华人民共和国成立后多次大修,成为今天的格局。抗战时期,爱晚亭被毁过,1952年重建,1987年大修。后因晚唐诗人杜牧的诗句而更名为爱晚亭。如今,长沙市政府每年要在此主办麓山红枫文化节。

我沉醉爱晚亭基于回味。亭前有一小涧,叫兰涧。据悉,能听见岳麓山上流下的水声。可深秋里,雨水少,已变成细流,也很清澈。兰涧紧靠亭子,柳叶落了,清风吹过,透心清爽。难怪,长沙的冬,这样晴朗,有繁华,也有激情;长沙的空气,如此滋润,文化的湘江将长沙一分为二,也让我想起塞纳河将巴黎市区一分为二;长沙的人,如此悠闲,湘江仿佛把一条金色浴巾静静地铺展开来,等待体味偷闲。

我钟爱爱晚亭缘于文化意蕴。爱晚亭是精神的山峦,斜倚石栏,倾听枫声,俯视流水,值得诉说古今。杜牧把人生尽头看成起点,清俊而生动;把人之追求没有停留在万般追逐中,豪迈而神骏。朱自清抒写时光流逝之快,叹幸福与痛苦之无情。苏轼"人生到处知何似,应似飞鸿踏雪泥;泥上偶然留指爪,鸿飞那复计东西",荡气回肠。

走过爱晚亭,谁的记忆和向往**都**会充溢。从爱晚亭中我闻到历史的味道,听见佛家箫声,看到山水妙韵,**吃**进民俗传承,甚至也把时尚元素揽进怀中。山下湖南一师是毛泽东曾经求学和生活的地方,而千年庭院是朱熹讲学之处,门前"惟楚有材,于斯为盛"的匾额伫立于时间的钟鼎铭文中,一直诉说着传统和现代的交融。

爱晚亭的尽头,我的灵魂始终被枫叶所浸透,所代言,所精义。

凤凰古城

1

凤凰，循着你的姿态而来，我没有心理距离，有的只是说不清道不尽的尘缘。

我远行沱江、苗寨、吊脚楼和虹桥，怕惊扰你；看你静美脸庞，怕你冷落我。等我投宿沱江人家时，终于晓得，这里的人们那样执念沈从文。

那一条溪水，溪边有座白塔，塔下有户单独人家经营渡口，一个老人，一个女孩子，一只黄狗，这就是《边城》里的风光。我怎能忘记翠翠的足迹，也就是作家笔下那个清纯、柔美、蛮气、朴实、机灵的十四五岁的小姑娘。还有河边的浣衣女，山坡上采茶的土家女，店里帮家的苗族女。

凤凰，你流转的历史，有古寺、古塔、古阁、古城墙，有奇山、奇石、奇水、奇泉和奇洞。不论走山路、看长城，还是沱江泛舟、沿溪信步。你轻尘不染，绿草不动，山泉无语，使我在山风中体味隔世之感；你山花扑鼻，野草纵横，使我在欢跳中感念友善；你惊叹的城墙，密密麻麻的房子，郁郁葱葱的树木，来来往往的人们，让我在蓝天白云下朗读生命。

2

凤凰，一个鲜活的文化摇篮。

你婴儿般的曲动，凸现生命本真，活在历史边缘中。不知为何，这些年来，我老想去绍兴的鲁迅故居、乌镇的茅盾故居、扬州的朱自清故居、高邮的汪曾祺文学纪念馆，可最终还是踉跄地走进沈从文故居。

与北方都市的昏灰相比,你山水地域般的秀美中发生过,纠缠过,爱恨过,闪亮过许多故事。可来到这里,我更想用心阅读你,思索你的阴晴圆缺。因为诞生于此的沈从文和他的庭院,曾给予我诸多启迪。求学岁月,我记得,中国现代散文一向有斗士和隐士之分,斗士把散文当剑,隐士拿散文当刀,这便有了鲁迅先生与茅盾给我的浸染。后来,幽默的老舍、性灵的林语堂、豁达的郁达夫、美文的周作人、性格的梁实秋我皆饱读过。但从文散文中的"写我自己的心和梦的历史",还是鼓荡了我生命的诗意情怀。

沈从文孙女说,水给了他执着柔韧的性格,水也激发了他对人世怀抱虔诚的爱与愿望。他用人类自然的美、人性的美,后来又用古文明的美编织朴实单纯的理想,希望能唤起百病缠身的民族健康的记忆、健康的追求。而我更想说,是山抚育了他漫溢性情的情怀。其实,最根本的还是楚文化的古老情结。她不像中原文化雄浑如黄河,而清奇如长江,长期在中原文化冲撞下摇曳,并与少数民族文化吸收交融而成,不封闭,不凝固,是流动的波,是炫目的光。因此,他透过烟尘,看清了繁华下的文化溃烂,泥土里的道德光焰,感受到了人类思索之外的生命阳光。

3

凤凰,让我孤独中生发畅想。

不管我在沱江,还是古街;无论在城楼,还是山寨。你的亦真亦幻,让我走进历史的花园梳理沧桑;你的灵秀清新,让我在都市城堡中排遣孤寂;你的尽善尽美,让我在宁静与美丽中脆弱无助。

确切地说,当我看到当年沈从文写作《边城》时用的那张大书桌时是下午。书桌大点,与我年少时故乡屋檐下练字、画画、做作业的一样。我用手摸着桌面、桌沿、桌腿,长久站立,感佩不已。讲解员说,沈从文是自学成才。可他没有死读书,对那些束缚天性的教学方法和八股文十分厌倦,而且学会逃避书本,同一切自然相亲近。

4

凤凰,你是羁旅者走向无限的跳板。所以,我怀揣着繁复而心醉的心情,执意迷失在你的简洁和纯粹中。

这里,天际不很壮丽,站在广场前可以清楚地感受时间流逝、空间延伸,简单的不是书本,而是存在。

这里,空气清爽,静心呼吸,淡淡清凉,蔓延全身,使人有把握也有失落。

这里,我看见最多的是山水间靠文字孵化的活的水和活的石头,而这正是我触摸这方故园的借口。

当我把一只手放在城墙上,尼采或庄子一样思索时,还是左右不了自己。即使一段肢解的断垣残壁,一缕茶香,一个酒坊,一名梗夫,一个微笑,一捆线装的书,一座小石桥,一些青菜叶,一个劳作者的姿态,都会勾起岁月的细节和我之联想。

凤凰,你无限跳板上播撒的是坚持和自由。沈从文故居,投映给我的是文化的野草和语言的枝蔓,他的本真将我的心灵紧紧包裹。我不由得痴爱凤凰的孤独,一半露着温婉,一半裹着灵光,并在苗家、土家、侗家与汉族文化的通融中和谐完美。

5

凤凰,你是大自然瞬息万变中耸起的地理褶皱,也是人类原始与现代、时尚与守旧、精神与物质碰撞的弥合处。只有行者能最大限度地打捞你的文化活力,因为你用自然、纯粹、直白撕扯他们的审慎,他们的华丽,他们的隐蔽,他们的清高,他们的虚伪,直捣他们的骨子,让他们叩问文明的功与过。

凤凰,你的美来自淳朴,有深度;你的美是油画,是版画。清晨,我起得早,站在巷口,便听见幽远的脚步;傍晚,我坐在沱江河畔,抒发古今之幽情;深夜,我漫步月下,仰望城楼。凤凰,你的美不止于悠长的青石板路,从容的吊脚楼,还有南方长城的怀古,奇梁洞里的奥妙,以至于坐车体会苗家风情。

住在凤凰,仿佛置身一个由文字连缀起来的水乡。原本以为虚无的情绪,在此却有了注脚;曾经的梦境,在此握在手中。凤凰,很难用脚步丈量,只能用心灵感知。

凤凰人,活得安然、陶然和怡然。而行者有了启程,定有归程。

6

凤凰,走进你怀抱,我看懂你心的灵洁。

为了圆梦,我从北国跑到南国。遥想你了,总以为了解你,可面对你却说不完道不尽,你是我值得解读的乐土。

告别凤凰。我又想起《边城》中的结尾:这个人也许永远不回来了。是啊!这既是无常的客观,也是憧憬的无奈。我怎能读不出一种彻骨的透心:我祖根的故园、基因的追忆和南国的灵秀;我沧桑风雨中的家族迁徙。

张 家 界

冬月,我穿过奇峰异水,从北国走进南国。未到时,听说,"峨眉天下秀,青城天下幽,泰山天下雄,黄山天下奇,华山天下险",但张家界地貌奇特,有着泰山之雄、华山之险、黄山之变化、桂林之秀丽。可到了,才真正领略她的迷人不仅在于把我的梦想化作真实,而且把幽思推至眼前。

张家界是一本童话。山危崖崩,能让行者道上远观,不能驻足逾越,更难以独立千仞。别处的山手拉着手,臂挽着臂,而这里的山不很连绵,也无弧形与曲线,一条一条直线分布,立着的,断着的,挺着的,错叠着的;别处的峰,多陡多险都能踩在脚下,而这里的峰,柱是柱,峰是峰,俯瞰深幽壑谷,云缭雾绕,如同人在壁上走,云在脚下飘。

张家界是一幅国画。走在这里,无论高山、洼地、洞涧、幽谷,还是沟壑、石潭、奇花、异卉,自然成形,自然成趣,自然成景,自然成名。即使水花,也装点山绿,和着蝉鸣。那峰峦,那炫红,那秋意,那绰约,那风味,恬淡中迷醉多少情致?秋花秋实,我的呼吸,我的惬意,融进秋声,写下韵致。她像画家,很有才气,大笔一挥或小笔一点,山就耸立,不是寻常的青黛,而是铁锈般的砖红,野性而粗狂,真正应验歌德的话:事物达到了自然发展的顶峰,就显得美。

张家界是一部诗集。刚刚进山,眼前是蒙蒙的,森森的,黑黑的,几乎混沌视野。等慢慢走过,缓缓地动了:峰与峰,好像长了眼;云与云,仿佛动了情,连山坡上的翠竹,罅缝中的虎耳草,都可爱至极。站在缆车,扶摇而上;

穿梭怪石嶙峋,腾云驾雾。抵达寨子,平台一展,万山之上,石峰陡立,林木葱葱,变幻莫测。深走山谷,修身养性,既体悟现实,又超越尘寰。

我登上山顶,全然迷失于峰峦,故乡?归途?真的无所适从。峰巅之上,我走近贺龙元帅雕像,真的英雄,群峰膜拜!天色已晚,就要下山,我们不走回头路。

张家界,除了让我带走山林的气息,更让我衍生思想的神示,人类诗意永远不会冻结,人类灵魂时时渴望浸润。冬月,正当其时。张家界,护佑我叩问生命河床的开坛,不管自身与自然的相容,还是心灵与肉体的禅悟,皆为一间浩然的灵魂氧吧。

婺源深处

1

婺源是"中国最美的乡村"。诗中描述:"古树高低屋,斜阳远近山,林梢烟似带,村外水如环。"五月,我走进婺源。不仅享受山野清风,而且嗅闻乡野舒畅。竟不由得联想:所谓城里的人,若是亲近纯朴,谁的心灵又何曾不被冲击和涤荡?因为人类最初的栖息地是乡村而不是城市。

婺源不大,很有气息。我们绕行小街,沿河而行。一棵古树,一根老藤,一段残垣断壁,一眼深井,历历在目。祠堂、民居、书斋、廊桥、亭阁和宝塔,还有砖雕、石雕、木雕,都昭示着婺源人是景的有机组成,可谓"茂林修竹映村廓,飞禽走兽相对鸣"。遗憾的是,我们到达时油菜花都谢了。不过,导游说,除了油菜花,还有清水。一条小溪穿村而过,九曲十弯,游蛇一般向上爬行。眼前一切,都像被婺源的绿水洗涤、浸染和漂染,温润、纯净而天然。

婺源柔美,宛若天成。民居与青山绿水、古树、驿道完美融合。小巷悠长,老屋依水,石径通幽,河溪蜿蜒。石桥、木桥、砖桥,仿佛是婺源最朴素的弧形语言。

婺源,很是养眼。"婺"字是对文武双全的女子最形象的说明。更不用说,山多洞多,水多桥多,树多茶多。村寨背山面水,负阴抱阳,村庄上下水口长满参天古树,民居镶嵌青山翠竹间。行走于此,花田似海,屋舍如珠,黑白点缀,让人念春。漫步老街,触摸石头与墙壁,文化气质自然流露。以至于沉湎时,我发现自己仰望徽商的荣耀恍若隔世的浪漫。

暮色已至。转眼之间,山色由黛青化为灰褚。婺源的夜,繁茂了我的诗意。我梦中还在猜想:雨巷里打伞的丁香姑娘在哪里?那边墙头爬起的青藤戏弄的苔藓莫非正是她的倾诉?

2

有人说,美的婺源,要轻轻靠近,慢慢朗读,细细品尝。第二天,当晨风撩起了粉墙黛瓦,李坑、晓起、理坑、程坑等村落都在晨色里开始浮光掠影。"坑",即村落,以同姓聚居。而且"坑"字因水得名。

李坑是我们游历的第一站。我游历于此,独看祥瑞,未曾如此激情。李坑建于北宋初年。进入大门,左侧为最古老的单孔砖拱桥——"中书桥",为纪念李坑子弟李侃官居中书。行右侧,过廊桥,落脚青石板上。只见迎面牌楼上书有"李坑"二字。据说,这里村民多是南唐后主的后代。村内,有南宋武状元李知诚和李瑞材、"大夫第"3座故居。

李坑,街道悠长。背靠丘陵,两条小溪交叉而过,其中韵味真需慢慢品尝,正如清酒,渐入渐浓,自然而无声。中间小河相隔,店铺外大红灯笼高高挂起。李坑的宅院,沿溪而建,或依山,或傍水,或有山有水。

在李坑我最大的感触是,山光水色与民居相容为一,典型的"小桥流水人家"。但繁华不及周庄,灵秀不如嘉善,商味远浓于其他。尤其,或廊或亭,或楼或阁,或庙宇厅堂,或碑、坊、桥,皆有联语。倘若放慢脚步,准会发觉所有木楼、小桥、红烛、波光、水声,都是家的印记,酷似随处可见的"美人靠",乃是守望、等待与无奈所依。

3

婺源有知性。有"八分半山"之称的婺源,森林覆盖率超过80%,大小山峰219座。地处皖、浙、赣三省交界,二次归属安徽徽州。自宋以来,即有"书乡""茶乡""砚乡""墨乡"之称。这里,崇文重教,既是南宋著名哲学家、教育家朱熹祖籍,也是近代铁路工程学家詹天佑的故乡。从宋至清,有仕宦2665

人,著作1275部,入选《四库全书》的175部,可谓"一门四进士,隔河两状元"。

以前,我知晓婺源仅仅停留于菜系、建筑、商贾、书院里,而如今晓得知性斐然,文化与生活丝丝入扣。比如,出恭之地,雅称"舒园",骂人没文化,说此人没"者也",因为"之乎者也"就代表文化之意。比如,走在石板路上,偶尔,也会看见柳叶般的女人,古树般的老人,开口忠孝节义。但最吸引我的还是徽派建筑,粉墙黛瓦,勾檐斗角,鳞次栉比,依山傍水。

走进晓起村,我身披雨衣。上晓起村,宋代以江姓为主。后来,河对岸有了叶姓,这就有了上晓起与下晓起之分。其中以"古、幽、静、洁、美"而著称,并被冠以"中国茶文化第一村"。诚如,古樟树下对联所言:"四百年古樟水口旁纳清风招明月俗尘中撑开一方清凉世界,两三个知己晓溪畔追往事忆旧情香茶里品出无数快乐人生"。应该说,上晓起村比下晓起干净,从下晓起村向上凝望,上晓起村若立体山水画:家家画屏,家家诗意,家家茶香。

婺源有气度。我第一眼看到牌坊、老街、石板路、宗庙、祠堂、古村和书院时,不得不惊叹恢宏卓然,超拔安适。甚至担心一旦疏忽,个中泰然随风飘散。

4

婺源归来,感念躁动胸间,骨鲠在喉。记忆里,我首次在一本画册上领略婺源风貌。未曾想到,身临婺源,留恋不已。这里留下过诗人最初最纯的诗情;这里滋养过智者心中最真最美的理想。我留下脚印,既是放牧沉静与思索,搁浅梦想与忧伤,也是在古旧与鲜活中把心灵的爱慕内存于心。

走进婺源,莫名的纠结、矛盾和痛苦徐徐而来。我在婺源,看到的是表象,顿悟的是本真。有人说:五岳归来不看山,九寨归来不看水,婺源归来不看村。我一路走来,就像穿越历史的长河,触摸大山的凝铸,溪涧的潺缓,幽谷的绝尘,何等给力!最重要的还是心境。以至于我怀疑印象派之父莫奈的灵感分明就是被这种美轮美奂的自然所焕发,从而创作出不朽的《睡莲》和《日出》。

走过婺源,一座小桥,一条石巷,一棵老树,甚至一眼水井,一段残壁,都是历史和故事。我在婺源,终于懂得汤显祖《牡丹亭》中"一生痴绝处,无梦到徽州"诗句的真正含义,有江南秀美,也有北国豪迈的婺源,遗世而独立。这不仅让我念想朱熹名言"饿死事小,失节事大";也联想现代学者、国学大师胡适倡言的"大胆地假设,小心地求证"。特别是他"言必有证"的治学方法及"认真地作事,严肃地作人"的为人之道实乃我们人生的至理名言。

婺源的深处流淌着文化。一位作家说,旅游是对我们人生履历的一种弥补。去婺源,你懂得陶渊明的况味;你知道徽派文化的全部;你明白审美的愉悦;你赢得一次发财机遇……可我在婺源,仅仅找到读懂生活姿态的答案。正如"有柔风,有白云,有你们在我身旁,倾听我快乐和感激的心",可谓最莫名的开心。

竹子有节

五月，走进井冈山竹林。井冈翠竹和绿树掩映下的红土地，苍翠、邈远、神奇。

年少时，我阅读《井冈翠竹》，了知井冈竹海。从此，由竹子认识井冈山，也从倾听红军故事敬仰井冈山。以至于常在诗文中认识和超拔生命———"谁能制长笛，当为吐龙吟"。如今亲临，路转，车转，眼转，眼里注满的全是浓绿和眩晕。听说，20世纪初，这里的竹子并不茂盛。1927年秋，毛泽东率领中国工农革命军来到后，满山蔓延，葱葱郁郁，一排排，一行行，手拉手，心连心。

漫步竹林。竹子翠绿，竹叶修长，竹叶沙沙，竹枝聚盖。黄绿的皮肤，尖细的叶子，柔韧的枝条，笔直的躯干，一片连一片，一山连一山。微风吹过，海滚绿浪，竹林幽香。有丛生的，也有独生的；有单纯成片的，也有夹在树林的，美不胜收。我沿着朱军长、毛委员挑粮小道穿行时，竹林深处，风涛阵阵，细雨绵绵。这里的竹子，曾是红军的武器，他们用竹子作矛、作箭、作枪，利用竹林作掩护，冲锋陷阵。五大哨口上，还摆过当年的竹钉阵。

登上黄洋界。除了惊叹，无须再说。竹子，群生群长，高可摩天，低可触岩。当此之时，我倍觉卑小，不得不躬身膜拜。井冈翠竹，曾被做成矛、刀、剑；曾被作成竹梆，扎成竹筏传送军情；竹片与荷叶曾被编成斗笠；竹笋是菜，竹板做成扁担，竹片点燃火把，竹竿悬挂战旗，竹林是红军的掩体。

竹子是井冈的魂。竹子，不飘逸，不脱俗。竹魂是坚贞、坚韧和坚定；竹魂,是骨气,也是精神图腾。冈连冈,峦叠峦,坡坡谷谷,峰峰岭岭,耸起的都是竹山长城。竹林,一列列,一行行,一簇簇,一排排。枝偎着枝,叶抚着叶,根连着根,节擎着节,手挽手,肩并肩,笑傲云天。竹叶烧了,有竹枝,竹枝断了,有竹根。即使饮弹倒地,也会庄严朗读"一根竹篙容易折,十根竹篙折不断"。革命者在此信步,思索革命的方向;而我缓步这里,看竹、听竹、闻竹、读竹。

我终于领悟。人类心灵深处,确有沉睡的力量等待唤醒。如同竹子站着生站着死,更让我念及"竹树绕吾庐,清深趣有余"的意境。沐浴竹林,我更觉得竹子的智慧,需要发掘;竹子的姿态,需要嵌进心海。如果说看竹知人生苦乐,读竹懂人生经纬,那么,井冈山竹林就是中国革命历程的真实写照,而我从小缘情于竹,更是因为"竹报平安",竹子"勇破身,乐捐躯,毫无怨"的品德风范。借竹抒怀,这是一种人生超度。因为"不随夭艳争春色,独守孤贞待岁寒"是竹子品性,"未曾出土便有节,纵使凌云仍虚心"是竹子美德。而我最爱铭记于心的还是白居易《养竹记》中关于竹子的四种品质,这就是"竹本固""竹性真""竹心空""竹节贞",并说做人更应像竹子"立德""立身""立志"。

红与绿的遐想

井冈山,绿是心脏,红是心灵。

绿的井冈山,绿不平铺,绿染群山,成团成堆。如果把井冈山比作一朵莲花,四周群山只能是花瓣,唯有茨坪才是花蕊。1928年11月间,毛泽东在此写下《井冈山的斗争》,其故居被称为"黄宫"。而大井故居被称为"白宫"。且故居后有块读书石和两棵大树,更昭示出毛泽东与朱德的亲密合作,并嗟叹石之庄严与树之灵性。其实,无论"黄宫"还是"白宫",皆谓"大象无形,大器无声,大德无言"。特别是登上黄洋界,群山起伏,云雾弥漫,我在云海缥缈与青山连绵中,凭吊绿之盎然,眼里盛满,心里充溢。

红的井冈山,"映山红"即杜鹃花,是井冈山的市花。这里处处有杜鹃。陵园由纪念堂、碑廊、雕塑园、纪念碑四部分组成。"井冈山革命烈士纪念碑",高27米,寓意1927年创立井冈山革命根据地,"山"字形态,远眺,一团火焰,意为星星之火,可以燎原;近看,钢枪林立,意为"枪杆子里出政权"。《井冈山》实景演出,血、旗、灯、情、火、路的辉映,不仅让我觉醒江西是一片红色枫叶:赣江水系构成叶脉,周边山脉勾勒叶边,长江坚挺叶柄,生态之绿与革命之红绝佳融合,而且那一片红已不是大地的表面,而是大地的肌肤。

地因文而闻,文因地而显。五月里,无论沐浴晨晖,还是呼吸雾岚,我都用心体味。即使沿山爬行,云雾淡了,阳光亮了。我们感受云海,触摸云海,或行云流水,或阳春白雪,或翻江倒海,或温文尔雅。坦率地说,我未来到井冈山之前,从央视二套看到"生态井冈,红色摇篮",但到达这里,才真正懂得何为"红色摇篮,绿色井冈",红色与绿色就是井冈山的风景谈。导游说,游览井冈山丢不掉"三色三气",即一为红色,中国第一块农村革命根据地;二为绿色,井冈山的秀美山水;三为古色,井冈山的客家文化、书院文化、古岭寨城堡遗址等。"三气",即指官气、财气和灵气。官气就不用说,财气指第四套人民币百元钞票背面以井冈山的五指峰作主景,灵气则指毛泽东。井冈山老表说得好:井冈山,两件宝,历史红,山林好。可谓红绿相映,内外兼秀。

其实,人类历史总与现实相依相伴。遍览历史,晓知渊源;横看地理,通达人文。世界之大,人间邈远,曼妙与艰险都是奔流不息。正如我攀登黄洋界时,心里不停地复诵:"过了黄洋界,险处不须看。"可一旦登临,倒让我觉得井冈山是自然之山、历史之山、精神之山,值得居安思危。朱德称赞井冈山为"天下第一山"。

井冈山,人间道义、激情和磨难诉说的祭坛。

别样的登临

1

五月有缘,我来到滕王阁。滕王阁在江南"三大名楼"中位居第一。相传,为唐太宗李世民之弟李元婴唐永徽四年(653),在都督洪州被封为滕王时所营建。"初唐四杰"之一的诗人王勃写下《滕王阁序》。

滕王阁主阁取"明三暗七"格式。外看是三层带回廊建筑,但内部却有七层,即三个明层,三个暗层,加没有屋顶中的设备层。仰望阁楼,如今的滕王阁属宋式营造,1989年第29次重建。抬头仰视,毛泽东书写的"落霞与孤鹜齐飞,秋水共长天一色"映入眼帘。举足入阁,韩愈《新修滕王阁记》中的"瑰伟绝特"熠熠生辉。

千古一序,历史绝唱。置身于此,我心中牵念的还是诗人王勃。九月,他深望江面,喟叹沉浮,这里成就的不是他诗文的昂然,而是文化的魂魄。让人伤悲的是,诗人命运如同断线的纸鸢栽进江中,灵魂归附鱼背。现在,伫立于此,我顿觉,觥筹不在,管乐远去,帝子不见,空留一阁。但聆听江声,才子已矣,春月犹在。足见,诗人融入阁中,乃滕王阁之灵魂。以至于唐代王绪写下《滕王阁赋》,王仲舒写下《滕王阁记》,且与之并称"三王记滕阁",可谓"天下好山水,必有楼台收。山水与楼台,又须文字留"。

2

五月登临,我最执念《滕王阁序》。史载,王勃写成《滕王阁序》九年后滕王薨。所以,有人慨叹:不见斯阁,情何所倚?今阁已见,情可有所倚?

再读《滕王阁序》，回想诗人，见落霞下江水东流、青山巍峨，歌舞升平，喝彩不绝于耳，但天地之大却难免"关山难越，谁悲失路之人？萍水相逢，尽是他乡之客"。尤其，他满腹才华，却屡遭挫折，怎能不徒生"人生之无常"？特别是，他虽无路请缨，投笔无门，却不失豪情。最让我感怀的是"老当益壮，宁移白首之心；穷且益坚，不坠青云之志"。抚今思昔，《滕王阁序》不仅让我认识骈文价值，而且认知"美不自美，因人而彰"。《滕王阁序》的文以载道，更使我在深思大唐水运繁盛中，回味曾经的风雅之地和今日旅游胜地。或许，这正是我看赣水，观江洲，缺少诗人"天高地迥，觉宇宙之无穷"的高远与深邃。因为，这里四周已经被水泥包围，看不见南浦飞云，看不见西山积翠，看不见徐亭烟树，看不见东湖夜月，看不见大地与长天。可能，这对于滕王阁来说，会失去文化的高度、文化的视线和文化的空间。

3

五月游历，登临楼台亭阁。即使我有"兴尽悲来，识盈虚之有数"的惆怅，也会尽心领略"天高地迥，觉宇宙之无穷"的慰藉。

名阁之幸，使我沉迷情怀。国人文化圣土，既有山水，也有豪情。与其说是楼具盛名之由，毋宁说楼因人名之故。身心浸润，物我两忘。朱熹曾感言："十年疹瘵无穷恨，叹息今人少古风。"而王勃曰："层台耸翠，上出重霄；飞阁流丹，下临无地。"看来，人、阁、云、雨，不知不觉间幻化出一幅烟雨江南。

文化之幸，沉潜心声。滕王阁，一个文化楼阁。此阁非彼阁，登阁纵览，何等仰望！

4

五月挥手，作别滕王阁。不是因为诗人才情洒落，留下千古绝唱，也不是因为诗人与才情齐飞，写景绘画共一色，更不是因为滕王阁荟萃文化名流，而是滕王阁赐予我的叮嘱：阁以序闻名，序以阁著称。

五月回眸。我凭栏眺望,阁上临风,未看见与落霞齐飞的孤鹜,也未发现"共长天一色"的秋水,甚至眼中注满的都是高楼,还有装上电梯的滕王阁,但滕王阁仍是滕王阁。挥手之间,我骄傲的是从小把"落霞与孤鹜齐飞,秋水共长天一色"烂熟于心;我自豪的是不在意诗人命运,而着眼逆境中《滕王阁序》的炫美。

滕王阁,不仅繁茂我灵魂深处历史与文化的藤蔓,而且让我沉思中国名胜古迹何处不是帝王将相与才子佳人的遗踪?何处又不饱含文化的嘲讽?难怪,唐代诗人杨炯曰:"每有一文,海内惊瞻。"滕王阁,风吹八百里,情燃几千年;昨日的"仙人酒馆",当下的"滕王新阁"。江山之好,亦赖文章为助。

鬼城的呼渡

走进丰都,丰都就不再是丰都。她便成为人域和鬼界的分水岭,也就是森林。我们在导游叮嘱下收藏起丰都人最忌讳的"鬼"字,也把丰都称为名山,这就在千年以来的新锐地带做起英雄般的悲情呼渡。

这么多人,背着家人,揣着选择,都在丰都淘觅自己的心仪空间:鬼的魅影。我真不知重庆有这样的"艺术孤品",尽管江河喧哗极易掩盖庄重,但没有隔水呼渡,准会丢失洪峰到来时游历丰都的机遇。传说,汉代二位神仙,去官学道,云游来到丰都修炼,于此设天师治。后来,便成为道教"三十六洞天,七十二福地"之一。宗教信徒们将两位神仙王方平和阴长生的两姓连缀为"阴王",即"阴间之王"。丰都就逐步被传说附会为"阴王"所居之地,也就演变成"阴曹地府"的鬼都。并随之建起与"阴曹地府"相关的寺庙殿宇。走进"鬼城",山出奇的静,水格外的清,无论咀嚼空旷,还是赏玩浩大,总觉得把玩迷信,有点荒诞。上山时,气温很低,滑车在陡峭轨道上渐渐挺直,再拔向空中,最终降落于庙宇前。

进了庙,空气全被蜡烛、香烟和纸灰所缭绕。过了奈何桥,是神必拜。我们似乎被打上一个又一个的结,所有关于生之烦恼和死之无欢都凝聚在人与鬼的纠缠中。实际上,鬼城不过是一部沉重的"历史书",揭开"鬼神"外衣,上至燧人氏、伏羲、神农、轩辕,下至明、清、民国,这些神中既有虚构的元始天尊、灵宝天尊,也有鲁班、詹公、梅葛等,可以说囊括道教、佛教、儒教、民间、天主教和基督教。导游说,鬼城有两个常常出现的小神,这就是白无常和黑无常,他们明察暗访,行善的报给阴天子,作恶的报给崔判官,等进入"幽冥地府鬼门关",再接受审查。这时,我转过一间庙堂,豁然一亮,在猛吸冷气中来到天子殿,四大判官就是阴曹四司,崔判官最为有名。可丰都人把崔判官传为《西游记》中的崔钰,说他与大唐魏征交情甚笃,才让唐太宗李世民将仅有13年的王位又加坐20年,如此看来,阴间判官亦趋炎附势,那么现代人的行游逍遥又何以在并观神话中构建清白的逸兴?突然,我想起萧曹庙宇中大话的法,有趣的是丰都县公安局现今大院曾是祭祀汉朝两位大臣萧何与曹参的地方,足见两人订法有功,永受香火;我也想起造字神仓颉,"仓颉造字,夜有鬼哭",原来文字的魔力如此巨大。

来到望乡台。我虽说孤绝无援,但有无边光景洗刷着眼睛,又何曾读不懂高处不胜寒?那种欣然巍巍的,有点宗教,可叹的是山下灯网交织的都市将要在三峡重生里乔迁了,而鬼城仍将健在。我在丰都,追赶着文化奇葩,从未任性地完成更高更冷的攀越,那些眉飞色舞的细节折服真不足为道。我清楚,自己的目光时常眩晕在钢筋水泥的城市中,但穿行鬼城,我自始至终低调于最美的妥协,因为一切都是文化当道。

我回到船上,灯灭了,船又动了。入睡前,回味这些遭遇,一个个摇曳着,又唤起另一个,河面上的一阵觳觫,又让我捕捉起心跳,所有地上的争斗,所有天上的至乐,仿佛全被茂盛的岁月风暴吞噬着。悲情城市,做个欢乐的行者,只要承载起坚持和自勉,让一切留点距离,神话会不朽,科学更人文。

别了，赤壁

史上，赤壁之战遗址在湖北赤壁市周郎咀镇长江南岸，隔江与洪湖乌林相望。东汉建安十三年（208），孙权、刘备联军，以火攻打破曹操战船，照得江岸崖壁通红，"赤壁"因此而得名。从此，寻访三国尘烟，蹈励李白《赤壁歌》的足迹，拜读摩崖石刻，观看拜风台、凤雏庵、翼江亭，效法苏东坡扁舟一叶，逍遥百丈斜垣和临江的嶙峋，便成为我之执念。

那一年，轮船到达宜昌码头。我沿长江大坝行走，以三峡为依托的峡江旅游，呈现给我的真是一体两翼四线的新格局。可叹的是，赤壁却与我挥手而别。因为我们的峡江旅游在此画上句号，我不能走近历史深处领略祭坛，也无法浩叹之余读懂英雄史诗。

我举目江水。一边放浪山水，一边凭吊胜景。我在想，去了赤壁，就可登高山，下深潭，席芳草，近清流，捐世俗，辞世伪，得意于丘壑之间，存养其葆华之年。我又想，没有去了，亦能在慰藉与升华中深切回味，既激荡赤壁之战的惨烈、英勇和崇高，也凝聚古战争的智慧、搏击和创造。当然，真的到了，可能会发现涨潮时，激浪飞溅，气势磅礴；还能看见赤壁、南屏、金鸾三山的起伏毗连。但我更懂得这些也都是赤壁在我心中缥缈的江山风月，冲击的觉醒山河。江山风月是历史尘埃，而觉醒山河，莫过于乱石穿空，惊涛拍岸，卷起千堆雪。

古今如梦，悠悠无限。我跻身江畔，一亭一台的节节而下，一楼一阁的大步流星，可仍难以走出楚天千里，长风飒飒的战争震慑。生与死是人类重大的哲学命题,而荣与辱也是古往今来纠缠不清的生命情结。据不完全统计,20世纪,第一次世界大战持续4年3个月,参战国家33个,卷入战争的人口达15亿以上;第二次世界大战历时6年之久,60多个国家和地区参战,波及20亿人口,其中越南战争历时14年,160万人死亡,美国有5.7万人丧生;两伊战争历时近8年,伊朗死伤60多万人,伊拉克死伤40多万人;海湾战争历时42天,科威特损失600亿美元,伊拉克损失达2000多亿美元,美国为战争耗资600亿美元;科索沃战争历时78天,战争中使用的贫铀弹和集束炸弹导致新生儿白血病和各种畸形病态,恶化周边国家和地区生态环境。可见,人间的天光水色到处都差不多,但在赤壁江畔我更加思索战争与和平,这与在历史尘页中胡乱翻书,与在太平洋上沉思人类和家园的感觉完全不一样,因为这是自己看透历史烟霭迷雾后确证和指点、解析峡江文化的精神洗礼。

别了,赤壁。眷念三国,问鼎内心;体味大美,寻得真趣。

卷五

不老的神女

　　神女！当我坐在船舱用素描、用声音、用曲线、用服饰、用色彩在浮游中复制你容颜时,竟在缄默中埋藏掉水里捞起的秘密。

　　当我听到导游小姐叫声时,怀揣拜谒的心情,便悄然离开船舱,来到仰望你的甲板,也走进你用"神"搭建的经典峰廊。我很庆幸,是天意让我放逐市井的喧哗,把愁肠百结的心——解开,静静地、久久地接受你坚贞的导航。

　　神女！我不想告诉人们石柱是你的化身;也不想谈及群峰之巅,每天第一个迎来朝霞,最后一个送走晚霞的都是你;更不想表白炎帝神农是你的父亲,王母娘娘是你的母亲。我只想告慰自己:你过不惯天宫刻板寂寞的日子,邀约十二个姊妹飘然下凡,用雷劈死十二条恶龙,凿开三峡,帮助大禹消除水患。你喜欢上了人间,也爱上巫山的先民,便傲然地坚挺起心灵。

　　神女！你说,天宫中生命需求的东西应有尽有,可你为何选择在人间守护一颗心灵的姿态？你还说,一个人心灵窗户上,还得装上百叶的帘子,让光线、气流适度地调节,可你为什么痴痴地站在悬崖上,那么孤寂？你又说,一个人心灵里还要载得起秀的石头,容得下苦的雨,可你为何要用身躯在天地间把自己风化为生命的情意肖像？

　　我想说,茫茫人海,大千世界,人的心灵画廊是一卷卷流动的潮。而你是凸现出来的、沸腾的、不朽的浪峰。你很有名分,却不愿显摆;你很有地位,却不愿透支。

　　夜幕快要降临。我看见,一位姑娘亭亭玉立,一只手摘下墨镜,另一只手护佑着额头在看你。那青春的服饰,飞扬的长发,遐思的目光,给甲板上永远摆脱不掉的宁静平添一束风景,把人的思索沉湎在大自然无与伦比的解析里。我还看见,一位饱经沧桑的长者,先背手凝望你,然后又用洁白的手绢沾了沾眼睛。那一瞬间,我懂了:人间心灵的天幕里,不管是逃避的,还是裸露的,都是悄然和执着的。

然而,对于我,最感动的莫过于找到神女为我打开心灵的钥匙。尽管我们从有限文字中得知:神女身高只有64米,可这更为加重了她的况味魅力。直到现在,我还怀疑从峡江走出的那天晚上,是谁在我前世如此奢侈地搭建这样的欢宴。我怎能不告诉酷爱神女的人们,面对秀美,唯有坚守本色,方能赢得尊爱。因为神女不倾听草木,也不倾听庄稼,更不倾听土地,她只在用注视和警示叩响天籁,这就是飞扬的个性和升华的品德。

神女,你怎能会老?多少来者不都在一次又一次地寻找一把把开启自己灵魂的钥匙?

卷五

周游还是独步？

听说,武汉人带朋友赏景,当推黄鹤楼。

游历天下名楼胜阁,我清楚最吸引游客的还是美妙而凄美的传说以及文人墨客的赋诗作画。所以,在奔赴黄鹤楼的路上我一直玩味"国运昌,楼运盛"的名句。

当一幅题为"白云黄鹤"的立式壁画耸立我眼前时,那名仙者驾鹤而去,口吹玉笛,俯视天地的景观,便神话般地出现。我想起崔颢"昔人已乘黄鹤去,此地空余黄鹤楼。黄鹤一去不复返,白云千载空悠悠。晴川历历汉阳树,芳草萋萋鹦鹉洲。日暮乡关何处是,烟波江上使人愁"的名句。我想起李白两次偕友人登楼留下的"故人西辞黄鹤楼,烟花三月下扬州。孤帆远影碧空尽,唯见长江天际流"和"一为迁客去长沙,西望长安不见家。黄鹤楼中吹玉笛,江城五月落梅花"的妙语。多少年了,黄鹤楼之所以如此玄妙,不仅因为风流着这么多的诗人呐喊,而且脍炙着"孙权筑城"和"周瑜设宴"的典故。那么,人文的黄鹤楼该怎样欣赏？我想这莫过于登临黄鹤楼,鸟瞰四周,既有身在名楼的夺目,也有俯视江河的流连,更有眺望东湖的遐思,一切写在脸上,也搁在心头。难怪,人们说平民们用黄鹤楼来思乡,既想聆听永远不变的晨钟暮鼓,也想用"秋色老梧桐"来维系某种息息相关；文人墨客们用黄鹤楼来抒情,常常掩埋的是万般痴迷和捉襟见肘,若说觅渡,却又不知渡在何处？那种看破红尘的超然只能用识情识趣来改变对世界的看法；为官者用黄鹤楼来显示风水,那就是如何从有限典籍中挖掘文化？如何在有限时空打造理念?

　　如此说来,我更应艳羡一次黄鹤楼,更应拥抱一回黄鹤楼。庆幸的是,我仅仅是独步。我知道:对于自然,黄鹤楼是一幅简洁而秀美的风景;对于历史,黄鹤楼是一片黯然神伤的遗痕;对于社会,黄鹤楼是一方清新的文化平台。也许,拥有独步,我才敢浩然地凝望江河,了解古老和幽暗,解析血脉和灵魂,顿悟人类真需要从江河学会胸怀和坦荡;也许,拥有独步,我才能倔强地自剖黄土地,想读出潜质,也想闹清气势和伟岸,更想洞明秦时明月汉时关的荡然无存;也许,拥有独步,我才能诞生南方与北方的叩问,打造科学与文化的结点,辉煌中西融合的求索。其实,这一切的一切都是我游览黄鹤楼的获得,不仅是一种清醒和超越,而且是一种挚爱和反思,正如由独步演义为周游,我的洞悉和攀升,皆是我在黄鹤楼上孕育的思想巨浪和在江河湖边打起的嘹亮水漂,浩荡不已。

三峡：回眸、重生和告别

三月，摆脱了对人、对物、对阅读的书和打开的信，还有正在响起的手机的牵念，就像隐士依靠祈祷的文本活着，我在春的倒寒中选择巨浪般的动感之旅——游历三峡。或许，我不想把过多遗憾留下，只想亲眼见证奔腾不息的河流如何变成人工的峡湖；或许，我想彻底放弃寻找诗城遗址的念头，很想观看三峡连缀起来的巴蜀楚汉间的千山万水；或许，我更想在诗意和人文、农耕与工业、现代和传统的航道里打捞河的意志和人的神曲。

峡江人的故园，我从没有去过。当一批又一批游客涌向三峡，体味即将沉入水底和落入记忆的失落时，我们傍晚在重庆港登上轮船。黑夜、迷雾和江河一起汇成我们动感之旅的时空，轮船、烟囱和轮机沉重而稳固，但整条船仍很轻盈。江水摇晃出粼磷波光，像无数不绝如缕的金线。当我凝望码头在轮船汽笛声中滑过夜色江面时，江河孕育生计的喟叹再次萦绕我心。长江如此，底格里斯、幼发拉底和尼罗河也都如此。有了连接江湖的码头，也就诞生峡江人热情、耿直和豪爽的性格。就拿当年沿江码头上为旅客挑行李的挑夫来说，重庆叫"棒棒"，巫山叫"肩担"，还有叫"背二哥"的。至于江上行船船工也都充满许多难言之苦痛，因为三峡是长江最险峻的地段，险滩、礁石、雷电、暴雨、狂风和巨浪处处可见。所以，许多人生计都从此开始，又从此消亡，祖祖辈辈，千千万万的峡江人就这样在一种轮回中生活着。故园对他们来说，不仅是一个最好注脚，而且是一个真心担当，那里有江声、绝望、猿啼和云雨，也有诗情、画意、神话和传奇。可如今，有一条明确的线从东到西把他们生存空间渐渐分割，山上的新城很亮，山下的老城很暗，那些钢筋裸露、石块狰狞的废墟呈现出的都是最后的悲凉。当我走出卧舱，沿着走廊，来到下甲板，又登上甲板时，江风撕扯起我的衣角。我顿觉轮船上的夜幻化成永远难以破解的奥秘。

这时，"强音雾笛"阴森森地鸣叫，晨曦慢慢地撕碎越来越溟蒙的雾，原来是鬼城丰都到了。据说，民俗学家对"鬼城文化"落户丰都早有这样的解释：远古时，峡江一带生存险恶，人们对生命的掌控能力极差，巫术盛行，这就出现了对鬼神的崇信，丰都就成为这种文化的载体。也就是说，鬼城不过是仿造阳间的司法体系，营造一个等级森严，融逮捕、羁押、庭审、判决、教化功能为一体的阴曹地府。这样，死亡在鬼城就被无限地放大，让人觉得欢乐极不真实。实际上，现在生活于峡江的人们都是在不同历史时期由外省迁入这里，流浪和迁移把他们的文化心理和生存技能一次次地裂变，这就是为何我们看到旧丰都的鬼脸标志依然不倒，而隔江的新丰都已经没有了鬼气。沿江拆迁的大型机械发出沉闷的声响，人们在坍塌的废墟中寻找钢筋、木材和青砖，换回人民币，再在新城构建玻璃的幕墙、西式的罗马柱、喷泉和的吧。所以，我真弄不清，站在鬼城眺望，峡江人内心图像究竟是布满阴云的荒唐还是丝线错综的荒诞？虽说在去鬼城的路上《中国神曲之乡欢迎你》的条幅未曾取下，但在我眼中荒凉已变成了仓皇。对我震颤最大的是路中间竖立三峡二期工程的倒计时广告牌，上面的日子写得特别清楚。直到夜里，我总算读懂这种鬼城情结的神秘：为什么人鬼情未了？因为打造三峡，不是从传统中脱胎，而是在扬弃中蜕变，文化才是风帆。

进入巫峡，直觉告诉我：巫峡已经成了变数。当导游站在甲板上遥指神女峰时，巫山十二峰的名字一下子勾起我的诗情画意，一个细腻的城怎会这样的穷，又会这样的靓？我回望千年码头，处处是钢筋暴凸的废墟，处处又是挥动铁锤的民工，而巫山新城的最高点却是一座宏伟教堂，这种人性化的现代设施那么唯一。至于最长的主干道"广东大道"也没有了老城痕迹,甚至重庆要把最大中学放到巫山,还有少见的足球场,可这都是永不褪色的重生!

当"江山一号"轮船翻过大坝,我凝望飞速掠过的树木和村庄,深知将要和奇峻、壮丽的三峡挥手告别了。一路上,虽说我没有去过万州、奉节、云阳和涪陵,但相机和文字早已把我的思考在转瞬即逝中存养起来。东经113°3′,北纬30°7′,一个终点与一个开端在此汇聚,这是江河的力量,也是文明的同化。尽管这种外来的冲击不是大炮和铁蹄,但拥有商业革命的催生,三峡开始发酵。

长江,就这样把三峡在自然风骚与文明碰撞中造化为一方擂台。人类学家说,江河合流的地方最适合人的生存。可在历史和现实交媾中,三峡最后成为峡湖,实现从生到死的人性轮回,这是文化的革命。有人说,未来社会雕琢城市的不再是经济,而是文化。如此说来,"截断巫山云雨,高峡出平湖"的波谲云诡间闪动的不变魂灵才是狂放的歌者。这就是我行走三峡,或站在随波漂流的船上,或仰望残存的废墟下的秘密,或以过客身份虔诚地遐想时所获得的省察:在世界的轮舞中跳跃,这就是人生的旅行。

东湖的叠影

1

三月,裹挟奔波的饥渴,携带思慕的渴望,我们登上去武汉东湖的游车。

眺望东湖,浩浩江水,那种烟涛,那种波光,那种激流,使我的心与天与地与江河连成一片。这个世界,除了武汉,没有一座城市拥有这么大的湖泊,也没有一座城市里大湖之外还连着小湖,小湖左右也连着湖。湖面港汊交错,素有九十九弯之称,可谓横贯天地的一幅巨卷。我之欢愉竟一次次地滚出胸膛,急于在东湖上寻找阅读,深与浅,潮与汐,火与冰,还有生与死,爱与恨,悲与喜,冲突和交织。可惜,我的视线难以穿透湖底,也未能打捞起跃动,更未曾挖掘出奥义。

我知道。尽管东湖山峦吐秀,但听涛轩、行吟阁、长天楼和九女墩还是让我皱起了眉头:那些关于江河的生物繁衍,那些关于波涛世界的演化,那些关于沙滩上男人和女人的出航,更让我联想起自然与人文的交融。

2

故乡东湖,相传西周周文王时,有凤凰在此饮水,因而得名"饮凤池"。到宋朝,苏轼出任凤翔判官时对东湖加以重疏,并建有亭阁台榭和曲桥勾栏。清朝光绪年间,凤翔有一知府又在东湖南面另开一湖,名叫"南湖",至此故乡东湖有南北湖或内外之分,也是典型北方园林。

走进东湖,最先映入眼帘的是石雕蹲狮,南行是牌坊,过了牌坊就到湖心,湖中有桥、亭、堂、径、洲,把水面划分为三个连续空间。往前经南端就到陆洲,洲中有"春风亭"。从春风亭东望,就是四合院"会景堂"。循湖向东而行,还有来雨轩和洗砚亭。苏轼祠则坐落于湖北岸,那脍炙人口的《凌虚台记》和《喜雨亭记》就撰写于此。所以,故乡东湖有种飞扬和升腾,那是土地封闭多年后被拱动的气息,也是粗糙灵魂诱使后隐含的成长魅力,更是南北文化交融中的绽放。由此,我觉得故乡东湖俨然关中平原出没的一只水鸟,无论心旷神怡在起伏隐现里,还是吞吐奇丽于互为映衬中,翘首向天,点缀有致,意境开阔,即使合上双眼,心中也会涌起如潮春天。怪不得,法国作家罗曼·罗兰在《约翰·克利斯朵夫》中说,每个生命的方式是自然界一种力的方式。有些人的生命像沉静的湖,有些人像白云飘荡的一望无际的天空,有些人像丰腴富饶的平原,有些人像断断续续的山峰。我觉得约翰·克利斯朵夫的生命就是一条河。

3

我承认,自己如此凝望和回味东湖,心底的怅惘之浪此起彼伏。东湖像一座双面的碑。碑的正面是武汉,背面是故乡,宛如我挚爱的鱼和鸟。其实,庄子就曾有"北冥有鱼,其名为鲲"的记写,而且他对鲲的去向也做了记载,说它变成一只大鸟,"其名为鹏,鹏之背,不知其几千里也;怒而飞,其翼若垂天之云"。那么,鱼和鸟真的能直上青天而留下空荡荡的碧海和晃悠悠的园林?鱼若迷失理念,丢了梦境,就要凝视星光;鸟若没有精力,缺乏鼓荡,就要宿林倾听,好比观湖须在晚上,赏鸟当在早晨,但从鱼的梦境要进入鸟的欢唱或用鸟的飞翔来激发鱼的遨游,却要实现融化和熏染的互动。

心灵的地标

1

　　武当山闻名，不是金顶，也不是道教，更不是奇峰险峻，而是武当功夫。少时，父亲训诫我习武，那种爱好流放了多少年华。后来，看完电影《少林寺》颇也滋生些许悄然，但记忆助推我追念的还是电影《武当山》。现在，虽说已经择业、结婚、生子、拼搏、奋斗了，但每当回想近代书法家陈宝琛的诗句"委蜕大难求净土，伤心最是近高楼"，竟不得不把脉心灵的坐标。

　　四月，抵达武当山下。越过一座古朴牌坊，映入眼帘的是泛绿的树木和彩画似的远山。驻足眺望，那红褐色的山峰犹如西江石壁兀自矗立，大青石山门提醒我们武当山到了。

　　登山，最大乐趣是登顶。我从山下仰望"圣山""仙山"般的武当山，早已被那份险峻和磅礴所震撼。平日，游人觉得武当山"水短山长"，大多从神道登临，而我们为了省时、节力，且满足空中俯瞰，便坐上缆车盘旋而上，直奔琼台。未曾想到，山路蜿蜒，林木葱茂。我们在南岩停车场下车，又坐上通往金顶的缆车。

　　爬上主峰。置身云端，俗念顿消，烦忧尽消。环顾四周，俯身颔首，朝向主峰，众星捧月，俨然"万山来朝"。天柱峰又名金顶，因顶上金殿而得名，拔空峭立，宛如金铸玉琢的宝柱雄刺苍天，有"一柱擎天"之名。元人诗曰："七十二峰接天青，二十四涧水长鸣。"

　　临近天门。我一边惊叹，一边凝望，顿觉"才见岭头云似盖，已惊岩下雪如尘"。台阶,越来越陡。尤其,通往金顶的山路,建有三座天门,"一天门""二天门""三天门"。难怪,古人赞曰:"云梯万级,挂悬空之霁虹,逼霄汉于咫尺。"

伫立峰顶。云雾,脚下翻滚;霞光,穿越云海。峰顶俯瞰,"太和宫"近乎修建在金顶垂直下方。远望,蓝天白云飘浮山峰之上。台阶,巍巍上升。小路,依山而凿,仅容一人通过,坡度接近90°。最顶端,即为真武大殿,背靠群峰。

踏上金顶。山之巅,金顶耸立;金顶内,真武镇守;金顶外,铜雀护卫。我只觉得"寄蜉蝣于天地,渺沧海之一粟"。凝望金殿,释、道、儒借山生辉,山依释、道、儒增色;步入金殿,殿内供奉"真武祖师大帝"鎏金铜像,是中国现存最大铜铸鎏金大殿。殿外是白玉石栏杆台,台下是约1500米的紫禁城,又名皇城。

峰顶俯瞰。陡然间,我懂得了道教的虚幻避世。天道、人道、现实大道,其实都归一心道。不管叩问意志,还是体悟深思。武当山放牧的,既有我迟到的眼福,也有从未丢失的信仰。

2

从山脚到金殿,皆用青石铺成一条70公里的"神道"。一会儿台阶,一会儿缓坡;一会儿快,一会儿慢。特别是,峭壁给人视觉冲击、力量爆发、向上动力,让人体悟清醒修道。圣贤说崇道,需要用真诚,但泅渡岁月,明志晓理,我只为人格超拔与精神清远。

武当山神秘而玄妙。武当建筑寓意,颇得道之神理。宫、观、庵、祠、堂、庙、寺、楼、阁、亭、台、坛、关、桥、塔,藏露于山水川谷之间,"远取其势,近取其质,宫观庙祠,适形而止"。所以,对于武当山我只能"心解",无法"言喻"。武当山神秘在时间、空间、形式和内容上,无论紫霄宫,还是太子坡;无论南岩宫,还是金顶、太和宫金殿及紫禁城;无论响灵衫,还是九曲黄河墙、一柱12梁,都沉浸于"道法自然"中,且为武当山集聚亘古的气场与磁场。武当山玄妙,三丰神功,道学深奥,释道坦然。

　　回眸处,山的故事和故事的山,虽说我了解不多,但岁月还是给予我真切的滋养。远眺,群峰环峙,苍翠如屏;俯瞰,丹江水库碧平如镜;山风,不期而至,山泉汩汩,瀑布飞泻。山的雄奇与妩媚,水的流荡与静谧,雾的生腾与凄婉,都凝聚成人生意态的高远与宽阔。其实,"道"的本意就是人在路上走。在路上,我"拾阶而上",上山陡峭,中间平缓。可平缓处,虽是轻松,但无念想;只有下山,方能体验艰辛。人生几多,何不如此?道教强调,善待今生,莫待来世。如此参悟,道与道,总是相通,悟一点,长一点,心中无剑。

　　武当山,神韵不止。地理上,南依神农架,北邻丹江水库,西接三国襄樊隆中,东接十堰。如同道家所言,上可应天,下可连地。而且东西南北阴阳之气,在此调和,万物化生,天下太平,所以,武当山又被称为"太和山"。武当仙境,神秘空灵;武当文化,华夏魂灵;武当武术,玄妙飘灵;武当山"灵",通灵天下。武当建筑的皇家建筑法式,莫过巧妙地融入峰、峦、坡、崖、涧,玄妙超然,浑然天成,可谓"灵山"。

　　武当山太大,容不下我。不管我玩味山的胸怀,感受山的脉搏,牵念山的苍凉,还是感应山的包容,酷爱山的神秘,偏爱山的蓬勃,一回回撞击我心怀的还是"天道"。可能,这些纯属我精于理、悟于情的缘由所在。多年了,我坚守无畏、取舍和悟道;多年了,我存养春秋,笑傲不厌;多年了,我历练与衍生,无悔不止。正如金顶门外,我率真地学着与两只铜雀对视,仰天自诩。或许,人间集大成者,莫过于剑在手,人在做,天在看。行至高处,坐看云起。

卷五

天河

一条渠引来满山绿水,让苍山复活,这就是红旗渠。它全长1500公里,位于河南林州市北部豫、晋、冀三省交界处,20世纪60年代中国农民手工创造的一个奇迹!一条天河(绝壁上的人造河流),从20世纪流淌到如今,是洗涤人灵魂的地方,让人永久地回眸、比对和思考。

红旗渠,摄人心魂。"雄、奇、险、绝"中,碧水承载昨天的传奇和故事,也承载今天朝圣者的敬仰和思绪。四季里,与众不同。春天,万物复苏;夏天,阳光和煦;秋天,五谷丰登;冬天,雪花飞舞。日复一日,年复一年。那静默的山,静默的渠,静默的水,静默的风,以及水渠上下静默的槐树,还有绽放的小白花,都细数阳光,细数风雨,细数鸟鸣,细数流云。

红旗渠,历史的丰碑。这是守望精神家园的林县(河南省林州市)人民在太行上建树的一座社会主义历史丰碑,已被写进《中国历史》教科书。"引漳入林"是林县人民的愿望。从1960年2月动工,至1969年7月全面完成,历时近10年。10年修渠,荒岭秃山见证一切;修渠10年,林县县委动用大量资金和物资,但从未发生过一宗请客送礼、挥霍浪费的情况,也没一名干部贪污挪用一丝一毫的钱粮物资。

红旗渠,文化的渠。红旗渠精神就是自力更生、艰苦创业、自强不息、开拓创新、团结协作、无私奉献。1998年10月15日,《人民日报》发表杨贵同志署名文章《红旗渠精神的思考》,文章以"为了人民、依靠人民是红旗渠精神的根本""敢想敢干、实事求是是红旗渠精神的灵魂""自力更生、艰苦奋斗是红旗渠精神的体现""红旗渠精神具有强大的凝聚力和感召力"四个小标题为骨架,对红旗渠精神作了精确而又深刻的阐述。"人工天河——红旗渠"是人类"改造自然,利用自然"的一大杰作,是新中国林州人民勤劳与智慧的结晶。20世纪70年代初,周恩来总理自豪地告诉国际友人,新中国有两大奇迹:一个是南京长江大桥,一个是河南林县红旗渠。红旗渠精神被誉为"中华民族之魂",是一座不朽的丰碑!

礼赞红旗渠。我们敬畏自然,但不屈服于自然。坚韧、坚毅、坚强、坚定,是太行山的性格,也是世世代代与太行同在的林县人的脾气。水很奇妙,也是人类赖以生存的命脉。红旗渠与大自然的争与融启示我们:在自然面前,人类是渺小的,也是伟大的,只有理解自然,尊重规律,运用智慧和汗水,才能创造人与自然的和谐。2004年国庆节前后,"红旗渠精神展"在北京国家博物馆展览。2011年4月,红旗渠风景区迎来第14个国家级荣誉称号——被全国红色旅游工作协调小组办公室命名为"全国红色旅游经典景区"。2014年5月1日,红旗渠纪念馆新馆隆重开馆。

最美的成长

今生，我最美的成长皆与汉字相依为伴，也靠文字创作摆渡心灵。所以，汉字与我结下撕也撕不开的情缘。

汉字是华夏文明之光，也是中华文化之母。不用说，书法是国粹，源于汉字书写，也表现汉字形体美韵。且看从先秦诸子、两汉经学、魏晋玄学、隋唐佛学、宋明理学、清代朴学，再到楚辞汉赋、二十四史、唐诗宋词、明清小说，不都用汉字写就，也不都仰仗汉字系统。事实上，中国4000多年汉字文化史，确是一部中原汉字史，汉字产生及其每个重要发展阶段几乎都发生在中原大地。从汉字字形承载的古代文化信息中我们不难了解到先民创造文字的智慧，观察到古代中国人在生活劳作、民风习俗、思维方式、审美观念与思想情趣等方面留下的历史印记。而且汉字不同于拼音文字，不单是一种语言视觉符号，也是一种非常神奇的文化现象。李白诗曰："此夜曲中闻折柳，何人不起故园情。"

身临殷墟，一片甲骨惊天下。一个真实的王朝，真实在司母戊鼎历经3000年岁月的淘洗、磨砺和沉淀；一个朴素的王朝，朴素在宫殿，也朴素在无儒、无道、无佛；一个美丽的王朝，源于遥远而美丽，源于真切而美丽，源于简约而美丽。我在"永恒的历史"中感叹汉字之美，感悟文明智慧的积淀。广场左侧立一石碑，上面刻有"世界文化遗产殷墟"红色大字。即使我放慢脚步，接续千古，聆听呐喊，凝视骷髅，也颇有与朱自清一样的心境："什么都可以想，什么都可以不想。"发现甲骨文，中华文明起始从此就不再是传说。没有甲骨文,就没有今天的汉字。汉字是独立起源的一种文字体系,汉字体系正式形成于中原地区。汉字起源之早,标明中华民族5000年前已进入世界文明之林。美国路易斯·亨利·摩尔根在《古代社会》中说:"没有文字记载,就没有历史,也就没有文明。"2017年,殷墟甲骨文入选《世界记忆名录》。

殷墟遐思!汉字,积淀中国文化结晶,中国文化依靠汉字记录流传。汉字字形是抽象性与形象性、哲理性与艺术性的统一体,其演化过程是甲骨文—金文—小篆—隶书—行书—草书—楷书—宋体。对此,鲁迅先生说:"我国文字有三美,意美以感心,音美以感耳,形美以感目。"又说,我国汉字是"东方的明珠瑰宝。它不是诗,却有诗的韵味;它不是画,却有画的美感;它不是舞,却有舞的节奏;它不是歌,却有歌的旋律"。

21世纪,电脑进入二、三维时代,最好的语言莫过于不学而知、学少而知多。汉字的生命力,从20世纪70年代后半期,已伴随电子计算机技术崛起进入以"知识爆炸"为特征的"信息时代"。作家冰心说,中华民族始终是统一的,汉字的凝聚力居功甚伟。汉字凝练紧凑,可以做到字数少且"信雅达"。如今,汉语输入电脑的速度比英语快,语音输入优势更大。我们可以从汉字中体悟国人的情感和自信。著名学者季羡林称誉道:"汉语是世界语言里最简练的一种语种。同样表达一个意思,如果英文要60秒,汉语5秒就够了。汉字是世界上唯一没有消亡的从象形到形声、会意交融相合和不断发展完善的最古老文字。华夏民族数千年以来一直用汉语思考、用汉语交流、用汉语书写,从一定意义上说,是汉语文化孕育了中国人的智能智力,铸造了中华文明。"

神奇殷墟!我们尊重和敬畏汉字,关键在于解读汉字蕴藏的文化与文明。余秋雨说,旅游的最高境界是对历史文化的感悟。中国传统文化至深至奥,至简至朴,从钻木取火到结绳记事,从仓颉造字到远古神话,从先秦诸子到两汉经学,从魏晋玄学到隋唐佛学,从宋明理学再到明清朴学。如果用一字概括,就莫过于"情"。比如《红楼梦》重在情,亲情,爱情,宦情,民情,是用大悲唤起民众对"情"之觉醒。如果用四字精准概括,"天人合一"就最精妙。因此,国学大师钱穆生前多次指出:"天人合一是中国文化的最高信仰,文化与自然合一则是中国文化的终极理想。"

甘做时间的旅人

最近,我刚刚读完《再忙,也要去旅行》这本书。书的序言中写道:"走吧,走出在钢筋水泥森林里被禁锢的生活逻辑吧,趁你还活着。"可以说,这是最透彻自在的解释旅行的意义。

旅行是皈依自然。最大魅力就在于探索未知的世界。因为识天下、观自己绝非易事。法国作家、哲学家加缪曾秉笔直书:"旅行是一门伟大的学问,领你返回你自身。"因为你看到人的渺小,世界的伟大。"此刻有谁在世上某处走,无缘无故在世上走,走向我。"德国诗人里尔克冥冥中似乎暗示:走的都是故道,相见尽为乡人。

旅行是缅怀今昔。古罗马帝国基督教思想家,欧洲中世纪基督教神学教父、哲学家奥古斯狄尼斯说:"世界是一本书,而不旅行的人们只读了其中的一页。"在历史与现实之间,我们徘徊与思索,流连与启程,其乐何如!现代作家丰子恺说:既然无处可逃,不如喜悦。既然没有净土,不如静心。既然没有如愿,不如释放。

旅行的真谛,不是运动,而是带着灵魂寻找生命的本真。在中国,若打仗一样跟随哨声和旗帜奔赴旅游攻略上的景点,那么,真不如在家看看旅游画报,至少,旅行杂志上的东西还凝聚行者一路的思想和感悟,而不是把自己搞得精疲力竭。丹麦作家安徒生一生海外游历29次,晚年致信友人时仍壮志在胸。在地球上散步的台湾诗人纪弦说,让远方栖息着的人们,听见微响,感知了"我的存在"。所以,在我心中旅行不同于旅游。"游"是游历和赏玩,而"行"是行走和历练,只是太多的人留恋游历景致而忽略行走的心境。

品味旅行。找到心灵的平衡点,这是一种至高追求,给心灵放个假,一切都会过去,一切也都会好的。台湾作家三毛说,旅行真正的快乐不在于目的地而在于它的过程。可见,旅行增量自己的选择、体会和获得,旅行游牧自己的年华和心灵。这个世界,永久的不变就是不停地改变,时间能将一些人分开也会让一些人遇见,一些人分开就没再次遇见,有些人遇见再就没有分开。

人生之旅。不分贵贱,重在用心。不必在乎目的地,而要在乎沿途的风景,以及看风景的心情。佛陀说:人生就是苦,这是一条苦难的河;儒家说:人生一世,唯建功立业,光宗耀祖,这是一条淘金的河;道家说:人生如梦无有无不有,无为无不为,这是一条睡眠之河。

生活就是旅行。一位西班牙作家反复说过,我旅行是为了懂得我自己的地理。生命不是赛跑,而是旅行。比赛在乎终点,而旅行在乎风景。生命的真意在于从容中慢热地活着。印度哲人克里希那穆提说:"你可曾一个人出去散步过?坐在一棵树下,不带书,没有伴侣,完全自己一个人,然后去观察落叶,听水波轻拍岸边的声音,听渔夫的歌声,观看鸟儿飞翔,以及你自己此起彼落在脑中追逐的思绪。如果你能够独处并且观察这些事,你就会发现惊人的丰富内涵。"

古人曰:读万卷书,行万里路。读万卷书不如行万里路,行万里路不如阅人无数,阅人无数不如名师指路。既能行万里路,也有名师指路,当是一个好主意。惯于旅行的人,人在旅途,心在游牧;靠灵魂行走,与行程无关。

后 记

清代文学家廖燕说:"无字书者,天地万物是也。"其实,世上的书,若要硬分,无非"有字书"与"无字书"两大类。读"有字书"固然重要,但读"无字书"更重要。"无字书"就是人们所说的"世间活书"。意谓从中能读出甚至穷尽万物万事之理。人类对自然的热爱,犹如母爱、性爱与生俱来。山水之美,当使人"美学的灵魂"一下子会被"唤醒"。人类除了从自然中索取须臾不可离开的动植物与空气、阳光、水等之外,还要获得审美。毕竟,自然和社会是人类生存与活动的两大环境。恩格斯说:"大自然是宏伟壮观的,为了从历史的运动中脱身休息一下,我总是满心爱慕地奔向大自然。"由此,我常常乐于回味范仲淹的"春和景明"和"心旷神怡""宠辱皆忘",也总回想鲁迅先生的"曙日出悔,瑶草作花,若非白痴,莫不领会感动"。

看风景看文化,别做匆匆过客。歌德说:"人和大自然是生活在一起的。"我们时常看到和听见金鱼在池子跳跃,鸟儿在枝头歌唱,白天阳光灿烂,夜晚月白风清。这就敏锐地揭示出中国文化蕴含着人与自然的关系。诸如我走南闯北,东西求索;饱临吴越清风,秦陇劲气,燕赵豪情,吞吐于胸;领略民间人情,古迹幽思,撞击心灵;与奇峰对语,临古松长吟,啸烟霞,抚琴泉,抒情怀,皆浸润于哲学的"天人合一",伦理学的"天人同德",心理学的"心物感应",文艺学的"情景交融",美学的"意与境会",等等。从世界范围看,中国对自然界的人化程度最高。物我融合,可谓验证我国南北朝文学评论家刘勰的"山林皋壤"为"文思奥腑"。

后 记

　　行者无疆。宅居年代，驴友时代，一处风景，一方人文。北魏郦道元的《水经注》是中国最早的行走写作。行走写作，只为追求一种至高，也想把朴素、真纯、华美、壮丽、豪迈、淡泊、质实、飘逸、清奇等升华为一种淡定。这是自然的纯美，文化的深度，情感的至真，行游的态势。

　　踏寻中国。我想起朱熹的"一草一木，皆涵至理"。因为，在世界的喧哗与骚动中，我尚未来得及体验诗意的栖居，只想灵性地从世俗中彻悟逃逸。尽管法国诗人波德莱尔说，真正的旅行是为了旅行而旅行。即体验旅行本身，可我不大相信，因为人之旅行都怀揣矛盾，唯有进入旅行，旅行方能征服自己。所以，我惯于身临其境，深挖历史，道话灵气，触动山水，起于心，止于心，凝于心。

　　安徒生说："旅行就是生活。"古代，游历山水，徜徉四季多为文人墨客。如今，人们都要休闲要安慰要宁静要自然。尽管圣贤哲人惯于以哲学取代生活，以创造取代自己，但"媚惑"人心的仍是他们飘逸的灵魂。作家林语堂说："大自然本身是一座疗养院。"现在，许多人容易陷落自我，且认为自我即世界。殊不知，"人是世界的尺度"，但人却不是世界。人类探索真理，寻求幸福，也会厌倦。而我行走大地，永远铭记鲁迅先生主张的"留心世事"，"用自己的眼睛去读世间这部活书"。

　　生命是一场不能回头的旅行。美国作家梭罗说，旅行的真谛，不是运动，而是带动你的灵魂，去寻找生命的春光。旅行，就是阳光下的精神之旅，一切随缘。正如我在路上，从不过多地关心路有多远，而关心自己能走到何处，因纵情驻足，慢慢欣赏，细细品味。因为人生最精彩的篇章，不仅仅是冲刺，还有收放自如的步履和朗读。

梁健君
2019年12月9日